白い標的

南アルプス山岳救助隊K-9

樋口明雄

ハルキ文庫

角川春樹事務所

"We are now in the mountains and they are in us..."

今、私たちは山にいる。そして、山は私たちの中にある

——ジョン・ミューア『はじめてのシエラの夏』より

目次

主な登場人物

星野夏実……南アルプス署地域課警察官。
山岳救助隊員。救助犬メイのハンドラー。巡査。
神崎静奈……同、バロンのハンドラー。
巡査。空手三段。
進藤諒大……同、巡査部長。
警察犬訓練所に出向中。
深町敬仁……同、巡査部長。
関真輝雄……同、巡査。
横森一平……同、巡査。
曾我野誠……同、巡査。
杉坂知幸……山岳救助隊副隊長。巡査部長。
江草恭男……山岳救助隊隊長。
南アルプス署地域課長代理、警部補。
沢井友文……南アルプス署地域課長。警部。
堂島哲……南アルプス署地域課警察官。警部補。
納富慎介……山梨県警航空隊。操縦士。警部補。
的場功……同、副操縦士。巡査部長。
飯室滋……同、整備士。巡査部長。
永友和之……山梨県警本部刑事部捜査第一課。
警部。
谷口伍郎……甲府警察署刑事課。警部。
安西廉……東都大学三年。山岳部員。
大葉範久……同、安西のザイルパートナー。

新田篤志……………………単独行の登山者。
佐竹秀夫……………………宝石店強盗事件の犯人。
諸岡康司……………………同、元警察官。
須藤敏人……………………宝石店強盗事件の主犯。
須藤明日香…………………須藤敏人の娘。
メイ…………………………ボーダー・コリー。
　K－9チームの山岳救助犬。
バロン………………………ジャーマン・シェパード。
　K－9チームの山岳救助犬。

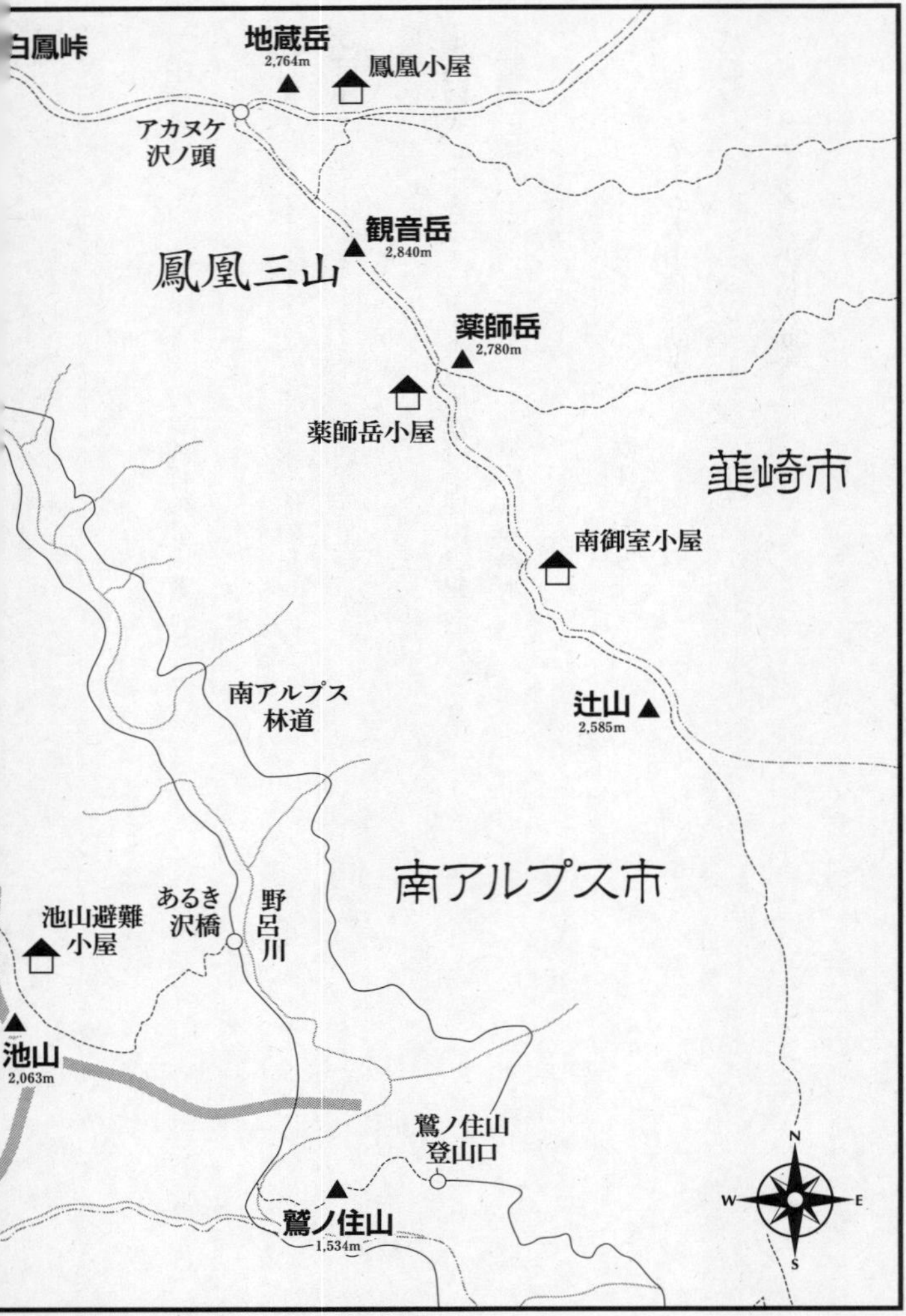
白鳳峠
地蔵岳
2,764m
鳳凰小屋
アカヌケ
沢ノ頭
観音岳
2,840m
鳳凰三山
薬師岳
2,780m
薬師岳小屋
韮崎市
南御室小屋
辻山
2,585m
南アルプス
林道
南アルプス市
あるき
沢橋
野
呂
川
池山避難
小屋
池山
2,063m
鷲ノ住山
登山口
鷲ノ住山
1,534m
N
W
E
S

小太郎山
2,725m
小太郎尾根
野呂川広河原
インフォ
メーション
センター
広河原
山荘
広河原
白根
御池
小屋
草すべり
小太郎
尾根分岐
大樺沢
肩の小屋
嶺朋ルート
バットレス
大樺沢二俣
分岐
中白峰沢ノ頭
2,841m
北岳
3,193m
大樺沢ルート
左俣沢
池山吊尾根
分岐
ボーコン
沢の頭
池山吊尾根ルート
八本歯
のコル
八本歯ノ頭
北岳山荘
池山
吊尾根
中白根山
3,055m
白峰三山
三峰岳
2,999m
間ノ岳
3,189m

序章

一歩ごとに、深い雪の中に膝《ひざ》まで埋まった。

弾みをつけるように引き抜いては、前方に歩を運ぶ。数歩で息が切れる。顎先《あごさき》からしたたる汗を拭《ぬぐ》ってハアハアと喘《あえ》いだ。白い呼気が流れ、木立に向かって漂ってゆく。

急登をひとつ越して、少し平坦《へいたん》な尾根道となった。しかし雪は相変わらず深い。

男は立ち止まる。

登山に夢中だった頃に比べ、体力がめっきりと落ちている。体重も増えていた。たかが数年のブランクだった。あれだけ鍛えた肉体だったのに、衰えは早いものだ。

深い樹林帯を貫くトレイル。積雪は五十センチ前後。オオシラビソやコメツガ、モミ、そしてダケカンバ。それらのことごとくが分厚い雪を枝々に載せて垂れ下がっている。まるで白い巨人が無数に立ちはだかっているように見える。

ときおりしなった枝が跳《は》ねると、ざっと音を立てて落雪し、白い紗幕《しゃまく》となって樹間を流れてゆく。

平坦な道が尽きて、また次の急登となる。足を止め、見上げると、雪の斜面は天に向かってどこまでも続いているように思える。

男は両手を右膝にあてがって、しばし肩を揺らして呼吸を整えた。

口の周囲に生えた無精髭《ぶしようひげ》が冷たく凍りついていた。それをグローブの掌《てのひら》で何度も拭う。

靴底のアイゼンに絡みついて団子のように固まった雪を、ストックの先でこそぎ落とす。

背中のザックが岩のように重たく、ショルダーベルトが腕の付け根を締め付けている。

このザックは妻が愛用していた。彼女の体型に合わせて購入したものだ。だから、男の彼にはそもそもフィットしない。

バックルを指で摑《つか》んで、ベルトのストラップを少しだけゆるめた。肩に掛かっていたザックの重みが、急に腰に来た。かまわず、歩く。

一歩、また一歩。雪を搔《か》き分け、足を前に進める。

そのたびごとに膝上まですっぽりと雪にはまり込む。

雪上歩行が可能なスノーシューを持ってくればよかったが、これほど積雪があるとは思わず、また、持参していたとしても、こんな急斜面の連続ではかえって役に立たないだろう。だから、足で雪を踏み固めては靴底を載せ、あるいは両手で雪を掻いていくラッセルを続けるしかない。

数歩、進んで、また立ち止まる。息を切らして喘ぐ。

防寒を兼ねたハードシェルウェアの肩や背中から、湯気が洩《も》れて流れていた。化繊の下着もシャツも、すでに汗でびしょ濡《ぬ》れだった。

気温がかなり低いため、下着が汗だくだと低体温症になるおそれがある。だから上着の襟許《えりもと》を大きく広げ、さらに左右の脇《わき》の下にあるベンチレーションのジッパーをめいっぱいに開く。衣服の内側にこもっていた熱気と湿気が、それで少しだけ抜けてくれた。

また歩き出そうとしたとき、背負ったザックの雨蓋《あまぶた》の下から、スマートフォンの呼び出し音が聞こえ、かすかな振動が伝わってきた。男が無視していると、それは執拗《しつよう》に何度も続いて、ふいに途絶えた。

それまで何度も着信があった。しかし、ことごとく無視した。

電源を切ってから、ザックに入れなかったことを後悔した。だからといってザックを下ろし、雨蓋を開くのもはばかられた。いったん重荷を下ろしてしまうと、疲労でその場にへたり込みそうな気がした。

歯を食いしばり、また雪を掻いて登った。

固く締まった雪に靴先を蹴《け》り込み、一歩一歩進んだ。

ひたすらキックステップを続けてゆく。

無雪期であれば、開けた尾根に出るまで四時間のコースであった。それがすでに登り始めから六時間を過ぎているが、まだ鬱蒼《うっそう》とした白銀の樹林帯の中である。ハイシーズンでもめったに登山者が辿《たど》らないマイナーなルートだから、当然、先行者がまったくおらず、徹頭徹尾、雪をラッセルして自分ひとりだけのために道を拓《ひら》いていかなければならない。

そんなコースを自分はあえて選んだ。

血の滲《にじ》むような苦労も、山頂への到達という登山のクライマックスに得られる喜びがあればこそだ。しかし、今の男にはそんなものはなかった。山の頂《いただき》をきわめて、自己陶酔にひたるなどという目的のために、この山を選び、登山ルートを喘ぎながら登っているのではなかった。

思い出を辿りにきた。それだけのことだ。

そこには楽しみも満足もなく、ただ絶望だけが漂っていた。

どれだけ涙を流し、号泣しても、拭い去れない哀《かな》しみを背負いながら、ここまで来たのだ。

しばらく登ると、大きなモミの倒木が登山道をふさいでいた。巨木の幹にさらに雪が降り積もっているため、どちらかに回り込んでゆかねばならない。左の迂回《うかい》を選び、雪を掻き分けながらゆっくりと進んでいく。

前方に生えているシラビソの幹が、大きく縦に裂けていた。

凍裂という現象だ。

水分を含んだ樹木が突然、裂けるのである。

今の気温はマイナス七度だったが、数日前は甲信越地方を寒気が襲い、高山帯はすさまじい冷え込みになったはずだ。

ふいに雪の重みでしなった枝が跳ねて、積雪が落ちた。サラサラと白いカーテンのように風に流れるその向こうに大きな影があった。

男はひどく驚いた。

焦げ茶色の動物が横向きに雪の中に立っていた。

シカだった。

三叉《さんさ》の大きな角をふたつ生やし、彫像のように動かぬまま、宝石を思わせるつぶらな眸《ひとみ》でこちらをじっと見ている。

まるでそれは山の精霊のように、真っ白な森の中に佇立《ちょりつ》していた。

男は中腰の姿勢のまま、金縛りになって動けずにいた。シカと視線を合わせたまま、立ち尽くしていた。

色の濃いシカの冬毛に包まれた背中から、白い湯気がかすかに立ち昇っていた。体毛に付着した雪が体温で溶けているのだろう。そのため、まるで幻を見ているような気持ちになった。

魂が揺らいでいた。

男の眦《まなじり》から涙がこぼれ、頰《ほお》を伝っていた。

あわててグローブの掌で拭い、背筋を伸ばした。

刹那《せつな》。

シカが鋭い、口笛のような声を放った。

素早く踵《きびす》を返すと、白い尻毛《しりげ》を見せながらジャンプし、林床の草を揺らし、粉雪を散らしながら、リズミカルな動きで樹間の彼方《かなた》に遠ざかっていく。その姿が見えなくなってから、しばらくして、また短く口笛のような警告音が聞こえた。

それきり、重苦しいような冬の森の静寂が戻ってきた。

ひとり置き去りにされたような気がした。

孤絶感に胸が締め付けられた。

男は長く吐息を洩らした。白く固まった呼気が、ゆっくりと風に流れて散っていく。

さらに一時間ばかりラッセルしながら進み、いくつ目かの急登をクリアしたところで、にわかに視界が大きく広がった。

広い尾根の上に出たのだと気づいた。

傍らに『嶺朋《れいほう》ルート入口』と書かれた看板が立っている。

樹林帯と違って、風で雪が吹き飛ばされているらしく、積雪は浅く、ところどころゴツゴツとした地面が剝《む》き出しになっている場所もあった。白と黒の複雑な斑模様《まだらもよう》だ。そこかしこに石を積み上げたケルンが立っている。

今はほぼ無風だった。

厳冬期独特の凍るような空気がキンと張り詰めている。

男は視線を上げて、目を細め、遠い景色を見つめた。

雪をかぶった巨大な岩肌が間近に迫るように立ち上がっていた。

富士山に次いで、日本第二位の標高を誇る北岳《きただけ》。その東面にある高低差六百メートルの大岩壁、バットレスであった。幾重にも複雑に織り込まれた尾根が巨大な岩稜《がんりょう》を形成し、白いガス（低層雲）がちぎれた真綿のように、あちらこちらにまとわりついている。

その迫力に目を奪われていると、にわかにゴウと音を立てて、一陣の突風が横殴りに吹き付けてきた。頭にかぶっていたフードが脱げて、たちまち無数の雪礫《ゆきつぶて》が顔にぶつかってくる。

視界に幕が引かれるように、左手からガスがやってきて、たちまちのうちにバットレスの姿を覆い隠してしまった。

ただ白一色の世界にひとり取り残されて、男はその場に立ち尽くしていた。

振り返る。

道標が忽然《こつぜん》と立っている。〈ボーコン沢の頭《かしら》〉と小さく読めた。

漢字で亡魂沢と書く。

そのことを思ったとたん、ふいに強い感情がこみ上げてきて、思わず唇を噛《か》みしめた。眉根《まゆね》を寄せ、眉間《みけん》に深く皺《しわ》を刻む。口の中に血の味がした。

想《おも》いを振り払うように向き直る。

ふたたび風が、空気の塊のようになってぶつかってきた。男のジャケットが震える。

自分で思った以上に疲労していた。雪の樹林帯をひとりでラッセルしながら登ってきたためだ。北岳の頂上をめざしてやってきたのではない。山と対話しながら、ひとり死ぬべきところを求めて登ってきたのだ。

その場所はあらかじめ決めていた。

男はザックのストラップを外すと、荷物を下ろした。ザックカバーをめくって雨蓋を開け、中に入れていたスマートフォンを取り出す。

グローブをとった指先で液晶画面をスワイプし、スリープモードから回復するのを待った。

ダイヤルのアイコンをタップし、発信モードにした。

呼び出し音二回で相手が出た。濁声《だみごえ》だ。

――須藤《すどう》。お前、いったい何のつもりだ。

男は黙ったまま、目を閉じ、口許にかすかな笑みを浮かべた。

――さんざん待ちぼうけを食わされたぞ。お前、まさかひとりで逃げるつもりじゃないだろうな。

ゆっくりと目を開き、彼はいった。

「悪いがお前たちとはもう会えない」

――何、いってんだ。正気か？

「正気も狂気も紙一重《ひとえ》の差だってことが、よくわかったよ。あんなことのために、罪もない人間をひとり、殺してしまった。今は心底、後悔している」

――てめえ。まさかブツを独り占めするつもりじゃないだろうな。

男ははあっと白く息を吐いた。たちまち風に散らされて見えなくなる。

「独り占めはしない。だが、お前たちにも分け前はやれない。あきらめてくれ」

――何いってんだ、須藤。お前、いま、どこにいるんだ？

「北岳だ」

――北岳って……まさか？

「標高三一九三メートルの冬山だ。俺はすでにお前たちの手が届かない場所にいる」

――何の冗談だよ。

「妻と最後に登った山だ。俺はここで死ぬ。死体は雪崩《なだれ》の下に埋もれて春まで出てこない」

――てめえが死のうが生きようが勝手だが、ブツの在処《ありか》をいってからにしてくれ。

「ぜんぶ、ザックの中に入れて持ってきたよ。欲しけりゃ、ここまでとりにこい」

――何いってやがんだ。おい。須藤……。

通話を切った。

そうしてスマートフォンの電源を切り、大きくモーションをつけて、それを投げ捨てた。黒く四角いそのツールは、クルクルと空中で回転しながら、流れるガスの中に吸い込まれるように消えた。

男はザックを背負うと、ストラップをきつめに締め付けた。

前方をにらむように見据えて、男は真っ白に流れるガスの中を歩き出した。険しい表情で、ゆっくりとした足取りで歩を運ぶ。

雪原のあちこちに風紋がある。

ウロコのような模様や縞《しま》模様。雪が吹きだまって、幾重もの小さな山脈ができている場所もあった。そんな白一面の尾根に足跡を刻みながら、男は歩いていく。

また真横から風が舞い上がってきて、ガスがいくつもの渦を巻くように流れていった。鼓膜を圧するような音を立て、本格的に雪風が襲ってきた。

すさまじい風圧が地表の雪をさらって巻き上げている。

そんな壮絶な雪山を、男は俯《うつむ》きがちに、白い雪面に足跡を刻みながら、一歩また一歩と歩き続けた。

第一部——一月二十一日

1

——山梨本部から各局、各移動。南アPS管内、乱闘事件の通報。現在一一〇番入電中。現場は市内県道四十二号線仲町《なかまち》交差点付近。近い移動は応答せよ。

車載無線から突然、県内系の警察無線。山梨県警本部通信指令室の指令担当の男性の声が入ってきた。

午後一時をまわったところだった。

スバル・レガシィB4を改造した南アルプス警察署地域課のパトカーの運転席で、ステアリングを握っていた星野《ほしの》夏実《なつみ》巡査がハッと緊張する。

折しも南アルプス市内の県道四十二号線——富士川街道の小笠原《おがさはら》橋北詰交差点で、信号待ちをしている最中だった。

夜明け前から降り始めた粉雪が昼を過ぎても止《や》まず、フロントガラスに音もなく付着している。それをワイパーが断続的に拭《ぬぐ》っていた。

年内はまったく降雪がなかったのが、年が明けるとたんに約束事のように雪が舞うようになった。山の上のほうはとっくに白く雪化粧をしている。南アルプス市の街区においては、まだ雪は積もらなかったが、この降り方では初積雪になるかもしれなかった。

「仲町交差点って……この近くですよね」

おそるおそる夏実はいった。

助手席に座る堂島哲《どうじまさとる》警部補がうなずき、マイクをとった。

「〈南ア6〉から山梨本部。現場付近を警ら中です」

――山梨本部から〈南ア6〉、そちらの位置を確認。

県警本部通信指令室には、このパトカーの現在位置がカーロケーターで送られ、システム上に表示されているはずだ。

――通報の現場は、仲町交差点に面したファミリーレストラン〈デリーズ〉の駐車場。複数の若者が乱闘中との内容で〝マル目《もく》〟の女性店員より一一〇番受理。〈南ア6〉は〝現着〟ののち、詳細を報告せよ。

堂島がまた夏実を見る。

彼女はうなずき、周囲の安全を確認しながら、慎重にパトカーをUターンさせた。助手席の堂島がサイレンアンプを操作して緊急走行モードにすると、元来た道の反対側車線を走り出す。

堂島がまたマイクで伝えた。「〈南ア6〉、現在急行中」

――山梨本部から〈南ア6〉。本件一一〇番整理番号二二六七。担当、北本《きたもと》。以上、山梨本部。

フットスイッチを踏みつけてサイレンを鳴らしながら、堂島がマイクを戻した。

「落ち着いて運転しろ、星野」

隣からいわれ、夏実がうなずく。しかし緊張が解けない。

さいわい県道四十二号線――富士川街道はかなり空《す》いていた。時速六十キロを維持して現場に向かう。上町交差点を青信号で抜け、さらに南へ向かった。

汗ばむ手でステアリングを握り、夏実がいう。

「緊急走行って初めてなんです。しかも事案が乱闘だなんて」

「星野はうちの署に来て何年だ」

「五年目ですけど」

「まあ、そんなものだろうなあ。何しろ、こんな田舎町だし、事件らしい事件もめったにない。だけど山じゃ、それこそたくさんヤバイ経験してきたんだろう？」

「もちろん、いろんな遭難事故があったし、ひどい怪我人《けがにん》も、ご遺体もたくさん見てます。でも、それとこれとじゃ――」

「まるで陸《おか》に上がった河童《かっぱ》だな」

「え？」

堂島がニヤリと笑う。「水の中じゃ泳ぎが達者なのにってな」

「河童はひどいですよ。何か別の例え方がなかったんですか」

「そこだ」

言葉の途中で堂島が前を指差した。

地方銀行や中華料理屋、手芸店、コンビニなどが並ぶ十字路の交差点、そこに面したファミリーレストラン〈デリーズ〉の広い駐車場に、何人かの人だかりがあった。ウインカーを出しながら夏実がパトカーをゆっくり接近させると、数名が散開するように道を空けた。駐車場の一角に停車してからエンジンを切る。

野次馬たちの向こうで、若者たちが激しく動いていた。

乱闘はまだ続いていた。怒声が車内まではっきりと聞こえてくる。

堂島が無線で県警本部に〝現着〟を伝え、シートベルトを外してからドアを開いて車外に出た。続いて夏実も外に下り立った。たちまち一月下旬の凜烈《りんれつ》な寒さが身を包んでくる。白い息を吐き、緊張したまま、先輩警察官の後に続く。

昼時とあって、ファミレスの店内は大勢の客たちで混んでいるようだ。窓際の席にいる人々がいっせいに外を見ている。

堂島哲は勤続四十二年。二カ月後には定年退職をひかえている。

若い頃にやっていたという登山を二年前から再開したおかげで、それまで八十五キロもあった体重が七十五キロに落ちている。それでもガッシリとした体軀《たいく》は相変わらずで、ベテラン警察官としての貫禄《かんろく》がじゅうぶんに感じられる。

付近に何軒かの店があるが、閑静な住宅地だ。見物人の多くは、通行人や近所の住民たちのようだった。何人かは傘を差し、あるいは粉雪に頭や肩を白くしながら立っている。出入口のガラスドア越しに、こちらを覗《のぞ》くファミレスの店員たちの姿も見えた。

乱闘しているのは五人。いずれも二十代とおぼしき若者たちだ。そろいの革ジャンにジーンズ。茶髪の瘦《や》せ男、長髪の男とパンク風ファッションの青年。近くにバイクが三台並んでいるからバイク乗り、もしかすると暴走族。かたや裾広《すそひろ》がりのダボダボの鳶《とび》ズボンと呼ばれる七分丈のニッカボッカーを穿《は》いた、建設関係者とおぼしき若いふたり。いずれも下品な怒声を放ちながら、相手を殴り蹴《け》りしている。彼らのほとんどがシャツが破れたり、おびただしく流れた鼻血が衣服を染めるなどしていた。

パトカーがサイレンを鳴らして走ってきたのにやめる気配もない。

「星野。店に入って通報者から事情聴取してくれるか」

「堂島さんは？」

「これ以上の流血沙汰《ざた》にならないうちに連中をおさめるよ」

「署からの応援を待ったほうがいいんじゃないですか」

「大丈夫だ。修羅場には馴《な》れてる」

そういってひとり、乱闘中の若者たちに向かって歩いていく。

まるで西部劇の孤高のガンマンだが、後ろ姿を見送る夏実の心中はむろん穏やかなはずがない。彼らの怒りのはけ口が、喧嘩《けんか》の邪魔に入った警察官に向けられることは大いにあり得る。

夏実は緊張したまま、乱闘している若者たちから距離をとって迂回《うかい》しながら歩き、ファミレスの中に入る。自動ドアを開くと、レジ前に集まっていた店員の男女三名が青白い顔を向けてきた。

「えっと、先ほど一一〇番通報されたのはどなたですか？」

「私です。店長の蒲原《かんばら》といいます」

答えたのはショートカットの瘦せ細った中年女性だった。

「通報までの情況を教えていただきたいんですが――」

蒲原店長や他の店員たちから事情聴取をしている間も、外から聞こえる喧騒が気になって仕方ない。荒ぶった声が聞こえるたび、ついついそっちに目をやってしまう。止めに入った堂島がひどい目に遭ってないかと、そんなことばかりを考えてしまう。

話によれば、暴走族風の三人とゴト着姿の鳶職らしい若者がふたり、お互い、店の入口で肩がぶつかっただの、足が触れただのといったたわいもないことで口論になり、表で殴り合いになったらしい。

ざっと一部始終を聞き出してメモをとってから、夏実は礼をいい、また店の外に向かった。

ドアを開いて驚いた。

いつの間にか、騒乱が鎮静化していた。

三人とふたり。双方が左右に分かれ、その間に堂島の制服の後ろ姿が目立っていた。数名の野次馬たちも黙り込んだまま、ただ眺めている。

若者たちは鼻血を流したり、顔に青痣《あおあざ》をこしらえたりしており、衣服がひどい破れ方をしている者もいた。立っている者。胡座《あぐら》をかいて座り込んでいる者。さいわい骨折などの重傷者はいないようだ。

山の救助をするようになって以来、夏実には他人の怪我のおおよその程度がすぐにわかるようになっていた。

「堂島さん、大丈夫ですか」

彼のところに行って声をかけた。

堂島が振り返った。穏やかなその顔を見て、夏実は安心する。

あらためて周囲に目をやった。双方の若者たちは互いに距離を空けていた。乱闘に終止符が打たれたようで、二度と起きる気配もない。怖々と遠巻きに喧嘩を見物していた人たちも、おのおのホッとした様子だった。

まるで魔法みたいだと思った。

「どうやったんですか」と、夏実は興味深く訊《たず》ねた。

「黙ってここに立ってただけだ」

意外な答えだった。まさかひとり力尽くで双方をねじ伏せたとは思っていなかったが、警察官としての何らかのアクションは必要だろうと思っていた。

「本当に？」

堂島はうなずく。「下手に声をかけたり、手を出しても事態が悪化するだけなんだ。だから、俺たちの制服というのは、こういうときにこそ、力を発揮するようになっている」

夏実は自分の女性警察官の制服を見下ろし、あらためて粉雪を付着させた堂島の制服を見た。右腰の黒いホルスターは、むろん蓋《ふた》を閉じられたままだ。

何となく理解した。

制服による威圧というよりも、ここはやはり、堂島というベテラン警察官の独特の個性ではなかろうか。

同じことを、たとえば夏実自身がやっても結果は見えている。勤続四十二年、たたき上げの警察官としての気迫と貫禄が、彼の立ち姿からにじみ出しているのだ。その空気《け》に気圧《お》されて、若者たちは興奮から冷め、殴り合いをやめたのではなかったか。

遠くにサイレンの音が聞こえ始めた。

南アルプス警察署から、応援のパトカーが何台か、こちらに向かったと無線で聞いたが、まもなくここに到着するはずだ。

「おまわりさん。俺たち、何も悪いことやってないっすよ」

ダボダボズボンの若者のひとりがいった。しきりと掌《てのひら》で鼻血をこすっている。

堂島はすこし間を置いてから、いった。

「ガキじゃあるまいし、よその敷地で、しかも第三者の前で、公然と殴り合いをすることがいいか悪いかの判断もできんのか」

「他の人にはぜんぜん迷惑をかけてないじゃないですか」

「おまえらの喧嘩のおかげで店は営業妨害になるし、お客さんの車も被害を受けてる」

彼が指差した先を見ると、店の前に駐車していた三菱《みつびし》パジェロミニの助手席側のドアが、明らかにへこんでいた。興奮してもつれ合っているうちに、そこに躰《からだ》が激しくぶつかったのだろう。

「被害届次第では器物損壊で刑事罰の対象となるなあ、これは」

若者たちの顔がいっせいに青ざめた。

「決闘と傷害容疑だけでもじゅうぶん起訴できるんだ」

「決闘って何っすか、それ」

暴走族風の若者のひとりがいった。

「知らんのか。我が国には昔から決闘罪というのがあってな。立件されると二年以上、五年以下の懲役となる」

「ちょ、懲役……」

パトカーが三台、次々とファミレスの駐車場に入ってきた。

それぞれのドアがいっせいに開き、南アルプス署の警察官たちが出てくる。全員、夏実もよく知っている地域課の署員である。

「これから署でゆっくりと話を聞こうか」

「俺たち、警察署に行かなきゃならないんですか」

「何なら逮捕してもいいんだぞ。任意同行とどちらがいい？」

徹頭徹尾、すっかり堂島ペースになっていた会話が終わり、若者たちはまたそろって沈黙した。

「すっかり尊敬しちゃいました」

署への帰途。パトカーのステアリングを握ったまま、夏実がいった。「あんな人たちを簡単におとなしくさせるなんて、本当に凄《すご》いと思います」

「そうでもないさ」

助手席の堂島がふっと笑みを洩《も》らした。

「餅《もち》は餅屋ってな。ああいう荒療治は男の領分なんだ。逆に男にはやれない女性警察官ならではの仕事ってものもある。しかし、お前たちには地域課本来の役職とは別に山の勤務があるじゃないか。あれは生半可な男じゃとても務《つと》まらんぞ。それを星野は女の身で何年もやっとるだろう」

「なんかどうもピンと来ないんです、それ」

夏実は冬場、こうして地域課の警察官として市内のパトロールなどをしているが、初夏から晩秋にかけては山岳救助隊員として、北岳の白根御池《しらねおいけ》にある夏山常駐警備派出所に仲間たちと詰め、山岳遭難に備えたパトロールや救助活動を行っている。

「たしかに、七十キロの要救助者男性を背負って歩く星野の姿は、とても想像がつかん。だが、しかし――」

堂島は言葉を切り、しばし沈黙してから、またいった。「お前には一度、山で助けられた。あの恩は一生、忘れん」

夏実はかすかに肩を持ち上げ、くすっと笑う。記憶に突き動かされるようだった。

「堂島さん。さすがに重かったです。でも、私もいろいろと学べたような気がします。あのとき、生きて下山できたのは、たまたまの偶然だったんですよね。その偶然がなかったら、きっといっしょにあそこで死んでいました」

「偶然だけじゃない。お前の的確な判断力もあったはずだ」

「私にはメイという強い味方がいますから」

「山岳救助犬か」

夏実はうなずいた。「私ひとりだったら、きっと持ちこたえることができなかったです」

「いい相棒だな」

「僭越《せんえつ》かもしれませんけれど、堂島さんだって地上勤務では尊敬できる先輩だし、かけがえのない相棒でもあるんです。なんたってもう三年もペアなんですから」

「そうか……もう三年か。早いものだ」

少し肩をすぼめて夏実は笑った。「私にとってもあっという間でした。ついていくだけで必死でしたし」

そのとき、車載無線が小さく雑音を放った。

――山梨本部から各局、各移動。一月十八日未明、甲府の宝石店を襲撃した強盗殺人事件の被疑者《ひぎしゃ》の足取りは依然としてつかめず。各PSにおいては検問を強化し、早期の検挙に努めるように。なお、被疑者が拳銃《けんじゅう》を所持しているため、〝マル問《モン》〟にあたっては受傷事故防止に充分留意せよ。以上、山梨本部。

無線機が沈黙すると、夏実は少し肩を持ち上げた。

「警報を受けて駆けつけた警備会社の人がお亡くなりになったそうですね」

「一名死亡、もう一名も重傷らしい。むごいことだ」

顔をしかめながら堂島がつぶやく。

「逃走中の被疑者って、まさかこっちには来ないですよね」

「もう三日も経《た》つんだ。とっくの昔に県外に逃げているさ。それにだいいち、俺たちみたいな田舎の警察官に何がやれるって話じゃない」

「怖いです」

「ああ」

「堂島さんにも、怖いことってあるんですか」

するとすると彼はふっと笑みを浮かべた。

「実は人一倍、恐《こわ》がりなんだ。強がりをしてみせてるだけだ」

「それって、凄く意外です」

ついさっきのことを思い出しながら夏実がいった。

「臆病《おくびょう》はけっして恥じゃない。むしろ怖さを忘れたときがいちばん危険なんだ。山の救助でも同じことがいえるんじゃないか？」

「憶《おぼ》えておきます、それ」

夏実はうなずきながらいった。

2

鉛色の空から粉雪が舞い落ちていた。

〈甲府宝石店強盗殺人事件〉と〝戒名《かいみょう》〟がかかった特別捜査本部が置かれた甲府署を出て、永友和之《ながともかずゆき》警部は徒歩で現場に向かっていた。

甲府駅に続く平和通りと呼ばれる大きな道路は、甲府市きってのメインストリートである。事件が起こった宝石店は跨線橋《こせんきょう》を渡った甲府駅北口にあり、署から歩いて十五分とかからずに行ける場所だった。

甲府署から県警本部の刑事部に引っ張られて四年が過ぎたが、これほど大きな事件は初めてだった。

発生以来、何度、この道を車で行き来しただろう。

今朝の捜査会議が終わってから、他の捜査員ら三名と近くの店で昼食をとった。それから本部に戻る彼らと別れ、現場まで歩いてみることにした。しばしひとりになって考えたいと思ったからだ。

エスカレーターを使って駅ビルを通り抜け、北口へ抜ける。県立図書館に近い、表通りから入った狭い路地の一角に、その店があった。

四階建てのテナントビルの一階に、〈銀座ジュエル　甲府店〉という看板が目立っている。ショーウインドウにはシャッターが下ろされ、山梨県警察と書かれたパトカーが一台、路肩に停《と》まり、警備の制服警察官が二名、店の前に立っている。

永友の姿に気づくと、彼を憶えていたらしく、警察官たちが頭を下げてきた。

永友も黙礼を返す。

通りは車輛《しゃりょう》の通行もなく、日中にもかかわらず閑散としていた。当日、あれだけ捜査関係者やマスコミがひしめいていたのが嘘《うそ》のようだった。

事件が起こったのは三日前、一月十八日の午前四時四十分頃。三人組の覆面姿の男たちが店の前に車を乗り付け、入口のガラス扉の電子ロックをバーナーで焼き切って侵入。ショーケースを次々と壊して、陳列されていた宝石類を強奪した。店の奥にあった電子ロック式の保管庫まで、バーナーを使って扉を破られていた。

被害総額は三億七千万円相当と目算された。

これは戦後の宝石類の強奪事件の中でも、もっとも大きな被害額となるらしい。

事件発生以来、店の前は警察による規制線の黄色いテープが張られていた。店のガラス扉にも〈立入禁止〉の札が貼《は》られている。ガラス扉のロックはバーナーで焼き切られたままで、黒くすすけて溶けていた。

「ちょっと入るよ」

白手袋をはめ、警備の警察官にいってから、規制線を跨《また》いで越え、店のガラス扉を開いて入った。

捜査に行き詰まったら現場に戻れ。

警察官の箴言《しんげん》のようによく知られた言葉だが、永友は捜査開始から何度となくここに足を運び、現場と周囲をくまなく検分し、思案に暮れた。だが、得られることは何ひとつとしてなかった。

店内は当時のまま、保存されていた。ショーケースはあちこちで叩《たた》き壊され、床にはガラス片が散乱している。

入口近くの壁際には、まだ大量の血痕《けっこん》が残っていた。

事件当夜、民間警備会社にセキュリティシステムによる通報が入り、ちょうど現場近くを巡回中だった警備員二名を乗せた車輌が急行した。そこで覆面をした犯人グループと接触があり、銃撃によって警備員一名が死亡した。

殉職したのは鳥羽光弥《とばみつや》という名の、二十四歳の警備会社の社員だった。

犯人は三名。そのうちのひとりが拳銃を所持し、鳥羽警備員は胸に二発の銃弾を受け、即死している。

犯人はさらに緊急避難しようとしたもうひとりの勝俣晴久《かつまたはるひさ》警備員にも後ろから銃弾を浴びせ、彼は左腕に被弾し、全治一カ月半の重傷を負った。

発砲は全部で三発とみられている。

昨夜の通夜と今朝の告別式には、特捜本部長である県警本部長の小野寺《おのでら》警視正と、副本部長を務める捜査第一課長の柴野《しばの》警視、および甲府警察署長の高田《たかだ》警視正、そして本部捜査員の中から捜査第一課の永友警部も参列した。

今朝の捜査会議では、特別捜査本部を統括《とうかつ》する小野寺県警本部長自らが捜査員一同に檄《げき》を飛ばした。

何しろ、甲府署のみならず山梨県警本部のまさに目と鼻の先で発生した、重大かつ凶悪な強盗殺人事件であり、社会的反響も大きいとみられる。よって県警の威信をかけて被疑者逮捕に全力を尽くすと、小野寺本部長の声は荒かった。

そんな彼らの威勢とは裏腹に、捜査の進展は思わしくなかった。

事件発生が夜明け前ということもあって、現場に急行した警備員をのぞき、目撃者はいなかった。犯行現場となった店の内外を徹底的に鑑識官らが調べたが、指紋、毛髪、足跡など犯人の痕跡の特定ができず、具体的なものは店内二カ所の防犯ビデオに映っていた覆面と黒い繋《つな》ぎ服の男性らしき三名の映像だけだった。

防犯ビデオに映っていた犯人のひとりは拳銃を左手でかまえ、左利きと推測された。また、空薬莢《からやっきょう》が見つからないことから、拳銃は回転式と判断された。鳥羽警備員の体内から摘出された銃弾は・三八口径だった。

犯人グループの逃走車輛として使われた白いホンダ・ステップワゴンは、勝俣警備員がナンバーを記憶しており、その日のうちに甲斐《かい》市竜王駅近くの有料駐車場で発見されたが、犯行の前日に甲府署管内から盗まれた盗難車と判明。車内から検出された指紋や毛髪はオーナーのものばかりだった。

犯人グループは、その駐車場に停めていた別の車に乗り換えて逃走したと思われた。犯行現場および竜王の駐車場付近で捜査員たちが目撃者捜しに奔走《ほんそう》したが、なにひとつ有力な手がかりは得られないままだった。勝俣警備員への事情聴取はなおも続いているし、店の防犯ビデオの精細な分析も急がれている。

そんな中、永友が注目しているものがあった。

宝石店のフロアで鑑識官によって採取された、数本の犬の毛である。白い長毛種の犬だった。

〈ペット連れの入店禁止〉と入口に貼られた店内に、客がわざわざ犬連れで入ってくることは考えられず、店の関係者への聴取でも、犬連れの客はこれまでいなかったということで、来店した客の衣服などから落ちたものと推定された。

はっきりした犬種はわからないものの、大型犬の体毛ではないかと警察犬の指導手《ハンドラー》がいった。

現在、犬関係の専門家や団体に問い合わせをしている最中だが、特捜本部ではこの一件は蚊帳《かや》の外だった。宝石店の来客で犬を飼っている者は大勢いるだろうし、被疑者を断定する直接の証拠でないため、仕方ないかもしれない。

だが、なぜかたかが数本の犬の毛が、永友の心から離れない。刑事の勘などというものを信じるわけではないが、どうしても捨て置けない何かがある。

ポケットの中でスマートフォンが振動した。

引っ張り出して液晶画面を見ると谷口伍郎《たにぐちごろう》と読めた。

谷口は甲府署刑事課のベテラン刑事だった。現在、四十二歳の永友より五歳年上で、甲府署時代は先輩後輩の間柄だったが、永友が県警本部に引っ張られたために、いやでも上下関係が逆転してしまった。二年前に甲府署刑事課長代理になってから、捜査の先陣に立つことは少なくなったが、今回は重大事案ということで特別捜査本部が甲府署に立てられたこともあって、自ら県警本部との合同捜査を申し出ていた。

階級は永友と同じ警部である。

立場は違っても、刑事畑一筋のたたき上げの警察官として谷口には敬意を払っていた。谷口の部下だったときは、名前の一部をとってトモと呼ばれていたが、今はさん付けになっている。

「永友です。谷口さん、どうしました」

──どうやら動きがあったようです。さっき韮崎《にらさき》警察署から本部に連絡が入って、甲斐市宇津谷《うつや》の航空学園近くの路上で、巡回中のパトカーが銃撃を受けたということです。

報告を聞いて驚いた。

──昨夜、盗難届が出されていたナンバーの灰色のシーマを甲斐分庁舎のパトカーが発見したのですが、追跡中、突然、いきなり車の窓越しに撃たれたそうです。

「強盗事件の犯人と同一と断定した理由は?」

──まだ、断定ではありませんが、拳銃は回転式。発砲した男は左利きだったそうです。現在、現場に県警本部から捜査員と鑑識官が急行しております。

パトカーが銃撃を受けるなどということは、そうそうあることではない。しかも犯行当時、店内の防犯ビデオに映っていた男も発砲時、左手で拳銃を握っていた。

犯行の当日、逃走に使われたステップワゴンが発見されたのが竜王駅近くで、航空学園はそのずっと先だが、被疑者の逃走経路として方向は合っている。

「〝マル被〟の人数および〝人着《にんちゃく》〟は?」

──それが二名だというんです。発砲したのは男で、助手席の窓を下ろし、身を乗り出して、いきなり撃ってきたようです。弾丸はさいわいパトカーの車体に命中しただけで警察官に被害は出なかったのですが、緊急走行で追跡したにもかかわらず、何度か赤信号を無視して韮崎の市街地方面に逃走したということです。先ほど、〝緊配《きんぱい》〟が敷かれ、県警航空隊にも出動要請が出されました。

「パトカーの乗務員は相手の〝人着〟を確認してますか」

――発砲してきた男は黒いジャンパー姿。野球帽をかぶり、サングラスをかけていたようです。パトカーのドライブレコーダーに一部始終が録画されていますが、車輌の種類、ナンバーと被疑者の不鮮明な上半身が映っているぐらいで、身許《みもと》確認ができるほどではなかったそうです。

「他には？」

――〝マル被〟の逃走方面に当たる韮崎署および八ヶ岳《やつたけ》署には、全署で警戒に当たるよう指示しておきました。こちらからも捜査員を送ります。これからまた特捜本部で会議ですので、トモさんはすぐに上署して下さい。

「諒解《りようかい》しました」

スマートフォンをしまうと、彼は店を飛び出し、警備中の警察官二名に声をかけた。

「悪いが緊急だ。ひとり残して、パトカーを出してくれるかな」

若い警察官がパトカーの後部ドアを開け、永友は車内に飛び込んだ。

3

南アルプス署の駐車場にパトカーを乗り入れた。

星野夏実は堂島哲警部補とともに三階建ての庁舎ビルに入り、一階フロアに向かう。

「やけにガランとしてるじゃないか」

地域課カウンターの前に立ち止まり、堂島がつぶやいた。

いつもなら〈課長〉のプレートが置かれたデスクで、メタルフレーム越しに怜悧《れいり》な目を光らせている沢井友文《さわいともふみ》課長の姿がなかった。地域課長代理にして山岳救助隊隊長の江草恭男《えぐさやすお》警部補、そして副隊長の杉坂知幸《すぎさかともゆき》巡査部長のデスクも空いている。いるのは関真輝雄《せきまきお》巡査と、その隣にデスクがある神崎静奈《かんざきせいな》巡査だけだ。あと、救助隊のメンバーでいないのは四名。山岳救助犬をハンドリングするK－9チームリーダーの進藤諒大《しんどうりょうた》巡査部長は、授かったばかりの仔犬《こいぬ》の訓練で、県内笛吹《ふえふき》市石和町《いさわちょう》にある警察犬の訓練所に出向中だった。深町敬仁《ふかまちたかひろ》巡査部長は午後の警らに出たばかりのはずだった。ちなみに曾我野誠《そがのまこと》巡査と横森一平《よこもりいっぺい》巡査の新人救助隊員二名は、それぞれふだんは交番勤務である。

それにしても、課内の様子がおかしい。

地域課と交通課、双方の制服警察官たちが、フロアの隅に何人かで集まって、なにやら神妙な顔を突き合わせ、ひそひそ話をしていた。

いちばん手前のデスクで、神崎静奈がパソコンに向かって頰杖《ほおづえ》を突いている。それを見た夏実は堂島と別れ、足早に歩み寄った。

「どうも妙な空気なんですけど、何があったんですか」

紺色の制服姿。背筋を伸ばし、ポニーテイルの髪を後ろに垂らしていた静奈が顔を上げた。

「三日前、甲府署管内で宝石店に押し込みがあったでしょ」

夏実はうなずく。

「——犯人グループと思われる二名の乗った被疑車輛から韮崎署甲斐分庁舎のパトカーに発砲してきたの。そのまま韮崎方面に逃走したけど、いちおう隣接する南アルプス署も警戒態勢に入るよう、県警本部から指示があって、いま、課長たちが上で会議中なのよ」

夏実がかすかに肩を持ち上げた。

「うわ。怖いですねえ。パトカーの乗員は無事だったんですか」

「弾丸は車体に命中しただけだから」

周囲を見てから、夏実は声をひそめた。「何だか映画みたいですね」

ふいに静奈がかすかに眉根《まゆね》を寄せる。

「でも、発砲した被疑者は素人じゃないような気がする」

「え。それってマジですか」

「〝マル被〟は左利き。しかも走行中の車の窓から外に身を乗り出しながら、振り返った姿勢での発砲。そんじょそこらのヤクザやチンピラじゃ、ちょっとできない芸当よ」

「日本で拳銃のプロっているんですか」

「非合法に銃を持っている暴力団員などに射撃の名人はまずいない。まあ、自衛隊員ぐらいかな。それから一部の特殊な公務員。あとは海外での射撃経験が豊富なガンマニアってところね」

「私たちみたいな警察官は？」

「たかが年に一度、それもたったの四、五十発程度の射撃訓練じゃ話にならないでしょ。SITとかSATみたいな特殊なセクションならともかく、そんなの山梨県警にはないし」

「そういえば静奈さんって、射撃訓練のあとはいつも物足りなそうな顔ですよね」

「あら、そうかしら？」

「だって、今月の射撃大会じゃ凄い成績だったじゃないですか」

「莫迦《ばか》ね。あんなのまぐれに決まってるじゃない」

わざとらしく眉をひそめ、そっぽを向く静奈に向かって、夏実が口を尖《とが》らせた。

「まぐれで的に当てないで下さいよ、もう」

もともと神崎静奈巡査は警察学校時代から空手などの武術以外に、拳銃射撃の才能を見込まれ、射撃の選手を養成する特別訓練員に選ばれていた。その当時はずいぶんと甲斐市にある警察学校の射撃場に通ったと聞いている。

が、けっきょくそれを蹴ったかたちで南アルプス署地域課への配属とともに、山岳救助隊を志願して入隊したのだった。ところが、今年一月十日――つまり十一日前に行われた県警の拳銃射撃大会において、南アルプス署からの選抜に欠員が出てしまったため、無理やり、個人の部に引っ張り出された。そして〈腰撃ち〉および〈高撃ち〉の二種競技で二百点満点中、百九十五点というダントツの成績をたたき出し、優勝という結果となった。

「当然、十一月の全国大会は参加でしょ？」

「出ないよ」

つっけんどんに静奈がいう。

「だって沢井課長が角を生やして怒りますよ。全署員の期待がかかってんですから」

「勝手に期待しないでよ。出ないってば、絶対！」

思わず声高になった静奈が、次の瞬間、さっと頬を赤らめた。

地域課と交通課の隣接する辺りにいた何人かの警察官が、彼女を見ていたからだ。その近くで、堂島警部補が事務机に向かったまま、横目でふたりを見てニヤニヤと笑っている。

奥の階段に乱雑な足音がした。

三階の会議室で行われていた会議が終了したらしく、スーツ姿の刑事たちが何人か、急ぎ足に階段を下りてきて、裏口の駐車場へと向かってあわただしく走っていった。

そのあと、制服姿の数名が下りてきた。

先頭は北見浩三《きたみこうぞう》署長と佐々木允《ささきまこと》副署長。その後ろに沢井地域課長と、地域課長代理の江草隊長の姿もあった。

夏実たち全員の視線が彼らに集まる。

「みんな、その場で聞いてくれ」

北見署長が小さく咳払《せきばら》いをして、いった。

「甲府の宝石店強盗で使用された拳銃の銃弾と韮崎署管内でパトカーに発砲されたものを県警本部の鑑識課が調べたところ、条痕《じょうこん》が完全に一致した。双方の発砲は同一犯によるものということだ。盗難車のシーマは韮崎方面に逃走したとのことだが、この南アルプス署の管内に入ってくることも考えられる。そのため、全署員には特別警戒態勢をとり、〝マル被〟あるいは被疑車輛の発見に努めてもらいたい。県警から送られてきた本事案に関する資料コピーは、これより各課あてに配布する。以上」

話が終わったとたん、フロアにいた警察官たちが緊張した顔でそれぞれの持ち場に戻る。

署長や副署長たちは二階への階段を戻っていくが、沢井課長と江草、杉坂の山岳救助隊メンバーが地域課に帰ってきた。

それぞれ堂島と軽く挨拶《あいさつ》を交わす。

「宝石店強盗の犯人たちがこっちに来るなんてことはないですよね」

静奈の隣に座っていた関が、デスクに向かったまま、不安そうに訊ねた。

「うちの所轄管内って、斬《き》った張ったの重大犯罪にはホントに縁遠いから」

そう、静奈がいった。

「この二、三日中、うちの地域課が担当した事案は、えー、たしか窃盗《せっとう》と車上荒らしが一件ずつあって、振り込め詐欺が二件ほどあったたっきりです」と、夏実。

「行方不明者の捜索願も一件、あったよ」

近くの机から関にいわれ、夏実は思い出した。

「あ。そうでした」

「だってこんな田舎町だもの」

頬杖を突いて静奈がつぶやく。

「静奈さんったら、何だか物足りなそうですね」

夏実がクスッと笑うと、静奈が口を尖らせた。「そんなことない。町が平和なのは、私たち警察がちゃんと仕事しているって証拠じゃないの」

「おい。そこ、静かにしろ」

沢井課長に注意されて静奈が口を閉じる。少し頬を染めている。

課長はデスクに座ると、メタルフレームの眼鏡を光らせながらこういった。

「甲斐市での発砲から一時間以上が経過しているが、今のところ、韮崎市、八ヶ岳市の国道に設置されたNシステムでのヒットはないそうだ。あるいは県道や市道などを走っている可能性もあるが、長野県方面に抜けずに、こちらに引き返していることも考えねばならない」

沢井は険しい顔をして、いった。「地域課の各課員は、今後の警らおよび巡回連絡にあたっては、本部からの報告に臨機応変に対応し、事態に備えること。また拳銃の携行を全員の義務とする」

課長命令を聞いて夏実がサッと緊張した。

思わず、隣にいる静奈の横顔に目をやる。彼女はいつもの涼しげな表情で、かすかに目を細めている。

4

八ヶ岳南麓《なんろく》にある、森に囲まれた広いアウトレットモールの駐車場に灰色の日産シーマを乗り入れ、片隅の駐車スペースに停めてエンジンを切った。

せわしなく往復していたワイパーが停まると、たちまち粉雪がフロントガラスに付着し始める。

佐竹秀夫《さたけひでお》はシートベルトを外すと、シャツの胸ポケットからラークの箱を取り出し、一本振り出してくわえる。ジッポーのライターで火を点《つ》けた。

助手席に座っていた諸岡康司《もろおかこうじ》がドアを開け、車外に下り立った。

「腹が減った。何か喰《く》うものを買ってくる。あんたは？」

睡眠不足のせいか、食欲はまるでなかった。

「俺はいい。こいつを一服したら、三十分ほど寝かせてもらう」

そういってシートの背もたれをそっと後ろに倒した。

助手席のドアが閉まり、靴音が遠ざかっていく。

時間をかけて煙草《タバコ》を吸い終えると、ダッシュボードから灰皿を引き出して中で揉《も》み消した。それから腕組みをして目を閉じた。しかし眠気は訪れない。ただ鉛のように重たい疲労感が心と躰に居座っている。

あの夜の出来事——鮮烈な光景が脳裡《のうり》に焼き付いたように離れない。

佐竹は眠ることをあきらめて目を開いた。

ラークをまた取り出し、干した雑巾《ぞうきん》のように固く乾いた唇に押し込む。ズボンのポケットからジッポーを出すが、拇指《おやゆび》を蓋にかけたまま、時が止まったように黙考していた。

もう三日になる。

宝石店を襲ったあと、そのまま甲府を出た。

JR中央本線竜王駅近くの狭い路地にあるコインパーキングに車を入れ、あらかじめ確保していた別の盗難車に乗り換えると、甲斐市の大型ショッピングモールに近い倒産した車検工場の敷地内で朝を迎えた。

午前七時過ぎ、いったんそこを出て、須藤ひとりを塩崎駅前で下ろし、佐竹と諸岡は工場に戻り、須藤からの連絡を待つことにした。

須藤は中央本線の上り列車で東京に向かった――はずだった。

池袋にある、中国系マフィアの幹部が経営する故買屋で、盗んだ宝石類をすべて現金に換え、山梨に戻ってくるという手はずだった。足がつきやすい宝石をいつまでも持っているより、手っ取り早く換金したほうがいい。

ところが須藤からの連絡によると、今になって故買屋が買取を拒んでいる。そのため、いったん盗んだ宝石類を安全な場所に隠して、ほとぼりが冷めるまで待つという。

話が違うと、佐竹たちは反発したが、それきり須藤からの連絡が来なくなった。いくらこちらから呼び出しても応答しない。

ビジネスホテルなど、居場所を転々と変えながら、二日間、待った。

あれから何度も考えた。

裏切ったのは故買屋ではなく、須藤のほうではないか。

三日目の朝、佐竹たちは車を出し、須藤を追って東京に向かうことにした。走り出したとたん、警ら中のパトカーと遭遇した。

乗務していた警察官らがナンバーに目を留め、シーマが盗難車であることを割り出したらしい。拡声器で停止を求められたため、佐竹は逃走にかかった。助手席の諸岡が追跡してきたパトカーに向かって発砲し、おかげで相手をまくことができた。

須藤から佐竹の携帯に電話が入ったのは、その直後だった。

北岳に登っているという。それも盗んだ宝石類を持ったまま。そこで死ぬつもりだと彼はいった。

それきりまた、彼の携帯はいっさい繋がらなくなった。

「あの野郎……」

佐竹は低い声で独りごちた。

厳寒の南アルプスに強奪した宝石持参で登っているなどというたわけた言葉を、最初は信じなかった。佐竹たちを攪乱《かくらん》するために、そんなことをいいだしたに違いない。強奪した宝石を独り占めするつもりなのだ。

しかし時間が経過するにつれ、逆の疑念が持ち上がった。

須藤は小賢《こざか》しさやずるさとは無縁の人間だ。愚直なほどに一本気な男だった。もともと宝石店強盗を企てるような悪人ではない。それがなぜ、あんな大それた計画を立てて佐竹たちを巻き込んだのか。

よほど深い事情があるのだろうと、彼は思っていた。

たんに金が欲しいという動機ではない。須藤はずっとある悩みを抱えていた。

もっとも他人のことだし、佐竹は敢えてそれを追及しなかった。

自分はいま、北岳にいる。

りに。

須藤は電話でそうはっきりといった。まるで、来られるものなら来てみろといわんばかりに。

何かが彼を心変わりさせたのかもしれない。

あの朝、須藤は塩崎駅から東京に向かわず、その足で山に向かったのではないか。

もしも彼が本当に宝石を所持したまま山へゆき、そこでひとり死ぬとしたら、強奪した戦利品のすべてが冬の北岳に死体とともに取り残される。

登山者の誰かがそれを見つけたら万事休すだ。かりに死体が人知れず雪に埋もれたとしても、春の雪解けになれば、いやでも発見されるだろう。

ふと、乾涸《ひから》びた唇にくわえたままの煙草をもぎ取り、無造作に指先で折った。

車窓の外に目をやった。

駐車場の外周のフェンスに沿って植えられた低木の合間に、青いビルの看板が見えていた。大手の登山用品店、その八ヶ岳支店だった。山に入る衣類や道具一式をそろえることはできそうだった。

奴を追うべきか。

そう思い立ったとき、助手席のドアが開いた。

バゲットが覗いた紙袋を片手に、諸岡が車内に乗り込んできた。乱暴にシートに座ったため、車体が上下した。

「眠るんじゃなかったのか」

「いや」佐竹は薄笑いを浮かべた。「眠れなかった」

紙袋の中から缶コーヒーを差し出された。受け取ると掌に心地よい熱さが伝わってきた。

プルトップを開けて、一気に半分ほど飲んだ。袖《そで》で口許を拭い、彼はいった。

「これから山へゆく」

「何だって」

驚いた諸岡が振り返る。

「奴と宝石はきっと北岳だ。俺たちもそこへ行くしかない」

「あんた、正気か」

間近から見つめてきた彼をちらと見返し、かすかにうなずいた。

5

風が唸《うな》りながら頭上を巻いていた。

灰色の低い雲から粉雪が降りしきっている。

須藤敏人《としひと》は斜面に降り積もった雪の上に直《じか》に座り込み、大きな岩にもたれていた。傍らに赤いザックカバーに覆われた妻のザックを立てて置いている。

右手にアルコール度数の強いバーボン、〈オールドグランダッド〉をたっぷり入れたスキットルを握っている。その半分以上をストレートのまま飲んでいた。

なぜかまったく酔わない。

いつも山で酒を飲めば、顔が真っ赤になるぐらいに酩酊《めいてい》するのに、このときばかりは違った。五十七度の濃厚な洋酒を、まるで味のきつい水を飲んでいるように胃に流し込んでしまう。そこには多幸感も酩酊もなかった。いつまで経っても須藤は素面《しらふ》のままだった。寒さのせいだろうかと思ったが、そうではなさそうだった。

今の自分にとって、酒という存在すらも無意味なものなのだ。

ふうっと息を吐いて周囲を眺めた。

背後はバットレス、北岳頂稜《ちょうりょう》の東面にある大岩壁だ。

高低差が六百メートルあって、クライマーたちが登攀《とうはん》する人気ルートとなっている。しかし登山シーズンを外れた今、あの巨大な山の壁面は雪と岩が複雑に入り交じった斑模様《まだらもよう》となって、人を寄せつけぬ、文字通りの絶壁である。こんな時季にあそこをクライミングする物好きはほとんどいないだろう。

正面に目を戻せば、眼前に大樺沢《おおかんばざわ》の渓谷が一面の雪原となって広がり、沢を挟んだ反対側には池山吊尾根《いけやまつりおね》が白い稜線を連ねていた。昨日、広河原《ひろがわら》から登った須藤がさっきまで辿《たど》っていた嶺朋ルートがそこにあった。

一般の登山者がめったに辿らないマイナーなコースである。

わざわざそんなところを歩いてきたのには理由があった。

この北岳には何度となく訪れていた。いつもいっしょだった妻の美弥子《みやこ》がいちばん好きな山だったからだ。広河原から入るふたつのルート。池山吊尾根を辿る冬季ルート。いずれも何度か踏破していた。たまたまもうひとつ、マイナールートがあると知って、美弥子とふたりでそこを辿った。

ふたりにとってそれが最後の北岳登山となった。

間もなく、美弥子は家の居間で心臓発作を起こして倒れ、救急搬送された。

入院した病院で医師からいいわたされた病名は虚血性心筋症。

難病であった。それもかなり症状が進んでいるため、通常の医療では対処法がなく、早急な心臓移植が必要だという。

ところがあいにくと移植のための臓器を提供するドナーが不足していて、長期間の待機が必要となった。一刻を争うような今回のケースであれば、海外での手術しかない。そうなると医療費が二桁《けた》も跳ね上がる。億単位がかかるという。

小さな運送会社でトラックドライバーをやっている須藤には、とても無理な話だった。

そうこうしているうち、妻の病状は日に日に悪くなるばかり。残された時間はもうなかった。だから須藤は今回の計画を立てて、仲間とそれを実行した。

引き入れたのは二名。かつて同じ職場にいた佐竹と、佐竹が昔、ある組にいた頃につるんでいた元警察官の諸岡。

佐竹は昔馴染《むかしなじ》みの人選だったが、諸岡は初対面だった。しかし拳銃の扱いに慣れているという話を聞いて、役に立ちそうだと安易に思った。

それが間違いのもとだった。

諸岡は宝石店に駆けつけた若い警備員を何の躊躇《ちゅうちょ》もなく射殺した。

人ひとりを生かすためにやむなく行った犯罪で、何の関係もない人間が殺された。そのことに、須藤はショックを受け、耐えがたい慚愧《ざんき》の念を感じた。

そのあげく、ひとり娘からもたらされた美弥子の病死の急報であった。

何という皮肉だろう。

美弥子の死は神罰のように思えた。

しかし、同時に理不尽さをも感じた。自分自身が神に運命をもてあそばれているような気がした。いったいどんな理由があって、ここまで人生が凋落《ちょうらく》し、やることなすことがどんどんと悪いほうへ転んでゆかねばならなかったのだろうか。

須藤は白い息を吐いて、周囲の山を見つめた。

足繁くこの北岳に通うようになって、ここが神の住まう座だと思い始めていた。

彼はもともと無神論者だったが、山だけは例外だった。北岳に登り、清涼な空気と冷たい風の中に立っていると、そこに強い神性を感じるのである。

自然という無形の神。人知を超越した絶対の存在がここにある。そこに感動を覚えるからこそ、妻とふたりして何度もこの北岳に登った。

ここに来れば、きっと神に対面できる。妻の死の意味を教えてもらえる。そう思ったのだ。そして亡き妻との思い出を辿りながら、静かに朽ちてゆく。

それが自分にふさわしい最期だ。

須藤はまたスキットルをあおった。

強烈な刺激が喉《のど》を伝い、胃袋を焼く。息を洩らして口許を拭い、また飲んだ。

ようやく酔いがめぐってきたようだ。

眉を寄せて顔をしかめ、しばし虚空をにらんでいた。

山は沈黙していた。

なぜだろうかと須藤は思った。

犯行に走り、人を殺すことになったことへの許しを請うわけではない。これほどまでに苦しい人生の意味を知りたかった。罪もない妻がめったにない病気で命を落とし、それがゆえに善人だった自分がここまで悪に落ちなければならなかった、そのわけを知りたかった。

だが、なぜか答えはなかった。

苦労して雪を掻《か》き分け、妻の愛用していたザックを背負って登ってきた北岳。

ここにあるのは、身を切るような寒さと、重苦しい沈黙ばかりだった。

神は何ひとつ応《こた》えてはくれなかった。

虚無——けっきょく、それがこの山がもたらした答えだったのだ。

ふいにまた、風が吹いた。

真横から流れてきた小さな雪の粒が、須藤の顔に音を立てて当たった。

冷たい空気が塊となって横殴りにぶつかってきた。

傍らに立てていたザックが、ゴソリと音を立てて転がった。風にあおられた赤いザックカバーがバタバタと躍り、ふいに飛んでいった。雪原の彼方《かなた》にそれは小さくなり、やがて地表を這《は》うように流れる雪煙の向こうに見えなくなった。

飛んでいってしまったザックカバーに未練があるわけではないが、風下の斜面を白いカーテンのように流れる雪煙を、須藤はぼんやりと見つめていた。

「そんなものが欲しいのなら、とっととくれてやる」

独りごちてから、フッと笑った。

スキットルをあおって、しかめ面で蓋をしようとしたとき、転がっているザックの雨蓋《あまぶた》のジッパーから、白い紙片のようなものがはみ出しているのに気づいた。しばしそれを見ていた須藤は、やおら片手を伸ばして摑《つか》み、ゆっくりととった。

写真だった。

北岳の山頂で、妻の美弥子と撮った一枚。ふたりで最後に登った記念だった。

たしか、たまたま頂上に居合わせた若者に頼んで撮影してもらった。

〈南アルプス国立公園　北岳　3，193ｍ〉

そう記された看板の前で寄り添った須藤敏人と美弥子。

ふたりが幸せそうに笑っている。

片手でそれを持って、じっと見つめる。

本当に幸福だった。

この写真を撮影した瞬間が、須藤が辿ってきた人生の頂点だった。

それから間もなく、美弥子は病気にかかり、夫の須藤も急坂を転がり落ちるような人生となってしまう。

そうして二度と、ふたりしてこの山に来ることはなかった。

「なぜだ……」

また神に問うた。

やはり返ってくる声はなく、重苦しい沈黙が辺りを領していた。

黙っているのならば、それでいい。

須藤はスキットルの蓋を閉めて、ふうっと息を吐いた。

横殴りの風。顔を叩《たた》く雪。

ここでひとり朽ち果てる。自分の人生の終焉《しゅうえん》を迎えよう。

ゆいいつの後悔があるとすれば、それはたったひとり、残してきた娘だ。

「明日香《あすか》。父さんを許してくれ」

乾涸びた声でつぶやくと、須藤敏人はゆっくりと目を閉じた。

風が吹き、須藤の右手から大切な写真を奪い取っていった。しかし彼はすでに意識を失いかけていた。スキットルだけを握りしめ、凍りついた顔を空に向けた。

そのとき、山の声が聞こえた。

須藤はゆっくりと目を開いた。

6

甲斐市内の発砲現場から国道二十号線を伝って韮崎方面に向かっていた。

永友和之警部は、窓外を流れる街の景色を見ながら、眠気と戦っていた。ピタリと窓を閉ざした車内にヒーターのぬくもりがこもっていて、ついウトウトとする。無意識に鉛のように重くなる瞼《まぶた》を押し上げていると、助手席から声がかかった。

「トモさん、お疲れのようで」

意識を戻し、掌で目をゴシゴシとこすった。

甲府署から出された捜査車輌の後部座席のシートだった。車は灰色のスバル・インプレッサで、運転しているのは甲府署刑事課の小田切《おだぎり》という若い刑事。助手席は同じく甲府署の、かつて永友の上司だった谷口伍郎警部である。

「すみません。ここんとこ、あまり眠っていないものですから」

捜査会議では何とか起きていられたが、午後になって食事のあと、さすがに激しい睡魔に襲われるようになった。

進行方向左の車窓には、冬枯れた藪《やぶ》の向こうを流れる大きな釜無《かまなし》川が見えている。そのずっと彼方に、南アルプスの山嶺《さんれい》が真っ白に雪化粧して連なっていた。

「昨夜はずっと県警本部の資料室にこもっていたようですね」

「過去、十年にわたって同じ手口の事件などを調べていましたが、どうやら徒労のようでした」

「八ヶ岳署まで、まだ時間がかかります。少し眠ったら？」

「いや」苦笑いして、いった。「ウトウトしていたら、なぜか目が覚めてきました」

「ところで、県内で宝石店強盗なんてのはめずらしいケースじゃないですか」

永友はうなずいた。

「資料を当たったところ、少なくともわれわれ県警の管轄の中ではゼロです。首都圏では過去に何件かの宝石店強盗事件がありましたが、犯人が外国人グループだったり、明らかに犯行の手段が違っていたり、同一犯である可能性はほぼないですね。十年以上前になると、もうパソコンで引き出せるデータがなく、警察庁まで資料を閲覧しにいかなきゃいけませんし」

「今回の事件も外国人だという可能性は？」

「おそらくそれはないと思います」

負傷した警備員の証言によると、犯人の男三名は覆面をしていたが、しゃべり方はふつうに流暢《りゅうちょう》な日本語だったということだった。方言のような言葉の訛《なま》りもなかったらしい。

「あれから三日目ですが、〝マル被〟たちはとっくに県外に逃げていると思いました。何か理由があって、この辺をうろうろしてるんでしょうかね」

永友は腕組みをして考えた。

「警察の捜査を欺《あざむ》くために、わざと近場にとどまっているのか。あるいは別の事情か……」

「ところでトモさん。他の本部の捜査員は、パトカー銃撃のあと、被疑者たちが長野方面に逃走したと見ているのに、どうしてまだ県内にこだわっているのですか」

「奴らが捜査の盲点を突いているとしたら、と考えていたんです。しかし、それはあまり意味がない。いずれは捜査網が狭まって引っかかることになります」

「当然、そうでしょうね」

「もしかしたら、ここにいなければならない、何かの事情があるのかもしれません」

すると谷口が少し笑った。「実は、私も同じことを考えてました」

「いくらあれこれと考えても、それはこちらの想像にすぎないし、真実からどんどん遠ざかってしまう可能性だってある」

そういってから、永友はふいに頭を搔いた。「まあ……他の捜査員が思いつかないようなことを真面目《まじめ》に考える人間がひとりぐらいいたっていいんじゃないかと思いました。いわば大穴狙《ねら》いってことで」

「大穴ですか。なるほど、当たればでかいってわけですね」

谷口がまた笑いながらいったとき、車載の無線機が雑音を発し、男の声が聞こえた。

――山梨本部から各局、各移動。十五時四十分、〈八ヶ岳アウトレットモール〉の駐車場で、手配中のシーマを警ら中の八ヶ岳署PC乗務員が発見。なお〝マル被〟においては発見ならず。引き続き付近を検索中。

助手席の谷口がまた振り向き、永友と視線が合う。

まさに彼らが向かっている八ヶ岳署の管内である。犯人グループは、やはり県境を越えて長野に入らず、山梨側の八ヶ岳南麓にいたということだ。

谷口がマイクをとった。

「〈甲府21〉から山梨本部。シーマの車体に指紋等はありましたか?」

雑音。

――山梨本部から〈甲府21〉。現在、八ヶ岳PSの鑑識官が調査中ですが、車内と車体外部の指紋がきれいに拭われた形跡があるとの報告が入っています。

「〈甲府21〉から山梨本部。被疑車輛周辺の検索はどのような情況でしょうか?」

——山梨本部から〈甲府21〉。捜査員が付近の店舗を当たるも、〝マル被〟の〝面〟をとっていないため、発見困難との連絡がありました。

「谷口さん！」

永友がシートから身を乗り出すようにしていった。「奴らはまた車を乗り換えたかもしれない。モール内で別の盗難車がなかったか、当たるようにいってください」

助手席の谷口がハッとして、マイクに向かってそのことを伝えた。

永友はまたシートに背を凭《もた》せ、腕組みをした。

加速する車のフロントガラスを、粉雪が激しく叩いている。

7

シルバーメタリックのマツダCX－7のステアリングを、佐竹が握っていた。

助手席に座る諸岡はずっと不機嫌な横顔を見せている。理由は明白である。

「なんで山になんぞ行かなきゃなんねえんだ。それもお手軽なハイキングじゃなく、冬山だぞ」

佐竹は口をつぐんだままでいた。

彼自身も同じ気持ちだからだ。なぜ、冬山へなんぞ登らなければならないのだろうか。

しかし、須藤が北岳にいるのはたしかだと思った。それも都内で換金するはずだった宝石類とともに。奴の個人的な事情などはどうでもいいが、それを取り戻すためには、是が非でも雪の北岳に登らねばならない。

ふたりの後ろのシートには、アウトレットモールの登山用品店で購入したばかりの山道具一式が無造作に置かれている。ザックにウェア、登山靴、アイゼンにピッケル、ストック。ストーブに燃料など。食料はドライフード類を大量に購入した。

諸岡はまったく山は素人だったが、佐竹は十代半ばから二十歳頃まで、山好きの仲間たちとともによく登っていた。南アルプスや八ヶ岳。もちろん北岳にも何度か足を運んだ。

二十一歳のとき、父親が経営していた車の用品店がつぶれ、借金まみれになって母親と離婚。それから間もなく、父は自殺した。けっきょく佐竹はまともに職に就《つ》くこともなく、暴走族からヤクザの世界に入った。

その頃になると、山にはまったく足が向かなくなっていた。

あれから二十数年。アウトドア用品は遥《はる》かに進化して、まったく別物のようになっていた。

山道具をひと揃《そろ》え購入するのはビギナーに違いないと思ったらしい。ショップの店員が「冬山は初めてですか?」と心配そうに訊《き》いてきたため、昔、やっていたといい、経験者といっしょに低山に登るだけだから大丈夫だと答えた。

それから駐車場に戻り、CX-7を盗んだ。

ドライバーは若い男だったが、ちょうどエンジンをかけたまま、ドアロックもせずに公衆トイレに入っていった。佐竹たちは荷物を車内に入れると、ドアを閉めて車を発進させた。

警察の監視装置であるNシステムがセットされている中央自動車道や国道二十号線を通らないように、県道やもっとマイナーな道を選んだ。おかげで南アルプス市内に入ったのは午後五時を回っていた。

空は鉛色の低い雲に覆われ、相変わらず粉雪が風に舞っていた。

県道十二号線を南下し、途中のコンビニで夕食にする弁当などを買い込んだ。

カーナビで捜して、コンビニから少し引き返した場所にある、御勅使《みだい》川の河川敷に作られた細長い緑地帯の〈福祉公園〉を休憩の場所として選んだ。

入口を入ったところにある駐車スペースに車を入れた。他の車がなかったので、いちばん奥に車を停めた。

車内で弁当を食べながら、佐竹は車内灯の光の中で北岳の山岳地図を広げた。ショップでこれを購入するときは、山を特定されないように、北アルプスや八ヶ岳など、いくつか他の山域の地図といっしょにレジに持っていった。

「なあ、本当に山なんかに登るつもりか」

助手席で不平を洩らす諸岡を見た。ふっと笑い、いった。

「もう一度、別の宝石店を襲撃するということも考えた」

山岳地図を見ながら、彼はいった。「事件の直後は警戒しているだろうが、逆にいえば、まさか二度も立て続けに宝石店強盗があるとは思わないかもしれない」

「それがいい。山に登るなんてことより、よっぽど現実的だ。今度は俺たちだけでやろう」

佐竹は地図から目を離さなかった。

「やはり俺は山に行く」

「なんでそんなにこだわるんだ」

「奴は俺たちを見下してんだ。おそらく、はなっから仲間だと思ってもいなかったんだろうさ。だから、あっけなくこんな裏切りをはたらきやがったんだ。しかも、まさか冬の北岳まで追っかけちゃこねえだろうって莫迦にしてやがった。そんなあいつの鼻を明かしてやりてえんだ。もしも山のどこかでくたばってやがったら、須藤の野郎の死体を見つけて宝石を取り返し、その場でションベン引っかけてせせら笑ってやる」

顔を上げて諸岡を見、彼はいった。「そうでなきゃ、気がすまねえんだよ」

その表情に何かを悟ったらしく、諸岡が目を逸《そ》らした。

ふいに視界の端を赤い光がまたたき、佐竹はハッと振り向き、あわてて車内灯のスイッチを切った。モノトーンに暮れかかった県道を、レガシィB4らしきパトカーがルーフの回転灯を明滅させせながら、ゆっくりと近づいてくるところだった。

佐竹は緊張した。

八ヶ岳のアウトレットモールからCX－7が盗難に遭ったことは、すでに警察も知っているだろう。乗り捨てたシーマのナンバーから、宝石店強盗の被疑者と結びつけることは容易だ。

「まずいな。ナンバーを見られたらおしまいだ」

佐竹がつぶやくと、助手席の諸岡が革ジャンパーのジッパーをそっと下ろし、拳銃を抜き出した。

「やめとけ。こんなところで発砲したら、また足がついちまうぞ」

「撃ちゃしないさ。念のためってことだ」

そういって諸岡は黒い回転式拳銃を足の間に挟むように隠した。

パトカーは徐行しながら公園入口の前を通過し、そのまま南の方面に向かって走り去っていった。闇《やみ》に溶けるように小さくなっていく尾灯と赤い回転灯を車窓越しに見ながら、佐竹はそっと吐息を洩らした。

8

「明日からまた山だってな？」

パトカーの助手席で腕組みをしながら、堂島がいった。

午後六時を過ぎて、ふたりとも夜間の警らに出たばかりだった。県道の端に規則的に立ち並ぶ銀色の街灯が、前から後ろへと流れてゆく。

「Ｋ－９チームの三名だけで、三日間ほど北岳に入ってきます。救助犬とハンドラーの冬山訓練を兼ねたパトロールです」

運転席の夏実が答えた。

「当直明けで、よく山になんか入れるなあ」

あきれ顔で堂島がいうので、夏実は少し笑った。

一般の警察官の当直は、午前八時三十分から翌朝の八時三十分までの二十四時間勤務である。通常なら、そのあとは非番となる。

「うちでゴロゴロしてるよりも、山にいるほうが元気になるんです」

そう、彼女は答えた。

「それにしても、だ。二、三日中に天気が悪くなりそうだって話だろう。山も荒れるんじゃねえのか」

「あー。たしかに山は晴れたほうが気持ちいいです。でも、私たちの訓練は悪天候とか関係なくこなさなきゃいけないんです。そのために鍛えてますし、装備もちゃんとしてますから」

「まったくお前たちには頭が下がるな」

「堂島さんこそ、ベテランとして凄く尊敬してます」

赤信号でブレーキを踏み、夏実は笑みを浮かべた。「だけど、もうすぐ定年になられるなんて、何だかもったいない気がしますね」

「老兵は去っていくものだ。来春からは、また別の誰かとペアを組めばいい」

「いやでもそうなりますけど」

すると隣席で堂島がニヤリと笑った。「うかない顔をするなよ、星野」

夏実は無理に微笑《ほほえ》んだ。

「堂島さんは退職のあと、どうされるおつもりですか」

「そうだなあ」

腕を組み直し、彼はいった。「近所のジイサマと日がな一日、縁側で碁盤を囲むかな」

「それって一気に老《ふ》けちゃいますよ」

「冗談だ」

堂島がまた鼻を鳴らして笑う。「実はな、久しぶりに海外旅行をするつもりなんだ」

「え。どこですか？」

驚く夏実に向かって彼はうなずいた。

「ニュージーランドだ。南島にミルフォードトラックという有名なトレッキングのコースがある。ガイド付きで四泊五日のツアーの申し込みをやったばかりなんだ」

夏実の目が輝いた。

「知ってます、そこ。世界でいちばん美しい散歩道なんですってね」

「散歩道ったって全長五十四キロだとさ。この俺が歩けるのかね」

「堂島さんなら大丈夫ですよ。最近、山に凝ってらっしゃるし、北岳だってもう楽々じゃないですか」

そういってから、夏実は首をかしげた。「でも……まさか、おひとりですか」

「女房を無理に誘ってつきあわせることにした」

彼は制帽を脱いで頭を掻いた。「五十四キロの道のりのお荷物にならなきゃいいんだがな」

信号が青になり、夏実がパトカーを発車させる。

そのとき、警察無線が雑音を発した。県内系警察無線が飛び込んでくる。

――山梨本部から各局、各移動。甲府の宝石店を襲撃した被疑者のうち二名は、八ヶ岳PS管内のアウトレットモールにおいて盗難車のシーマを乗り捨て、近くに駐車中だったシルバーのマツダCX－7を盗んで逃走中と判明。ナンバーは山梨300　は　40－××。なお、依然、逃走先が不明のため、各捜査員は広範囲の検索を実施されたい。以上、山梨本部。

堂島の顔から笑みが消えて、緊張の色が戻っていた。

「とっくのとんまに長野方面に向かったと思っていたが、まだ、県内にいやがるのか」

「あの……」

一瞬、いいよどんでから、夏実が口に出した。「さっき、シルバーのCX－7を見ました」

堂島が眉根を寄せる。「どこでだ」

「御勅使川福祉公園入口の駐車場です。一台だけ、停まってましたけど……引き返しますか？」

「当然だ。類似の車はあちこちに走ってるだろうが、いちおう何でも調べるのが俺たちの仕事だ」

「わかりました」

夏実はうなずき、ミラーで安全を確認してからパトカーに制動をかけ、ウインカーを出した。そしていったん狭い路地に車の頭を突っ込んでからバックで方向転換させ、来た道を戻り始めた。

県道十二号線を北上し、〈芦安入口《あしやす》〉の交差点を通過すると、まもなく御勅使川河川敷にある福祉公園入口となる。

パトカーがそこに近づくにつれて、夏実はしだいに緊張してきた。ステアリングを握る両手がひどく汗ばんでいる。

堂島がいうように同じ色の同じ車種の車はそこらじゅうにいるだろう。しかし、もしやということもある。韮崎署甲斐分庁舎のパトカーが銃撃されたことを思い出すと、名状しがたい恐怖が喉許を締め付けてくる。

前方に公園入口が見えて、ウインカーを左に出した。

シフトダウンとブレーキでパトカーの速度を落としながら、公園入口の駐車場に車を乗り入れる。アスファルト舗装に白の駐車スペースのラインが並ぶ場内をゆっくりと一周した。

あの該当車輛は消えていた。

さっきはたしかにいちばん奥のスペースにシルバーの車体のＣＸ－７が駐車していた。ふたりのパトカーが通過したあとで出て行ったのだろう。

夏実は内心、ホッとしたが、口には出さずに黙っていた。助手席の堂島は岩のような険しい顔をしたまま、粉雪が舞う窓外の闇を見ている。

「そこに停めてくれ」

いわれた場所に車を寄せ、ブレーキを踏んだ。

　エンジンのアイドリングの音が物憂げに車を震わせている。

　ふいに堂島はシートベルトを外すと、ドアを開けて外に出た。たちまち刺すような冷気が車内に侵入してくる。彼はドアを閉め、少し歩いてフェンスの前に立った。夏実は運転席に座ったまま、その大柄な後ろ姿を見つめた。

　堂島がふと視線を下に落とした。

　フェンスを乗り越えて向こう側に下りると、何かを拾って戻ってきた。白いビニールだった。コンビニのレジ袋のようだ。それを右手にぶら下げたまま、パトカーに戻ってくると、またドアを開いて助手席に乗り込んだ。体重で車が上下した。

　レジ袋の中は食べ終わった弁当のプラ容器と空の缶コーヒーだった。それを取り出すとき、中身が少し洩れて堂島の膝《ひざ》に落ち、彼は小さく悪態をついた。

「缶がまだ温かいな。きっとここに駐車していたＣＸ－７のドライバーが捨てていったんだ」

「ゴミを捨てていくなんて最低ですね」

　堂島はうなずき、弁当の空き容器のラベルを見た。

「〈Ｓマート〉のカルビ焼肉弁当と牛丼《ぎゆうどん》弁当。こっちのビニールはサンドイッチだな。コーヒーの空き缶はふたつ。箸《はし》がふたり分か」

「そのメニューならきっと、どちらも男性だと思います」

「被疑車輛に乗っていたのも男性二名だったそうだ。だが、偶然もあり得る」

「レシートとかは入っていませんか？」

堂島はなおもレジ袋をあさった。

「あったぞ。ええと、〈Sマート　芦安入口店〉……」

「え」と、夏実が反応した。

いつもふたりが警らや巡回パトロールの途中に立ち寄っているコンビニだったからだ。

堂島は老眼なのでレシートを目からわざと離しながらいった。

「レジを使った時間が書いてあるな。午後五時十一分となっている。それから……〈ラーク〉と打たれてる。煙草も買っているようだ……それも一度に五箱もだ」

彼の横顔を見つめながら、夏実がいった。

「何だか、いかにもここに被疑者たちがいたように思えてきました」

「俺もだ、星野」

「無線で報告しますか？」

「そうだな」顎《あご》に指を当て、伸び始めた髭《ひげ》を撫《な》でながら堂島はいった。「まず店に行って、〝面取り〟をしてからにしようと思ったが、早めに一報を入れたほうがいいだろう」

本部に無線連絡を送ったあと、堂島がシートベルトをかけたのを確認してから、夏実はパトカーをゆっくり発進させた。

緊張がふたたび躰を包んでいた。

9

午後七時を回って、灰色のスバル・インプレッサは国道二十号線沿いにある〈道の駅はくしゅう〉の駐車場の一角に停まっていた。

永友は捜査車輌の車外に出て、ポケットに片手を突っ込み、煙草を吸っていた。コートをはおっていないために、スーツを通して寒さが躰を締め付けてくる。

ゴールデンウィークや真夏の観光シーズンは県外ナンバーの車でひしめき合うここも、冬場を迎えた今はさすがに閑散としている。

大型トラックの専用駐車スペースにコンテナを牽《ひ》いたトラックが二台。あとは隣接するスーパーマーケット前に、地元の車らしい軽トラや軽自動車などが数台、見えているだけだ。

上着の中でスマートフォンが振動した。

取り出して画面を見ると、発信者の名は有本静彦《ありもとしずひこ》となっている。すぐに耳に当てた。

「もしもし、永友です」

――日本警察犬協会の有本です。ご多忙中にすみません。

「いえ。こちらからお願いしたんですから」

有本は県内、笛吹市石和町にある警察犬の公認訓練所の所長をやっている男で、永友とはかねてからの知り合いだった。

――例の白い犬の毛ですが、調べたところ、ホワイト・スイス・シェパード・ドッグのものだということがわかりました。

「それはどういう……」

――文字通り、白いシェパードの一種なんですが、日本ではホワイト・シェパードの中でも血統書がつけられるゆいいつの犬種なんです。もう一種類のアメリカン・カナディアン・ホワイト・シェパードはいまだに血統種と認められずに雑種とされてます。

「なるほど」

――もともとシェパード自体も犬種としては新しいものなんですが、ホワイト・シェパードが国際畜犬連盟に認められたのは、西暦二〇〇〇年代に入ってからのことです。アルビノ、つまり劣性遺伝というイメージがあって、血統種にすることに抵抗があったんでしょうね。

「ふつうのシェパードとの違いは色だけですか」

――いいえ。体型そのものが違います。ジャーマン・シェパードは後肢《こうし》の直立がないため、頭部から尾部にかけて流れるようなシルエットになっていて、それがゆえに股関節《こかんせつ》形成不全などといった先天的な障害を持つことが多いんですが、ホワイト・シェパードはその欠点が改善された犬種といえます。ただし同じシェパードでも、ホワイト・シェパードは圧倒的に飼われている頭数が少ないんです。

「体毛のＤＮＡ鑑定で犬の個体を特定することは可能ですか?」

――人間ほどバイタル・データがそろっていれば別ですが、飼い犬やペットはその点、かなり困難です。

「せめて、牡牝《おすめす》の区別は？」

――それも無理です。とはいえ稀少《きしよう》な犬種のようですから、県内の飼い主やブリーダー、シェパードを扱うペット業者などを当たってみて、何らかの情報に行き着く可能性は否定できないですね。

「お忙しいところ、ありがとうございます。引き続き調査を進めていただけますか？」

――できるかぎりのことはしてみます。

「よろしくです」

通話を切って、スマートフォンをポケットに戻した。

また煙草をくわえ、長く煙を吹き出した。紫煙が夜風に流れて行く。

ふと彼は自嘲《じちよう》した。

「犬の毛か……」

ひとりつぶやいて笑った。

どうして、いつもこんなふうに、他の捜査員が目を向けないところにこだわるのだろう。

県警本部きっての横紙破りなどと揶揄《やゆ》されているらしいが、なるほどと思った。

車内に戻ると、助手席の谷口は最前から甲府署と携帯で電話のやりとりをし、運転席の小田切はステアリングに手をかけたまま、うとうとと舟をこいでいた。

後部シートに座る。車の揺れで小田切が目を覚ました。

甲府市内から甲斐市、さらに八ヶ岳市と、何時間も県内のあちこちを走り回り、さすがに疲れていたようだ。

「犬に関する情報が入りましたが、なかなか特定は難しそうですね」

そう、谷口にいった。

「〝マル被〟の衣服あるいは躰に犬の毛が付着していたという、その可能性は否定しませんが、当人が飼っていたとはかぎらないですよ。本部がいったように店の客のものかもしれないし、たまたま、よその犬の毛が付着したのかもしれません」

永友はうなずいた。

「でも、めずらしい犬の毛であることはたしかなようです。どうも、こだわりを捨てきれなくてね」

「なるほど。だからこその大穴狙い、というわけですね」

永友はまた笑ってうなずく。ふいにその視線が車窓の外に向けられた。

「ところで、そこに妙な形の造形物がありますが、あれは何です？」

〈道の駅〉の入口近くの植え込みに、金属で作られたらしい不規則に傾いたオブジェが立っている。さっきからそれが気になっていた。

「ああ。あれは南アルプスが国立公園になって五十年ということで、記念に作られたモニュメントだそうです。たしか千八百万円も工費がかかったそうで、市民から非難の声がかなりあったとか」

苦笑しながら助手席の谷口が答えた。「県内の市政はどこも借金まみれだし、よくそんな金があったもんです。あんな偶像を建てても、どうせ誰も見向きもしなくなるのに」

「貧乏人ほどムダな金を使いたがるもんです」

「それはちょっと耳に痛い言葉だ」

永友の声に、谷口が頭を掻きながら笑った。

「ところで、トモさん。本部に訊いてみたら、やっぱり長野方面はNヒットなしだそうです。国道や高速を通らなかったのかもしれませんね」

主要幹線道路に設置した警察のNシステムに、該当車輛が引っかからなかったらしい。

「やはりまだ県内の、どこかにひそんでいるな」

「大穴狙いというわりには自信がおありのようで」

図星を突かれ、思わず永友は笑った。

「一見、無計画に行動しているように見えて、実はそうじゃないのかもしれません。意図的に警察の追跡を攪乱しているのかもしれないし」

「あえて県内にとどまる動機や理由が？」

「あくまでも想像ですがね。面が割れていないため、車を捨てて逃げてもよさそうなんですが、連中はそうしない。きっと何かの理由で〝足〟が必要なんです」

「狭い日本じゃないですか。いずれ網にかかりますよ」

「いや」永友はふっと真顔に戻った。「この国、案外と広いのかもしれませんよ」

そのとき、車載無線が雑音を放ち、続いて通信指令課の男性の声がした。

――山梨本部から各局、各移動。宝石店強盗の被疑者二名が乗った盗難車、シルバーのCX－7。該当ナンバーの車輛はいまだ発見に至らず。各捜査員においては引き続き、各方面、広範囲での検索を続行せよ。なお、十八時二十分、南アルプスPS管内にて警ら中のPC乗務員から、シルバーのCX－7を目撃したとの報告あり。ナンバーの確認がとれなかったため、同一車輛との特定はできず。現場付近のコンビニエンスストアに立ち寄った可能性があるとのことで、現在、急行中。情況が判明次第、追って指示する。各員にあっては引き続き警戒に当たれ。以上、山梨本部。

唐突に無線の通信が終わった。

「南アルプスPS管内って……ここよりずっと静岡側ですよね」

谷口が助手席からカーナビの液晶画面を操作しながら、県内の道路地図を拡大していく。南アルプス市の区域を表示させながらいった。「――長野方面に向かった〝マル被〟が、わざわざそんなところまで遠征していくなんて、ちょっとあり得そうにないですな。きっとたまたま盗難車とよく似た車だと思いますが」

永友は腕組みをしながら考えた。

ふと、車窓の外に目をやる。

あの南アルプス国立公園指定五十周年記念のモニュメントが、薄闇に真っ黒なシルエットとなって立っているのが見える。それをしばし凝視していた。ふいに頭の中に何かが閃《ひらめ》いた。

「これから南アルプス市に向かってもらえませんか」

突然、そういったので谷口と運転席の小田切が同時に振り返る。

「まさか、トモさん。本気じゃないですよね？　該当車輛が〝マル被〟の盗んだ車である可能性は低いですよ。シルバーのCX－7なんて、県内にいくらでも走ってますし」

「それはわかりますが、万が一ということもあります」

いいかげんに甲府署に戻るつもりだったのだろう。谷口はあからさまに落胆の表情を見せた。

「悪いけど、もうちょっとだけつきあって下さい」

谷口は黙って彼の顔を見ていたが、やがて向き直り、小田切にいった。

「車を出してくれ。穴山橋手前から右折して県道十二号。南アルプス市方面だ」

小田切が黙ってインプレッサを走らせた。

谷口がマイクをとり、南アルプス市へ向かうということを本部に伝え始めた。

彼らの車は、粉雪をかぶって白くすすけたように見えるモニュメントの傍《そば》をゆっくりと通り過ぎ、右折のウインカーを出しながら国道二十号線に出た。

10

県道十二号線と南アルプス街道が交わる交差点。

角地にあるコンビニ店〈Sマート　芦安入口店〉にパトカーを乗り入れ、夏実はサイドブレーキを引いた。駐車場に他の車はなかった。

堂島と同時に車外に出る。寒風が吹き寄せ、思わず肩をすぼめたくなる。

舞い落ちる雪は少し大粒になってきたようだ。

自動ドアを開けて、ふたりで店内に入った。カウンターの中に二十代前半ぐらいの茶髪の娘がいて、警察官の制服姿の夏実たちを見つめた。いつも立ち寄っているおかげで、すっかり馴染みのある店だが、バイトらしいその娘は初対面だった。

堂島が持ってきたレジ袋の中身を見せながら、事情を話し、質問した。

「あの、えっと……私、夜番で、さっき交代したばかりなので、ちょっと――」

娘はしきりに髪の毛をいじりながら、視線を泳がせ、しどろもどろに答えた。話にならないと、堂島があからさまに苛立《いらだ》ちの顔を見せたとき、反対側の飲料コーナー脇のウォークイン冷蔵庫のドアが開き、コンビニの制服を着た中年女性が姿を見せた。レジ前に立つ男女の警察官に気づき、太り気味の躰を揺すりながら、足早にやってきた。

「夏実ちゃん。あら、堂島さんも？」

胸には〈店長　広川《ひろかわ》〉と名札がつけられている。

三年前、夏実たちがパトロールの途中に立ち寄るようになった頃は、まだパートタイマーだったが、去年から店長になって、この店を仕切っている。やり手ということで営業本部に認められたという話だった。

「どうしたの？」

問われて夏実が事情を話した。

広川は午後から店に入っていたようで、レジ袋の中身を見て、弁当などを買っていったふたりの中年男性のことを記憶していた。とりわけ、煙草の〈ラーク〉を五箱も求めたため、はっきりと覚えていたようだ。

「来店されたのは、暗くなるちょっと前だったかね。おひとりは……黒っぽいジャンパーを着て、野球帽。背の低い、ずんぐりした感じの男の人だったわ。色の黒いサングラスをかけてらっしゃって、年齢は四十から五十ぐらいかしら。もうひとりは同じぐらいのお歳《とし》で、少し痩せていて、服装は灰色みたいなスーツかブレザーだったと思います。伊達《だて》眼鏡みたいなものをかけて、ヤクザっぽくて、ちょっと怖かったのよ」

外に駐車した車輛は見ていないという。

夏実は、レジカウンター上の天井にいくつか取り付けられた小さなビデオカメラを見上げた。

「堂島さん。あれ」

指差すと、彼がうなずく。

「広川さん。そのビデオの映像をちょっと拝見できますか」

「でも、堂島さん。本部の許可なしに警らの警察官が勝手にそんなことやっちゃ……」

夏実の心配はもっともである。

いくら犯罪の疑いありとはいえ、警ら中の警察官が直に防犯ビデオを観《み》ることはできない。店と店員および客のプライバシーに関《かか》わることだからだ。本署に速報し、令状をとるか、あるいは当直捜査幹部らの立ち会いの下で撮影されたメディアを任意のかたちで拝借するのがふつうだ。

すると堂島がニヤリと笑った。

「星野よ。俺が警部補だってことを忘れたのか。幹部権限ってものがあるだろう」

「あ」

夏実がぽかんと口を開いた。

すると広川店長が笑ってこういった。

「おふたりとも、何いってんのよ。まるきりの赤の他人じゃあるまいし」

「いいんですか、見せていただいて？」

「パートだった頃ならまだしも、今はれっきとした店長なんだから」

わざとらしく胸を張って、広川はいった。「いつもパトロールで巡回してもらって、ありがたく思ってるのよ。それでなくても、最近はこんな田舎でもあちこちでコンビニ強盗なんかがあったりして、物騒な世の中だからね」


ウォークイン冷蔵庫の傍にある、スタッフ専用と書かれたマジックミラー付きのドアを開け、バックヤードへ。さらに右手にある事務室に通された。

壁に挟まれた狭いスペースに飾り気のない事務机とスチール製のパイプ椅子《いす》。パソコンやファックス電話が置かれている。コルクボードには仕入れ票や伝言のメモなどが無造作にピンで留めてあった。

広川は店内を撮影していたビデオをいったん停止させて、記録メディアであるSDカードを抜き出してくれた。机にあったノートパソコンを開いて起動してもらい、あとは夏実が操作した。堂島はパソコンの類《たぐ》いがまったく苦手だったからだ。

該当する動画ファイルを見つけて、メディアプレイヤーで再生してみる。

粒子の粗い映像だった。

この店の防犯カメラは二十四時間のフル稼働で、だいたい三日間ぐらい撮影しては、ファイルがいっぱいになると上書きモードになって最初から録画するようになっている。レジカウンターの真上に三カ所、トイレの前と仕入れ倉庫であるバックヤードに、それぞれひとつ。合計五つの映像がマルチで再生できるようになっている。

三日分、七十二時間の動画は膨大だが、右下に日付と時間が正確に表示されているので、夏実は今日の夕刻の時間まで早送りで録画された動画を進めた。

街中にある店ゆえか、大勢の客がひっきりなしに出入りをする。早送りでチョコマカと動く人々の姿を見ながら、夏実は午後五時辺りで通常再生モードに切り替えた。

カメラのひとつが出入口を向いているため、駐車場に出入りする車の何台かが映し出されている。スポーツ車、ミニヴァン、軽トラ、ＳＵＶ。さまざまな車が駐車場に入っては出ていく。客たちも老若男女。買い物をする者。雑誌コーナーで立ち読みをする者。トイレを借りただけで出て行った人もいる。

レシートにあった買い物の時刻は五時十一分。

それを思い出しながら見ていると、外の駐車場にシルバーのスポーツ車が滑り込んできた。

「あ――この車」

夏実がいって、少し動画を戻した。

入ってきた車が逆再生で画面から消え、再生モードに切り替えると、またゆっくりとカーブしながら駐車スペースに入ってきた。マツダのCX－7。残念ながら動画の粒子が粗いため、ナンバープレートははっきりと読めなかった。

ドアを開けて出てきたのは、ふたりの男性。

ひとりは灰色のスーツで伊達眼鏡。もうひとりは黒のジャンパーにキャップを目深にかぶっている。自動ドアから入ると、そのまままっすぐ弁当や飲料の並ぶ棚に向かった。

「この人たちです」

夏実と堂島の後ろから動画を観ながら、広川がいった。

何度か再生と巻き戻し、一時停止をくり返してみた。画像の粗さとサングラスや伊達眼鏡のために、人相は分かりづらくなっている。伊達眼鏡の男は痩せぎすで身長が高く、ジャンパーにサングラス、キャップの男はやや小柄で猫背気味だ。

ふたりはそれぞれ弁当やサンドイッチなどをカゴに入れ、レジに行ってから、サングラスの男がカウンター越しに煙草を所望した。受けたのは若い男性のバイトらしい店員だが、すぐ横に広川がいて、やりとりを見ていた。

伊達眼鏡の男が大きな財布を出して金を払い、レジ袋を受け取った。

それとは別のレジ袋に煙草のパッケージ五つを入れ、店員がジャンパーの男に差し出した。

「停めろ」

だしぬけに堂島にいわれ、夏実は一時停止ボタンをクリックする。

ジャンパーの男が片手で煙草のレジ袋を受け取ったところだった。

「左利きだ」

いわれて夏実が気づいた。

男は左手を出してレジ袋を受け取っている。

「あ……たしかに」

堂島が夏実のすぐ横に後ろから顔を突き出してきて、パソコンの画面を凝視する。

いかにも彼らしい岩のように硬い表情だった。

「進めてくれ」

再生ボタンをクリック。動画の続きがまた始まる。

ふたりは店の出入口に向かうと、自動ドアを開く。そこでいったん立ち止まり、伊達眼鏡の男が振り返った。

夏実はドキリとした。

強い視線を感じたのである。奇妙な〝色〟とともに。

まるで自分たちが見られているのをわかったかのように、眼鏡越しに防犯ビデオカメラをじっとにらんでから、また前を向き、店の外へと出て行った。CX－7のドアを開けて入り込み、ゆっくりとバックでターンをさせてから、カメラの視界の外に車が出ていった。

夏実は硬直したままでいた。心臓の鼓動の音がはっきりと聞こえていた。

「さっきの男が振り向くところまで戻してくれ」

「え――？」

「どうした、星野？」

堂島にいわれ、あわててマウスを操作し、少し動画を戻した。

店を出る寸前に、肩越しに振り向く男の姿。

もう一度、一時停止ボタンをクリックしてから、夏実はそっと吐息を洩らす。

まるで、自分が現場に居合わせていたかのように、心臓がバクバクといっていた。粒子の粗い画像の中で、伊達眼鏡の男がこっちを見ている。

その姿を見ていると躰が震えそうになる。何なのだろう、この異様な不安は。

「もしかして……やっぱり強盗犯なんでしょうか」

「被疑車輌に似た車に乗った、柄の悪いふたり組の男で、ひとりが左利き。それだけでは、はっきり特定はできない」堂島がむっつりとした顔でいった。「しかし、その可能性はある」

「どうします？」

「特捜本部に連絡をして指示をあおぐ。情況を報告してから、本部の判断にまかせるんだ」

「わかりました」

夏実は答えた。

自分の声がかすれている。喉がカラカラに渇いていることに気づいた。

堂島がパソコンの前から離れ、広川に話しかけた。

「このビデオの動画、警察でお借りすることになると思いますが」

「お役に立つようだったら、どうぞ持っていって下さい」

そんな会話をよそに、夏実はパソコンの液晶画面から目を離せずにいた。

肩越しに振り向く眼鏡の男の静止画像。

その画面が血のような赤い〝色〟に染まっているように感じられた。

11

国道二十号線から逸れて県道十二号線へ。

街灯の少ない舗装路を走り、田園地帯をまっすぐ南下していくうちに、雪が本降りになってきた。二車線の狭い路面がどんどん白くなっていくため、運転席の小田切はかなり慎重に速度を落としていた。タイヤはスタッドレスの冬仕様に換装してあるが、雪道走行にあまり馴れていないらしい。

少し前、県内系の警察無線に南アルプス署からの速報が飛び込んできた。警ら中のパトカー乗務員が発見したシルバーのCX－7が立ち寄ったとみられるコンビニで、防犯ビデオの録画を見たという報告だった。車に乗っていたのは二名。ひとりはヤクザ風の伊達眼鏡の長身の男、もうひとりは小柄で黒のジャンパーにサングラス、キャップ。しかもその男は左利きだという。

現在、防犯カメラの撮影動画は南アルプス署で解析が始まっているようだ。

同署はそのふたりを被疑者と断定したわけではないが、重要参考人として彼らの車の発見に努めるという報告だった。

甲府署の特捜本部に詰めている捜査員たちの多くが、すでに南アルプス署に向けて移動中ということだった。

「トモさん。もしかすると読みが的中したかもしれませんね」

助手席から谷口が声をかけてくる。

永友は腕組みをしたまま、黙っていた。

「それにしても八ヶ岳市まで行ったのに、わざわざ南アルプス市まで戻ってくる必然性がわかりませんな」

「ずっと考えていたんですが、宝石を宝石のままで持っていても、コレクターや富裕層ならともかく、ふつうの人間には無価値です。だから、一刻も早く現金に換える必要があります。正規のルートでは当然、足が付くから、裏社会と何らかのコネを持たねばなりません。そのためにはこの県内にとどまる意味がない」

「なるほど」

「手っ取り早いのは、そういった闇の業者がいる都会に向かうことです。なのに、彼らは逆方向に逃走している。それがどういうことか――」

谷口がハッと小さく息を呑《の》んだ。「まさか？」

永友はうなずく。

「犯人グループが分散し、誰かが宝石の換金に向かったとしたら……」

「ふたたび合流するために、ここに？」

「これもひとつの可能性ではありますが」

「やはり大穴狙いといったわりには、しっかりと理屈で考えていたわけですね」

谷口にやんわりと言葉で刺されて彼は笑みをこぼす。

そのとき、永友の上着の下でスマートフォンが振動した。

取り出して液晶を見ると、警察犬協会の有本からだった。

すぐに耳に当てた。

「永友です」

――ご多忙中、すみません。例のホワイト・スイス・シェパードに関してなんですが、やはりかなり稀少な犬だということがわかりました。現在、我が国における飼育頭数は二十七頭で、山梨県内は三頭だということです。

「三頭……それぞれの飼い主の連絡先は？」

――調べました。これからメールでリストを送ります。ただし、判明しているのは二頭です。

「あと一頭の飼い主は？」

――甲府市内のブリーダーのところで飼われていたんですが、経営不振で五年前に倒産したようです。ボランティアや獣医師たちがインターネットなどを通じて里親募集をしていたそうですが、くだんのホワイト・スイス・シェパードに関しては行方知れずです。

「念のため、そのブリーダーの連絡先とか、情報も添えてメールをいただけますか」

――諒解しました。

通話を切り、永友はスマートフォンをポケットにしまった。

三十分後に、彼らは南アルプス署に到着した。

県警本部としてはもちろん一番乗りである。

駐車スペースに車輛を置いて、すぐに庁舎に向かう。あらかじめ電話で伝えておいたため、数名の警察官が玄関先で出迎えに立っていた。

こんな片田舎の警察署に県警本部の捜査員が来たというので、ひどく改まった様子で署長や副署長が名刺を出してきた。永友は早々に挨拶をし、すぐに動画を観たいという旨《むね》を伝える。全員の顔色が変わり、あわただしく二階の刑事課に案内された。

刑事課長のデスクに置かれたノートパソコンで観られるといわれて、さっそく動画を再生してもらう。該当車輛がコンビニの駐車場に入ってきて、男がふたり入店、弁当などを買ってレジで金を払って出て行く。車はたしかにシルバーのＣＸ－７だったが、画像が粗くてナンバーは不明瞭《ふめいりょう》。デジタルビデオの動画ファイルだが、長時間録画モードになっているため、一般の家庭用ビデオほどの鮮明さもないのが残念だった。

ふたりの男たちの顔はよく映っていた。ただしひとりは眼鏡で、もうひとりはサングラスに帽子だ。

永友は自分でパソコンのマウスを操作し、何度かくり返して動画を再生した。

デジタル処理で画像を少しでも明瞭にしていけば、人相からふたりの男たちが特定できる可能性もある。

やおら顔を上げる。北見署長に佐々木副署長、大川啓介《おおかわけいすけ》刑事課長らが固唾《かたず》を呑むように永友の一挙一動を見つめていたようだ。彼はいった。

「この動画は科捜研で分析させて下さい。それからコピーをとって韮崎署のほうにも回してもらえますか。発砲されたパトカーの警察官にも〝面取り〟をしてもらいます」

「やはり……被疑者なのでしょうか？」

なぜか怖《お》じ怖《お》じという北見署長に、彼は答えた。「あくまでもひとつの可能性です。しかし、万が一に備えておかねばなりません」

動画を静止させて、彼はいった。「発見したパトカーの警察官に話を伺《うかが》いたいんですが」

北見署長が振り返り、指で合図を送ると、刑事課の男性捜査員のひとりが大急ぎで階段を下りていった。やがて制服姿の男女を連れて戻ってくる。

永友は椅子を回して立ち上がり、彼らと対面した。

「地域課の堂島哲警部補と星野夏実巡査です」

ふたりを連れてきた刑事が紹介した。

堂島はガッシリとした大柄な男で、胡麻塩《ごましお》頭に下膨れの顔がよく日焼けしていた。眉毛が濃く、いかにもたたき上げのベテランという感じだ。

一方、隣にいる星野巡査は小柄な女性警察官だった。ボーイッシュなショートカットでキラキラとよく光る大きな目をしている。県警本部の捜査員を前に、彼女は少し緊張した様子だが、それ以上になぜか疲れ切った様子だった。顔色もあまりよくない。

堂島の話だと、目撃したのは星野巡査。ＣＸ－７を見かけたのはもちろん偶然だが、あとになって本部からの指示があったときに、それを思い出したという。ひと目で印象に残るほど目立つ車ではないはずだが、おそらく勘が働く娘なのだろう。

パトカーで引き返したときにはもう車はいなくなっていたが、現場に残されていたコンビニのレジ袋から立ち寄った店を突き止め、そこで防犯ビデオを観せてもらった。

そこまで聞き出してから彼はパソコンに向き直る。液晶画面には、店内に立つふたりの男の動画が静止状態になったまま、映し出されていた。その男たちの姿にじっと見入る。

「まだ、彼らが被疑者と決まったわけではありませんが、とにかくおふたりに関しては本当にお手柄でした」

「お役に立てて光栄です」

そういった星野巡査に目を戻すと、疲れた顔は相変わらずだが、口の左右に小さく笑窪《えくぼ》をこしらえ、白い歯を見せて笑っている。

永友が知っている女性警察官の多くは、あまり喜怒哀楽の感情を見せず、どちらかといえば男っぽさだとか男勝りを売りにするようなキャラクターが多かった。それがこの星野巡査はまるで違った。

一見、どこにでもいるようなふつうの若い女性だし、小首をかしげる癖や肩を少しすぼめる仕種《しぐさ》といい、いかにもお嬢様っぽい雰囲気なのだが、それでいてどことなく意志が強そうで、不思議な感じのする娘だった。

ただ、何なのだろうか。

笑顔の合間に、やはり不安な表情が見え隠れする。たんなる疲れのようには見えなかった。

もっとも彼らが実際に宝石店強盗殺人事件の被疑者であり、警察官への発砲も行った犯人だとすれば、若い女性として不安や恐怖に駆られるのも無理からぬことだろう。

「今後は署を挙げて全力で車の発見に努める次第です」

表情を硬くしたまま北見署長がいうので、永友は椅子を引いて立ち上がった。

「くれぐれも慎重にご対処願います。韮崎署のパトカーへの発砲のこともありますし、被疑車輛であった場合はたいへん危険だということはご留意いただきたい」

南アルプス署の署長以下、警察官全員が声を合わせるように「はいッ」と返事をした。

「動画データを県警本部あてに送るので、もうしばらくこのパソコンを使わせていただきます」

それから傍らに立っている谷口にいった。「悪いけど、本件の詳細を甲府署の特別捜査本部に連絡してもらえますか」

「諒解しました」

携帯電話を取り出した谷口に、佐々木副署長があわてて声をかけた。

「あ。署の電話をお使い下さい！」

刑事課のデスクのひとつから子機をとり、それを両手で差し出す。

「ありがとうございます」

谷口が目尻《めじり》に皺《しわ》を寄せて受け取り、礼をいった。

12

署長の特別訓示を受けて、南アルプス署は日勤、当直の警察官のみならず、非番や有給の者を含めて総動員態勢でかり出されることになった。

夏実は引き続き、堂島とペアでまた夜間の警らに出る予定となっていた。その装備の点検をしているところに、沢井地域課長がやってきた。

「星野。お前、無理すんな」

「え」

メタルフレームの眼鏡を光らせながら、彼はいった。「疲れてるんじゃないのか。何だか顔色も良くないぞ」

「でも……」

「時間を見つけて、少しでも眠っておけ」

そういって、フロアの片隅にあるパーテーションを指差した。

たしかに疲れていた。頭の中に鉛が詰まっているようだ。それだけではなかった。何か得体の知れない不安が、ずっと心にわだかまっている。それが何なのかわからない。

ぼうっと虚《うつ》ろな目で何も見ずにいることも、しばしばあった。

「ありがとうございます。じゃ、ちょっとだけお休みさせて下さい」

夏実は頭を下げると、すぐに警務課に向かった。拳銃を保管庫に返却し、装備一式をロッカーに入れてから、地域課に戻ってきた。パーテーションの中に入り、制服の上着を脱ぎ、ネクタイをゆるめると硬い長椅子に横たわった。

目を閉じてみたが、脳裡にさまざまな過去の光景が浮かんでは消えて、なかなか寝付けない。とりわけ、防犯ビデオの動画に映し出されたふたり組の男たちの姿——やはりあの動画を観てからだ。こんなふうに自分が変になったのは。

ようやくウトウトとまどろみ始めたと思ったら、だしぬけに腕を摑まれて揺すられた。

目を開くと、静奈の心配げな顔が間近にあった。

「え——」

勢いよく起き上がった。

「大丈夫？　えらくうなされてたけど」

そういわれ、夢を思い出そうとしたが覚えていない。

ただ、ひどく寝苦しかった。仮眠どころか、かえって疲れてしまったようだ。すっかり冷たくなった額に手を当てると、寝汗をびっしりとかいていて驚いた。

静奈が差し出してくれたハンカチであわてて顔を拭《ふ》いた。

「すみません。今、何時ですか？」

「ちょうど九時半よ。堂島さんが、そろそろ警らに出かけるって」

なんだかんだいって一時間以上も眠っていたらしい。

「あ。わかりました」

長椅子から立ち上がると、少しふらついた。

思わず動きを止めて、ギュッと目を瞑《つぶ》った。ゆっくりと目を開ける。

「夏実。ちょっとあなた、本当に大丈夫？」

心配そうな静奈に無理に微笑んでみせる。

「大丈夫。元気です」

ロッカールームに行って、扉の小さな鏡の前でメイクをととのえた。制汗スプレーを使い、ネクタイをしゃんと締め、制服の上着のボタンを留める。

警務課で課員に立ち会ってもらい、タグと交換に拳銃を預かり、安全確認、弾丸《タマ》込めをしてホルスターに入れた。その腰の重みに緊張感が増してくる。唇を噛《か》みしめながら階段を下り、駐車場に急いだ。

パトカーの助手席で堂島が待っていた。

「すみません。すっかり遅くなっちゃいました」

運転席に入るなり、堂島に謝った。エンジンはかかっていて、暖気が車内に回っている。

「星野。顔色が良くないな。運転を代わろうか」

「さっき中途半端に仮眠しちゃったもんですから。でも、ご心配なく」

そういってシートベルトを躰にかけた。

「これ。飲んでからにしろ。お前のぶんも買っておいた」

ふいに堂島に缶コーヒーを差し出された。彼のお気に入り、〈ＢＯＳＳ〉だった。夏実は思わず笑い、それを受け取った。

「ありがとうございます！」

さっそく、プルトップを開け、湯気を吹きながら飲んだ。甘くて熱い感触が喉に心地よかった。

あっという間に飲み干してから、夏実は肩を持ち上げて笑った。

「ごちそうさまでした」

シフトをローに入れて、ゆっくりとパトカーを出した。


夜間の警らや巡回パトロールのたびに、夏実は思う。

繁華街がほとんどない典型的な地方——つまり田舎であるここ南アルプス市は、真夜中になると静けさを深め、道路も建物も、ありとあらゆるものが闇に沈み、じっと息をひそめている。とりわけ冬の凛烈な寒さに閉ざされるこの季節は、その沈黙と静寂がいっそう深まるような気がする。

被疑車輌はおそらく幹線道路を避けるだろうという予測のもと、狭い県道や市道にパトカーを走らせつつ、夏実はヘッドライトに照らされながら流れる暗い街路を見つめていた。

深い闇から生じるように、白い粉雪がしんしんと風に舞っていた。

パトカーのエンジン音と、凍りつきそうになったフロントガラスをワイパーが拭う断続的な音ばかりがずっと続いている。街路の信号は黄色の点滅の連続。交差点のたびに、スピードを落としながら左右を確認、そっと抜ける。

静奈がいったように、強盗や殺人といった重大犯罪とはほぼ無縁の街だった。

だからこそ、甲府で起きた事件の被疑者がこんなところに来るとは思えなかった。署内の警察官たちにとっても、まださほどの実感はないだろう。

しかし今、夏実は確信していた。あの防犯ビデオに映っていた男たち。シルバーのＣＸ－７に乗ったふたりは、きっと宝石店強盗の犯人だ。いや、間違いなく。それは夏実の中にある本能が教えてくれていた。

できれば、このまま何事も起こらずにすんでほしい。そんな気持ちがあった。

しかし彼女は警察官である。重大事件の被疑者を見過ごしたり、逃がしたりするわけにはいかなかった。

それにしても、なぜ、こんなに心が疲弊しているのだろう。鉛のように鬱々《うつうつ》と気が重いのだろう。

被疑者らしきふたり組とニアミスしたからか。

それだけではなかった。

何か名状しがたい、いやな予感に心がとらわれていた。その正体がわからないから不安なのだ。気のせいだと思いたいのに、そうじゃないと自分が確信しているからこそ、怖いのだ。

赤や黒といった、自分にとって忌まわしい〝色〟が、ずっと夏実に憑《と》いていた。それを拭おうとして、どうしても拭えない。

助手席から堂島の視線を感じた。

運転中だし、あえて目を向けずにいると、ふいにいわれた。

「お前な。やっぱりどこか変だぞ。ただの疲労じゃないみたいだな」

「そうですか」と、ごまかした。

見透かされたような気がして、夏実はそれきり口をつぐんだ。

櫛形《くしがた》総合公園に隣接する道路を西に走っていた。対向車は少ない。

四角く刈り込まれた低い生け垣の向こうに、公園のグラウンドが広がっている。照明がすべて消えているため、ポッカリと開けた空間に空虚な闇が広がっているようだ。そんな景色の中に、深海の底に降るマリンスノーのように、音もなく小さな粉雪が舞い落ちている。

「星野は、いつも子どもみたいに無邪気で、底抜けに明るくて、いい女性警察官だと思う。だが、別の一面があるような気がするんだ」

答えられずに黙っていると、ふいにいわれた。

「本当は何か大きな悩みを引きずっているんだろう？　今だけじゃなく、ずっと昔から」

「そんなもの、ありませんよ」

「莫迦野郎が」ふっと堂島が目を細め、笑った。「何年、こうしてお前とつきあってると思うんだ」

ぶっきらぼうでいながら、底抜けに心のこもった堂島の言葉に打たれて、夏実はかすかに眉根を寄せた。ステアリングを握る両手が震えそうな気がして怖かった。

「車、停めろ」

「はい」

ハザードランプを点灯させながら路肩に寄せ、ブレーキを踏んだ。

ゆるいアイドリングの揺れの中で、しばしふたりは黙っていた。小粒の雪がフロントガラスに落ち、それをせわしなくワイパーが拭っている。

「防犯ビデオを見てからだな」

「え」

「あれから、お前の様子がどこかおかしかった。幽霊に遭ったような顔だったぞ」

黙っていた。唇を軽く咬《か》み、俯《うつむ》いていた。

「前々から、お前にはそういうことがある」

「え」

「とっくに気づいてたさ」

そういって堂島は頬を歪《ゆが》め、笑った。

「――先月、交通課の齋藤《さいとう》巡査が欠勤したときが、そうだった。あのとき、お前は今みたいに朝から様子が変だった。あとで齋藤のバイクがトラックに突っ込まれ、全治二カ月の重傷だったことを報《しら》された。佐々木副署長の奥さんが乳癌《にゅうがん》で亡くなったときもだ。あの日は半日、副署長は誰にもそのことをいわず、市長を招いた行事をこなしていた。なのに、お前だけはあたかもすべてを知っていたみたいにひどく落ち込んでたし、そんなふうに青白い顔で佐々木さんの顔をチラ見していたよな」

ふと、甲高い音に気づいた。

路肩に停めたパトカーを、後ろから若い男が跨がるバイクが追い抜いていった。ツーサイクルエンジンの耳障りな排気音。赤い尾灯が夜の向こうに遠ざかってゆく。

漆黒の闇に滲《にじ》んで消えるそのテールライトを、彼女は凝視した。

「〝色〟が見えるんです」

思い切って、そういった。

堂島は怪訝《けげん》な顔で彼女を見つめた。夏実は横顔を向けたまま、またいった。

「人の感情とか、自分の感情とか、いろんなことに〝色〟を感じるんです」

「そういうのは共感覚とかいったな、たしか」

「でも、私の場合はちょっと違います。真実が判明するよりも前もって感じるから。それだけじゃなくて、その〝色〟が自分の心に影響してくるんです。嬉《うれ》しかったり、楽しい〝色〟ならいいんですけど、そうじゃないときは、かなり心に応《こた》えます」

そういって、夏実は小さく吐息を洩らした。いつかは堂島にいわねばならぬときが来ると思っていたのだった。

幼い頃から特殊な共感覚を持っていた。

人の感情や事象に奇妙な〝色〟を感じる。ときとして、その〝色〟に真相や真実を教えられることもある。周囲の人間には、ほとんど明かしたことのない彼女だけの秘密だった。

だから、夏実はよく勘が働くといわれた。

その〝幻色現象〟が彼女を導くことがまれにあるが、それだけ心に返ってくるフィードバックも大きい。とりわけ負の感情を表す赤や黒といった色を感じたときは——。

今日、防犯ビデオのふたりにそれを感じたとき、夏実は強烈な衝撃を受けた。

今も意識のそこここにチクチクと小さな針を刺すような残滓《ざんし》がある。だから仮眠中にうなされていたのだろう。

「あのビデオのふたり組に、どんな〝色〟を見た。いったい何を感じたんだ」

夏実は首を振った。

「わかりません。ただ、怖くて不安でした。でも、きっと何かよくないことが起こると思います。それも、私たちの身の回りで――」

堂島はフウッと息を洩らした。

「そいつは捨て置けない話だ。だが何よりも、お前自身がそれほど苦しむ姿を、俺は見ていられん。昔から、こんなことをくり返してきたのか」

「あの東日本大震災のあとで、福島の被災地に派遣されたときが最悪でした。もう、二度と立ち直れないかと思いました」

気がつくと、夏実はステアリングに載せた両腕に顔を埋《うず》めるようにして伏せていた。

「克服はできないのか」

いわれて、ゆっくりと顔を上げた。

「克服なんて無理です。だけど共存できるかなって思ったんです。あの山に行ったから」

「あの山……北岳のことだな」

夏実はうなずいた。

「だが、あそこでも大勢の事故や死者を見てきたのだろう?」

「もちろん北岳の現場でも、人の痛みや苦しみとか恐怖とか……それに事故や死そのものがひどい〝色〟になって見えてしまいます。だけど、なぜか救われるんです。大勢の仲間がいて、相棒のメイがいてくれて、それに北岳っていう山そのものが心を浄化してくれるから」

そういったとたん、思わず目の奥から熱いものがこみ上げてきた。

堪《こら》えきれず、夏実は肩を震わして嗚咽《おえつ》した。

堂島はじっと黙って彼女を見つめていた。

ようやく顔を上げ、夏実はいった。

「すみません。私、泣いちゃいました」

洟《はな》をすすり、肩をすぼめ、指の背で涙を拭った。

堂島は顔をこわばらせていたが、ふと目尻に皺を刻んだ。制帽を脱いで頭を掻いた。

「俺ならいいんだよ。三年も相棒じゃないか」

真顔に戻って帽子をかぶり直し、夏実にいった。「このことを誰かに?」

「家族以外では、深町さんだけです。あの人のお母さんが私と同じだったって」

「そうか」

わざとらしく口をすぼめて前を向き、堂島は渋い顔をした。「他の誰にもいえず、ずっと長いこと心に秘めてきたんだな」

夏実はうなずいた。

「俺に話して、少しは楽になったか」

「はい。かなり」

また涙を拭って夏実は笑った。「私、堂島さんの下に付くことができて良かったです」

「だが、あと二カ月だ」

遠くを見るような目で彼はつぶやいた。

「寂しそうにいわないで下さい。ニュージーランドが待ってますよ。奥さんと行かれるんでしょう」

肩をすぼめて夏実がまた笑みを浮かべた。

そのとき、車載無線が雑音を発し、男性の声を拾った。

――山梨本部から各局、各移動。南アルプスPS管内櫛形北交番付近、県道十二号線にて、自転車で警ら中の警察官二名がシルバーのCX－7を目撃。追跡に至らず。ナンバーは八ヶ岳アウトレットモールで盗難に遭った車輌と一致した。被疑車輌は南へ向かって逃走中。

堂島がマイクをとり、本部通信指令課に応答した。

「〈南ア6〉から山梨本部。現在、櫛形総合公園付近。ただちに被疑車輌の検索に向かう」

マイクを置いてから、ふと運転席の夏実を見た。

「さ。仕事だぞ、星野。大丈夫か？」

「大丈夫です、もう」

そう、答えた。

「櫛形北交番といったら、たしかお前んとこの若いのが勤務してたな」

「山岳救助隊の曾我野さんと横森さんです。あ。もしかして……」

堂島は無線のチャンネルを県内系から署活系に切り替えた。

「〈南ア6〉から櫛形北交番。応答願います」

――櫛形北から〈南ア6〉。こちら、曾我野です。

「本署地域課、堂島です。被疑車輌を目撃した警察官は誰ですか？」

――自分と横森です。自転車で警ら中にすれ違ったので、ふたりで追いかけたんですが、すぐに逃げられてしまいました。

まだ息が弾んでいるところからして、かなり自転車を飛ばしたのだろう。

「CX－7に乗っていたのは？」

――男性が二名です。被疑者に間違いありません。

「諒解。こちらも該当車輌の発見に全力で当たります。以上、〈南ア6〉」

無線を切った堂島が、緊張した顔で夏実を見た。

「慎重に行こう」

彼女はうなずき、車を出した。

13

「山に行くってのによ。何だって、いつまでもこんなところをうろうろしてんだ」

CX－7の助手席のシートを大きく倒し、煙草をくわえながら諸岡が文句をいった。

「須藤の家がこの近くにある」

「マジか」

唐突にいったので、さすがに驚いたようだ。「――だが、住所も何もわからんだろう」

「奴の家は小笠原東町三丁目の小さな材木屋だ。とっくにつぶれちまってるがな。俺も近くの生まれだから、ここらの地理には明るいんだ」

車は県道十二号線を南下していた。交差点で右折をし、小笠原方面に向かう。

ついさっき、交番近くで自転車に乗った二名の警察官とすれ違った。あわてふためいて追いかけようとした彼らの様子からして、この車はすでに警察にマークされているようだ。あまり悠長に車を流してはいられない。

「須藤が山に行くなら、それなりに支度《したく》が必要だ。俺たちみたいに、はなっから道具一式を買いそろえるなんてことはしないだろう。だから、いったん家に立ち寄ったと見るべきだ」

県道四十二号線に入り、車載のカーナビを見ながら小笠原東町に入った。狭い街路を徐行しながら走っていると、錆《さ》び付いた町内地図が歩道脇《わき》に立っているのが見えた。その傍に車を停めて、ガードレールを乗り越え、地図の前に立った。

襟許から入る寒さに震えながら、ライトの光を当てて地図を見た。

かすれかかった文字で須藤材木店と読めた。

運転席に戻り、ドアを閉めてヒーターの出力を最大にした。車内に噴き出す暖気にホッとしながらカーナビの地図を操作し、材木店の場所をインプットした。

車窓越しに周囲に目を配りながら、ゆっくりと車を出す。

〈小笠原東町三丁目〉の青い看板が電柱に見えた頃、降りしきる雪がさらに大粒になっていた。

路面はすでに真っ白で、行き交う車もないから轍《わだち》すら見えない。いくつかの路地を曲がると、細いアスファルト舗装の道の途中に二階建ての古い家があり、二階の庇《ひさし》の下にかかった〈須藤材木店〉の看板が読めた。

佐竹は車を少し先まで走らせてから停めた。

ヘッドライトを消し、エンジンをアイドリングさせたまま、彼は肩越しに振り向いた。

材木店の建物は母屋に隣接していた。電柱に取り付けられた街灯で、それが闇に滲むように見えた。材木店の一階はトラック一台ぶんが入るスペースがあるガレージになっていた。今は白いシャッターが下ろされている。

二階建ての母屋の窓は、いずれも明かりが消えて真っ暗だった。午後九時四十分。まだ、家族が寝静まるような時間ではない。

「須藤の家族は？」

「女房と娘がひとりだと聞いた」

「女ばかりか。縛り上げて、本当に山に行ったかどうかを白状させるか」

「いや。待て」

かすかな足音が聞こえた。

彼らの車の前に、人影が忽然《こつぜん》と現れた。少し先の路地を曲がってきたようだ。

赤い傘を差し、傍らに大きな犬を従えていた。耳がピンと立っていて、シェパードのようだったが、夜目にも鮮やかな真っ白の大型犬だ。雪をかぶったせいかと思ったが、どうやら体毛そのものが純白のようだった。

路肩に駐車したＣＸ‐７の中のふたりに気づきもせず、人影は車の傍を通り過ぎた。そのまま、材木店の脇にある玄関から、犬とともに母屋の中に入っていく。

若い女だった。ネイビーブルーのコートにロングブーツ。一瞬、街灯の光に照らされた色白の顔が、あの須藤の面差しによく似ていた。

やがて二階の窓明かりが灯《とも》った。人影が窓に映り、カーテンが閉められた。

「今のはきっとあいつの娘だ。とっ捕まえて——」

「行くぞ」

ふいにいわれて諸岡が驚いた。「どうした」

「玄関先を見ろ」

諸岡は目を細めながら視線をやった。どうやら扉の横に貼られた〈忌中〉の札を見つけたようだ。

「亡くなったのは奴の女房だ。だから、あいつは山に行ったんだ」

「おい。それって……」

諸岡の言葉を無視して、佐竹はヘッドライトを点灯させ、ゆっくりと車を出した。

〈山寺〉と書かれた十字路の交差点で、赤信号に引っかかった。

付近は開けた住宅地で、すぐ傍らに大きな鉄塔が建って、漆黒の空を突き抜いていた。

雪を拭うワイパーとけだるいアイドリングの音の中で、佐竹は彼のことを考えていた。

須藤が宝石店強盗を計画した動機は知っていた。

父の代からずっと経営していた材木店が経営不振でつぶれて以来、彼は甲府市内の運送会社で働くようになり、コツコツ日銭を稼いできた。しかし薄給で、妻のパートの収入を合わせても生活費をまかなうので手一杯で、娘を大学に行かせることもできなかったらしい。

佐竹はその運送会社の同僚だったが、荷の横流しが発覚して馘《くび》になり、腐っていた。もともと石和にあった恩田《おんだ》組の暴力団員で、前科もあったし、再就職は難しかった。そんなところに須藤のほうからコンタクトをとってきた。宝石店を襲撃する計画だった。

妻が倒れたという話は聞いた。しかもその病気が重篤《じゅうとく》な心臓疾患であると医者に告げられたらしい。そこから先の事情は佐竹も知らなかったが、治療にかかる高額な費用のために今回の強盗を計画したのではないかと、彼はひそかに思っていた。

そのことを諸岡にも話した。

「――くそまじめだった男が犯罪に手を汚すのは、よっぽどの決意だったんだろうさ。だが、肝心の女房がくたばっちまっちゃ、元も子もねえってことだ」

ステアリングを握ったまま、佐竹がいった。「奴は山で死ぬつもりなんだ」

「たったひとりの娘を置いてか？」

「犯罪者の娘にしちまったんだぜ。合わせる顔もねえだろうが」

諸岡は助手席で渋面になった。

「娘を脅しても、父親の行方は知らんだろう。これから死にに行くって場所を自分から告げるはずがない。だが俺にはわかった。奴は北岳にいる」

「間違いないのか」

「職場でな、あいつとよく山の話をした。気が合ったんだ。俺も若い頃、山が好きだったからな。北岳はな、須藤が女房や娘と家族三人で登ったゆいいつの山だったそうだ」

諸岡は眉をひそめ、彼を見た。

「まんまと獲物を持ち逃げされたにしちゃ、やけに奴に入れ込んでるな」

「俺が、か？」

振り返ってから、佐竹はむっつりと黙り込んだ。

そのとき、前方を赤いパトランプを明滅させながら、パトカーがゆっくりと横切った。

佐竹は緊張した。ボディの山梨県警察の文字が、夜目にも鮮やかに見えていた。

パトカーは雪の積もった路面を滑るように前を通り過ぎていく。車窓越しに見ている佐竹たちの視線の向こう。ふいに赤い尾灯が目映《まばゆ》く光って、パトカーが静かに停まった。

車体後部のエキゾーストパイプから白く排ガスを洩らしながら、パトカーは動かずにいた。

車窓の中は暗く、見えないが、佐竹はたしかに視線を感じた。

「くそ。気づかれたな」

そうつぶやいた。

しかし、すぐにCX－7を出せずにいた。躰がこわばったまま、動かなかった。

隣で、諸岡がジャンパーのジッパーを下ろした。左手で抜き出した、スナブノーズ（獅《し》子《し》っ鼻）と呼ばれる銃身の短い拳銃から、輪胴を振り出した。残弾をチェックしてから、また太腿《ふともも》の間に押し込むようにして隠した。

だしぬけにパトカーがサイレンを短く鳴らした。

――こちらは南アルプス警察署です。そこのＣＸ－７、車内の者は外に出て下さい。

拡声器を使った男の声が聞こえた。

パトカーは白色のバックライトを光らせ、いったん後ろに走り出しながらターンを試みている。交差点の真ん中で、こっちに車体の鼻面を向けようとしているのだ。

「ずらかるぞ」

まだ、赤信号だったがかまわなかった。佐竹がアクセルを思い切り踏んだ。

雪がうっすらと積もった路面で、一瞬、ふたつのタイヤが空転した。が、スタッドレスの溝が雪を削り、アスファルトを捉《とら》え、ＣＸ－７が飛び出した。対向車線を走ってきた四トントラックにぶつかりそうになるところを、何とかすりぬけた。

夜中の市道を佐竹の運転するＳＵＶが疾走する。

背後からサイレンの音が聞こえ始めた。

「どうする。このままだと追いつかれるぞ」

焦っていう諸岡に、佐竹はこう返した。

「まかせておけ。俺に考えがある」

ゆっくりとアクセルを踏み込み、ＣＸ－７を加速させた。

14

ウインドウ越しにシルバーメタリックのＳＵＶを見たとき、夏実は同時に〝色〟を感じた。

あの防犯ビデオを観たときと同じ感触が脳裡にあった。

ブレーキを踏む。パトカーが停車し、アイドリング状態となった。

動悸《どうき》が高まり、全身に汗を噴くほどの緊張。それをあえて押し込めた。

「どうした、星野？」

プレッシャーに耐えながら、隣席の堂島にいった。

「シルバーのＣＸ－７。ナンバー確認。被疑車輌です」

声が少し震えていた。

肩越しに振り返った堂島が向き直る。

サイレンアンプの〈手動〉スイッチを入れ、サイレンを一度、鳴らした。

堂島がマイクを取っていった。

「こちらは南アルプス警察署です。そこのＣＸ－７、車内の者は外に出て下さい」

堂島の呼びかけに相手の反応はなかった。

ふたりは肩越しにリアウインドウの向こうの車を見た。

うずくまった獣のように、被疑車輌は闇の中にヘッドライトを光らせ停車を続けている。

このまま、何事も起こりませんようにと、夏実は肩をすくめ、心の中で祈り続けた。

「慎重に方向転換しろ」

「はい」

応えた夏実は、パトカーをバックで走らせ、交差点の真ん中でステアリングを切り返した。

方向転換を終えぬうちに、だしぬけにCX－7が走り出した。

一瞬、タイヤが路面の雪で空転したのが見えた。が、すぐに赤信号を無視して交差点を突っ切った。ちょうどやってきたいすゞの四トントラックと接触しそうになり、すぐ脇をすり抜けた。トラックが長いクラクションを鳴らす。

「追跡するぞ」

「はい」

シフトをセカンドからサードに入れ、パトカーを加速させる。

堂島が無線のマイクにいった。

「至急、至急！〈南ア6〉から山梨本部。南アPS管内、山寺交差点において被疑車輛を発見。現在、市道を南に向かって逃走中。応援を要請します」

雑音に続いて男の声。

――山梨本部から〈南ア6〉。諒解。

緊張を隠せぬ様子で堂島がマイクを架台に戻す。

無線から、また男の声が聞こえた。各局、各移動への応援要請である。

――山梨本部から各局、各移動。南アルプス署のPC乗務員が、被疑車輛を発見した。場所は南アルプス市山寺の交差点。現在、市道を南へ向かって逃走中。大至急、各移動は急行せよ。なお、被疑者は拳銃を所持しており、追跡にあたっては注意、警戒を怠らぬように。

前方に逃走車輛の尾灯が小さく見えている。

夏実がパトカーを飛ばす。思わず目が据わっているのを自覚した。

「星野。落ち着け。無理すんな」

「はい」

「いつでも運転を代わるぞ」

「大丈夫です」

ステアリングを握る両手から肩にかけて、ガチガチになっていたのに気づき、力をゆるめて何度か深呼吸をする。

隣の堂島は腰のホルスターの蓋を開け、拳銃を抜いてから、また戻した。横顔が岩みたいにこわばっている。さすがにファミリーレストランの前で喧嘩していた連中とは相手が違う。

雪が舞う前方、逃走車輛の尾灯が赤く闇に滲んでいる。

堂島がサイレンアンプを操作した。〈警光灯〉と〈足踏み〉ボタンを押し、フットスイッチを踏みつける。パトカーが緊急走行モードとなり、けたたましくサイレンが鳴り始める。

その音に、夏実の緊張がいっそう高まってきた。

南アルプス署管内で警ら中の全パトカーがこちらに向かったと無線の連絡が入る。

被疑車輛が向かった方面は、〈南ア9〉と〈南ア7〉のパトカーがたまたまそちらを警ら中という報告だった。真っ先に邂逅《かいこう》するのは、そのどちらかだろう。

〈南ア7〉のコードのパトカー乗務員は深町敬仁巡査部長と、地域課に配属になったばかりの森広清司《もりひろせいじ》という若い警察官のコンビだ。

パトカーを飛ばしながら、一刻も早い彼らの到着を夏実は祈る。

〈山寺南〉と信号に書かれた交差点を、CX－7は右折。県道一〇八号線を西に向かった。左右が開け、農耕地に挟まれた二車線の狭い道路だが、街区に近づくにつれ、ぽつぽつと家屋が見え始めた。

次の交差点を抜け、櫛形西小学校の傍を通って校庭の脇を抜けたとたん、左の狭い路地に折れた。

一瞬、見えなくなった赤い尾灯に不安を覚えながらも、夏実はタイヤを雪でスリップさせないようにシフトダウンさせ、エンジンブレーキで制動をかけながら、さらに慎重にフットブレーキを踏んだ。

逃走車輛が逃げた路地に車を乗り入れる。

住宅地の合間に、空き地や果樹園らしき開けた場所がある。

そこにCX－7が停まっていた。

道路がゆるやかにカーブした手前。ガードレールに鼻先をぶつけていた。雪の路面でスリップしたに違いない。路面にタイヤ痕がくっきりと残っている。

ガードレールの向こうは低い雑木林だ。

夏実は緊張に金縛り状態になりそうだった。何度も生唾《なまつば》を飲み、ゆっくりとパトカーを近づけてゆく。

およそ三十メートル手前でいったん停めるようにいわれて従った。

堂島は本部に現状を報告し、指示をあおいだ。

――山梨本部から〈南ア6〉。応援の各PCは間もなく〝現着〟。しばし待て。

無線の男性警察官の声も、どこか緊張の色を帯びていた。

ふいにCX－7が動いた。

一瞬、タイヤが雪の路面で空転し、派手な音を立ててから、ゆっくりと後退している。

バックランプが白く光り、車体後部から洩れる排ガスの白さが目に焼き付いた。

「星野。出せ」

「でも、応援がまだ……」

「奴らはまだ逃げるつもりだ。前に回り込むんだ」

堂島はいいながら拳銃を抜いた。引鉄《ひきがね》から外した人差し指をトリガーガードにまっすぐ当てたまま、銃口を天井に向けている。その銃身がかすかに震えていた。

「堂島さん」

「わかっている。かまえ。警告。続いて威嚇射撃だ」

いいながら、シートベルトを外した。

眼前でCX－7がふたたび停まった。

バックランプが消えた。タイヤが斜めに向いて、方向転換しようとしている。タイヤの空転音。

夏実は夢中でその前に回り込んだ。パトカーが停まりきらぬうちに、助手席のドアを開け堂島が外に飛び出した。

――南アルプス署だ。車を停め、武器を捨てて外に出ろ！

野太い堂島の声。

CX－7の運転席のサイドウインドウがゆっくりと下りた。

フロントガラス越しに見る夏実の緊張が高まった。

運転席にいるのはスーツ姿の男性だ。眼鏡をかけている。ステアリングから両手を離し、堂島に掌を見せるようにポーズをとっている。その薄い唇に張り付いた笑いが不気味に見えた。

そのとき、夏実は気づいた。

「堂島さん。もうひとりが車内に見えません！」

とっさに運転席の車窓を下ろし、叫んだ。

ほとんど同時に彼も気づいたらしい。その顔に驚愕《きようがく》の表情が浮かぶ。

前方のガードレールの向こう、雪の積もった白い雑木林から人影が出てきた。枝が揺れて粉雪が舞った。

その瞬間、謀《はか》られたと気づいた。

男は悠然とした歩きぶりだった。左手には銃身の短い拳銃。

それがふいにパトカーに向けられた。

車外にいる堂島ではなく、標的は運転席の夏実だ。

小さな銃口がフロントガラスの向こうにはっきりと見えた。撃鉄が起こされ、黒い拳銃の輪胴が回転した。

撃たれる——！

そう思った刹那《せつな》、黒い影が左から射線の間に飛び込んできた。

雷鳴のような銃声が轟《とどろ》いて、堂島の大きな躰がパトカーのフロントに叩きつけられた。

濃紺の制服の背中が分厚いガラスに激しくぶつかり、鈍い音とともに車体が揺れた。視界いっぱいに、蜘蛛《くも》の巣状にひび割れが走った。そのあちこちに鮮やかな腥血《せいけつ》が散り、幾重もの筋を曳《ひ》いて流れ落ちた。

夏実が口許を両手で覆い、悲鳴を放った。

15

「おい。行くぞ！」

佐竹は車窓から頭を突き出し、諸岡にいった。

硝煙《しょうえん》をまとう拳銃を左手に握ったまま、彼は振り返った。

「もうひとりいる。顔を見られた」

停止したままアイドリングをしているパトカー。その車体の上に大柄な警察官が突っ伏していた。銃創から流れた鮮血が、ボンネットに積もる雪の上に幾筋も赤く流れ、路面にしたたり落ちているのが見えた。

撃たれたときに警察官の躰がぶつかり、派手にひび割れたフロントガラスの向こうに、女性警察官の青ざめた顔があった。両手で口を覆っている。

「まだ子どもみてえな顔じゃねえか」

そういったとき、遠くにパトカーのサイレンが聞こえ始めた。それも複数の音が重なっている。

佐竹は手招きをした。「とっとと入れ。ぐずぐずしてたら、警官がわんさか集まってくるぞ」

不満そうな顔で乗り込んできた諸岡を見て、彼はいった。

「なんで女のほうを先に狙った」

「パトカーで逃げられちゃ困るからだ。無線で通報されるのも嬉しくない」

「おめえは徹底したワルだな。それでも元警官か？」

諸岡はふっと薄笑いを浮かべ、シートベルトをかけた。ジッパーを開き、懐に拳銃を入れた。

「立派な警察官だったよ」

佐竹は車を出す。助手席のドアが開きっぱなしで、車内灯が点いたままのパトカーの車内で、若い女性警察官が放心したまま座っている姿が見えた。まだ、左右の掌で口を覆っている。大きく見開かれた目が印象的だった。

目の前で同僚が撃たれた衝撃は大きいだろう。

佐竹は少しだけ同情したが、あえて視線を逸らした。

アクセルを踏みつけ、CX－7をバックさせてから、パトカーを遠巻きにしてゆっくり回り込むと、狭い市道を走らせた。

16

夏実はパトカーの運転席で思考停止となり、石のように硬くなっていた。

白濁し、蜘蛛の巣のようにひび割れたフロントガラスに、ねっとりと濃い血が付着していた。それを凝視しつつ、息をすることもすっかり忘れていた。ワイパーが異音を発しながら、割れてへこんだフロントガラスを拭おうといたずらに動き続けていた。

堂島の制服姿がパトカーのボンネットの上にうつぶせになっていた。

まったく動く気配がなかった。

ふいに息苦しさを感じ、呼吸をした。我に返って目をしばたたき、視線をさまよわせた。

ずっと口許を押さえていた左右の手を離した。

何が起こったのか。しばし理解できずにいた。

突如、すべての記憶がフラッシュバックのようによみがえった。

耳朶《じだ》を打つ銃声を思い出した。激しい耳鳴りがまだ続いている。

「堂島……さん」

夏実は震える指先でドアハンドルをまさぐった。

ようやくそれを掴み、運転席のドアを開く。車外によろめくように出る。躰がふらつき、路上に倒れ込みそうになる。

冷たい空気の中に火薬の燃焼臭がまだ残っていた。

被疑者の車はすでにどこか遠くに走り去ってしまい、見えない。

肩をすぼめながら佇立《ちょりつ》して、堂島を見つめた。

相変わらず、パトカーのフロント部分に突っ伏したかたちでピクリとも動かない。躰の下からあふれた血潮が、うっすらと雪が積もったボンネットの上を幾筋も流れていた。

「堂島さん?」

ゆっくりと歩み寄って、おそるおそる彼の制服に手をかけた。

ずるっと大きな躰が動き、雪の積もった路上に、うつぶせに倒れ込んだ。その鈍い音。

夏実は身をすくめて悲鳴を押し殺した。が、すぐにその場に膝を突き、片足を踏ん張りながら、大きな躰を何とか仰向《あおむ》けにした。

堂島は目を閉じている。眉根を寄せて口を引き結んでいた。

左胸。心臓のやや下辺りに銃創があって、そこからまだ血があふれていた。動脈が破断した出血の仕方ではないが、それにしても流血量が多すぎる。太い静脈が損傷しているのだろう。

口許に顔を寄せるが呼気を感じない。呼吸が止まっている。胸に手を当てる。鼓動もない。

心肺停止状態。

落ち着け――と、自分にいい聞かせた。パニックになるな！

いやというほど頭にたたき込んでいた山での救護マニュアルを思い出す。

「……圧迫止血処置と心肺蘇生《そせい》。動脈出血でない場合は心肺蘇生を優先する」

そうつぶやきながら、堂島の上に跨がると、両手を重ねて胸骨圧迫による心臓マッサージをくり返した。

ひと押しのたびに、堂島の大きな胴体が動く。が、眉根を寄せて目を閉じた顔の表情は変わらない。夏実は必死になって心臓マッサージを続けた。堂島の躰が揺れる。変化はない。ただ、揺れるだけだ。

「堂島さん。死んじゃダメです！」

うわずった声で叫んだ。

パトカーのサイレンが近づいてきた。

急ブレーキの音。乱雑な足音。

夏実は堂島の顔を見下ろしながら、胸骨を押し続けた。

「お願い。目を開けてッ！」

ふいに涙があふれ、堂島の顔が揺らいだ。

それでもマッサージをくり返した。

「星野！」

深町の声がした。

涙に濡《ぬ》れた顔を上げ、彼を見た。深町は蒼白《そうはく》な顔で立っている。

「堂島さん。撃たれたのか！」

うなずいた。「狙われたの、私なんです。堂島さんは自分の盾になってくれました」

そう答えると、また視線を落として心臓マッサージを続けた。

「森広。本部に無線で報告。大至急、救急車の要請だ！」

深町にいわれ、若い警察官があわててパトカーに戻る。

「星野。代われ！」

「でも――」

「そんな調子じゃ蘇生は無理だ」

「やめたら堂島さんが死んでしまいます！」

「莫迦野郎。冷静さを失ったままじゃダメだといってんだ！」

怒鳴り声と同時に平手で頬を叩かれた。突き飛ばされ、雪の上に転がった。

夏実はそのまま硬直した。息が止まっていた。

ようやく我に返った。ゆっくりと片手を上げ、痛みと熱を持つ自分の左頬にそっと当てた。

彼女を乱暴に突き飛ばした深町が、堂島の上になり、胸骨圧迫を始めた。リズムをとりながら、力いっぱい押し込んでいる。肋骨《ろっこつ》が折れそうなほどに。

その場に倒れたまま、夏実は深町を見つめた。

そうか。夏実は初めて気づいた。ひどいパニックに陥ったままの自分では、確実な心臓マッサージができない。今まで、いたずらに堂島の胸をくり返し押していただけだった。

冷たい路上に手を突いて両足を投げ出し、深町の下で揺れる堂島を見つめていた。

深町が振り向いた。彼の眼鏡が斜めにずれているのに気づいた。

「星野。血が止まらないんだ。こっちに来て、圧迫止血をしてくれ」

「はい」

よろよろと路上を這いながら近づき、ポケットからハンカチを取り出した。仰向けになった堂島の胸を押し続ける深町の両手のすぐ下、銃弾で抉《えぐ》られた傷口に折ったままのハンカチを当てて、両手で強く圧迫した。被弾して破れた制服の中から、依然、温かな血が噴き出しているのが感じられた。たちまち白のハンカチが真っ赤に染まる。

夏実は堂島の躰にしがみつくような姿勢で、必死に押さえた。

血が止まってくれと念じながら圧迫し続けた。

またパトカーのサイレンが近づき、急ブレーキの音がした。いくつもの足音がやってくる。

しかし夏実は目を向ける余裕もなく、深町のリズミカルな圧迫の都度《つど》、揺れる堂島の胸を押さえ続けるしかなかった。

そして身を震わせ、泣きながら必死に祈った。

自分にできるのはそれだけだった。

そんな彼らの上に、しんしんと粉雪が舞い落ちている。

17

午後十一時五十分。

市内西野地区にある白根総合病院。時間外のドアから入った夏実と神崎静奈は、警察官の制服姿のまま、足早にナースステーションに向かった。

院内は暖房が効いているはずなのに、ひどく寒かった。それは体感的なものではなく、心のせいかもしれなかった。

気ばかりが焦っていた。不安や恐怖も胸中に残っている。

事件の直後、署内で県警本部の永友警部や甲府署の捜査員たちとで捜査会議が行われた。地域課からは沢井課長と江草課長代理、杉坂と深町が出席した。会議が始まる前、夏実は永友警部に呼ばれて、現場にいた当事者として念入りに証言をとられ、さらにモンタージュ作成のために被疑者二名の〝人着〟の詳細な報告を求められていた。

そのあと、静奈の付き添いで駆けつけてきたのだった。

手や顔に付着した血液は洗い落としたが、制服はまだ堂島の乾いた血で汚れたままだった。せめて女子寮に戻ってシャワーを浴びてから行けと沢井課長にいわれたが、一刻も早く堂島の様子を知りたいと思い、押っ取り刀で病院にやってきた。

二階のナースステーション。夜勤の女性看護師たちが堂島の状況を知らせてくれる。

救急搬送されてきたのは一時間前だが、まだ手術は続いているという。

手術室の場所を聞いて静奈とふたりで三階へ向かった。階段を駆け上がると、通路の壁に面した長椅子に堂島の妻、信子《のぶこ》の姿を見つけた。

焦げ茶のセーターに黒のスラックス姿で、膝の上で指を組み合わせながら、うなだれるように下を向いていた。

ふたりの足音を聞いて、そっと彼女は顔を上げた。セルの眼鏡の奥に充血した双眸《そうぼう》があり、目許に涙の痕《あと》があった。小太りの体型にもかかわらず、その容貌《かお》はやけに陰影が濃く見えた。

夏実は一歩、前に出てから、堂島信子の前で頭を深く下げた。

「堂島さんをこんな目に遭わせてしまって、本当にすみません」

俯いたまま、ぎゅっと口を引き結んでいたら、ふいに感情がこみ上げてきた。肩を震わせて片手で口許を覆った。

「星野さん。あなたが詫《わ》びることじゃありません」

思わぬ優しい声に、そっと目を向けた。

彼女は口許に笑みを浮かべていた。母のような優しい笑みだった。それを見たとたん、涙があふれて止まらなくなった。

「あの山で死にかけていたあの人を、あなたはたったひとり、それも命がけで救助してくれた。その恩を、私たちは決して忘れません。だからあの人にとって、身を挺《てい》してあなたを守る行為は当然だったと思います。何よりもそれが警察官としての務めだったはずですから」

夏実は何もいえず、涙を溜《た》めた目で彼女を見つめるばかりだ。

「あの人はね、いつも星野さんのことを実の娘のように思ってたのよ。息子を山で亡くしてからというもの、どこか覇気《はき》がなくなっていた。それがあなたとペアを組むようになって、まるで人が違ったみたいに……」

ふっとまたこみ上げてきた涙を指で拭い、信子は微笑んだ。「あれからあの人、何かと山に行ってたわよね。山が好きだった息子はもちろん、きっとあなたのことも理解したかったんでしょう」

そっと立ち上がり、信子は近づいてきて、夏実の手を取った。

「星野さん。きっと大丈夫。堂島は帰ってきます。私は信じてるから、あなたも信じて」

思わず彼女は信子にしがみつき、セーターの胸に顔を埋めて嗚咽した。

信子はそっと彼女を抱きしめてくれた。

「まあ。あなたのその制服……血だらけじゃないの」

驚いた顔で信子が自分の掌を見つめる。制服に付着していた半乾きの血液だった。

「ごめんなさい」

夏実が顔を離した。

「堂島が撃たれたとき、懸命に心肺蘇生を続けてくれたのね。だから最悪の事態は免《まぬが》れたと思うの。それをしなかったら、とっくに命がなかっただろうって、お医者さんがいってたわ」

「でも、私……狼狽《うろた》えてばかりで……」

実際に蘇生措置を続けたのは自分ではなく深町だった。それをいいだせなかった。

三人で手術室の前で待っていると、エレベーターの扉が開き、深町が姿を現した。制帽を脱いでいるが、夏実たちと同じく警察官の制服姿である。

立ち上がった堂島夫人の信子に頭を下げた。

「このたびはたいへんなことになって、本当にお気の毒に思います」

信子が深々と頭を垂れて礼を返す。

彼は振り向き、〈手術中〉の電光表示を見た。スチール扉の向こうにある手術室からは、物音ひとつ聞こえない。深町は向き直り、信子にいった。

「堂島さんはあのとおりの頑丈な人ですから、きっと元気になられますよ」

「私もそれを信じて待ってます」

涙ぐむ彼女の手をそっと優しく握る深町の仕種は、まるで実の母親に接する子のようだった。

「ごめん、おそくなって」

向き直った深町が、深刻な顔でそういった。

「いいんです。深町さんこそ、いろいろとお手間を取らせてしまって、すみません」

夏実がペコリと頭を下げる。

堂島が銃撃された現場に駆けつけた警察官として、当事者である夏実に代わって、あれこれと書類を作成し、報告をしてくれたのである。それが今までかかったのだろう。

「星野は大丈夫か」

小さくうなずいた。

本当はちっとも大丈夫なんかじゃない。でも、彼にそんな自分の弱さを見せたくはない。

哀《かな》しみや苦しみを、ぐっと胸の奥に押し込めた。

「パトカーのドライブレコーダーに映っていた被疑者の顔は、やはり暗かったためにはっきりとしないそうだ。だから、君の証言がとても重要になる。モンタージュ作成を急いでいるそうだ」

「あのとき、本当は私が撃たれていたんです。それを、堂島さんがかばってくれました」

「何度も聞いたよ」

そういって深町が少し笑う。「いかにも堂島さんらしいな。警察官である以上に、君を実の娘のように思っていたから」

「私なんかのために……」

また、涙がこみ上げてきた。

「そんなことをいうな、星野。今は感傷なんて無意味だ。俺たちには警察官としての職務があるだろう? 堂島さんのためにも、それにこれ以上の被害を出さないためにも、一刻も早く被疑者たちを捕まえるべきだ。そのための努力を惜しむべきじゃない」

「わかってます」

しゃくりあげながら、夏実がいった。

静奈が隣から、そっと手を握ってくれる。

「深町さん」

「うん？」

「あの……ありがとうございます。あのとき、私だけだったら、きっと何もできなかった。堂島さんはあの場で亡くなっていたかもしれません。でも、深町さんが来て下さったから――」

「ああ」

彼は眉をかすかにひそめ、笑った。「思わず君の顔を叩いてしまったね。ごめん」

「いいんです。そうするべきでしたから」

そういってから、夏実は俯き、唇を軽く咬んだ。


手術は続き、搬送されてから六時間近くが経過した午前四時四十分に終わった。

ストレッチャーに載せられて手術室から出てきた堂島は、人工呼吸器を鼻に挿管され、点滴スタンドには輸血パックほか、いくつかの輸液の袋が吊《つる》され、いっせいに揺れていた。

執刀医は林田《はやしだ》という若い医師だった。さすがに長時間にわたる手術で疲労の色が濃い。

手術は成功したが、意識は依然として戻らず、予断を許さない情況だと彼は説明した。

弾丸が体内にとどまる盲管銃創だった。

腹部エコーとCTによる撮影で体内の銃弾を精査。左七番の肋骨に当たって、これを折り、弾頭がつぶれた形で左肺の下にとどまっていると判明。それを摘出し、臓器整復手術も行った。しかし失血量が多く、ショック症状から脱却できず、そのため多臓器不全に至るおそれがあるという。

これから集中治療室に移動し、さらに長い戦いになるかもしれない。

集中治療室に入室して面会ができるのは、身内である妻の信子だけだった。彼女が殺菌や服の着替えのために看護師たちとともに去っていくと、夏実と静奈、深町は薄暗い通路に残された。

院内のひんやりとした空気。黙ってソファに座っていると、またしても心の重圧がのしかかってくる。ときおり両手で顔を覆い、夏実は身を震わせて嗚咽し、すすり泣いた。

傍らに座る静奈が黙って優しく抱きしめてくれる。

深町が優しく見つめてくれる。

しかしいくら涙を流しても、心が癒《い》やされることはなかった。

堂島が撃たれたときの衝撃と恐怖が、血のような〝幻色〟をともなった記憶として脳裡に焼き付いていた。何よりも、彼が夏実をかばって自ら銃弾を受けたという事実が、冷たい刃のように心に突き刺さっている。

「夏実。祈ろうよ」

静奈が優しくいってくれた。「私たちにできるのは、それだけだから」

第二部——一月二十二日

1

「あんたな。本当にここに来たことあるのか」

暗闇《くらやみ》の中、パラパラと音を立てて落ちてくる雪塊を見ながら、諸岡が片目を眇《すが》めていた。

真っ赤なハードシェルの上着に大型ザックといった山のスタイルは、彼には不釣り合いだった。ピッケルの持ち方もまるでさまになっていない。

頭につけたヘッドランプはまるで工事作業員のようだ。

気温は思ったよりも高かった。

急下降のルートだが、アイゼンをつけた歩行の仕方を知らないため、腐った雪に何度も足を滑らせては尻餅《しりもち》をついている。そのたびに佐竹が腕を摑《つか》んで滑落を防いだが、ふたりともザックもウェアも泥交じりの雪にひどく汚れていた。

佐竹はいった。

「心配ない。若い頃、何度も来ていた山だ」

呼気が闇に流れてゆく。

「登り始めだっていうのに、何だってこんなに、どこまでも下っていかされるんだよ」

「登山道は野呂川《のろがわ》の対岸なんだ。一度、川まで下りてから登り直す。夏場は広河原まで行けるが、冬山登山はこの池山吊尾根のルートしかねえんだ。文句をいわずについてこい」

「元ヤクザのくせに登山が趣味だったとは滑稽《こっけい》だな」

「てめえも人のことをいえた義理かよ」

真っ暗な林の中の急斜面をまた下り始めた。

諸岡が露骨な舌打ちをして、彼のあとに続いた。

時刻は午前二時。まだ真夜中である。

夜叉神《やしゃじん》トンネルを抜け、南アルプス林道の途中にある鷲《わし》ノ住《す》山から、この池山吊尾根ルートの登山は始まる。登山といっても、最初はいきなり真下の川まで四百メートルの高度差を下りねばならない。しかも暗がりの中、ヘッドランプの小さな明かりだけを頼りに足を運ぶ。

初心者である諸岡にとってはかなりハードな山行になるだろう。土地鑑が皆無なだけに、ただ佐竹についてくるしかない。

下り始めて三十分も経《た》たないというのに、早くも彼は後悔しているようだった。しかし佐竹はそんな諸岡を無視して、黙々と雪深いルートを降下し続けた。

ようやく樹林帯の下りが終わり、野呂川に出て、ひと息ついた。

煙草《タバコ》を吸いたかったが、のんびりとはしていられない。欲求を抑えて、また歩き出す。

野呂川は大きな渓流である。ヘッドランプの光を当ててみると、両岸の岩と砂地には雪が積もり、汀《みぎわ》はあちこちで凍りついて、その間を川は真っ黒な大きな流れとなっていた。水は見るからに冷たそうだ。

目の前にはコンクリの堰堤《えんてい》と護岸、下流側に発電所の無骨な建物がある。

対岸のコンクリ護岸に向かって吊り橋が架かっていた。

足許《あしもと》はスチール製のグレーチング（メッシュ）だが、ところどころ、川風に吹かれて凍った雪が張り付いている。そこを緊張しながらふたりで渡った。

足許がぐらぐらと揺れて、たびたび足が止まってしまう。

渡りきった先にある林道への上がり口が、またけっこうな難所だった。

あちこちの赤テープの目印をたよりに、急斜面の木立を摑んで雪まみれになりながら、ふたりして電発道路と呼ばれる対岸の林道に出た。

地図上では県道三十七号、南アルプス公園線と記されている。

諸岡はすでに死にそうな表情をしていた。膝《ひざ》に両手を当ててかがみ込み、肩を上下させている。

「ちょっと休ませてくれ。膝がガクガクいってやがる」

かすれた声で諸岡がいった。

佐竹はうなずき、煙草をくわえ、相棒にも差し出した。

ジッポーのライターの蓋《ふた》の音とともに、ふたつの火口が赤く闇に光り、紫煙が寒風に流れる。

「様子が変だぞ、お前」

佐竹にいわれ、彼は横目で見てから、また視線を逸《そ》らした。

「ゆうべ、あの警察官を撃ったときのことが頭から離れない」

意表を突く返事に佐竹は笑った。

「柄にもないことをいうなよ。昔、てめえも警官だったからか」

「そうじゃない。最初に狙《ねら》ったあの娘の顔が、何かと心にちらつきやがる」

「ガキみたいな娘だったじゃないか。情が移ったわけじゃあるまい。ああいうのが好みなのか」

諸岡は首を振った。

「そういうことじゃないんだ。あの目が気になったんだ」

紫煙を口と鼻から洩《も》らしながら、彼はそういい、ふっとしかめ面になった。「警察にいた頃、いろんな女性警察官を見てきた。が、あいつは何だか違った」

「どう違うってんだ」

「俺のことを、見透かすような目をしてやがった」

佐竹は興味深く見つめた。

諸岡が振り向いた。

「ヘッドランプの光を当てるなよ。眩《まぶ》しいじゃねえか」

佐竹は苦笑いをしながら、彼の顔に当てていた光をよそに向けた。

「ところで……ここから登るのか」

「いや。あるき沢橋というところまで、あと四十分ほど林道を歩く」

「何だよ、それ」

諸岡は愕然《がくぜん》とした表情でそっぽを向いた。「登山ってのは、ただ登るだけじゃいけないのか」

「山にもいろいろあるんだ。登り方もいろいろだがな」

「須藤もこのルートで登ったのか」

「断定はできんが、その可能性が高い。もっとも、はなっから死ぬつもりなら、雪崩の巣みてえな大樺沢や草すべりを辿《たど》ったかもしれんが、俺たちまで巻き添えになる必要はない」

「こんなところで死ぬなんて、まっぴらごめんだ」

「俺だって同じだ」

そういった佐竹を諸岡がにらんだ。

ギョロッとした目が子どもっぽく見えた。ふっと佐竹が笑った。

「そろそろ、ゆくぞ。しばらく林道歩きだから、アイゼンは外しとけ」

腰をかがめ、靴底に装着していた十二本爪《づめ》のアイゼンを外した。渋々といった様子で諸岡がそれにならった。

ふたりで暗い林道を歩き出した。

あるき沢橋は太い鉄骨を組んで作った平行弦トラス式の立派な橋だった。

池山吊尾根に入る登山道の入口は、その手前、左側の斜面にある。バス停の看板も立っているので、夏場は奈良田《ならだ》と広河原を往復するバスが運行されるのだろう。バス停のポールにチェーンロックが巻き付けられ、折りたたみ式のスポーツサイクルが立てかけられているのを見て、佐竹は驚いた。

ヘッドランプの光の中、登山道に足跡があって森の中に続いている。

「須藤のものか」

諸岡が訊《き》いたのでかぶりを振った。

「おそらく奈良田方面から来ている登山者だ。だが、林道は冬期閉鎖中で、起点となってる〈開運隧道《すいどう》〉の入口には、恐ろしく背の高い鋼鉄製のゲートが閉められているはずだが」

一年前、仕事で奈良田にトラックを出したとき、佐竹はそのトンネルを見ていた。いくら軽量なスポーツサイクルとはいえ、あのゲートに取り付いて引っ張り上げ、上部に櫛《くし》状にとりつけられたスリットの上から、自転車をトンネルに放《ほう》り込むのはたいへんだったはずだ。

しかしながら、奈良田からここまでおよそ十キロ。徒歩で三時間、雪道とはいえ、自転車ならその半分以下で来られる。このルートを知悉《ちしつ》した登山者なのかもしれない。

佐竹と諸岡は、ここでまた荷物を下ろした。

ふたたび靴にアイゼンを装着し、上着を脱いでザックに押し込んだ。

登山道入口からいきなりの急登になるため、このままの気温だと、おそらく汗だくになるに違いない。夜明け前だというのに、五度前後はありそうだった。これから日の出の時刻にかけて、さらに上昇するはずだ。

頭上は満天に星がちりばめられていた。

コンクリ護岸から沢水が流れ落ちている場所を見つけ、水筒やペットボトルを充《み》たした。

ふたりでザックを背負い、ゆっくりと登り始めた。

ここは義盛《よしもり》新道と呼ばれ、のっけから急登になる。情け容赦のない心臓破りの急勾配《こうばい》がずっと続く。

長い下りでしきりに足を滑らせ、尻餅をついて悪態をついていた諸岡が、這《は》うような登り道続きに早くもバテていた。先頭を行く佐竹の後ろを、ゼイゼイという呼吸音がついてくる。

佐竹もつらい顔で登り続けた。二十年以上のブランクがすっかり躰《からだ》をなまらせていた。

自転車の持ち主らしき登山者の踏み跡が林床の雪に残っていた。それをトレースするように歩いた。

ただし、悪いことばかりではない。はなっからラッセルを覚悟で来たが、人ひとりが通れるほどに、雪が掻《か》き分けてあり、ならされている。これなら思ったよりも早く、上まで辿り着けそうだ。

気温が高めのため、雪がやたらとアイゼンに絡んで団子状になる。だから思い切って靴底から外した。先行者のトレースがあるし、危険はないだろうと判断した。ピッケルもザックのサイドストラップに留めて、ダブルストックで登ることにした。

林の樹間を折れながら登るルートが続く。

佐竹は過去、何度かここを辿っているが、やはり雪に閉ざされると道が不明瞭《ふめいりよう》になることがある。しかも、途中途中にシカらしい動物の踏み跡が横切ったりするので、うかつにそちらに行かないように注意する。

ところどころの細木に巻き付けたり、枝から垂らされている赤いテープの目印は、夜明け前の闇に溶け込んで目立たない。しかし、先行者が雪を分けて残してくれたトレースのおかげで、登山道を外れることなく、やがて尾根上に到達した。

トレイルはここからやや平坦《へいたん》になる。

諸岡は膝に手を当てて、喉《のど》を鳴らすように息をついていた。

「いつまでこんなことをやらなきゃいけないんだ」

しゃがれた声が別人のようだ。

「お宝を取り戻すまでだ」

ラークの赤いパッケージから振り出した一本をくわえながら、佐竹が答えた。

諸岡は黙り込んだ。思い詰めたような表情で足許の雪をにらみつけている。

「お前だって覚悟の上で来たはずだ。とやかくいうようだったら置いていくぞ」

ライターで火を点《つ》ける。火口が光り、紫煙が風に流れる。

諸岡は虚《うつ》ろな目で彼を見たが、やはり何もいわなかった。ここまでついてきてしまったのだから、仕方がないと思ったはずだ。

「もう少し歩けば避難小屋がある。そこでひと息入れよう」

そういって佐竹は歩き出した。

諸岡が黙ってついてきた。

2

「見ろよ、すげぇ眺めだぜ」

風に白い呼気を流しながら、大葉範久《おおばのりひさ》が前方を指差した。

月明かりの下、純白の大平原のずっと彼方《かなた》に、北岳の威容が立ち上がっている。主稜線《しゆりようせん》から頂稜にかけて、真っ白な雪をかぶった日本第二位の高峰は、月がかかった夜空を背景に巨大な存在感を誇示していた。

大樺沢の中途に立ち止まって、安西廉《あんざいただし》はそれを眺めた。

思わず、「おおっ」と声が洩れた。

ふたりの大学生の眼前には、夜空の黒さと月光を浴びた雪山の純白と、ただその二色だけ。しかし、それは非の打ち所がないほど完璧《かんぺき》なコントラストだった。

風もなく、穏やかな天気だった。ただ、身を切られるほどの寒さがふたりを包む。

ここには彼ら以外、誰ひとりとしていない。この山のすべてをふたりだけで独占しているという満足感がこみ上げてくる。

昨日はずっと雪が降っていた。

登山起点の広河原から膝までの積雪を掻き分けるラッセルを続けながら登り、登山ルート途中の白根御池小屋に辿り着いた。

冬季閉鎖中だったが、登山者が自主的に使えるよう、小屋の一部が冬季小屋として開放されている。

ラジオの天気予報では、翌日の好天は望めないといっていた。本州の太平洋側を南岸低気圧が通過する。まとまった雪を降らせるかもしれないという。だから、ふたりは半ばあきらめていた。ダメなら、この小屋で天候が回復するまで停滞するしかない。

真夜中に起きると、荷造りをして小屋の外に出た。

雪はまだ降りしきっていたが、ヘッドランプの光を頼りに大樺沢へのルートを辿って登った。

積雪は膝下ぐらい。一歩ごとにそれだけ足が埋まる。引き抜いては前に進む。

雪と戦いながら歩くうち、いつしか雪が止《や》んでいた。頭上を見上げると、雲が切れて、星々が瞬くようになった。木の間《こ　ま》越しに見える空が明るくなったかと思うと、葉叢《はむら》の向こう、雲間から大きな月が覗《のぞ》いていた。

ダケカンバの森を抜け、二俣《ふたまた》を過ぎると、突然、視界が開けた。

大樺沢の雪渓の上に立ち、ふたりは行く手に立ちはだかるようにそびえる北岳を見上げた。

青白い月から放たれる冷たい光は、すべてを昼のように明るく、くっきりと闇に浮かび上がらせている。

「どうだ、来てよかったろ」

大葉にいわれ、安西はうなずいた。「ああ。まったくだ」

腕時計を見る。時刻は午前五時を回ったところだ。

「急ごう。予定よりもだいぶ遅れちまった」

大葉が先行し、安西が続く。ふたりのザックが揺れる。ヘッドランプの小さなＬＥＤの光をたよりに、積雪をピッケルのブレードで突き崩しては、キックステップで蹴《け》り込みながら登ってゆく。

雪の斜面に幾筋もの破線が目立っている。雪粒が転がり落ちた痕《あと》である。そればかりか、大小の落石もあって、雪の上に無造作に落ちている。雪渓を滑り落ちてくる岩は音を立てないから、いつも前方に注意を払わねばならない。

突然、雷鳴のような音がして、彼らは足を停《と》めた。

見上げると、北岳頂稜東面のバットレスに白煙が生じていた。

屹《き》り立った巨大な懸崖《けんがい》から剝離《はくり》した雪が、すさまじい速さで落ちた。それは岩壁に張り付いていた他の雪を巻き込みながら、大きな雪崩となって壁面を猛然と走った。

安西たちは魂を抜かれたような顔でそれを凝視した。

もうもうと雪煙を巻き上げながら、それは大樺沢に到達すると、大小の雪塊を山脈のように盛り上げて停まった。巨大なデブリ（雪の大小の破片や堆積物）が、真っ白な壁のように連なっていた。

「おっかねえな」

安西はかすれた声でいった。「ここって、もしかしたら雪崩の巣じゃねえのか」

大葉がうなずいた。

「北岳の大樺沢と草すべりは雪崩の多発地帯だ。だから、本来の冬季登山ルートは、あっちの池山吊尾根がメインになるんだ」

左手、遠く連なる尾根を指差した大葉を、彼は見た。

「だったら俺たち、なんでここを辿ってるんだよ」

「ハイキングをしに来たわけじゃないぜ。この厳冬期にバットレスを登るんだから、仕方ねえだろ。雪崩のひとつやふたつにビビってちゃ、最初から負けだぜ」

安西は月光を浴びる北岳頂稜の大岩壁を見上げた。

そうだ。あの有名な垂壁を冬季クライミングで踏破するために、この北岳に来たのだった。

ふたりとも都内にある東都大学山岳部の部員だった。ザイルパートナーを組んで以来、これまで二回、バットレスを登ったが、いずれも夏場だった。今回はとりわけ難易度が高くなる冬に登る。彼らにとって初めての挑戦だった。

「さっさと行くぞ」

大葉がピッケルの石突きを雪面に刺しながら歩き出した。靴底に装着したアイゼンを蹴り込むように進んでいる。

白い息が闇に流れる。

その後ろ姿を見ながら、安西もあとを追った。

さっきまでの気持ちいい解放感が、重苦しい不安に取って代わっていた。

日の出の時刻が近づいて、東の空が少しずつ白み始めていた。

月は依然、空にかかり、星々も瞬いている。

雪崩が築いた大きなデブリを苦労して越えると、やがてバットレス沢出合に到達した。

夏場はカエルのような形をした〝大岩〟が目印だが、今はそれも半ば雪に埋もれている。

おそらく上から落ちてきた雪崩が作ったデブリに呑《の》まれているのだろう。

安西たちは、その場に立ち止まって見上げた。

標高差六百メートルの巨大な雪の岩稜を立ち上げて、北岳バットレスは夜明け前の空を背景に彼らの前に迫っていた。空に残った月の光が、複雑怪奇に折り込まれた岩襞《いわひだ》のひとつひとつを、薄闇にくっきりと浮き上がらせている。そのところどころに雪が剝離した痕があり、荒々しい岩面が斑模様《まだらもよう》に露出している。

遠くから見ても迫力があったが、こうして間近になると、もう圧倒的というしかない。

ここからは通常の登山ルートを離れ、クライマーたちの専用ルートに分け入ることになる。

大樺沢は相変わらず一面の純白の平原で、夏場は大小の岩が転がっているここも、すっかり雪に覆われて、のっぺりとした白い大地となっている。

雪のない登山シーズンであれば、大岩にペイントされた矢印などを目安に辿れるが、白一色の雪原ではそうはいかない。が、彼らは二度もこのルートを登攀《とうはん》したため、目測だけで道を読むことができた。

バットレスの岩屛風《いわびょうぶ》には、今にも雪が落ちて来そうな場所があちらこちらにあった。いつ、あれが崩落して、また新しい雪崩となるかわからない。そんな恐怖をよそに、これからあの巨大な岩壁を登攀するのだというスリルに満ちた期待感もある。

ふたりが辿るのは、バットレスの登攀ルートの中でも比較的ポピュラーな第四尾根である。

バットレス沢を詰めて、第四尾根への取り付きであるbガリー大滝と呼ばれる場所に到達した。

ここは落石が多いため、少し行きすぎて第五尾根支稜の下に向かう。

いよいよクライミングの起点に立った。

ザックを下ろし、装備を点検する。

クライミング用の赤いヘルメットをそれぞれがかぶり、登攀ギアを携帯したり接続するためのハーネスと呼ばれるベルトを腰に装着した。

カラビナやクイックドロー、ハーケンにカムデバイスなど、必要なクライミングギアをハーネスのギアループに次々とセットしていく。スリングという名の、平たい紐《ひも》をループにしたギアもいくつか用意する。

メインとサブのザイルは、それぞれ束にして結んでいたのを解き、足許に落としてゆく。

まず、最初のアンカー（支点）を構築した。

アンカーとはクライミングの起点となるものだ。岩の亀裂《リス》や割れ目《クラック》に二カ所、ないしは三カ所、ハーケンやカムデバイスを差し、そこにカラビナをかけ、スリングを通し、メインザイルの末端を固定する。

バットレスのように高さのある岩壁の場合は、登攀中にこうしたアンカーを複数、構築する必要がある。

最初のアンカーから次のアンカーまでの間はピッチという単位で呼ばれる。

マルチピッチ、すなわち複数のピッチを切って登る場合、双方のアンカーの途中で複数の場所にプロテクションという墜落防止のための中間支点を作っては、そこにザイルをクリップしていく。

リードとなるトップの登攀者が最初のピッチを登りきると、そこにふたつ目のアンカーを構築。フォロアーであるセカンドが自己確保《セルフビレイ》を解除し、トップのあとを追って登る。そこからまた次のピッチを切って登るというふうに、交互になって登攀してゆくことになる。

いつものようにジャンケンでトップを決める。

安西はセカンドとなった。

お互いのハーネスとザイルの結束を慎重にチェックし、それぞれ指差し確認をした。

「じゃあ、登るぞ」

「OK」

安西の呼応とともに、トップの大葉がサングラスを装着し、登攀を開始した。

そこは下部岩壁と呼ばれる最初の難所である。

安西が相棒の登攀を下から見守る。

凍りついた雪がびっしりと付着した岩を避けながら、クラックや突起に手足をかけつつ、大葉は慎重に登っていく。しかし防寒防水グローブを手にはめているため、ホールドを掴むのは難しい。ギアクリップにかけていたピッケルを抜いた。

尖《とが》ったピックの先を岩の割れ目に差し込み、または岩角にかけ、躰を引き上げてゆく。時には岩壁に張り付いた氷雪に打ち込むこともある。

靴に装着したアイゼンの爪を確実に岩にかけ、段差に載せながら、少しずつ登攀してゆく。

腰のハーネスのギアループにぶら下げたカラビナやクイックドローなどの登攀器具が揺れて触れ合い、甲高い金属音を立てている。

赤いヘルメット、青のジャケットに黒いアウターパンツ。大葉のそんな姿が、すでにかなり小さく見えている。

それを見上げながら、安西はザイルを少しずつくり出していた。

「うひょお～！」

突然、頭上の大葉が素っ頓狂な声を放った。

「どうしたんだ」

驚いた安西が叫んだ。

ずいぶんと上の岩壁に張り付いていた相棒が、大げさに手を振った。

彼が肩越しに後ろを見ているのに気づいて、安西も振り返った。

いつの間にか東の山嶺《さんれい》の彼方から朝日が差していた。その光を受けて、彼らの前に立ちはだかる巨大な北岳の頂稜が、オレンジ色に燃えるように光り輝いている。強烈な照り返しに、ふたりの顔も同じ色に染まっていた。

モルゲンロート（朝焼け）に彩られ、燃えさかるバットレスの下部岩壁。

そこを大葉が登攀していく。

「北岳、最高！」

そういって高らかに笑いながら、安西はザイルをたぐり出し続ける。

3

そっと肩を叩《たた》かれて目を覚ました。

いつの間にか、眠っていたことに気づいた。

目の前に神崎静奈が立っている。湯気をくゆらす紙コップを差し出してくる。受け取ると独特の匂《にお》いが鼻腔《びこう》を突く。

コーヒーのようだ。それをぼうっと見下ろしていた。

「飲んで」

静奈にいわれ、両手で包み込むようにそっと口に運び、ひと口すすった。

砂糖の入っていないブラックコーヒー。その熱い刺激が喉に心地よかった。

「ありがとうございます。美味《おい》しい」

彼女は微笑《ほほえ》み、うなずく。

夏実の隣に座って自分のコーヒーを、時間をかけてゆっくり飲んだ。

ふたりの前には集中治療室の扉。薄暗い通路。明度を落とされた照明。非常階段の緑の案内表示灯。院内はまるで水を打ったように静まりかえっている。

さっきまで右隣に座って付き添ってくれていた深町は、今はいない。

少し前に署からの呼び出しがかかり、戻っていった。だから静奈とふたりきりだ。

堂島の妻、信子は面会を終えてすぐに出てきたが、彼女の夫は依然、意識不明のまま、酸素吸入を受け続けていたそうだ。さいわい心電図の波形はしっかりしているため、急に危篤《きとく》に陥るようなことはないだろうという担当医の説明だったらしい。

信子がタクシーで家に戻るのを外で見送ってから、夏実と静奈は院内に戻った。堂島の傍《そば》を離れたくない気持ちがあったからだ。その心をくみとって、静奈も付き添ってくれた。

ふたりで長椅子《ながいす》に座り、堂島のことをいろいろと話し合っているうちに、いつしか寝入ってしまったようだ。

「今、何時ですか」

静奈が腕時計に目をやる。「六時五十分」

夜が明ける時刻らしく、窓の外が少し明るくなっていた。

「どう。少しは落ち着いてきた？」

夏実はうなずく。「静奈さん。本当にありがとうございます」

「あなた、マジに壊れそうだった」

切れ長の、きれいな眸《ひとみ》で見つめてきた。夏実は思わず視線を逸らした。

「自分でどうしようもないほどプレッシャーに弱いんです」

「あんなことがあったんだもの。無理もないよ」

エレベーターが稼働する音が聞こえた。すぐ近くにあるドアが開き、スーツ姿の永友和之警部が夏実たちのところにやってきた。

夏実と静奈があわてて立ち上がり、そろって頭を下げる。

永友はかすかに笑みを見せた。

「堂島警部補の様子をうかがいにきました。どんな容態でしょうか」

「手術は成功したそうですが、意識が戻らないんです」と、夏実が答えた。

「やはり面会は無理ですか」

向かい合わせの壁際の長椅子に座りながら、彼はいった。「ふたりとも座って下さい。疲れているんでしょう?」

「あ。いいんです」

「無理しないで。お互いに徹夜なんだし」

夏実は少し躊躇《ちゅうちょ》した。

「失礼します」

ペコリと頭を下げてから、静奈といっしょに座った。

永友は前屈《まえかが》みの姿勢で両膝に肘《ひじ》を載せて手を組みながら、夏実にいった。

「あなたたちをたいへんな事態に巻き込んでしまって、本当にもうしわけなく思っています。堂島警部補が何とか命を取り留めたのは不幸中の幸いでした。しかし、本来はあってはならないことです」

「私を守ろうとして、盾になってくれたんです。自分がもう少し気をつけていたら、こんなことにはならなかったと思います」

「仕方のない情況だったと推測できます」

永友はそういって俯《うつむ》き、それから顔を上げ、また夏実を見つめた。

「――われわれ警察官は〝マル被〟が銃を持っていても、いきなり発砲はできません。だからといって警告や威嚇射撃などの手順を踏んでいたら、きっと間に合わなかった。そのため、躰を張ってあなたを守ったんでしょう。立派な行動だったと思います」

ふと熱いものがこみ上げてきたが、夏実はそれを抑え込んだ。少し目をしばたたき、いった。

「被疑者たちは見つかりませんか」

「現場から逃走したきりです。各署からの応援を受けて、市内全域を検索していますが、〝緊配〟にも引っかからない。なかなか巧妙な連中ですよ」

スーツの内ポケットから、四つ折りにしたA４サイズの紙片を渡してきた。それを受け取った夏実が広げて静奈といっしょに見る。

彼女の証言とパトカー車載のドライブレコーダーから作成した手配書だ。市民向けではなく、各署に回すためのものだった。画質の粗い写真と被疑者二名の人相着衣のイラスト。堂島警部補が撃たれたときの情況や、被疑者たちに関する簡単な説明書きも記されている。

見ているうちに、また胸の動悸《どうき》が始まりそうになる。それに気づいた静奈が、黙って彼女の手から紙片を取り上げた。

「何のために県外に逃走せず、こんなところに居残っているんでしょうか」

手配書をたたみながら静奈がそう訊いた。

「これは自分の考えなんですが、〝マル被〟たちには遠くに行けない、何らかの事情があるんだと思います」

「甲府の宝石店を襲撃したのは三名でしたよね」

「つまり、ひとりだけが別行動をとっている」

「それって……もしかして、盗んだ宝石をお金に換えるためですか」

「いい勘をしてますね」永友は夏実を見ていった。「私も最初はそう思いました。しかし、それにしては残りの二名の行動が不可解だ。甲斐市から八ヶ岳市、今度はここ、南アルプス市に移動しています。こちらの捜査を攪乱《かくらん》するためとみてもいいんですが、あまり頻繁な移動はかえって目に付くことになります」

「ひょっとして、仲間割れ？」

彼は静奈の顔を見ていった。「たしかに、その可能性もありますね」

「たとえば、ひとりが市内に潜伏していて、あとのふたりが追っているとか？」と、静奈。

「市内とはかぎりません。被疑者のひとりがコンビニで煙草を大量に買い込んでいたことが、どうも引っかかってるんです」

夏実は思い出した。〈Sマート　芦安入口店〉の広川店長の証言だ。ビデオカメラにもその場面が映っていたから間違いない。

「えっと。山に登る人だったら、よく事前に煙草を買い込んだりしますけど」

永友がハッと夏実を見た。

「山……？」

「はい。私たち、ふだんは地域課員ですけど、シーズン中は北岳の警備派出所で、山岳救助犬を使う隊員として遭難者の救助をやっています」

「驚いたな」

あっけにとられた顔で永友がふたりを見つめた。「女だてらに、なんていったら失礼ですね」

「いいんです。いつもいわれてますから」と、静奈が笑う。

「ところで、さっきの煙草の話ですが」

夏実がうなずき、こういった。

「街中なら、煙草を売っている店がふつうにありますし、自販機もあるから、そんなに買い込む必要はないと思います。でも、山の場合、山小屋で売っていることもあるけど、平地に比べて割高ですし、日帰り登山ならともかく、何泊かで縦走する登山者で喫煙される方は、たいていいくつかまとめ買いをしてから登ります」

永友は視線を離し、自分の足許を見下ろしながらつぶやいた。

「なるほど、被疑者たちは山に向かった、か」

ふっと笑い、頭を掻いた。「こんなことを捜査会議でいったら、笑いものですね、きっと」

「気にしないで下さい。私、ちょっと思いついただけのことですから」

「星野巡査。でも、そういう思いつきこそが大事なんだと思います」

永友がいったとき、彼の服の中で携帯の着信音が聞こえた。

スマートフォンを取り出し、耳に当てた。

「永友です」

相手の声を聞いているうちに、ふいに永友の顔色が変わったので、夏実は驚いた。

通話を終えてから、彼はいった。

「星野巡査の思いつきが正しかったかもしれない」

スマートフォンをポケットに戻しながら、彼はいった。「昨日の午後三時過ぎ。CX－7の盗難があった八ヶ岳のアウトレットモール内にある登山用品店で、被疑者によく似た中年男性二名が、それぞれ登山用品一式を買っていったということです」

「本当ですか！」

夏実と静奈の声が同時だった。

「八ヶ岳署員がモール内のすべての店で聞き込みをした結果、判明したんです。コンビニの防犯ビデオの映像に映っていた二名と、ほぼ同一人物と確定したそうです」

「犯人たちが山へ……どうしてでしょうか」

静奈がいうと、彼は深刻な表情で眉根《まゆね》を寄せた。

「それを調べるのがわれわれの仕事です。午前八時から、会議があります。当直明けだそうで、たいへんもうしわけないのですが、星野巡査にも被疑者に接触した当人として、ぜひ出席してもらいたいと思います」

「私が、ですか？　地域課の平《ヒラ》の警察官ですよ」

「本部長のほうに、私からよくいっておくから大丈夫。それに、今は立場を超えた協力体制が必要なんです。あなたの証言はじゅうぶん役立っている」

「わかりました」

「じゃ、そろそろ失礼します」

永友が立ち上がると、夏実たちもあわてて長椅子から立った。

「永友さん。絶対に捕まえて下さい」

夏実の声に振り返った。

「警察官が撃たれたんだ。命に代えても奴らを逮捕しますよ」

踵《きびす》を返し、去っていく永友警部に向かって、夏実と静奈が頭を下げた。

4

冬枯れた枝々をすかして見上げる空が、ようやく白み始めている。

午前六時三十分。もうすぐ日の出の時刻になる。

先行者のトレースのおかげで深雪との闘いがあまりないのはありがたかったが、諸岡はすっかりバテていた。死人のように青ざめた顔で、言葉もなく、一歩、また一歩とアイゼンを装着した登山靴を雪に蹴り込むようにして、佐竹のあとをついてきていた。

佐竹が肩越しに振り向くたび、ヘッドランプの白い光が不規則にユラユラと揺れている。

ようやく辿り着いた池山避難小屋で休憩し、ランタンの光の中でドライフードで食事を作って食べた。諸岡はあまり食が進まなかった。板の間に腰を下ろし、土間にかがみ込むような姿勢で、煙草ばかりをいたずらにふかしていた。

諸岡は酒を飲まない。躰が受け付けないのだという。その代わり、ヘビースモーカーだった。一日に二箱から三箱は吸う。だから肺機能はかなり衰えているはずだ。

夜叉神峠から歩き出し、野呂川を越え、林道を歩き、さらに義盛新道の登山口からの登りで合計六時間半。雪山で、しかも素人の諸岡を連れているにしては上出来なタイムだろう。しかし、それだけ諸岡は疲れ切っている。稜線に出るまであと数時間かかるだろうが、そこまで保《も》たないのではないか。

山に連れてくるべきではなかったかと思ったが、仕方ないことだった。

諸岡への思いやりは微塵《みじん》もない。足手まといになるとわかっていながら、やむにやまれず連れてきたのだ。彼を無視し、須藤の宝石を見つけて独り占めしたら、今度は自分がこの男に狙われることになる。だからひとりだけで入山することはできなかった。

そのうちにどこかで滑落するかもしれないし、雪の中で歩けなくなったら、そのまま衰弱して死ぬかもしれない。諸岡はパートナーだったが、須藤への思い入れほどのものは彼に対してはなかった。元警察官で、汚職の片棒を担がされ、刑務所にぶち込まれた。そのため、自分の運命を呪《のろ》い、世間を憎みきっていた。

銃の腕だけはたしかだというので仲間に引き入れた。しかし、それが仇《あだ》となった。仕事の最中、無抵抗だった警備員を射殺し、あまつさえパトカーの警察官に対して発砲し、二度目ははっきりと狙って撃った。しかも相手は若い女性警察官だった。たまたま横から飛び込んできた大柄な男性警察官に弾丸は当たったが。

車中で聞いたラジオのニュースで、瀕死《ひんし》の重傷だと伝えられていた。

人を撃ち殺すことにためらいのない男、それが諸岡だった。

裏社会でもかなり厄介者扱いされていたらしい。実際に組んでみて、ここまで無節操な人間だとは思いもしなかった。もっとも須藤に誘われて佐竹がやったことは慈善事業ではない。宝石店を襲撃して強盗をはたらくという犯罪行為に、節操も無節操もあったものではない。

宝石店で遭遇した警備員たちは、今まさに通報するところだったし、南アルプス市でパトカーに追跡されたときも、諸岡がいなかったらどうなっていただろうか。

なんだかんだいって、佐竹は横紙破りな諸岡という男に頼るしかなかったのだ。

だが、この山では違った。

ここにはここのルールがある。そして生き方がある。

池山避難小屋を出て、樹林帯を登り、やがて三度目の休憩になった。

諸岡はひとり何かに向かって悪態をつきながら、ツガの幹を靴底で何度も蹴飛ばしていた。枝が揺れて降ってきた雪を頭からかぶると、それを手で払いのけ、さらに悪態をついた。

まるで、この北岳という山そのものを呪っているような仕種《しぐさ》だった。

「須藤が見つからなかったらどうするんだ」

ふいにそう訊かれた。

「見つけるさ。前にもいったように、この山は若い頃に何度も登った。庭みたいによく知ってるんだ。奴がどこでのたれ死にしようが、見つけ出してやる」

佐竹は煙草をとりだし、くわえた。ライターで火を点け、ゆっくりと煙を胸いっぱいに吸った。それを見て、諸岡もラークのパッケージをポケットから取り出した。

「あいつとはどういう仲だったんだ。ただの会社の同僚じゃねえだろう？」

風倒木《ふうとうぼく》の雪を払って、そこに座り込み、ライターで火を点けながらいう。

「俺はノーマルだぜ」

「そういう意味じゃねえ。あれだけ裏切りを許せねえといってるくせに、やけにあいつに入れ込んでいるように見えるってことさ」

佐竹はくわえ煙草のまま、しばらく黙っていた。

雪をかぶった樹間を渡って吹いてくる冷たい風に、目を細めている。

「命を救われたことがある」

乾涸《ひから》びた唇にはさんだ煙草を揺らしながら、そういった。「俺たちは甲府の運送会社のドライバーだった。ある日、中央高速道で渋滞に引っかかったとき、後ろからでかいローリー車が突っ込んできた。居眠り運転だったみてえだ。そいつが積んでいた揮発性燃料が洩れ出して、火が点いた。あっという間に俺たちは火に包まれていた」

そのときのことを思い出し、佐竹は眉根を寄せた。

「須藤は助手席からすぐに飛び出したが、俺のシートベルトのバックルが歪《ゆが》んで外れなかった。運転席まで火が回ってきて、シートが燃え始め、有毒ガスみたいな煙が車内に立ちこめた。もうダメだと思ったときに、須藤がまた運転席に入ってきやがった。ナイフで俺のシートベルトを切って助けてくれたんだ」

彼は左腕のアウターウェアのベルクロを外し、シャツのボタンを外して腕をまくってみせた。

ヘッドランプのＬＥＤの光の中、白く火傷《やけど》の痕が残っている。

「俺はこんなふうに腕だけですんだが、あいつは背中や下半身までひどい火傷を負った」

「そうだったのか」

佐竹ははあっと息をつき、紫煙とともに白い呼気が流れていった。

「だからといって、この裏切りだけは許せん」

口から煙草をむしり取ると、足許の雪に投げ捨てた。

「登るぞ。ちゃんとついてこい」

佐竹が踵を返して歩き出す。

あわてて立ち上がった諸岡が煙草を投げた。下半身の雪を払い、足早に歩き出した。

5

午前八時——。

甲府署に置かれた特捜本部との連絡をインターネットを介して行いながら、南アルプス署三階の大会議室で捜査会議が開かれた。

取り仕切っているのは、県警から到着したばかりの岸本安隆《きしもとやすたか》管理官である。

スクリーンを背景に、正面に設置された長いテーブルには、県警本部から派遣されてきた刑事部捜査第一課の課員たちが並ぶ。

永友警部の姿もその中にある。

向かい合わせの無数の長テーブルには、谷口たち、応援の甲府署員や地元の所轄署である南アルプス署の刑事課員たち。さらに少し離れて、〈南アルプス署地域課〉と書かれたプレートが立てられていた。

そこには沢井友文課長と江草恭男課長代理、そして山岳救助隊からは杉坂知幸巡査部長と深町敬仁巡査部長が出席し、並んで座っている。その隣に夏実はぽつんと座っていた。

昨夜からほとんど眠っていないのに、なぜか頭が冴《さ》えて眠気は訪れない。

こんな場に呼ばれるのは初めてだし、これほど前列の席に座らされる緊張もあったが、頭が冴えているのはそんな理由だけではなかった。

正面の大きなスクリーンには、インターネット経由で繋《つな》がれた甲府署特捜本部が映し出されていて、本部長である小野寺警視正や副本部長の柴野警視の姿がそこに見られた。

被疑者二名が山道具を購入したという登山用品店の店長やスタッフたちへの事情聴取が再度、行われ、それらの証言を元にした報告書が八ヶ岳署から送られてきた。

五万分の一の登山地図は北アルプスや谷川岳など複数が購入されていたが、そのうち、ここ南アルプス市に直接、関係ある山域は〈北岳・甲斐駒《かいこま》〉と銘打たれた一冊のみだった。

永友がその地図を手にして立ち上がり、会議室の正面右手のホワイトボードの傍に立った。

「この地図には甲斐駒ヶ岳から鳳凰《ほうおう》三山、さらに奥にある仙丈ヶ岳、北岳、間ノ岳《あいのだけ》、農鳥岳《のうとりだけ》の広範囲な山域が示されています。甲斐駒や鳳凰三山に登るのだったら、何もわざわざ南アルプス市まで戻ってくる必要はありません。八ヶ岳市から黒戸尾根を伝って登れば甲斐駒にはダイレクトに到達できるし、鳳凰三山なら韮崎からがいちばん近い。だとすれば、北岳から農鳥岳を結ぶ白峰《しらね》三山。あるいは仙丈ヶ岳辺りが考えられます」

「仙丈ヶ岳に登るためには、冬季通行止めとなっている南アルプス林道を辿って、北沢峠まで歩かねばなりません。そんな手間のかかることを、彼らがわざわざやるとは思えないですね」

手を挙げてそういったのは、山岳救助隊をまとめる沢井地域課長だった。

――だとすると、どの山域が考えられますか？

甲府署にいる小野寺警視正にスクリーンから訊かれて、沢井がいった。

「南アルプス市を起点に登る山としてもっともポピュラーなのは、北岳から間ノ岳、農鳥岳に至る白峰三山です」

「私も同感です」と、永友が同意した。「他にもマイナーな低山がいくつかありますが、こうした登山地図を必要とするのなら、やはり高い山だと推測されます」

会議室にいた全員が彼の言葉に注目していた。

永友はいった。

「被疑者たちが南アルプス市からそこに入るとすれば、夜叉神峠を起点とし、池山吊尾根を辿る北岳への登山コースが、アプローチとしてもっとも自然です」

説明を続ける永友が持っている山岳地図。その〈北岳〉という文字に、夏実の視線が釘《くぎ》付《づ》けになっていた。

山岳救助隊はふだん、国土地理院発行の二万五千分の一の地図を使う。この五万分の一の市販地図は、一般の登山者たちがもっぱら利用するものだった。

「被疑者たちが購入したものの一覧を書いていただけますか」

そういった永友が自分の席に戻ると、代わりに佐々木副署長が振り向く。

「沖本《おきもと》くん、頼む」

南アルプス署刑事課の若い捜査員が、ホワイトボードの前に歩み寄り、ファックス用紙を片手に箇条書きで列記を始めた。マーカーの音がキュッキュと鳴っている。

ふたり用テント、寝袋、マット、七十リットルのザック、アイゼン、ピッケル――。

列記を終えて沖本刑事が席に戻る。

佐々木副署長がいった。

「八ヶ岳署から送られてきたファックスによると、〝マル被〟たちが購入した山道具は以上です。これらはおそらく長期間の入山を想定した準備だと思われます。店のスタッフの話だと、彼らが買ったドライフードやレトルトの食料の総量は、だいたい三日分ぐらいだということでした」

――彼らが何のために、わざわざ冬山に入ろうとしているか。考えられるケースをいってみて下さい。

スピーカーから流れた小野寺特捜本部長の声に応《こた》え、沢井地域課長がふたたび立ち上がる。

「山越えをして伊那《いな》や静岡方面などに逃走しようとしているのかもしれません。あるいは冬季閉鎖中の山小屋や避難小屋に隠れようとしているのかもしれない」

「しかしいったん長野県境まで行っておいて、わざわざこの南アルプス市まで引き返してきたことを思うと、やはり彼らが山に入るということの信憑性《しんぴょうせい》はあると思いますね」と、永友がいった。

沢井課長の隣に座る江草が手を挙げ、起立した。

「もしも山越えをもくろむとすれば、北岳から入山し、農鳥岳方面あるいは塩見岳方面への縦走が現実的だろうと思われます。ただ厳冬期ということもあり、それなりの経験と装備も必要です。三日分程度の食料では静岡側へは辿り着けないでしょう」

――となると、やはり山越えの線は薄そうですね。

スクリーンの中で小野寺特捜本部長がつぶやき、腕組みをした。

沢井が挙手する。

「もうひとつの仮定として、南アルプス林道を北上して北沢峠から長野県の戸台、そして伊那方面へ抜けるか、あるいは野呂川対岸の林道を南へ向かい、奈良田から静岡方面に出るという可能性があります。ただし、芦安からの林道は夜叉神峠までは行けますが、そこから先がやはり冬季閉鎖中で、一般の車輛《しゃりょう》通行はできなくなっています。数時間をかけて徒歩で林道をゆくのはヘリなどから見つかりやすく、リスクが大きすぎ、あまり現実的とはいえないと思います」

「夜叉神峠の他に、北岳方面に登山するルートはありますか」

岸本管理官の質問に沢井課長がこう答える。

「南の奈良田側から電発林道を伝って北上し、池山吊尾根ルートで登る登山者も多いのですが、冬場はバスの運行がありませんし、南アルプス市からだとかなり遠回りになりますから、想定する必要はないと思われます」

「夜叉神峠周辺の情報は？」

沢井課長が紙片を取り上げ、それを見ながらいった。

「芦安駐在所の藤野《ふじの》巡査長からの報告です。現在、夜叉神峠の駐車場には車が五台。そのうちの三台は、夜叉神トンネル手前の林道の法面《のりめん》補強工事のために入っている、南アルプス市内の〈黒川《くろかわ》土木建設〉のトラックで、あとの二台は品川ナンバーのトヨタ・ランドクルーザーと、山梨ナンバーのスバル・フォレスター。いずれも登山だと思われますが、所有者を問い合わせ中です」

続いて大川刑事課長が立ち上がる。

「現在、各移動がその方面をパトロール中。CX－7発見に全力で当たっているところです」

「〝マル被〟たちがまた車を盗んで乗り換える可能性があることも考慮し、ひとつの車種にこだわらずに不審車輛の発見に努めて下さい。それから、市内のタクシー会社にも当たってみて下さい。夜叉神峠まで誰かを送った車輌があるかもしれません」

永友の言葉を受け、大川刑事課長がいった。

「市内すべてのタクシー会社に連絡をとって確認します」

「大川くん。夜叉神峠駐車場に置いてある二台の所有車を、早く洗い出してくれ。もしもいずれかが盗難車輌であれば、彼らの入山は確定的となる」

佐々木副署長にいわれ、大川刑事課長が頭を下げた。「諒解《りょうかい》しました。そちらも大至急、連絡します」

岸本管理官がこういった。

「被疑者たちが山に入ったことが確定したら、林道を開いて捜査車輌を入れ、また県警航空隊のヘリで空からの捜査も可能となるはずだな」

「管理官。ヘリの投入はあくまで最後の手段としましょう。下手に飛ばすと、向こうに察知されるおそれがあります」と、永友がいう。

岸本が目を泳がせ、わざとらしく咳払《せきばら》いをした。

江草が立ち上がった。

「強盗殺人容疑の犯罪者が山に入る可能性を見越しますと、北岳周辺一帯にいる一般登山者が巻き込まれる可能性もありますが」

「私も同感です。一般登山者の入山規制をするべきでは？」

江草の隣にいた杉坂巡査部長がいう。

「それはわざわざ警察の動向を教えるようなものです」

永友がきっぱりと否定した。「〝マル被〟たちは、われわれ警察が彼らの入山を察知したことを、おそらくまだ知っていないはずです。さいわい厳冬期ということもあって、登山者の数は少ない。〝マル被〟たちもそれだけ捕捉《ほそく》しやすいと思われます」

そのとき、別の刑事課の若い捜査員が会議室にあわただしく入ってきた。

「夜叉神峠に駐車中の二台の持ち主が判明しました」

県警本部、甲府署、および南アルプス署の警察官たちがいっせいに振り向く。ほとんどの者が、期待に満ちた目をしていた。

若い捜査員はホワイトボードの傍らに立ち、やや緊張した顔で報告した。

「ランクルの持ち主は都内港区在住の横山勝俊《よこやまかつとし》さん、三十八歳、会社員。携帯電話の番号が判明したので、先ほどご本人に連絡をとったところ、本日の下山予定だそうです。ＣＸ－７のことを伝えましたが、該当車輛に見覚えはないということでした」

――フォレスターのほうは？

スクリーンの小野寺特捜本部長の声。

「県内南巨摩《みなみこま》郡早川町在住の河本勇二《かわもとゆうじ》さん、三十九歳。フリーの写真家です。奥さんに連絡をとって判明しましたが、登山ではなく南アルプス林道付近からの冬山の撮影が目的だそうです。本人の携帯電話の番号も教えてもらいましたが、今のところ、連絡が取れない状態です。おそらく携帯の圏外にいるためだと思われます」

会議室の捜査員たちの間に、いくつか吐息が洩れた。

――二台とも持ち主が判明したということは、どれも被疑者が盗んだ車ではないということか。

小野寺特捜本部長がつぶやいた。

「やはり連中は山になんか行かんのじゃないですかね。捜査を攪乱するために、わざわざ山道具を買ってみせたりしたんじゃないですか」

永友の隣に座る甲府署の谷口がそういった。

「あの……」

少し躊躇してから、夏実が軽く手を挙げた。

捜査員たちの目がいっせいに向く。地域課の女性警察官風情がいっぱしに何だといいたげな男性の捜査員たちの顔がいくつもあった。

「あ。ごめんなさい」

思わず目を伏せてしまった。

「星野巡査、だったね。何かあるなら、遠慮なしにいってくれ」

岸本管理官に促され、彼女は顔を上げた。向かい合わせのテーブルにつく本部捜査員たちと目が合う。

緊張して頰《ほお》を染めながら、夏実はおそるおそるいった。

「えっと、ですね。盗難車をどこかに乗り捨てて、ランクルやフォレスター、あるいは工事車輛に便乗して山に入る可能性ってないでしょうか」

――つまり、ヒッチハイクしたと？

小野寺本部長の声のあと、会議室が大きくざわついた。

「なるほど」

拳《こぶし》を口に当てて咳払いをし、永友がいった。「その可能性はあり得ますね。もう一度、ランクルの横山さんと、それから〈黒川土木建設〉の本社にすぐに連絡をとるべきです」

南アルプス署刑事課の刑事がひとり、会議室をあわただしく出て行った。

「フォレスターのカメラマンも何とか捉《つか》まえなければなりませんね」

谷口がいうと、佐々木副署長がハンカチで汗を拭《ぬぐ》いながら、こういった。

「現地の携帯の通話情況はどうなっていますか」

「三年前、広河原にNTTの臨時回線用のパラボラアンテナが設置されていますので、北岳山頂から広河原一帯は携帯の電波は圏内となります。しかし、南アルプス林道全域は基本的に圏外です」

沢井地域課長が立ち上がり、答えた。

岸本管理官がうなずく。

「南アルプス署刑事課および地域課の各捜査員は、大至急、フォレスターの河本さんの捜索に当たっていただく。ただし、くれぐれも目立たないように注意すること。被疑者たちが入山したことが確定的となった時点で、われわれも山に入る。いつでも行けるように各捜査員は入山の準備をしておくように」

彼は夏実たちを見ていった。

「それから、山岳救助隊は捜査員のバックアップをよろしく頼む」

「諒解しました」

江草が立ち上がってそういった。

「これにて会議を終了する」

岸本管理官の言葉で解散となった。

捜査員たちがいっせいに椅子から立ち上がり、ドヤドヤと移動を始める。

夏実は座ったまま、まだドキドキしていた。

ふいに背後から肩を叩《たた》かれ、びっくりして振り向いた。

静奈が笑っている。

「勇気あるんだね」

「あの、もしかして見てたんですか？」

「会議室の後ろにずっといたよ」

夏実は肩を少し持ち上げた。「すみません。出しゃばっちゃいました」

「そうじゃなくて、いかにもあなたらしいってこと。いつまでもめそめそしてないで、早く立ち直ってほしかったから、嬉《うれ》しかったよ」

恥ずかしくなって彼女は俯いた。

6

安西と大葉はバットレス第四尾根の下部岩壁、dガリーと呼ばれるルートを登攀していた。

取り付きは第五尾根支稜。まずはおよそ八十メートルのクライミングだった。

登り始めから、やや難易度の高い場所となった。

しかも夏場とはコンディションがまるで違う。まさに岩と雪のミックスである。いつも低温と風雪にさらされるためか、岩のあちこちにベルグラ、すなわち薄氷が凍りついていて、アイゼンもピッケルも効かないような状態だった。しかも、そこかしこに巨大な氷柱《つらら》がいくつもぶら下がっていて、たまに折れて落ちてくるため、そのたびにヒヤリとする。

それでも先行者が岩に残していた残置ハーケンや残置ボルトを使って何とかクリアし、ようやく安西は大滝の上に出た。

すぐその場の岩に器具を差し込んでカラビナをかけ、確保《ビレイ》を完了する。続いて大葉が登ってきた。安西の隣に立って確保完了。

そこは横断バンドと呼ばれていて、頭上に被《かぶ》さるようにハングした大岩の下にあるわずかな段差である。

取り付きからここまで四ピッチ、それも二時間もかかってしまった。ガチガチに氷結した岩壁登攀なので、緊張もあって疲労はかなり激しい。

岩の突起に腰を下ろし、高度感のある景色を見下ろしながら、安西は何度も溜息《ためいき》をついた。ヘルメットをかぶった頭の中から、汗がしたたり落ちてくる。

「まいったな。のっけからこんなんじゃ、先が思いやられるよ」

隣に座った大葉が、テルモスの水筒を出してコップに熱い紅茶を注いで差し出してくれた。

「あ。すまん」

「大丈夫だよ。まだ躰が馴《な》れてないだけだ。そのうち馴《な》染《じ》んできたら、ホイホイ行けるさ」

そういって湯気を吹きながら大葉が紅茶をすする。

大葉はいつも楽観主義だ。虚勢を張っているだけなのかもしれないが、なぜかたいていは彼がいったようにことが運ぶ。綿密な計算があるわけじゃないし、たんに強運の持ち主というだけでは足りない、奇妙な輝きのようなものがある。こういうのがいわゆるクライミング・センスなのだろうかと安西は思う。

だからというわけではないが、安西はいつも彼とザイルパートナーを組んでいる。実際に危険な目に遭って、助けられたのも、一度や二度ではない。

「行こうか」

大葉にいわれ、安西は立ち上がってザックを背負った。

横断バンドを慎重にトラバース（水平移動）していく。

足場は広いが、外に向かって傾斜しているため、気を抜けない。アイゼンの爪を氷結した雪に突き刺しながら、慎重に進んでいく。やがて灌木《かんぼく》が生えた雪稜となり、ホッと安心した。

雪の斜面に先行者の踏み跡はまったくない。やはり冬季にここを登攀する者は少ないのだろう。

灌木帯の傾斜はゆるいので、ザイルで結び合ったふたりが交互ではなく同時に登る、コンティニュアスという手段をとった。

やがてテラスと呼ばれる広い岩棚に出て、またひと息ついた。

隣のcガリーは大小の岩が崩落してガレ場となった沢だ。見た目の勾配はかなりゆるいが、ここは落石の多発地帯だし、厳冬期の今はいつ何時、雪崩が発生するかわからない。そのため、今回の登攀ルートはcガリーの手前から第四尾根主稜を辿って登る計画だった。

テラスから先はまた斜度のきつい登攀となる。

手首のスナップを効かせながらピッケルをふるい、ピックの先端を氷に突き立てる。ときに雪に埋もれたホールドをブレードや手で掘り出して摑み、アイゼンの爪を岩場や雪面に立てながら、ゆっくりと攀《よ》じてゆく。

そうして第四尾根主稜の取り付き点まで辿り着いた。

そこで下部岩壁のときと同じく、垂壁の二カ所にカムを差し込み、アンカー（支点）を構築した。

そもそもアンカーはクライマーの墜落《フォール》事故発生時の最終防御となるため、とりわけ慎重に、そして強固に登攀器具を岩の亀裂に差し込んで固定し、何度も強度を確かめる必要がある。

お互いの装備と装着の具合を確認し合い、念入りにチェックした。

確保者《ビレイヤー》である大葉が合図すると、安西はクライミングを開始した。

風で吹き飛ばされたせいか雪はほとんどなく、かなり岩が露出しているため、マイペースで攀じ登っていく。

途中途中で岩の亀裂を見つけては中間支点を構築してゆく。そこここに見つかる残置ボルトも利用しながら、それぞれにカラビナとスリングでプロテクションを作り、ザイルをクリップする。

下にいる大葉が絶妙なタイミングでザイルをくり出してくれているので、トップの安西はスムーズに登攀を続けられる。さすがに相棒に比べると速度が遅いが、それでも確実に、上に向かって自分の躰を持ち上げているという実感がある。

蒼穹《そうきゆう》にかかった太陽は夏のように輝いていて、岩壁の氷に複雑に光が反射している。サングラスのおかげで眩しさはさほどない。

ただ、その太陽の周囲に七色の輪がかかっているのが気になった。

日暈《ひがさ》は悪天の前兆といわれている。空気が湿り始めている証拠だ。

いつしか登り始めの緊張感や恐怖心がなくなり、すっかり居心地が良くなっていた。高度感がもたらすスリルと適度な疲労が脳内に快楽物質を分泌させ、いわゆるクライマーズハイの状態になっているのだろう。

これだから岩登りはやめられない。

そう思ったときだった。

右手をすぐ上の割れ目にかけ、左足を岩盤の突起に載せたとたん、その岩がグラッと動いた。

アッと思ったとたん、岩塊が崖《がけ》から外れる感触があった。

「ラク！　ラクッ！」

落石を意味する警告をすぐに放った。

大きな岩が転がり落ちていく。その直下に、岩盤を伝う斑模様のふたつのザイルと、大葉の赤いヘルメットがある。岩はガツン、ガツンとはでな音を立ててバウンドしながら、見る見る彼のほうに落下していく。

——うわッ！

大葉の声。顔を上げ、目を大きく見開いている。

割れ目にしがみついたまま、安西は本能的にギュッと目を閉じた。

ガツン、ガツンという甲高い音が下に遠ざかっていく。

岩同士がぶつかり合う、独特のきな臭さが空気に漂っている。

静寂が戻り、彼は目を開いた。最悪の情況を覚悟して、おそるおそる視線を落とした。

大葉の姿はずっと下のアンカーポイントにあった。赤いヘルメットもさっきと同じだ。

落石を避けるため、岩盤にピタリと張り付いていたらしい。

彼はゆっくりと顔を上げ、真上にいる安西にいった。

——お前なあ。何やってんだよ！　マジ、やばかったぞ、いまの。

ザイルパートナーが無事なのを見て、安西は安堵《あんど》した。

ドッと噴き出してくる満面の汗。

ドキドキと激しい鼓動が胸郭を叩いていた。

「すまん」

それだけしかいえなかった。

リードとフォローを交代しながら、さらに四ピッチほど登攀して、第四尾根の中間辺り、ピラミッドフェースと呼ばれる三角形の大きな岩壁の下に到達した。

ここから見下ろす大樺沢の俯瞰《ふかん》は、まさに絶景であった。

高度感があって、岩屋と呼ばれるクライマーのみに許されたスリルと満足感を味わえる。

下にいる大葉が「確保解除《ビレイ》」の合図ののち、登り始めた。

岩角や段差、割れ目に取り付きながら、よどみのない、リズミカルな動きでのクライミング。相互を結ぶ、ふたつの太いザイルが垂壁の上で揺れる。途中途中で支点器具のカムやナッツを岩から引き抜いて回収しながら、トントン拍子に登ってくる。

あっという間に安西のところに到達し、確保を完了すると、フッと息をついて額の汗を拭う。

「予定よりもだいぶ時間がかかってるな」

スポーツドリンクの入ったペットボトルをあおり、腕時計を見ながら、安西がいった。

「このペースだと、頂上を踏めるのは午後二時ぐらいかな」

「雪と氷がミックスした岩壁登攀なんだ。夏場みたいにするする登るわけにはいかないさ。これぐらいの遅れは織り込み済みだ」

「頂上からは肩の小屋まで一気に下りるだけだしな」

「だが、気温が高すぎるのが、ちょっと気になるところだ」

日が高く昇るにつれ、気温はどんどん上昇していた。

安西はザイルを整理しながら束ねる大葉を見た。「寒いよりはいいんじゃないか」

「いや。さっき気づいたんだが、〝マッチ箱〟の周辺の岩壁に、まとまった雪が付着してる。あれが溶けて、上から落ちてこられたら、俺たちは一巻の終わりだ」

〝マッチ箱〟というのは、この第四尾根主稜の上部にある、楕円形《だえんけい》の巨岩のことだ。第四尾根ルートを登るクライマーは、この岩の上に到達したのち、鞍部《あんぶ》に向かっていったん二十メートルほど懸垂下降してから、また登り返すことになる。このルートのハイライトといえる。

その部分に雪が大量に付着しているというのだ。

「別ルートを選んだほうがよかったかな」

不安を隠せず安西がいうと、大葉は神妙な顔をした。

「奥壁ルートはもっとひどい。パッと見たところ、全面氷結状態だったから、あっちは無理だ」

ザックから取り出したナルゲンの水筒に入れたスポーツドリンクを飲みながら、大葉はいった。「とにかく、行けるところまで行ってみよう。ダメだったら撤退すりゃいいさ」

そのとき、耳許を冷たい風がかすめた。

ふたりは振り返り、雲ひとつなく、どこまでも広がる蒼穹を見た。すぐ目の前に冬季ルートである池山吊尾根がなだらかに連なり、その向こうには鳳凰三山や、もっと彼方《かなた》にある秩父《ちちぶ》の山々が見渡せる。

南東を見ると、雲海の彼方に富士山が三角形の頭を突き出している。蒼《あお》い山頂の上に、ほっそりとした笠雲《かさぐも》がかかっていた。

「明日こそ天気が崩れるっていうけど、まったく実感がないな」

首にかけたタオルで汗を拭《ふ》き、大葉はつぶやいてから、またドリンクを飲み、喉を鳴らした。

安西はまた太陽を見た。日暈は薄らぎながらも、まだそこにかかっていた。

「明日がどんな荒天でもかまやしないさ。今日じゅうに登り終えて、いざとなったら肩の小屋に停滞すればいい。食料は余分に持ってきてる」

そういった安西が、ふと向かいの池山吊尾根に目をやって、眉《まゆ》をひそめた。

「あそこを誰かが歩いてるぞ」

大葉も目をやった。

吊尾根の中途、ボーコン沢の頭と呼ばれる開けた場所に、芥子粒《けしつぶ》のように小さな影があった。かすかだが、動いているのがわかる。

安西はザックの中に八倍の双眼鏡を入れていたことを思い出し、雨蓋《あまぶた》を開いて取り出した。

接眼レンズを覗きながら視度調節をすると、尾根上を歩く登山者にピントが合った。

「単独行みたいだな」

逆光気味なので分かりづらいが、ニット帽のようなものをかぶり、青か水色のウェアを着ている。大きなザックは八十リットルぐらいありそうだ。完全に冬山の縦走態勢である。

ふと、向こうの人影が足を停めたようだ。

真っ白な雪の上に立ったまま、こちらを見上げているのがわかった。

池山吊尾根ルートは何度か辿ったことがあるが、あの地点に立つと、ちょうど真正面に北岳バットレスが見える。あちら側からすれば、ふたりの姿はバットレスの岩稜の途中に、ちいさな染みのように見えているはずだ。

安西は双眼鏡を目に当てたまま、手を振ってみた。だが、距離がありすぎるせいか、さすがに反応はない。見ているうちに、小さな影はまた移動を始めた。

「俺たちも急いで行こうぜ。遅れを取り戻すんだ」

大葉に促され、彼は双眼鏡をザックに戻すと、次の岩場に取り付く用意を開始した。

7

午前九時四十分——。

夏実と静奈は南アルプス署女子寮に戻ってきた。

ともに疲れ切った様子で玄関のドアを開け、靴を脱いでから静奈と別れた。よたよたと廊下を歩き、突き当たりにある自室の前に立ち止まる。

ドアを開けたとたん、ボーダー・コリーのメイが三和土《たたき》に座っていた。豊かな被毛は白黒に少しばかり茶毛が混じったトライカラー。長い舌を垂らし、口角に皺《しわ》を寄せて満面の笑みを作りながら、豊かな尻尾《しっぽ》を左右に激しく振って見上げてくる。

が、そのメイの表情がにわかに変化した。

かすかに首をかしげ、鳶《とび》色の大きな目で見つめてくる。

《どうしたの？　何かあった？》

そんな声が聞こえそうな表情だった。

夏実はそっとドアを閉めると、その場にしゃがみ込んで、メイを抱きしめ、柔らかな被毛に顔を埋《うず》めた。

犬の暖かさが伝わってきて、心が少しだけほぐれていく。

あれだけ大きく振られていたメイの尻尾が、いつの間にか垂れている。

最初は災害救助犬の訓練を受け、のちに山岳救助犬として北岳の白根御池警備派出所に着任して以来、ハンドラーの夏実とは常に相棒《バディ》だった。犬と飼い主、人と動物の関係を超えた深い絆《きずな》で結ばれていた。

だからこそ、今の夏実の心の内がメイにはわかる。

夏実が〝色〟を感じるように、メイもまたそれを知覚している。

もともと犬は嗅覚《きゅうかく》を頭の中で立体化させて〝見る〟という、天性の共感覚の能力を持っている。そこにくわえて、犬の中でももっとも知能が高いといわれるボーダー・コリーゆえに、夏実の匂《にお》いだけではなく、表情や声、仕種《しぐさ》といったさまざまな変化を鋭敏に読み取るのだろう。

「私は大丈夫だよ。心配させてごめんね」

夏実はそういってメイの耳の後ろを撫《な》で、無理に微笑んで見せた。メイがふたたびパタパタと尻尾で床を叩いて返事をする。

靴を脱ぎ、部屋に入る。日頃の訓練でやっている脚側歩行のように、メイは左側にピッタリとつきながら、つぶらな眸で夏実を見上げつつ、いっしょに歩いてくる。

空気がひんやりとしている。壁の温度計を見ると、十度を切っていた。留守中、部屋にいたメイのために〈最弱〉にしていたエアコンの暖房温度設定をリモコンで少し上げた。ベランダの室外機の唸《うな》りが聞こえ、暖風が部屋に回り始めた。

「はっ」と吐息を投げて、前髪を掻き上げる。

フローリングに敷いた小さなカーペットの上に伏せているメイとまた目が合う。無垢《むく》な眸が光っている。

「ちゃんと眠った？　朝ごはんを食べて、お散歩は連れて行ってもらった？」

ボーダー・コリーが尻尾を振って応えた。

山岳救助のオフシーズンである冬から春先にかけて、犬たちは基本的に一般の飼い犬同様にハンドラーとともに暮らしている。夏実たちが当直や日勤のときは、寮長である初老の女性がいつも救助犬の面倒を見てくれている。ただし、日に二回の散歩と餌《えさ》やりだけだ。

「ごめんね。いつもひとりで留守させて」

そういって身をかがめ、またメイの耳の後ろを優しくさすり、顎下《あごした》を撫でた。

当直明けの夏実は、今日が非番となる。明日の朝までの休暇である。

しかし沢井地域課長からの指示は、〈別命あるまで待機〉ということだった。

捜査会議には出させてもらったが、夏実のような平の警察官は、こういった重要な捜査に直接、参加することはまずない。しかし山岳救助隊のメンバーである彼女たちは、被疑者の入山が確定し、捜査員たちが北岳に入るときに同行することが決まっていた。

すなわちそのための待機である。

本来なら、今日から三日間の山岳パトロールの予定だったが、それは当然のように中止となっていた。

署内地域課の山岳救助隊のロッカールームには山道具一式を詰め込んだザックや登山靴、衣類などをスタンバイしてある。が、果たして自分は北岳入山のチームに選抜されるだろうか。私的感情を持ち込まないために、当事者は捜査から外される。そんな話をどこかで聞いたことがあった。

洗面所で化粧を落として歯磨きをし、コップ一杯の水を喉を鳴らして飲んだ。

それから裸になって、ユニットバスで熱めのシャワーを浴びた。バスタオルで髪の毛をゴシゴシ拭いたあと、洗面所の鏡に映る自分の顔をじっと見つめる。

寝不足と疲れで目が充血していた。目の下に隈《くま》がある。

自分の、こんなに悲しげな顔を見たのは久しぶりだ。

三・一一のあと、福島の被災地から戻ってきて、ずっとセミロングだった髪を思い切りショートにした。以来、ずっとその髪型で通している。昔から童顔といわれていたが、何だか男の子みたいになってしまった。

そんな子どもみたいな顔じゃ、お巡《まわ》りさんには向かないんじゃないの？

警察官になろうと思ったとき、周囲からよくそんなことをいわれた。堂島のようなタイプならともかく、警察官にとって威厳がすべてだとは思わなかった。女性ならではの適材適所の仕事もあるのではないか。そんな気持ちで警察官を拝命して以来、数年と経《た》たぬうちに、まさか自分が山岳救助隊員になるとは夢にも思わなかった。でも——だからこそ、私は救われた。

今では山での仕事が生き甲斐《がい》となっていた。

北岳のことを思う。

雪と岩と冷たい空気。穢《けが》れひとつもない、純粋無垢な大自然。

あの山に今すぐ行きたい。

強烈な希求が胸の奥底からこみ上げてきた。

鏡に映る自分の顔を見つめながら、夏実は眉根を寄せる。

「大丈夫。いつも誰かにいってるじゃないの。山は決して逃げないって」

そう自分にいい聞かせた。

下着を着け、ゆったりとしたスウェットに着替えて、居間に戻ってきた。

部屋の空気が暖かくなっていた。

尻尾を振りながら待っていたメイの前にしゃがみ、頭を優しく撫でてから、ベッドの上に横になった。仰《あお》向《む》けになってしばし天井を見つめた。やがて、目を閉じる。

メイの音がしたので、目を開いた。敷物の上で、メイがくるくると何度も向きを変え、〝の〟の字になって躰を丸めた。犬の小さな吐息が聞こえてくる。自分も寝なきゃと思った。

なのに、眠気はいっこうに訪れなかった。

何度か寝返りを打ち、眠りに入ろうとしたが、果たせなかった。

自然と目を開き、天井の染みをじっと見上げたまま、あれやこれやと考えていた。

堂島が撃たれたときの記憶が、何度も心の中にリフレインする。

硝煙《しょうえん》の匂いが鼻腔《びこう》に残り、銃声が耳鳴りとなって、頭の中にこびりついていた。

あの瞬間のことを思うたび、胸を抉《えぐ》るような心の痛みを感じる。蜘蛛《くも》の巣状にひび割れたパトカーのフロントガラス越しに見えた、苦悶《くもん》に歪《ゆが》んだ堂島の顔が何度でもよみがえってくる。

そのたびに奥歯を噛《か》みしめ、眉間に皺を刻んでしまう。

やっぱり眠れない。

夏実はあきらめてベッドの上に身を起こし、冷たいフローリングに素足を下ろした。しばし両手で顔を覆ったまま、動かずにいた。

視線を感じたような気がして、ハッと顔を上げる。

いつの間にか、足許の敷物の上からメイが消えていた。目を移すと、向かいの長椅子に移動していたメイが毛むくじゃらの前肢《まえあし》の上に顎を載せ、上目遣《うわめづか》いに夏実をじっと見つめていた。片眉を少し上げた表情はいかにも心配げである。

「ごめんね、メイ」

そう呼びかけて微笑んだ。「いつもあなたに謝ってばかりだね。でも私、もうちょっと強くならなきゃいけないよね」

メイがトンと軽い音を立てて床に降りた。そのまま、夏実がいるベッドに向かってやってくると、彼女の両膝に前肢をかけて伸び上がった。温かな、少しザラザラした舌で顔を舐《な》めてくる。

夏実は目を閉じて、肩をすくめる。

「メイ。ありがとう」

そういって肩を持ち上げ、クスッと笑う。

そのとき、座卓の上に置いてあったスマートフォンが着信音を立てた。

拾って液晶を見ると、〈神崎静奈〉と表示されている。メッセージが届いていた。

『もし、起こしたらごめん。何だか、眠れなくて』

夏実はふっと微笑み、返信を送った。

『実は私もなんです』

『どうしようか？』

ちょっと考えてから、夏実はこう打ち込んで送った。

『堂島さんのところにまた行ってきます。もしかしたら、意識を取り戻しているかもしれないし……』

『つきあっていい？』

『もちろんです！』

外出の用意をしていると、傍らに座ったメイが長い舌を垂らし、尻尾を激しく左右に振りながら、期待に満ちた目を向けているのに気づいた。夏実は少し笑って声をかけた。

「悪いけど、あなたといっしょに行かれないの。またお留守番しててくれるかな?」

とたんに尻尾を落とし、耳を伏せ、メイは悲しげな表情になった。


女子寮前の駐車場に置いた愛車スズキ・ハスラーのドアを開け、運転席に乗り込んだ。助手席に静奈が素早く入ってくる。バタンとドアを閉めると、白とオレンジ色の軽自動車がかすかに揺れた。眠っていないというわりには、静奈の顔色は良かった。控えめな化粧が鼻筋の通った顔によく似合っている。

白根総合病院に向かって走っている間、会話がなかった。

互いの空気をほぐそうと、あれこれ考えてから、夏実がいった。

「バロンのご機嫌はどうですか」

「置き去りにされて、ぶんむくれてたわ」

夏実は少し肩を持ち上げて笑った。「メイも同じです」

「あなたはどうなの。立ち直れそう?」

いわれて黙り込んでしまった。

隣に座る静奈が、ちらと視線を送ってくる。前を向いて、いった。

「あんまりガンバんなよ、夏実」

「え」

ちらと静奈を見てしまった。

「新人の頃、救助隊のシゴキにがむしゃらに食いついてきたあなたを思い出すよ。でも、躰を酷使するのと精神的な負担は違うからね。肉体の疲労は何日もしないで回復するけど、心の疵《きず》はずっと治らない。前にもいったでしょ。だから、つらいときは思い切り泣けって。でないと、この仕事、やってらんないよ」

初めて静奈にそれをいわれたときのことを思い出し、ぐっと来た。

こみ上げてくるものを堪《こら》えていると、ボロッと涙がこぼれてしまった。あわてて手で拭う。

「莫迦《ばか》ね。運転中に泣いたりして、どうすんの」

「あ。えっと。そうですよね」

無理に笑って見せた。

「山への出動がなかったら、今夜、また飲もうか。思い切り」

「いいんですか」

「ひとりで抱えたりしないでさ。何か私にいうこと、あるんでしょ」

「え――」

一瞬、夏実は途惑った。

昨夜の堂島と同じく、ずっと秘めていたあのことに、静奈も気づいていたのかもしれない。

何しろ、もう六年以上の付き合いだし、いつだって姉みたいに傍《そば》にいてくれるから。

ギュッと唇を咬《か》んだ。

ゆうべはパトカーの中で堂島にそのことを告白した。直後に、堂島は撃たれた。

今、ここで静奈に夏実の秘密を告げると、静奈もまた同じ運命にさらされるかもしれない。ふだんなら莫迦なと笑うようなことを、ついつい想像してしまう。よからぬことを考えてしまう。

けれども親密な友に対して、いつまでも秘密を持っておくことには自責《じせき》の念もある。

「静奈さん。私……」

ふいにスマートフォンの呼び出し音が鳴った。

驚いた夏実はウインカーを出し、近くの退避スペースにハスラーを入れ、ハザードを点滅させながらアイドリング状態にした。それからスマートフォンをポケットから取り出す。

連絡先リストに登録のない番号が電話液晶に表示されていた。少し迷ってから耳に当てた。

「もしもし?」

――県警本部の永友です。

「あ。永友警部」

思わず助手席の静奈と目が合った。

――お休み中のところをもうしわけないです。急な話ですが、明日、北岳に向かおうと思います。

さすがに驚いた。

「本部決定ですか、それって」

――いいえ。自分個人の判断です。実は、そのことでお願いなんですが、救助犬を出動させていただけませんか？

「えっと、それはいいですけど、どうして……」

――犬の鼻を使えば、もしかしたら被疑者たちの足取りを追えるんじゃないかと思ったんです。それで沢井課長の許可をいただいて連絡させていただきました。K－9チームリーダーの進藤巡査部長がご不在ということで、星野さんと神崎さんのお力をお借りするしかないんです。

「また急な話ですね」

――〝マル被〟たちが北岳に向かったという決定的な証拠が得られないため、未《いま》だ正式な出動の決定が本部から下されません。が、ぐずぐずしていたら、それだけ距離を開けられてしまうし、いざというときのために、なるべく近場にいたいんです。

「もしも、北岳にいないとしたら？」

――何度もその可能性を考えました。でも、私は自分の勘を信じてここまで辿り着いたんです。いつも大穴狙《ねら》いだと自嘲《じちょう》してますが、どうも今回ばかりはそんな気がしないんです。

「永友警部は信じてらっしゃるんですね。被疑者たちが北岳にいるって」

――ずっと山岳地図と睨《にら》めっこをしてました。どうしてもそう思えてくるんです。

「甲斐駒や仙丈ヶ岳じゃなく、やっぱり北岳なんですか」

――そう。北岳です。

夏実はしばし考えた。

「被疑者の追跡に救助犬を使うことはたしかに有効なんですが、ただし、原臭――つまり追跡する対象の元の臭《にお》いを犬に憶《おぼ》えさせる必要があります」

――八ヶ岳のアウトレットモールで見つかった盗難車輛が、まだあちらの署に保管してあるはずです。運転席と助手席のシートカバーには被疑者たちの体臭が残っているはずですが、それだと難しいですか。

また、静奈と目を合わせた。夏実はいった。

「試してみる価値はあると思います」

――では星野巡査。神崎巡査にも連絡をとっていただき……。

「神崎静奈巡査ならここにいます」

ふっと永友の笑いが耳に伝わってきた。

――それなら話は早い。さっそく打ち合わせに入りたいと思います。署でお待ちしていますので、ぜひともお願いします。

「これからすぐに向かいます」

通話を切って、夏実は小さく息を洩らした。

隣から静奈がじっと見ていた。「大丈夫なの？　無理しちゃってさ」

夏実は彼女を見て笑った。

「きっと大丈夫です。いつまでもここでうじうじしていても埒《らち》があきませんし、どんなに疲れていても山に入ったら、きっと私、元気になります」

静奈もつられて笑った。

「それはいえる」

8

北岳に向かう冬季ルートである池山吊尾根。その最後のハイライトともいえる八本歯を慎重に渡っていた。

標高三千メートル近い場所から、一気に鞍部まで急下降する痩《や》せ尾根の岩場である。両端が切れ落ちた、いわゆる刃渡りとなっている。

冬場、ここは突風が吹き抜けて危ないし、岩稜に雪が固着してアイゼンやピッケルが効かなくなることもある。ところどころに梯子《はしご》や残置ロープもあるが、氷雪に埋もれている場合が多い。

そんな情報を前もって得ていたから、八本歯にさしかかったとき、新田篤志《にったあつし》はさすがに緊張していた。登山口からラッセル続きでかなり体力を消耗してもいた。ここはきわめて慎重に難所をクリアせねばならない。

だが、いざ岩場を下り始めると、思ったほど雪はなく、ベルグラになって岩の表面に固まった氷もなかった。しかもほぼ無風状態だった。残置ロープはちゃんと使えたし、梯子も安心して伝うことができた。

のみならず、先行者らしき者の靴痕《くつあと》が明瞭《めいりょう》に残っていた。ソールの大きさからいって、男性らしかった。単独行らしい。その踏み跡を辿るように、彼は慎重に難所を通過した。

池山吊尾根を歩いているとき、先行者の足跡に気づかなかったのはなぜか。足跡を見つけたのは、ボーコン沢の頭を過ぎた辺りからだ。

ふと、新田は広河原からボーコン沢の頭に至る嶺朋ルートというマイナーな登山道があることを思い出した。なるほど、この人物はあそこを辿って登ってきたのだろう。

八本歯のコルに下りて、新田は安堵し、ゆっくりと深呼吸をした。

ルートを示す木製の道標にピッケルを立てかけると、自分が辿って下りてきた急勾配の岩場を振り返った。すぐに向き直り、これから辿る山頂への主稜線ルートを眩しげに見上げた。

キンと張り詰めたような真冬の大気。

真っ青な空の下に、北岳が雄大な嶺頭をもたげている。

腕時計を見る。午後二時ちょうどだった。

あとひと息で頂上に到達できる。

昨日の午前、奈良田の〈開運隧道〉前に車を置いて、折りたたみ式の軽量自転車をゲートの上から放り込んで、長い林道を走ってきた。〈あるき沢橋〉手前のトレイル起点から、雪を掻き分けながら登ってきた。ゆうべは池山避難小屋に宿泊、夜明け前に出発して、ここまで辿り着いた。

その間、登山者には誰ひとり出会わなかった。

先行者──足跡の主はどうしたのだろうか。

ふと思い出した。

あのバットレスの大岩壁に取り付いていたクライマーたちだ。尾根が開けた場所、ボーコン沢の頭に到達したとき、正面右手にバットレスが見えていた。その崖にカラフルなウエアのクライマーがふたつの小さな芥子粒のように確認できた。

こんな厳冬期にあのバットレスを登るのは、いくら何でも無謀じゃないかと思った。学生時代から山に馴染み、厳冬期の単独行のみならず岩壁登攀も数え切れぬほど経験がある。が、冬場のバットレスの怖さは聞き知っていた。

寒さ、強風、天候の急変。さらに雪崩の危険性もある。こんなとき、そんな場所に挑戦するのは、若い無鉄砲な連中じゃないかと想像した。

先行者の足跡をもう一度、見下ろした。

それは北岳山頂ではなく、遥《はる》かに見下ろす大樺沢方面へと続いていた。

奇異に思った。

八本歯のコルから頂上方面へ向かわず、下りている。

バットレスの冬季登攀のクライマーなら選びそうなコースだが、最前、岩登りをしていたのは二名である。だとすれば、おそらく別の人物だろう。ここまで来ておいて、気が変わったか、あるいは体調の悪化などで頂上に向かわず、大樺沢ルートを下ることにしたのかもしれなかった。

バットレスの巨大な岩稜は、相変わらず間近に迫るように見えていた。

吊尾根から見たときは、あの二名が第四尾根の取り付き付近を攀《よじのぼ》っていたのに、今は姿が見えない。ピラミッドフェースとクライマーたちに呼ばれる大きな岩の陰にいるのだろう。もし、無事であればの話だが。

新田はその場に立ち尽くしたまま、じっとバットレスを遠望していた。

昔はたしかに無茶をやったこともある。

山で死にかけたのは、一度や二度ではなかった。

それがだんだんと冒険をしなくなり、臆病《おくびょう》なほどに慎重になった。若さが心と体から抜けていくとともに、どこか地に足がついていなければ不安になっていた。しかしながら山だけはやめられなかったのは、人生という現実から逃避したかったからだろう。

今もそうだ。

四十代の半ばになって、妻に去られ、仕事をも失って、残されたのは多額の借金だけだった。

山に登れば運命が変わると思ったわけではない。

しかし彼にとって、山は最後に残された現実逃避の場所だった。酒と同じく刹那《せつな》的な快楽かもしれないが、少なくともここには地上にない解放感があった。ただ、それだけを求めて、新田は北岳にやってきたのだ。

バットレスを登攀しているふたりは、いつまで経っても確認できなかった。

仕方なく、道標に立てかけていたピッケルをとって、また歩き出した。

いつしか風向きが変わっていた。

新田は空を見上げた。

少し前、あの太陽に日暈がかかっていたのを思い出した。

天気予報だと、明日は南岸低気圧が太平洋上を通過し、山間部のみならず平野部にもまとまった雪を降らせるかもしれないといっていた。そうなれば、しばらくは停滞を覚悟したほうがいいだろう。

9

クライミングを開始して六時間が過ぎていた。

バットレス第四尾根の下部岩壁に取り付いて以来、いったい何ピッチ、登ってきただろうか。

大葉とトップを何度も交代しながら岩壁を登攀し続けていた。

ところどころに氷結した雪が張り付き、ハーケンなどの確保器具を差し込む場所を捜すのに難儀した。ホールドや足場となるはずの場所すべてに氷が張り付いてベルグラ状態になっているところもあった。ピッケルで氷を突き崩しながら、確実にホールドし、あるいはアイゼンの爪を立てねばならなかった。

そんな調子で登攀を続けていたため、ふたりはさらに予定よりも大幅に遅れていた。

バタバタと音を立ててヘルメットや肩に雨が降ってくる。

頭上を見上げると、岩壁のあちこちに無数の氷柱が牙《きば》のように垂れ下がっていて、それらからしきりに水滴が落ちているのだった。飛沫が容赦なく散って、顔がびしょ濡《ぬ》れになる。

太陽が空の高みに向かっていくにつれ、気温がなおも上昇し、岩稜に張り付いていた雪が溶け出している。そのためだろう。たまに、ドドッという世にも恐ろしい音がして、どこか遠からぬ場所で小さな雪崩が発生した。

第四尾根主稜の核心部、ピラミッドフェースという大きな三角形をした垂壁を、岩の亀裂や突起を伝いながら登攀していた。トップが大葉。安西は確保点《ビレイポイント》でアンカーをとって、彼の後ろ姿を見上げながら、ザイルを少しずつ送り出していた。

白い岩のクラック（割れ目）と呼ばれる場所に到達したそのとき、大葉の直上——〝マッチ箱〟の大きな岩の付近に大量に固まっていた雪がごっそりと滑り出し、一気に下に向かって落ち始めるのが見えた。それは下の岩壁に張り付いていた雪を巻き込みながら、猛烈な雪煙を立てて、ふたりに向かって落ちてくる。

——うわッ！

大葉の声が聞こえたと思ったら、視界全体が真っ白になった。

すさまじい雪のシャワー。容赦のない圧力が上からぶつかってくる。

安西は取り付いていた岩壁に必死に張り付き、頬を擦りつけるようにして、少しでも抵抗をなくそうとしていた。まるで滝に打たれているようだった。必死に雪の激突に耐えながら、上にいる大葉が落ちてきたらどうしようかと思っていた。

確保点から三カ所、支点を築いてそれぞれにザイルを通しているから、そのまま落下することはないはずだ。しかし落雪の勢いによっては、それらがすべて抜けてしまうこともありえる。

雪の落下はいつまでも続いた。轟音を立てながら降ってくる。

かぶっていたヘルメットがもぎ取られそうになる。

ふいにそれは、始まったときと同じように唐突におさまった。

安西は固く閉じていた目をゆっくりと開き、上を見た。

しかし顔じゅうに付着した雪で、何も見えなかった。岩角を掴み、もう一方の手で顔の雪を拭った。十数メートル上に、大葉のアウターパンツとロングスパッツが見えた。ヘルメットが動いて、下にいる安西を見下ろした。雪で斑模様となった顔。サングラスがずれて斜めになって鼻に引っかかっている。

「大葉。大丈夫かッ！」

あらんかぎりの声で彼にそういった。

——安西ぃ。

泣きそうな声が聞こえた。

「どうしたぁ」

声を張り上げて訊《たず》ねた。

しばし間があって、大葉の返事が聞こえた。

——俺。もう帰りたくなったわ。

かすれた声を聞いて、安西は少し笑った。

「ここまで来ておいて何いってんだよ。だいたいだな。雪崩のひとつやふたつにビビってちゃ、負けだなんていったのはお前のほうだぜ」

返事がない。

仕方なく、足許に溜《た》まった落雪をアイゼンの爪で掻き落とした。

遥か下を見ると、ふたりの場所から落ちていった雪が、下部岩壁に積み上がっている。まさに小規模の雪崩だ。数時間前、自分たちがクライミング開始のとき、取っ付きにいた場所だった。そこに雪煙がまだもうもうと立ち上がり、落雪の勢いのすさまじさを物語っていた。

息を呑みつつ、壮絶な光景を見下ろしながら、安西は胸を撫で下ろした。

ふたたび上を見る。

「どうしたよ。行くのか、行かないのか」

自棄《やけ》になって怒鳴った。

——行くよ。

大葉が答えた。

六十メートルばかり上方、ピラミッドフェースの頭が間近に迫るように見え、その向こうに、〝マッチ箱〟の大岩が、凜々《りり》しく空に突き立っている。その周囲の雪がごっそりと落ちていた。

これで雪崩の心配はなくなったと安心したいところだが、ここからの登攀は岩場が逆層になった箇所もあり、難所も多いからまったく気を抜けない。

「フェースの頭まで、もうひと息だ。あそこに到達したら、ちょっとひと休みしようや。

さすがに俺もバテバテだわ」

――オッケー。クライム続けまーす。

力ない声でいい、大葉が登攀を再開した。

ブルブルと揺れるザイルを握ったまま、安西はそれを少しずつくり出してゆく。

三ピッチを切って交代しながら登り続け、ようやくピラミッドフェースの頭の横にある最初の鞍部に到達した。そこからさらに十五メートルばかり登って、水平な岩棚に到達する。

大葉が先に立って、ザイルを確保してくれている。割れ目や段差に指をかけながら攀り、最後の岩の尖った部分を摑んで、思い切ってぐいっと躰を持ち上げる。

這い上がったとたん、安西は力が抜けてへたり込んだ。

積雪の上に直《じか》に腰を下ろしたが、冷たいと感じるよりも安堵のほうが大きかった。全身、汗まみれだったが、登攀によるものではなく、緊張ゆえの冷や汗のような気がした。

ふたりで何度も溜息をつき、自分たちが登ってきた岩壁を見下ろす。思わず背筋が寒くなるような高度感である。

登っているときは無我夢中だった。足を踏み外せば、あるいは指をかけた岩が崩落すれば、重力に引っ張られて落ちる。そんな当たり前の危機と背中合わせにずっと登ってきた。

ここまで到達すると、頂上までの距離でいえば三分の二を超している。しかし、このすぐ上にある〝マッチ箱〟を越えなければならないし、そこからはいったん懸垂下降で鞍部に下ったのち、さらに城塞《じょうさい》ハングと呼ばれる、頭上に覆い被さるような巨大な垂壁も待ちかまえている。

まったく気を抜けない。

いや、だからこそ、バットレスのクライミングは面白いのだ。

自分にいい聞かせながら、安西は眼下に延びる池山吊尾根を遠望した。

そういえば、あの上を歩いていた単独行の登山者はどうしただろうか。八本歯をクリア

して、そろそろ主稜線にさしかかる頃か。

そんなことを考えていると、隣でくしゃみが聞こえた。

「少し冷えてきたな。そろそろ次にかかろうか」

大葉がそういった。

そういえば、少しばかり気温が下がってきたような気がする。

安西は不安な顔で空を見上げた。頭上は相変わらずの晴天だが、いつの間にか風向きが

変わっていた。空気が湿り気を帯びているようだ。

足許に落としていたザイルを整理していると、ふいに大葉の声がした。

「ちょっと見てくれ」

相棒が上を指差しているので、視線をやった。

〝マッチ箱〟の大きな岩の向こうに、最後の難関である城塞ハングが見えている。そこが

大規模な雪庇《せっぴ》となっているのに気づいた。頂上から落ちてきた雪が時間をかけて、そこに

溜まっていったに違いない。下から見上げて気づかなかったのは、突き出した岩が邪魔に

なっていたからだろう。

ふうっと大葉が長く息を洩らした。

「まいったな。どうする？」

「どうする……って」

「あの雪庇を迂回《うかい》して登れるかな？」

安西はあんぐりと口を開けたまま、頭上を見上げた。

巨大な雪庇を抱えた城塞ハングを右か左に回り込んで登攀する方法はあるかもしれないが、ここから見ると、どこも深い雪に埋もれている。というか、あの大きな雪庇自体がいつ落ちてくるかわからないような状態に思えた。

「とにかく、ここまで来たんだ。行くしかないっしょ」

「そうだな」

ヘルメットのストラップをきつく絞りながら大葉がいった。

さらに二ピッチ、ふたりでトップを交代しながら登った。

グローブをはめた手でも、取り付く岩はまるで氷のように冷たい。そして荒々しい。

難所をクリアしたとたん、今度は高度感がすさまじい岩稜《リッジ》となった。ザイルの確保だけがまさしく命綱なので、何度もハーネスにとりつけたカラビナをチェックしてしまう。

三十メートルの岩を登り切り、彼らはようやく〝マッチ箱〟の突端に到達した。

先に到達した安西が、あとから登ってきた大葉に手を貸して、一気に引っ張り上げる。

〝マッチ箱〟の突端に立った瞬間、ピュウッと音を立てて冷たい風が真横から吹いてきた。

大葉が真顔で上を見上げている。

それまで登るのに夢中で、安西はすっかり忘れていた。

城塞ハング——。

そこに連なった雪庇は、まるで雪の巨壁のようだった。どう見たって、あそこを乗り越えて突破するなんてできるはずがない。雪庇は巻き道ルートもすべて覆い尽くしていて、ここから頂上への登攀が、どんな方法を駆使しても不可能であることを思い知らされただけだった。

「撤退するか」

大葉がぽつりといった。

10

南アルプス署の駐車場に車を入れると、静奈といっしょに署内に入る。

女子用のロッカールームでふたりして警察官の制服に着替え、地域課のフロアに向かう。

永友警部がカウンター前で待っていた。隣にはやや背の低い四十代くらいの刑事がいた。たしか谷口といって甲府署から派遣されてきた警察官だったと夏実は記憶している。

地域課フロアのデスクはほとんど空いていた。

いるのは杉坂副隊長だけだ。

関や深町たちは警らに出ているのだろう。が、江草隊長の姿もなく、窓際にデスクがある沢井地域課長も不在のようだ。

「ハコ長たちは?」と、静奈が訊ねる。

「江草さんも課長も会議室に呼ばれている」杉坂がそう答えた。

「え。また会議?」

　すると永友がこういった。

「甲府署の特捜本部と連絡を密にしながら、南アルプス署の刑事課のみなさんと額を突き合わせて、今後の捜査のあり方を検討中です。夜叉神峠に駐車していた二台の民間車のうち、ランクルの登山者、横山さんとはコンタクトがとれました。無事に下山を終えて都内港区のご自宅に戻られたようですが、もう一台……フォレスターの所有者であるフリーカメラマンの河本さんが消息を絶っているんです」

「それって、まさか……」

　夏実の顔を見ながら永友がいった。

「今回の事件との関連があるかどうかはわかりません。ご家族から捜索願も出ていますし、現在、夜叉神トンネルのシャッターを開放して警察車輌を入れ、発見に努めています」

「手配中のCX-7は?」と、静奈。

　永友は神妙な顔になっていった。「まだ、発見に至りません」

「被疑者たちが北岳に入ったのかどうか、かなり微妙なところとなります。いずれにせよ、捜査陣を北岳に入れるのは難しくなりましたね」

　そういって杉坂が腕組みをする。

「河本さんにもし何かあれば……」

全員が夏実の顔を見た。

「えっと。いいえ、あまり悪いことは考えたくないんですけど」

「もしや被疑者たちが河本さんに関《かか》わっている可能性が？」

永友に訊かれ、夏実は何もいえずに口を閉ざしたままだ。

「で、永友さんは、会議のほうはいいんですか」

杉坂が訊いた。

「本件の指揮権は特捜本部を取り仕切る県警本部長にありますし、こちらでのリーダーは岸本管理官です。私はすでに蚊帳の外ですし、まあ、厄介払いとまではいかなくても、捜査のメインから外れて遊軍に徹したいといったら、小野寺本部長からあっさりと許可が出ました」

笑みを浮かべながら彼はいった。「おかげで自由行動がとれます」

「やっぱり北岳にこだわってらっしゃるんですね」

杉坂にいわれ、永友がうなずいた。

「おうかがいしたいんですが、おふたりは登山経験がおありなんですか」

静奈に問われ、彼はかぶりを振る。

「私は登山はほぼ初めてなんですが、こちらの谷口さんは地元の山岳会でバリバリにやってたようです」

隣の谷口が目尻に皺を刻み、照れ笑いを顔に浮かべながらこういった。

「とはいえ、この五年の間、すっかり山から遠ざかっています。躰もなまってるでしょうね。足手まといにならなければいいんですが」

「杉坂さん。さっそく明日の入山に関する段取りをお願いします」

永友にいわれて彼はうなずいた。

「まずおふたりにはルートを頭に入れていただきます。ひとまず、こちらへ――」

それぞれが地域課のカウンタードアを開けて中に入り、杉坂のデスクに集まった。

杉坂が北岳一帯の山岳地図を広げた。国土地理院発行の二万五千分の一の地図に、びっしりと等高線が描かれている。まるで難しい暗号を解こうとするように、永友が神妙な表情でそれを見下ろす。

ハイシーズンの北岳登山は南アルプス林道の先にある広河原からだが、冬季登山は林道の少し手前から入る池山吊尾根ルートが一般的だ。そのトレイルを赤のマーカーで線引きしながら、杉坂がていねいに説明する。

「冬場はなぜ広河原から入山できないんですか」と、永友が訊ねてきた。

「広河原から入ると、二俣経由で大樺沢を辿るか、われわれの警備派出所がある白根御池から草すべりを辿って小太郎尾根の稜線に向かうコースとなります。が、そのどちらも今は雪崩の多発地帯です」

「なるほど」

「もっとも、池山吊尾根はあくまでも冬山の一般コースで、広河原からの入山者がゼロというわけではありません。雪崩の危険を承知で、あえてこちらのコースで登る登山者もまれにいます」

「事故のリスクを知っていながら、どうしてですか？」

「池山吊尾根コースは、南の奈良田方面からならともかく、こっちの夜叉神峠側から入ると、いったん野呂川に下りて対岸を登り返すという手間がかかるし、そもそも距離が長いんです。この避難小屋から往復一時間の場所に水場もあることはありますが、たいていの登山者は余分な水を担ぎ上げるか、あるいは雪を溶かして飲み水や煮炊きに使っています」

「被疑者たちが辿るとしたら、どのコースだと思いますか」

「目的がはっきりしないので何ともいえませんが、かりに冬山の経験者であるとすれば、ふつうはこの池山吊尾根を選ぶでしょうね」

　杉坂は地図を指差していった。「ほとんどの登山者は、この池山避難小屋で一泊するか、あるいは少し上の城峰《しろみね》辺りまで行ってテントで幕営し、翌朝、荷物をそこに置いて頂上へのルートを往復します」

「彼らが行楽気分で登山をするとは思えないから、山越え、あるいは一時的にどこかの山小屋に隠れるという想定で足取りの予測はできませんか」

　永友にいわれ、杉坂が沈黙した。雪焼けで真っ黒になった顔をしかめて、頭を掻く。

　静奈が身を乗り出し、地図を指差した。

「小屋に隠れるとすれば、登山口から比較的近いのはこの池山避難小屋と、広河原から入る白根御池小屋です。池山避難小屋は通年、無人ですが、水場は遠いし、トイレもありません」

「白根御池小屋は管理者や従業員がいるのですか」

杉坂が首を振った。

「北岳周辺の山小屋はどこも冬季は閉鎖しています。でも、一部を登山者に開放して、冬季の避難小屋として中に入れるようになっています。ただし、いずれも長期逗留《とうりゅう》には不向きです」

「彼らが買い込んだ食料からすると、せいぜい三日分ということですね。おそらく長期逗留はないと思います。他の山小屋はどうですか?」

「肩の小屋も北岳山荘も同じく冬季閉鎖中ですが、両方とも頂上付近にあって、かなり時間をかけないと到達できません。そういう意味で一時的に隠れるには向かないと思いますが……」

杉坂がいいながら、自分で言葉を濁した。

「やはり手っ取り早く県警ヘリに飛んでもらうのがいいと思います」

静奈がふいにいった。「上空から捜索すれば一目瞭然です」

しかし永友の表情が渋っていた。

「ヘリで飛べるのはありがたいんですが、彼らが入山していたら、地上から機体を見られてしまいます。本部の連中が動き出す前ですし、今はあまりおおっぴらな行動をとりたくないんです」

「徒歩での入山となると、あなた方の足では最低でも二日はかかります。どうしても北岳にゆくのであれば、ヘリを飛ばすしかありません」

杉坂にいわれ、永友が渋々といった様子でうなずく。

「とはいっても、広河原から白根御池小屋まではヘリがランディングできる場所がありません。小屋の前に着陸するなんてもってのほかです」

杉坂がそういった。「もっとも着地に適した場所は池山吊尾根です。ボーコン沢の頭一帯は開けていて、どこでもランディングが可能ですが、ただし……周囲から目立ってしまう」

「だったら、ここの北岳山荘は？」

永友が地図を指差しながらそういった。

「いいと思いますが、被疑者たちのいる場所によっては目視される可能性が高いです」

静奈の言葉に、永友と谷口がそろって眉根を寄せた。

「まいったな。打つ手がない」

永友がつぶやく。

そのとき、夏実がふと思いついた。

「あの……県警ヘリじゃなく、民間のものなら、きっと被疑者たちに怪しまれないと思います。たとえばマスコミのヘリが空撮のために飛んでくることはよくありますし」

永友たちが顔を上げ、彼女を見つめた。

「なるほど」と、谷口が笑う。

「星野巡査。それはいい手です」

永友に同意され、夏実は少し頬を染めた。

「ただし、池山吊尾根へのランディングはやめたほうがよさそうです。いくら何でも目立ちすぎです」と、静奈。

「となると、いやでも北岳山荘に着地して戻るコースしかない」

杉坂がつぶやく。

「みなさんの足を引っ張らないように努力してみます」

そう永友がいった。「ところで、チャーターできるヘリがあるといいんですが。谷口さん、どこかに伝手《つて》はありませんか」

「山梨日報《にっぽう》さんなら、かねてから懇意《こんい》にしてます。報道ヘリを飛ばしていただけるかどうか、すぐに甲府署のほうから打診してみましょう」

うなずいた永友が、夏実たちを見た。

「ところで、おふたりともほぼ徹夜でしょう？　明日の朝までしっかり休んで下さい。われわれもあなた方のことを頼りにしてますから」

夏実はギュッと唇を咬み、うなずいた。

「ありがとうございます」

11

午後二時を回って、ようやく森林限界を越えた。

砂払《すなはらい》と呼ばれる場所である。

まばらになった樹木の間から青空が覗き、周囲の山の光景も目に飛び込んでくる。高山鳥であるホシガラスの影が、ダケカンバやコメツガの枝々の間を飛び回っている。

登り始めてから十時間以上が経過していた。

さすがに佐竹は疲れ切っていた。膝に両手を突いて、肩で息をしている。

久々の登山だし、雪中行軍もつらかったが、連れてきた相棒のおかげですっかりペースを乱されていた。

振り返ると、少し離れた場所に諸岡の姿があった。げっそりとやつれて憔悴《しょうすい》しきった様子であった。遅れがちの彼につきあってたびたび歩調を落とし、ここまでずいぶんと時間がかかってしまったが、それでも山の素人がリタイアもなくついてきたのだからたいしたものだ。

「今日はここまでだ」

白い息を吐きながら佐竹がいうと、諸岡はその場に膝を落とした。

ザックを背負ったまま、下ろそうともしない。汗だくの顔に髪の毛を張り付かせ、猫背気味に背を丸め、虚空を見つめている。

見ているうちに、そのまま肉体から魂が抜け出してしまいそうだった。

「ぼーっとしてんじゃないぞ。テントを設営するんだ。お前も手伝え」

ザックを下ろしながら佐竹がいったが、諸岡は動かなかった。いや、動けないのだろう。

佐竹は仕方なくザックの雨蓋を開け、テントを引っ張り出した。購入したばかりの新品だから、袋から取り出すと生地がバリバリと音を立てた。平らな場所を見つけて小石や小枝を蹴飛ばし、グラウンドシートを敷いて、そこにテントを設営する。

諸岡がまったく使い物にならないために、ペグ打ちからフライシートの装着まで、けっきょくすべてを佐竹ひとりで行った。ジッパーを開いて入口を開け、荷物を放り込みながらいった。

「とっとと寝袋を出して、テントの中で広げて羽を伸ばしとけ。さもないと、夜中、寒くて寝てらんねえぞ」

それを聞いて、ようやく諸岡が顔を上げた。

のろのろとした動きでバックルを外し、ザックを雪の上に落とした。

それきり、また電池が切れたように動けなくなった。

佐竹はその場に唾《つば》を吐き、テントの中に寝袋を広げてから、丸めていたエアマットのバルブをゆるめた。

太陽は傾き、北岳と間ノ岳方面を結ぶ西の稜線に向かって落ち始めていた。

次第に気温が下がってきて、風がさらに冷たくなる。とっくの昔にマイナス気温だ。身を切るような寒さが躰を押し包んでくる。

コッヘル（アウトドア用軽量鍋）に雪を詰め、ガスストーブで溶かした湯でドライフードを調理した。味気ない夕食をふたりして無言で掻き込んだ。

そのあと、佐竹はオレンジ色に染まりつつある空を見上げながら、スキットルに入れたウイスキーをチビチビと舐めた。四十度のバーボンが胃袋を焼き、たちまち酔いが回る。疲れ切った肉体の隅々まで洋酒の刺激が染み渡っていくようだった。

少し離れた岩の上に座って、諸岡は俯きがちに煙草を吸っていた。

足許には数本の吸い殻が落ちている。

テントを設営してから二時間が経過していた。テントの中に置いたラジオがニュースを放送していた。甲府で発生した宝石店での強盗殺人事件の犯人三名はまだ見つからず、警察の捜査にもかかわらず、依然として逃走中という報道だった。

「警察は俺たちが山にいることを知らないのか」

猫背になって座ったまま、諸岡がつぶやいた。

「いや。もう察知していると思ったほうがいい。あの登山用品店で事情聴取をすればすぐにわかることだ」

コッヘルに雪を入れて掻き回し、汚れを落としながら、佐竹が返す。

「だったら、なんで追いかけてこないんだ」

「俺たちがここにやってきたという明確な証拠や動機が判明しないうちは大丈夫だ。当て推量でいきなり山狩りをしたりはしない。警察は確証がないと動けない。そうだろう？」

元警察官の諸岡がうなずく。

「あの男の死体は？」

「野呂川の崖下の雪の中だ。春になるまで見つからないだろうさ」

佐竹が答えて笑った。

盗んだCX－7を芦安の森の奥に隠し、林道でヒッチハイクをしたフォレスターの運転手だった。

河本という名のフリーのカメラマンだったが、登山者の恰好《かっこう》をした佐竹たちが北岳に向かう途中だと告げると、快《こころよ》く車に乗せてくれた。

夜叉神峠に車を停め、ヘッドランプの灯りを頼りに歩き、トンネルを越えて真っ暗な南アルプス林道をしばし行った先で始末した。やったのは諸岡だが拳銃《けんじゆう》は使わなかった。星空と山を撮影するのだと、三脚を立ててカメラを設置していたところに、後ろから近づいて岩で頭を殴り、ガードレール越しに崖下に突き落とした。

汚れ仕事はいつだって自分だと、諸岡は不平をこぼしたが、もともとそのつもりで佐竹は彼を仲間に引き入れたのだ。ただし登山のザイルパートナーと違って、命を結び合う関係ではない。用がなくなれば、さっさと切り捨てるつもりだった。

ひょうと音を立てて身を切るような冷たい風が吹き付けてきた。近くの低木が揺れて、枝同士がこすれ合い、カラカラと乾いた音を立てた。

寒気が襟許から忍び込んでくる。

佐竹はフリースのジッパーをめいっぱい上げて、立てた襟を絞った。気温がさらに下がっていた。

「なあ、佐竹。須藤は本当にこの山にいるのか」

指先に挟んだ煙草の火口をじっと見つめながら、諸岡が訊いた。

彼は顔を上げ、木の間越しに見える遠い雪山を眺めながらいった。

「いるさ。だから、こうしてここまで来たんだ」

12

山頂まで、思った以上に時間がかかってしまった。

主稜線を辿るとき、あちらこちらに雪が吹きだまっていて、かなりハードなラッセルをしいられたからだ。八本歯のコルから吊尾根分岐を経て北岳山頂に登るコースは、無雪期だとおよそ一時間。雪が積もるシーズンは、その一・五倍程度だと思っていた。ところが固く締まった深い積雪との闘いですっかり疲弊し、ようやく新田が山頂の標識に手をかけたのは、午後四時半だった。

八本歯のコルから二時間半もかかったことになる。

あの雪の状況だから仕方ないさと、自分にいい聞かせ、自嘲した。

白い息を吐き、ゆっくりと頭上を見た。

まったくの無風。クリアに澄み切った山の空気。

美しく晴れ渡った空だった。

一条の真っ白な飛行機雲が、空を斜交《はすか》いに横切りながらゆっくりと伸びていた。

周囲を見渡せば、四方の山がくっきりと、まるで間近にあるように望める。

すぐ隣にそびえる仙丈ヶ岳と甲斐駒ヶ岳、その向こうに覗く八ヶ岳連峰。東に延びる稜線上に岩の尖塔《せんとう》オベリスクが目立つ鳳凰三山。それらの山々がすっかり雪をかぶり、突兀《とっこつ》とした銀嶺《ぎんれい》を空に突き上げている。

真北の地平線に白く連なる北アルプスの峰々。西に目を転じると、遥か彼方に勇壮な中央アルプスが尾根を横たえていた。

そして孤影聳然《しょうぜん》と立ち上がる富士山。その山頂に白い笠雲がかかっている。

この日本第二位の標高を誇る北岳の頂上に立つからこそ、こうしてすべてを一望に見渡せるのである。しかも、ここにいるのは新田だけ。自分ひとりがこの雄大な絶景を独占している。

なのに——この空《むな》しさは、いったい何なのだろう。

新田はかすかに眉根を寄せた。

何もかも失ってしまった。そんな人生の凋落《ちょうらく》の中で、彼が手に入れているのは、この北岳山頂の絶景しかなかった。汗水流して登り、苦労の末に、ようやく辿り着いた標高三一九三メートルの場所。そんな達成感に酔いしれるどころか、むしろ孤独に胸を締め付けられ、絶望すら感じているではないか。

だったら自分は何のために、ここまで来たのか。

いや、何のためにこの世に生まれ、今まで生きてきたのだろうか。

ザックを背負ったまま、下ろすことも忘れていたのに気づいた。そればかりか、右手にはまだピッケルの柄《シャフト》を握っている。

頂上の標識の近く、石地蔵が立っている傍に、ベンチ代わりに角木を岩に横たえてある。すっかり雪をかぶったそこにピッケルを立てかけると、躰を締め付けていたバックルをすべて外し、顔をしかめながら重たいザックを足許に落とした。

ふっと体重が軽くなって躰が浮き上がりそうな感覚がある。

白く粉をふいたように雪まみれになった青いザックカバーをめくって、雨蓋を開き、トップポケットに入れていたスキットルを引っ張り出した。

ベンチの雪を払って、その上に座り込み、小さな蓋を回して開くとウイスキーを飲んだ。焼けるような刺激が心地よく喉を這い下りていき、胃袋を熱くした。吐息を洩らし、さらに三口ほど飲んで蓋を閉めた。

そのスキットルをじっと見つめる。


半年前、浅谷《あさたに》を殴ったのは酒の勢いだった。

浅谷信吾《しんご》は彼が勤めていた城北商事に一年遅れで入社してきた若い社員だったが、頭が良く、器用で、てきぱきと仕事を片付けるため、同僚や上司の受けも良かった。プロジェクトの立案や他社へのプレゼンを器用にこなし、いつの間にか、企画部の中でもトップクラスの成績を収めていた。

社内における新田のポストは、ほぼ新参の浅谷に独占され、お互いの能力の差異はいやでも周囲に知られるようになっていた。

その頃から浅谷は新田に対して皮肉を洩らしたり、冷笑を向ける態度を取り始めた。後輩のくせに生意気だと思っても、それを口にできない空気が社内にあった。同僚たちも次々と彼を見放したかのように、浅谷の側につき始めていた。

その頃から、新田にもうひとつの不幸が訪れていた。

妻、紀子《のりこ》の不倫であった。

毎晩のようにひとりで飲み歩き、酔っ払って帰宅していた新田に対する妻の冷ややかな態度は仕方なかった。もともと夫婦関係は冷めていたたし、日常会話すらほとんどなく、真夜中に帰宅しても妻が不在なこともしばしばあった。

マンションの同じ部屋に暮らしながら、ふたりは別々の生活を続けていたのである。

そんな紀子が、ホストクラブに入れ込んでいると知ったのは、たまたまだった。燃えるゴミを出そうとマンションのゴミ置き場に持っていったとき、底が破れて中身が散乱した。その中に若いイケメンの写真が印刷された名刺が何枚か交じっていた。

預金残高がやけに減っていることに疑問を持っていたこともあり、紀子を問い詰めると、あっさりと白状した。歌舞伎《かぶき》町のホストクラブに、もう三カ月以上、通っているという。しかも、ホストの何人かと肉体関係を結んでいると、彼女は恥じるふうもなく告白した。以前の生活に戻るつもりはないという。いや、戻れるようなまっとうな夫婦の生活なんか、もともとこれっぽっちもなかった。

結婚八年目でふたりはあっけなく破局を迎えた。

決定的だったのは、紀子が不特定多数の若い男と浮気をしているのみならず、覚醒剤《かくせいざい》なども常用しているのがわかったことだ。それを悪びれるふうもなく、彼女は淡々と夫にいった。

さいわいふたりの間に子供はなく、慰謝料などのトラブルもなしに、離婚はあっけなく実行された。まるで最初から出会っていなかったかのように、彼らは袂を分かち、別々の人生をゆくことになった。

それから間もなく、ある大きなプロジェクトが成功し、会社近くの居酒屋に集まって、企画部全員での打ち上げのとき、浅谷に胸に痛く刺さるほどの皮肉をいわれた。プロジェクトはほぼ自分が立案し、実行したもので、新田はたんに足手まといになっただけだと。

カッとなった。

気がつけば、相手の顔を思いきり殴りつけ、仰向けに倒れたところに馬乗りになっていた。周囲に制止されなかったら、首を絞めて殺していたかもしれなかった。

それから間もなく、彼は別部署へ移され、やがて係長から依願退職をほのめかされた。「もう、君の席はないんだ」という言葉が決定的となった。リストラというよりも、まさしく解雇であった。

こうして彼は、それまで辿っていた人生の線路を大きく外れることになった。

離婚をし、仕事を失った。

なけなしの退職金で毎晩のようにひたすら飲み続け、気がつくと競馬や競艇などのギャンブルに手を出し、莫大《ばくだい》な借金を作ってしまっていた。

しかもそれが高じて多重債務というお決まりのコース。

連日、返金催促の電話があり、督促状や催告書だらけの郵便ポストを開けるのもいやになった。

こんなはずではなかったと、何度くり返し自問しても無意味だった。酒に逃避してもらい明日が来るだけだった。

ここまで徹底的に幸運に見捨てられた自分にとって、他にどんな人生があるというのか。

何度も考えてきたことだった。答えが出るはずもなかった。

人は不幸に陥ったとき、誰かを恨むか、自分の運命を呪う。あるいは、その双方。

どれでもなかった。

ただ、心が空虚だった。

何度か死を考えたことはある。しかし、死すらも実感がなかった。

あるとき、ふと山が自分を呼んでいるような気がした。

若い頃から登山に熱中していた。大学を出て勤めるようになり、結婚しても、一年に二、三回はどこかの山に登っていた。常に単独行だった。誰か他の人間をつれて登ることは念頭になかった。

それは自分の人生の浄化を山に求めていたからだ。

だから今、自分はこうして北岳に立っている。

しかしながら、やはり山は何も語らず、空しさだけが心の中を寒風となって吹きすさんでいた。

気がつけば、スキットルを片手にベンチに座ったまま、ずいぶんと時間が経っていた。

汗ばんだ躰がすっかり冷え切ってしまっている。

肩をすぼめて身震いした。周囲を見ると、相変わらずの景色。他の登山者が現れる気配もない。誰もいない北岳山頂を見渡しているうちに、ふいに思い出した。

あのとき、バットレスを登っていたふたりはどうしただろうか。

夏場のクライミングと違い、雪や氷のために時間がかかるのは新田と同じ条件だ。しかし、そろそろ彼らがバットレスを登り切って頂上に姿を現してもいい頃だ。

一方で他人に会いたくないという気持ちもある。

孤独な自分は孤独なまま、この山にたったひとりでいつまでもいたい。

だからこうして登ってきたのではなかったか。

彼らが頂上に来ないうちに、そろそろ下山にかかろうと思った。スキットルをしまい込み、ザックの雪を払って背負い、各バックルをはめて、ストラップを締めた。

ベンチに立てかけていたピッケルを摑んで歩き出そうとして、ふと考えた。

腕時計を見る。午後五時。

いったん北岳山荘まで下りて、冬季小屋として一部開放されている部屋で宿泊する予定だった。だが、予定よりも長く山頂で過ごしてしまったため、到着する頃にはすっかり暗くなっているだろう。

山頂から反対側になるが、肩の小屋に下りるほうが早く到着できる。

ふうっと息を吐き、肩越しに背後を見た。

太陽が遥か彼方の中央アルプスの向こうに没していた。

新田は西の空を染める残照に背を向けながら、ゆっくりと歩き出した。

風もない穏やかな山頂。アイゼンをかませた靴が雪を踏みしめる音が続いている。

13

安西と大葉。

ふたりは登攀したルートをそのまま辿って下りていた。

クライミング敗退時の下りは、ピッチごとに懸垂下降の連続である。自己確保した支点からザイルを垂らし、ハーネスにカラビナとエイト環を繋いでセットした下降器にザイルを通し、トップの安西が岩壁を歩くようにして下りる。

足場に辿り着いて、その場に確保を完了した安西の合図とともに、今度は上に残った大葉が確保を解除して下りてくる。

サークルのメンバーとクライミングを始めた頃、相棒の大葉はよく映画みたいに岩を靴底でトントン蹴りながら降下していたため、先輩たちに叱《しか》りつけられていた。さすがに今はそんな下り方はしなくなっている。

ともあれ、他のスタイルの登山同様、岩壁登攀も下りのほうが危険で、事故も多い。いやでも慎重にならねばならないが、すでに午後を回って日が傾いているため、内心ではかなり焦っていた。

ふたりは〝マッチ箱〟からピラミッドフェースの頭へ。さらに白い岩のクラックを経て、第四尾根主稜の垂壁を少しずつ下りていた。

狭い岩の段差に靴底を載せると、安西はそこにアンカーを構築した。二カ所の岩の割れ目にハーケンを打ち込む。しっかりと強度を確かめる。

「確保《ビレイ》完了。下りていいぞ！」

上を向いて声をかける。

大葉がうなずき、自分のハーネスとの連結をチェックしてから下降を開始する。躰が揺れる都度、腰のカラビナやクイックドローがぶつかり合って喧《かまびす》しい音を立てている。

思い切ってザイルに身をまかせながら、慎重に岩壁を歩いて下りてくる。

「OK！　その調子！」

下から安西が声をかける。

ようやく第四尾根取り付きまで戻り、やがて横断バンドと呼ばれる段差に到着した。

斜めになっている隘路《あいろ》を慎重に横断すると、大葉とふたり、下部岩壁の上に立った。

あとはこの垂壁を下りるだけだ。もっとも下部岩壁といえど、かなりの高度感はある。

空を見た。

太陽が西の山巓《さんてん》にかかっていた。もうすぐ日没だ。

東に目をやると、皿のような形をしたレンズ雲が幾重にも重なっていた。その隣に溶けたアイスクリームみたいな奇妙な形状の雲が遠い山の稜線にまとわりついている。

じっとそれを見ているうちに、安西は不安に駆られた。

なぜだろうかと思った。

鉛のように重たい気持ちを振り払って、岩場に下降の支点を構築する。

頑丈な立ち木が見つからなかったが、他の登山者がアンカーとして設置していたハーケンと残置スリングがあったので、念入りに強度を確かめてから、そこにザイルを通した。あとで下から引っ張って回収できるように、二本のザイルの結び目の位置の確認も忘れない。

下降器およびバックアップのチェックを終えた安西が相棒に合図する。

「ザイルダウン！」

大葉がいって、末端処理をしているカラフルなザイルを垂壁の下に投じた。岩角などに引っかからず、まっすぐ垂れたのを確認してから、大葉と目を合わせる。

「下ります！」

安西が腰のハーネスから安全索《ランヤード》で結ばれたエイト環に体重をかけつつ、ゆっくりと下降を始めた。垂壁を歩くようにクライムダウンし、途中の大きな段差まで辿り着くと、岩に打ち込まれていた残置ボルトにカラビナをかけて、自己確保《セルフビレイ》をとった。

足場は意外に広い岩棚となっていた。

上にいる大葉に手を振って無事到達の合図を送った。

相棒が手を振り返してくる。

――おっし。そっちに下りるぞ。

「ゆっくり。慎重に気をつけてな」

安西は口の前に両手を当てて大声で叫んだ。

下降器をセットした大葉が懸垂下降を始めた。安西から見て真上に伸びた二筋のザイルが、規則的に波打ちながら震えている。

下部岩壁といえど、高さ八十メートル以上。かなり高度感がある。取り付きのいちばん下まで降りるのに全部で三ピッチが必要となるため、この先、さらに一カ所のアンカーを構築することになる。

ふいに冷たい風が耳許をかすめ、安西は振り向いた。

深く切れ込んだ大樺沢を挟んで、対岸の池山吊尾根が白銀に光り輝いている。

東都大の山岳部に入って七カ月目。最初の冬季山行で、あの池山吊尾根ルートを辿って北岳山頂に登った。

部員総勢十四名。さすがに最近のサークルだから昔のようなシゴキはなかったが、安西は大葉とともにバテ気味の新入生たちに混じって、先輩たちに叱咤《しった》されながら、必死に雪の中を歩いた。

ボーコン沢の頭に辿り着いて、初めて真正面にバットレスの勇姿を見たときの感動は今でも忘れられない。

いつかあの凄《すご》い岩壁を登るぞと、そのとき、誓ったのだった。

その翌年と翌々年に、ふたりはパートナーを組んでバットレス登攀を成し遂げた。二度目の登頂成功のときに、次の目標は冬季登攀だとふたりして語り合った。

今日はその夢がかなうはずだった。

ふっと白い息を風に洩らして、安西は笑った。

あの巨大な雪の壁じゃ、どんなプロのアルピニストだって無理に決まってる。撤退もまた勇気。山は逃げない。だから、また挑戦しにくればいい。

そう思って、また顔を上げたときだった。

ガラッと岩の音がした。

驚くと同時に、大小の雪と岩の欠片《かけら》に混じって何かが降ってきた。

大きな影だった。

人だとすぐにわかった。青いジャケットに黒のアウターパンツ。赤色のヘルメット。背中を下に両手を大きく広げたかたちで、真上から自分に向かって落ちてきた。

大葉だった。

声が出なかった。

恐怖にすくみ上がった安西の眼前を、大葉の躰が垂直に通過する。仰向けの姿勢で落下していた。目が大きく開かれているのがはっきりと見えた。

無我夢中だった。

自分の傍に垂れていたザイルを、とっさに手にした。

無謀な行為だという意識はなかった。とにかく夢中だった。

直後、強烈な力がその手に伝ってきた。ザイルは手の中を滑っていく。摩擦でグローブが激しく煙を上げる。手だけではダメだと思って、ザイルを右手の肘にかけた。今度はジャケットの袖《そで》が煙を洩らし、ザイルがさらに滑ってゆく。

とうとう末端まで来たところで、停まった。

ふたつ折りにしていたザイルを結んで末端処理していたから落ちなかったのだ。

しかしそのため、下にいる大葉の体重がまともに安西の両手にかかった。それに引っ張られて、安西自身も足場から落下しそうになった。

片足を踏み外し、うつぶせの姿勢で岩棚に倒れ、岩角に胸と左足を思い切りぶつけた。

鼻の奥にきな臭い匂いがし、肋骨《ろっこつ》が異音を立てた。

雪交じりの冷たい岩の上で、安西は苦悶の声を洩らした。意識が飛びそうになった。

視界が暗転するのを何とかこらえる。

ハッと気づいた。

自分の右手にあったはずのザイルがない。

摩擦で黒く焼け、ズタズタに裂けたジャケットの肘と防寒グローブを茫然《ぼうぜん》と見つめているうちに、ふいに襲ってきたショックに打ちひしがれた。

腕一本で落下する人間を支えきれるはずがなかった。

大葉は墜落《フォール》したのだ。

この高さから落ちて助かるはずがない。そう思ったとたん、全身が震えた。

泣きそうになったが、涙も出ない。心が打ちのめされているからだ。

そして激痛。

ザイルに引っ張られて倒れたときに岩角に胸をぶつけた。そこが激しく痛んだ。肋骨にヒビが入っているのか、もしかすると折れたかもしれない。それだけですんだと思ったのが間違いだった。

ザイルが滑った右手のグローブを取り去ると、皮膚がズタズタに裂けて血まみれだった。

ザイルを支えていた肘も同様である。

だが、問題はそんなことではなかった。右腕を動かそうとしたとたん、その付け根に激痛が走る。

顔をしかめながらなおも手を動かそうとしたが、まったく動かない。肘も、指もすべて。

右手全体の感覚も麻痺《まひ》していた。

完全な脱臼《だっきゅう》だった。

大葉のザイルを摑んだとき、手が抜けてしまったのだ。

重傷だった。これでは崖を下りるどころか、ろくに動くことすらままならない。

どうしてこんなことになったのだろうか。

安西は腹這いの姿勢で冷たい岩に横顔を押しつけたまま、考えた。

ザイルを支えているアンカーに設置した残置スリングが切れたのかもしれない。新しくアンカーを構築せず、手抜きをして他人が残したものに頼ったから、こんなことになってしまったのだろうか。

いくら考えても答えが出るはずもなかった。

とにかく大葉の安否を確認せねば。そう思った。

きっと墜落して死んでいるだろうが、それでも確かめないわけにはいかなかった。

うつぶせのまま、おそるおそる下を覗く。

およそ二十メートルばかり下の垂壁の途中に、青と黒の登山服姿があった。V字になっている岩溝に、頭を下にして、大葉がはまり込んでいた。彼の腰のハーネスから伸びた斑模様のザイルが、下に向かって垂れ落ちている。風に吹かれるたびに、それはパタパタと揺れていた。

安西は驚いた。相棒は下まで墜落《グラウンド・フォール》していなかったのだ。

とっさに彼がザイルを掴んだため、一時的に落下が停まって、そこに引っかかったのだろう。

しかし落下が停まった瞬間、恐ろしい力で垂壁に叩きつけられたに違いない。およそ一ピッチぶんの落下だが、衝撃は尋常ではなかったはずだ。

逆さの姿勢のまま、大葉はピクリとも動かなかった。

失神しているのか。それとも死んでしまったのだろうか。

崖の途中に引っかかっている大葉の下方には、まさに〝下界〟がある。

雪崩が積もった下部岩壁の取り付きと、さらにずっと向こうの大樺沢の、目もくらむような俯瞰の光景である。思考停止状態のまま、その景色を茫然と見つめていた。

――安西……。

ふいに声がして驚いた。

あらためて視線を落とすと、大葉は目を開いて彼を見上げている。ヘルメットの下にある顔は蒼白《そうはく》で、左の頬から顎にかけて血がこびりついているのが見えた。

「大丈夫か」と、声をかけた。

しばし、間があって返事が聞こえた。

――大丈夫なわけねえだろ。全身が地獄の痛みだ。

「どこか骨折は？」

——きっとあちこちの骨が折れてる。

「あちこちって？」

——確実なのは足だ。どちらも膝から下が変な角度に曲がってるし。

「マジかよ……」

きっと安西がザイルを摑んだ一瞬、落下が停まったとき、足から岩盤に叩きつけられたのだろう。そのままもんどり打つように反転して上体が下向きになり、V字の岩溝にはまり込んでしまったのに違いない。

下まで落ちなくてさいわいだった。あるいは、もしも頭からぶつかっていたら、いくらヘルメットをかぶっていても命はなかったはずだ。

——お前のほうは？

「ザイルを摑んだときに転んで、岩棚に胸をひどくぶつけた。掌《てのひら》と肘がひどい火傷と裂傷になってるし、それから……右腕は脱臼だ。ぜんぜん動かない」

——お互いにボロボロだな。こりゃ、ガチで遭難だぜ。

「ああ。遭難だな」

冷たい雪に頬を押しつけたまま、安西が力なくいった。

しばらく経って、また大葉の声がした。

——救助を要請してくれ。無線機か携帯を持ってきてるだろう。

「胸ポケットに携帯が入ってる……でも、動けるかな」

——俺はこんなだから、お前が何とかするしかないんだよ。

「わかってるって」

安西は力なく答えた。

わかっている。しかし、やはり躰が動こうとしない。

ふいにまた震えが襲ってきた。

頭の中がパニックになっていて、それまで自分たちに起こったことの現実感が欠落していた。ところが少しずつ意識が正常に戻っていくとともに、恐怖と絶望がない交ぜになって襲ってきた。

ふたたび自分の手を見た。ズタズタに皮膚が裂け、血まみれになった右手。

どうしよう。どうすればいい。心の中で叫んでいた。

これ以上、パニックを大きくするわけにはいかなかった。だから、落ち着け、落ち着けと、自分にいい聞かせた。

無意識に深呼吸をくり返していた。心が少しずつ平静に戻ってきた。

携帯電話。

登山シャツの胸ポケットに入っている。

その前にまず背負っているザックを下ろさねばならない。そのことに気づくのに、ずいぶんと時間がかかってしまった。上体を持ち上げて、痛む肋骨を左手で何度もさすった。

それからザックのバックルを外し始めた。

うつぶせのまま、苦労してザックを岩棚に下ろした。

また上体を持ち上げ、ジャケットのベルクロを外し、ジッパーを開く。フリースの下、ウールの登山シャツの胸ポケットから、四角く薄っぺらなスマートフォンを引っ張り出した。

安西は驚いた。

液晶画面がひび割れていた。電源ボタンを押しても、まったく起動する気配もない。

一瞬、またパニックに襲われそうになる。

「なんでだよ……」

つぶやいて、泣きそうになった。

――安西。どうした？

下からか細い声がした。

「携帯、ダメだ。壊れてる。倒れたときに岩にぶつけたんだ」

――まったく頼りにならない奴だな。俺のザックのは大丈夫だと思うが、何とかならんかな。

安西は眼下を見て、崖の途中で逆さになった相棒の姿を眺めた。大葉はザックを背負ったままだが、相変わらず逆さの姿勢で岩溝にはまり込んでいる。

大葉の携帯を得るには、彼の躰を引っ張り上げるか、こっちがそこまで下りていくしかない。しかし今の安西にはどちらも不可能だった。

「無理だ」

――両手が動きそうだ。何とか自分でやってみる。

「やめろって。今度こそ落ちるぞ」

安西の警告を無視して、大葉が逆さになった姿勢で、背負ったままの四十リットルのザックのストラップを外し始めた。のろのろとした動作でウエストベルトを外し、チェストストラップ、そして両腕の付け根付近になるショルダーストラップをゆるめたとたん、ザックが前方にすっぽ抜けた。

——あ！

大葉の声が聞こえた。

彼の躰から離れたザックが、空中でクルクルと回転しながら落ちていく。それは遥か下の岩にぶつかってバウンドし、さらに下、雪が積もったデブリの中に落ちて見えなくなった。

しばしふたりで黙っていた。

——ザック、落としちまった。

「いわなくても、今、見たよ。最悪の事態だ」

——どうするよ。

「どうするったってな……」

落ちてしまったザックはあきらめるしかない。となると、ふたりの命を繋ぐのは、自分のザックの中身だけだ。食料は余分に携行しているし、水も燃料もある。

防寒衣はダウンの上下。ダウンの寝袋。これを彼に着せたら、マイナス気温の中でも何とか耐えられるかもしれない。

しかし——と、眼下を見下ろした。

崖の途中で逆さになったまま動けない相棒の姿。

どうやってそんな彼に防寒衣を着せてやれる？

せっかく予備のザイルもあったのに、それは大葉のザックに括《くく》りつけてあった。今は垂壁の下で雪に埋もれている。

ふたつの足と一本の手で、ザイルなしのフリーの下降ができるだろうか。

じっと足許の垂壁を見下ろす。

無理だ。

そう考えたら、また絶望的な気持ちになった。

——誰かに救助してもらわんと、俺たちはこのまま、ここで死ぬぜ。

救助。

ここ北岳で活躍する山岳救助隊の噂《うわさ》は聞いていた。

しかし、冬場もずっと山にいるわけではない。救助要請がなければ彼らは動かない。親たちには明日の下山だといってあるし、ということは、彼らの遭難が確定して救助隊が動き出すのは、早くとも明日の夕方以降ということになる。

それまで生存できる自信がなかった。

ここで死ぬ、か。

ふいにそのことが実感として伝わってきた。

死が身近に感じられた。千載一遇の奇跡でも起こらないかぎり、生還は無理だとわかっていた。

冷たい風が襟許をかすめて吹き去ってゆく。

太陽はとっくの昔に山の肩に沈み、空が少しずつ色褪《いろあ》せていた。

山の夜がやってきた。

冷たく、厳しい夜であった。

14

白根総合病院の集中治療室前に、夏実はひとり立っていた。

ジーンズにセーターの私服姿である。

午後八時を回り、院内は照明を落とされ、暗く、静まりかえっていた。昼間、あれだけ多くの見舞客や看護師、薬剤の営業マンたちがせわしなく出入りしていたのに、今は誰もいない。足音ひとつなく、水を打ったような静寂に包まれている。

ときおり、遠くでエレベーターが動く音がかすかに聞こえるばかりだ。

夏実は俯きがちに、じっとそこに佇立《ちょりつ》している。

目の前には無機質な冷たい壁と、〈ＩＣＵ〉と書かれた分厚いスチール製のドア。

その向こうにある無菌室で、堂島哲警部補がベッドに横たわっている。夏実は見ることはできないが、彼のそんな姿は想像できた。

医師の話だと、まだ意識は恢復《かいふく》しないという。

堂島は今、死と戦っている。

そのことを思った。

涙を堪え、上を向いて目をしばたたく。

(堂島さん。がんばって下さい)

夏実は心の中で強く訴えた。

(あなたなら、きっと大丈夫。私たちのところに戻ってこられますよね)

洟《はな》をすすり、拳で目許の涙を拭った。

(だって、定年退職されたら、奥さんとごいっしょにニュージーランドに行かれるんですよね？　ミルフォードトラックを歩くことを楽しみにしてるんでしょう？)

目を閉じて、強く念じるように夏実は心の中で叫んだ。

(だから死に負けず、戦って下さい。堂島さんを信じてます。私にも、私自身の戦いがあります)

夏実はゆっくりと目を開いた。

もう一度、集中治療室のドアを見つめ、意を決したように、そこに背を向けた。

第三部――一月二十三日

1

須藤明日香は目を覚ました。

枕許《まくらもと》に置いたデジタル時計は、午前七時二十分と青白い数字を並べている。

夢を見ていた。

山の夢だった。

明日香はたった一度だけ、両親に連れられて山に登ったことがある。

日本で二番目に高い山——北岳。

小学三年で、いきなりそんなところに連れて行かれたのだ。最初は軽かった足取りがだんだんと重くなり、父と母に不満を洩《も》らし、何度か泣きもした。森の中は鬱蒼《うっそう》としていたし、森林限界を越えた先の岩稜《がんりょう》は荒々しく、とても怖かった。

なお悪いことに、頭痛や吐き気といった高山病の兆候が現れていた。

何とか頂上に辿《たど》り着いたが、景色に感動する余裕もなく、すぐに下りた。

って泣いた。
途中の山小屋でその日は宿泊する予定だったが、悪寒と吐き気がひどくて母にとりすが
トイレに何度も走っては嘔吐《おうと》した。
小屋のスタッフたちはとても優しく、いろいろと面倒を見てくれた。しかしひどい頭痛
と吐き気は収まらず、小屋の個室で明日香は母の胸に顔を埋《うず》め、ときおり嗚咽《おえつ》を洩らしな
がら、けっきょく一睡もせずに朝を迎えた。
翌朝、吐き気は収まっていたが、頭痛がかなり残っていた。
下山をすれば治ります――山小屋の管理人夫妻の言葉に後押しされるように、明日香と
両親は山小屋を出発して広河原という場所まで下りた。
そこに辿り着く頃には頭痛は嘘《うそ》のようになくなっていて、気分もだいぶ良くなっていた。
吊《つ》り橋を渡りながら眼下に見下ろす渓流が、やけに美しかったのをよく憶《おぼ》えている。
川沿いに下り坂を歩くとき、右手に自分たちが登った北岳の姿が青空を突き上げるよう
に見えていた。母親は明日香の肩を叩《たた》き、「また来ようね」といった。
しかし明日香は二度と登山をしなかった。
二十六歳の今に至るまで。
父と母はシーズン中はよくふたりで山に行った。両親が留守の間、明日香はいつも近く
にある叔母の家に預けられ、そこで寝泊まりをしていた。
寂しかった。
山になんか行かなきゃいいのにと、いつも思っていた。

ふっと吐息を洩らし、彼女はベッドの上に起き上がった。

すぐ近くのフローリングの床に敷いたマットの上で、シオンが丸くなって眠っている。ホワイト・スイス・シェパードの牡《おす》だ。

明日香がベッドの上に起きたので、シオンも顔を上げた。目を合わせたまま、立派な牙《きば》を剝《む》き出して大きな欠伸《あくび》をした。

彼女はふっと笑みを洩らしてから、また真顔に戻った。カーテンの閉まった窓を凝視する。

シオンは先日、十歳の誕生日を迎え、さすがに毛艶《けづや》もなくなってきたし、日がな一日、猫のように眠ってばかりいるが、大型犬にしてはまだまだ元気だった。

シオンを我が家に連れてきたのは父だった。

五年前、甲府市内でブリーダーをやっていた友人の会社が倒産し、引き取ってほしいと頼まれたのだという。

大きな、真っ白な犬を連れて家に帰ってきたとき、明日香も、母親の美弥子もひどくびっくりした。それでなくとも父の薄給で、母の共稼ぎがあって何とか食べて行けているという状況なのに、こんな大型犬を飼うなんて——そんなことを思った明日香だった。が、おとなしくて人なつこく、気立てのいいこの犬を、両親も娘の明日香も気に入って、いつしか家族の一員になっていた。

ところが父は仕事の都合でほとんど家に戻らず、母の入院もあって、犬の世話はほとんど娘の明日香がみていた。

母は重い心臓の病だった。手術をするには多額の費用がかかる。しかし、小さな運送会社のドライバーとして日銭を稼ぐ父に、そんな金があるはずもない。明日香は南アルプス市内のドラッグストアで働いていたが、かろうじて生活ができるほどの収入しかなかった。

五日前の未明、母の容態が突然、悪化したという報《しら》せが病院から入った。

父親は不在だったので、明日香がひとり、タクシーで病院に行くと、すでに母の美弥子は息を引き取っていた。看護師の話だと、急な発作が起こって心臓が保《も》たなかったのだということ。あまりにも早すぎた母との別れだった。

父はその日、前の晩から家を空けていた。大事な仕事だという話だった。

携帯電話で母の訃報《ふほう》を知らせると、間もなく父は病院にやってきた。

冷たくなった母の躰《からだ》にすがって、彼はむせび泣いた。

ふだんは口数が少なく、寡黙な父だった。それが大の男がこれほど取り乱すのかと思えるほど、我を失ったように父は慟哭《どうこく》した。たしかにそれほどまでに父は、母の美弥子を愛していた。

ところが、その日のうちに父はいなくなった。

伝言も書き置きもなく、家を出ていってしまった。

それきり父は戻らなかった。

葬儀の手配はほとんど東京から駆けつけた父の弟がやってくれた。

集まった親戚《しんせき》や縁者は、その場で父の悪口をいい、罵《のの し》りの言葉を洩らしていた。通夜にも葬儀にも出ず、どこかに姿を隠してしまった須藤敏人は、弔問客たちの恰好《かっこう》の不満のはけ口だった。

生真面目《きまじめ》すぎるほどの父だった。

あんなに愛していた母の葬儀を放《ほう》って、どこかに行ってしまうなんて考えられない。

明日香は不安に怯《おび》えていた。

まさか、父は母のあとを追うために、どこかで自殺を遂げたのではなかろうか。

時間が経過するにつれ、想像がだんだんと現実感をともなってリフレインしてくるのだった。

明日香はベッドから冷たい床に素足を下ろした。

ファンヒーターを点火すると、トイレと洗面所に入った。そこから出てきて自室に戻り、パジャマからジーンズとトレーナー、セーターに着替えた。その頃になると、部屋が暖まってきていた。

少し離れた場所に停座して、シオンがじっと見つめている。

その鳶《とび》色の大きな眸《ひとみ》を見ているうちに、ふっとまた哀《かな》しみがこみ上げてきた。

明日香はシオンのところに行くと膝《ひざ》を折り、そっと首に手を回して、大きな顔に頰《ほお》を寄せた。

温かな犬の体温。

速いテンポの呼吸。犬の躰の揺れが伝わってくる。

顔を離してから、目許の涙を拭《ぬぐ》う。乱れた髪を整え、明日香は立ち上がった。

枕許のデジタル時計が午前七時半を示していた。

それを見ながら、彼女はいった。

「シオン。お散歩に行こうか」

大きな長い舌を垂らした犬が、口角を吊り上げ、小さく吼《ほ》えた。

そのとき、電話が鳴った。

明日香は壁に掛けられた親機を見た。着信を表示する緑色のＬＥＤが明滅しながら、せわしなく呼び出し音をくり返している。

歩いて行き、受話器を取って耳に当てた。

――甲府警察署の茂原《もばら》と申します。朝、早くにすみませんが、そちら、須藤敏人さんのお宅でしょうか。

「はい。須藤です」

警察と聞いて、胸がドキリとなった。

――敏人さんはご在宅ですか？

明日香はどう答えようかと迷い、言葉を選んだ。

「父は……仕事で外出中ですが。あの、どういったご用件でしょうか」

――実は先日、甲府で起こった宝石店強盗殺人事件に関して捜査を進めていまして、その関連で聞き込みをしているところなんです。

「強盗殺人って……」

――ああ。ご安心下さい。実は犯行現場となった店内に犬の毛が落ちていまして、分析をしたところ、ホワイト・スイス・シェパードという珍しい犬の毛だということが判明しました。それで県内で同じ種類の犬を飼われている人に、こうして電話を入れさせていただいているわけです。

その事件のことは知っていた。新聞やテレビなどで連日、報道されていたからだ。

犯人たちは逃走中で、まだ捕まっていないらしい。

もっともそんなことに父が関《かか》わっているとは思えなかったが――。

なぜか、ふと不安に駆られた。父の悲しげな顔が脳裡《のうり》によみがえっていた。

――お父さんは甲府市内のブリーダーからホワイト・スイス・シェパードを引き取られたようですね。そのことで、二、三、お話を伺いたいと思いまして。

「父は宝石店強盗なんてしません」

――すみません。お父さんを被疑者と決めているわけではなく、事件と関係のない一般のお客さんの衣服に付着した毛かもしれないので、念のために、それを調べているわけです。他のご家族の方など、該当の宝石店に行かれたことはありませんか」

――ありません。母も私も、宝石なんて興味ありませんし。

そういって、乱暴に電話を切った。

ギュッと唇を咬《か》んでいた。

ふと、視線を感じて、目をやると、シオンがこっちをじっと見ていた。

2

新田篤志は寝袋の中で目を開いた。

夢うつつの中で、あの頃に戻っていた。

妻と知り合ったばかりで、いっしょにドライブをし、映画を観《み》た。この先、自分が不幸のどん底に落ちるとは思ってもいなかった若かりし日々——。

あの幸せが目を覚ましたとたんに遠のいてゆき、現実の重みがたちまちのしかかってくる。新田は寝袋にくるまったまま、胎児のように躰を丸めて歯を食いしばった。

こんな山に登ったって、過去が払拭《ふっしょく》されるわけじゃない。

なのに、どうして自分はここに来たのだろうか。

目を閉じて考えた。このまま下山しないほうがいいのかもしれない。ここで自分が人生を終えたら、もうこれ以上の苦しみはないだろう。

もともと死ぬためにここに来る予定ではなかった。

帰りのぶんまで食料はザックに入っているし、あるき沢橋の登山口に自転車を停《と》めてロックしたのも帰途に使うからだ。

だが、ここで死ぬのも悪くないかもしれない。

そう思いつくと、死への思いが蠱惑《こわく》的なほどに感じられた。

目を開き、寝袋のジッパーを開けて上体を起こした。

肩の小屋の中。避難小屋として開放された狭い部屋に、新田の吐く呼気が流れた。

腕時計を見る。午前七時五十分になっていた。

夜明け前には起きるつもりが、疲れもあってか、すっかり寝過ごしてしまったようだ。

ふいに寒さに襲われて肩をすくめた。

室内とはいえ、マイナス気温である。寒さがじわじわと身を包んできて、あわてて寝袋から這《は》い出すと、フリースやダウンの上着を重ね着した。そして夜間に凍りつかないよう寝袋の足許に入れていたプラティパスの水筒を取り出し、水をコッヘルに流し込んで、ガスストーブを着火した。

コッヘルの水が沸騰《ふっとう》するまでの間、両手をダウンジャケットのポケットに突っ込み、背を丸め、肩をすぼめて寒さに耐えていた。

湯が沸くと、一部をドライフードのアルファ米とおかずに注ぎ、残りをカップに入れて粉末スープをかきまわし、湯気を吹きながらすすった。

躰が温まっていくうちに、先ほどまで心身を包んでいた負の感情がいつしか消えているのに気づいた。こんな山でひとりぼっちになって死ぬなんて、やっぱりごめんだ。

下山したら、人生をやり直すつもりで何かを始めよう。そう、思った。

湯で蒸らしたドライフードのパックを開いて、質素な朝食をすませると、用を足しに外に出た。

空はすっかり雲に覆われていた。チラホラと粉雪が風に舞っている。

今日はこれから天気が本格的に崩れる。

太平洋側を通過する南岸低気圧が、本州にどれぐらい近いかで状況は変わるが、どうやらまとまった降雪は避けられそうになかった。最悪の場合は吹雪になる可能性もあった。

小屋の中に戻り、山岳地図と睨《にら》めっこをした。

肩の小屋からの下山ルートは、ふつうなら小太郎尾根を辿り、草すべりを下って白根御池小屋を通過し、広河原へ向かうか、あるいは右俣《みぎまた》コースを辿って大樺沢を下るかのいずれかだ。しかし、夏山ならともかく今の草すべりは雪崩の多発地帯である。

急斜面に生えたダケカンバがいっせいに同じ方向に曲がっているのはそのためだ。

夜間から明け方にかけ、気温が低くて雪が締まっているときならともかく、この時間はかなり危険だ。雪がゆるむと、いつなんどき雪崩が発生してもおかしくない。

となると、いったん山頂に登り返し、八本歯のコル経由で吊尾根を辿って戻ることになる。時間はかなりかかるが、仕方なかった。

日没までに下山できない場合は、池山吊尾根の避難小屋にもう一泊すればいい。あそこなら、少々の吹雪でもしのげるだろう。

さいわい時間ならいくらでもある。

そう思って支度を始めた。

3

午前七時半を過ぎる頃から、風に雪が舞い始めた。

気温がグングンと下がってくるため、佐竹はザックを下ろして、厚手のフリースを一枚、ジャケットの下に着込んだ。

「お前も躰が冷え切る前に早めに着ておけ。命にかかわるぞ」

諸岡にも命じた。

荷造りをして歩き出したのは、夜明け前だった。

空は雲に覆われていてご来光は拝めなかった。ただ、周囲の景色が次第に明るくなっていっただけだ。八時を回っても、気温はなおも下がる一方だった。

積もった雪には先行者のトレースがあって、さほどラッセルの必要がなかった。佐竹はゆっくりと踏み跡を辿って歩いていた。やや遅れがちに諸岡がついてくる。

さすがに昨日からの強行軍でヘトヘトになっているようだ。

昨夜は高鼾《たかいびき》で眠ってはいたが、あまり熟睡はしてないという。夢ばかり見ていたらしい。山でのテント泊なんてそんなものだと佐竹は笑った。

ポピュラーな冬山登山ルートを辿る予定にしていた。八本歯を越え、主稜線を辿って西側から頂上へアプローチする。その途中で須藤がくたばっているのを見つけることができたら、それでいい。しかし見つからなければ、さらにあちこちを捜し回ることになる。それだけは考えたくなかった。

自分たちが北岳にいることを警察が悟れば、すぐに追手を出してくる。ヘリコプターで上空から捜索されたらひとたまりもないが、さいわいこの悪天が味方してくれるかもしれない。

あのカメラマンの死体は当分は見つからないはずだが、万が一ということもある。いずれにせよ、この山に長居は無用だ。

ボーコン沢の頭に到達すると、山頂に至る大岩壁バットレスが目の前に迫って見えてくる。

巨大な岩壁が鉛色の空を突き上げていて、真綿のように白いガスが一面にまとわりついていた。岩を攀《よ》じるクライマーたちにとっては聖地のようなところだが、こんな真冬でもあそこを登る人間はいるのだろうか。

目を凝らして見たが、ガスをまとっているせいもあって、それらしいものは確認できなかった。

ゆうべラジオで聞いた気象予報だと、今日はこれから午後にかけて南岸低気圧が太平洋側を通過する。本州中部から太平洋岸一帯はまとまった雪が降るということだった。雪だけならいい。もしも風が強くなって吹雪《ふぶ》くようなことになれば、山小屋などに停滞しなければならないだろう。そんなことを考えたくもなかったが。

さらに一時間ばかり歩いた。

八本歯の手前で振り返ると、ずいぶんと遅れていた諸岡が、やっと追いついてきた。俯《うつむ》きがちに足許ばかりを見て歩いている。頭にかぶったキャップや肩に雪がたくさん付着していた。無精髭《ぶしょうひげ》が伸びて、目の下に黒い隈《くま》がある。

「まだ、歩くのか」

「ああ」佐竹はいった。「奴が見つかるまで歩き続ける」

「かんべんしてくれ」

「ひとりで戻るならかまわない」

諸岡は惚《ほう》けたような表情で肩越しに背後を振り返る。また、向き直った。

「あんた、鬼だな」

「ああ。鬼だ」

そういって佐竹は含み笑いを見せた。

「これから八本歯を下りる。左右が切れ落ちた刃渡りだから、気をつけろ。足を滑らせでもしたら、それきり一巻の終わりだ」

「そんな場所があるなんて聞いてない」

「何いってんだ。俺たちゃ、三千メートル級の山にいるんだぞ」

そういって佐竹はまた歩き出した。

諸岡はぶつぶつと不平をいいながらついてきた。


左右が切れ落ちたナイフリッジと呼ばれる八本歯は、踏み跡も明瞭《めいりよう》で、さほどの難所ではなかった。

ここは強風が抜けるために雪が吹き飛ばされ、足許の積雪は浅い。残置ロープもしっかりとあった。おかげで足場が狭く、きわどい場所も慎重に歩いてクリアできた。諸岡は眼下の大樺沢に向かって切れ落ちた、目もくらむような光景に緊張していたが、意外にすんなりと佐竹について下りてきた。

長い梯子《はしご》を伝って下りると、やがて八本歯のコルと呼ばれる鞍部《あんぶ》に到達する。

ここでザックを下ろし、小休止となった。

テルモスのポットからマグカップに白湯《さゆ》を注《つ》いで渡してやると、諸岡は緊張のために喉《のど》が渇いていたらしく、たちまち飲み干してしまった。二杯目を注いでまた渡した。

雪の上に残された足跡は、ここから二手に分かれていた。そのまままっすぐ山頂に向かう踏み跡と、大樺沢方面に下りている靴の痕《あと》がある。佐竹はそれを見ながら考えた。

踏み跡は複数の登山者のものだが、須藤の残したトレースもきっと混じっている。

奴はどちらに行っただろうか。

ふつうなら山頂に向かう。しかしピークハントが目的ではなく、ここに死ぬために来た。それも人知れずに、だ。だが山頂から遠く外れた場所で死ぬなら、何も北岳くんだりまで来る意味がないはずだ。

白い息を吐き、佐竹は決心した。

ひとまず山頂をめざしてみよう。そこからどの尾根を捜索するかをまた考えればいい。

諸岡とふたり、尾根を辿ってまた歩き出した。

池山吊尾根を詰めていくと、やがて主稜線との分岐に出る。左に曲がれば北岳山荘方面に行くトラバース道。まっすぐ登れば山頂に向かうルートとなる。

どちらの道を辿るべきかと迷っていたとき、視界の端を何かが動いた。

ハッと目を向けると、山頂方面からの急斜面の上を、水色のアウターウェアをはおった登山者が下りてくるところだった。雪の上に大きなザックが左右に揺れている。

佐竹は期待したが違った。

須藤ではなかった。

四十代ぐらいの男性だった。単独行のようだ。

だんだん近づいてくるにつれ、ニット帽の下に雪焼けした顔がよく見えるようになった。

中肉中背で、ミラータイプのサングラスをかけていた。

「こんにちは」

男は自分から挨拶《あいさつ》をしてきた。「これから山頂ですか?」

「その予定です」

佐竹は努めてふつうの登山者を演じてみた。「池山吊尾根を辿って来たんです。あるき沢橋の登山口のところに自転車が停めてありましたが、もしや?」

「ああ。それ、ぼくのです」

そういって男が笑った。「長い林道歩きがしんどいものですから」

佐竹はふと考え、思い切っていってみた。

「ところで、人を捜しているんです」

「え?」

男は驚いた。

「数日前に北岳に入った知人が帰ってこないんです。それでこいつとふたり、捜しにきました」

「警察には通報されたんですか」

「それが……のっぴきならない事情がありまして、本人から山に入っていることを他言するなって、固くいいつけられてるんです。本人の仕事と家庭の事情がからんでいるんですが」

男は納得していないようだが、それ以上の詮索《せんさく》はしてこなかった。

「二日ばかり山に入っていますが、その間、あなた方以外に会った登山者はいません」

そういってから、ふと目が泳いだ。「ああ、バットレスを登攀《とうはん》していたクライマーをふたり、遠くから見かけましたが？」

佐竹は男にならって視線を移し、巨大に立ちはだかる北岳バットレスを見た。

岩と雪が斑模様《まだらもよう》になって複雑に折り込まれた岩壁は、相変わらず真綿のようにガスをまとって圧倒的な存在感を誇示していた。

「いや。あいつは山歩きはするけど、クライミングには無縁でした。それに入山はひとりだったようですし」

「そうでしたか」

バットレスから視線を離し、男はいった。

「その人の名前は？」

「須藤といいます。須藤敏人。四十六歳。痩《や》せて背の高いのが特徴です」

「これから下山しますが、いちおう気をつけてみます。もし何か気づいたら連絡しますが、携帯はお持ちですか？」

佐竹はうなずき、自分の電話番号を教えた。

男はザックを下ろし、取り出したスマートフォンにそれを登録している。

プリペイド式だから、それで足がつくことはないはずだ。

「新田といいます。東京から来ました」

そう名乗ったので佐竹は答えた。

「倉島《くらしま》です。では、よろしくお願いします」

男がまた歩き出し、吊尾根を辿って下ってゆく。

しばしその後ろ姿を見ていた佐竹は、傍らに立つ諸岡を振り返る。

相変わらず疲労の影が濃いが、かなり山に馴《な》れたらしい。無精髭が生えた口許はすっかり白く凍りつき、鼻水が光っていた。虚《うつ》ろな目でどこか遠くを見ている。

佐竹はふっと笑い、空を見上げた。

雲がさっきよりも低くなっている。鉛のように重たげに垂れ込めていた。

そこから粉雪が舞い落ちてくる。

「行くぞ。天気の崩れが早まりそうだ」

そういって歩き出す。

疲れ切った足取りで諸岡がついてくる。

4

——安西よ……。

その声で目を覚ました。

ハッと顔を上げた。とたんに左足が崖《がけ》から落ちて、そのまま躰ごと下に持って行かれそうになった。あわてて近くの岩角を摑《つか》んだ。いっぺんに眠気が吹っ飛んだ。

大丈夫だ。自分にいい聞かせた。

昨日のうちに、近くの岩の亀裂《きれつ》に登攀器具のカムデバイスを二カ所ほど差し込んで固定し、スリングで腰のハーネスと結んで自己確保《セルフビレイ》をとっている。岩棚から外れても落ちることはない。

——お前、生きてるのか。

また、か細い声。

「生きてるよ。何とか」

そういって真下を見ると、崖の途中に大葉の姿が見えた。

昨日のように上下逆さまではなく、赤いヘルメットをかぶった頭が上向きだった。自分で体勢を直したらしい。ただし、うち捨てられた人形みたいに、力なく岩場に背中を預けていた。

大葉もその場で確保をとっている。たまたますぐ近くの岩に残置ボルトがあったため、そこにカラビナをかけていた。

いつしか朝が来たらしく、周囲が明るくなっている。

しかしバットレスの第四尾根は濃いガスに巻かれていた。

視界はまったく利かない。まさにホワイトアウトの状態である。のみならず、雪が降り始めているらしく、安西の髪の毛や肩、腕などに小さな雪粒が付着していた。風も吹き出していた。

「そっちこそ、大丈夫か」

安西は眼下のザイルパートナーに声をかけた。

——何度もいわせるなよ。大丈夫なわけねえだろが。全身が激痛まみれだし、折れた両足は痛みどころか感覚がゼロだ。おまけにひどく寒い。

他人のようにしゃがれた声。

しかし大葉は今、着膨れている。ダウンの防寒衣とダウンの寝袋である。

安西のザックの中に細引きロープが入っていた。四本あったものを一本に繋《つな》ぐと、二十メートルの長さがあったので事足りた。

衣類や寝袋を慎重に括《くく》りつけて、少しずつ下に向けてたぐり出し、大葉に届けた。途中、岩角や岩溝に引っかかって動かなくなるたび、いったん引き上げてから、また下ろした。何度か、それを続けて防寒衣を大葉に届けることに成功した。

全身の打撲と傷、それに両足の骨折でかなり痛かっただろうが、それでも大葉は何とかそれらを落とさず、身にまとった。

安西の手許には薄手のフリースしかなかった。ありったけの下着を重ね着し、ジャケットとフリースのジッパーを喉許までめいっぱい上げて、寒さに震えながら夜を過ごした。

夜から明け方にかけて、思ったほど気温の低下がなかった。それが救いだった。

しかし、この時間になって、気温がどんどん下がり始めていた。低気圧が接近している証拠だった。これ以上、寒くなるようだったら、防寒のしようがない。

――安西。なあ、どうするよ。

下から老人のような声。

昨日から、何度、どうすると訊《き》かれただろうか。しかし、どうすることもできないのが実情だった。携帯電話が壊れてしまった以上、誰かがふたりを発見して、救助を要請してくれるのを待つしかない。

しかし、このガスと雪である。

憔悴《しょうすい》しきった顔で、安西は周囲をとりまく灰色の気流を茫然《ぼうぜん》と見た。

晴れてくれないかぎり、自分たちの姿が他の登山者に発見されることはまずない。腕時計の気圧計を見るたび、グラフの点線は急降下していた。天候は悪化の一途だ。

何とか生き延びる方法はないのかと考える。

手許にはもうザイルがなかった。だから、右腕脱臼《だっきゅう》のまま、確保なしの完全フリーで崖を下りて救助要請に向かう……そんなことを思い浮かべるが、やはり現実的とは思えない。

しかもバットレスの遥《はる》か上部、城塞《じょうさい》ハング付近に張り出していた巨大な雪庇《せっぴ》。あれがいつ何時《なんどき》、一気に崩落し、大きな雪崩が発生してもおかしくない。

この場所で孤立し、じわじわと凍え死ぬよりも前に、突発的に襲ってきた雪崩に巻き込まれて死ぬ。そのほうが可能性としては高そうだし、切迫した問題だと思った。

――安西。

また、しゃがれた声が聞こえた。

「何だ、どうした？」

しばし間があって、下からこういわれた。

——ションベンしてえ。

一瞬、耳を疑った。

「お前。マジか」

——さっきからずっと我慢してたんだ。この体勢のままでチャックを下ろしてやったら、アウターやスパッツにもろに引っかかっちまう。だけど、足がダメなんで体勢を変えようがない。

「だったら、いっそ洩らしちまえよ」

——寝袋やズボンを濡《ぬ》らしたくないんだよ。

「何とか、横向きになれないのか」

——足が使えないからどうしようもない。

「寝袋もダウンウェアも自分で身につけたじゃないか」

しばしまた沈黙が流れた。

——やってみる。見ないでくれ。

「無理して落ちるなよ。今度こそ、アウトだ」

そういったが返事がなかった。

不安になって、また下を見た。

「大葉！」

――大丈夫だ。横向きになれた。今……出た。

か細い声が戻ってきた。安西は少しだけ笑った。

――安西。

「どうした。今度は何だ」

――すまん。ちょっとだけ寝袋が濡れた。

「いいよ。帰ったらクリーニングするから。忘れずにズボンのチャックを閉めとけ」

ジッパーを動かす音がかすかにして、彼はまた下を見た。

――何とかできた。それから安西。

「何だってんだ」

ややあって、大葉がこういった。

――腹、減った。朝飯にしてくれ。

「くそ。俺はお前の女房じゃないんだぞ」

いいながら左手を使い、ザックの中身をゴソゴソやってドライフードを捜し始めた。

5

手洗いから戻ってくると、地域課のカウンターの向こうに静奈とバロンの姿があった。

その傍にメイが行儀良く停座して、ハンドラーの帰りを待っていた。夏実を見て、パタパタと尻尾を振っている。

救助犬は二頭ともすでに出動準備を完了している。今回は入山が長期に及ぶ可能性もあるということで、犬たちにはいつものハーネスだけではなく、背中の左右に荷を振り分けるタイプのラフウェア社のパリセーズパックという、犬専用のバックパックを用意している。

ハンドラーである夏実と静奈も山行の準備を整えて、いつでも出動はできる。

朝一番、ふたりと二頭は張り切って署にやってきた。それなのに、下された命令は午後までの〝待機〟だった。

ちょっとした手違いがあって、民間ヘリのチャーターができずにいたからだ。

永友警部はザックを通路に置き、登山服姿だった。携帯電話を耳に当てたまま、ひっきりなしに署の内外を出入りしている。甲府署の谷口警部も同様。ふたりの苛立《いらだ》ちがいやでも伝わってきて、地域課の空気がピリピリと張り詰めている。

天候は下り坂。

これ以上、ヘリのフライトが先延ばしになると、山が荒れて、ヘリでの入山は不可能になる。

一分一秒という時間が惜しい。その気持ちは、夏実たちにもよくわかった。

夏実はフロアにしゃがみ、おとなしく待っていたメイの頭を撫《な》でた。

出動を悟っているメイの表情は明るい。長い舌を垂らして、ハンドラーである夏実を見上げている。が、いつまでも実働態勢にならないために、ときおり困惑の色も見せる。

「あなた。トイレでまた泣いてたでしょ」

「え」

小声で静奈にいわれ、彼女は顔を赤らめた。

「ほら。目許に涙の痕」

指差した静奈が、素早くハンカチを差し出してくる。

「あ……どうも」

受け取ったそれで目を擦《こす》った。

「莫迦《ばか》ね。そんなにゴシゴシやったらメイクが落ちちゃう」

「いいんです。もともと薄化粧ですし」

そっと肩をすぼめて夏実はいった。「ハンカチ、洗って返しますね」

「何いってんだか」

苦笑した静奈が、さっとハンカチをとってズボンのポケットに押し込んだ。

仕方なく夏実はペコリと頭を下げる。

北岳に入るメンバーは県警の永友警部と甲府署の谷口警部。K－9からは静奈とバロンのペア、それから夏実とメイ。山岳救助隊からはもうひとり、深町敬仁隊員が行く。

本来ならば全員出動が理想だったが、今回の活動は、県警本部および事件の特捜本部の決定ではなく、あくまでも永友警部の独断ということで、おおっぴらな出動はできなかった。

被疑者および被疑車輛《しゃりょう》の行方は捜査員たちの血眼の捜索にもかかわらず、相変わらず杳《よう》としてしれず、すなわち彼らが山に向かったという断定はできない。

捜査陣は甲府署の特捜本部と南アルプス署で待機して、情報収集に専念している。行方不明の河本カメラマンの所在もつかめないままだった。夜叉神峠の登山道や南アルプス林道一帯を百人体制で捜索しているが、まだ発見できていない。事故か事件か、つまり犯罪に巻き込まれたのかどうかも判然としない。

家族から安否を問う電話も、ひっきりなしに署にかかっていた。

一時はカメラマンの捜索に山岳救助犬がかり出されるという話もあって、夏実たちは緊張していた。もしそうなったら、本部命令優先なので、永友たちと北岳に入れなくなってしまう。ところが県警直轄の警察犬が三頭と、笛吹市にある民間の警察犬訓練所から、嘱託警察犬が五頭、現場に投入されることになったらしい。

夏実はホッとしたが、安否を気遣う家族のことを思うと、やはり気が重い。

そのとき、署の外で電話をしていた永友が急ぎ足に戻ってきた。

「たいへんお待たせしました。間もなく山梨日報の報道ヘリが来てくれるそうです」

その声を聞いたとたん、静奈と目を合わせた。

ふたりでうなずき合う。


午後〇時二十分――。

灰色の雲に覆われた空の彼方《かなた》から、小さな機影が爆音をともなって近づいてきた。

山梨日報の報道ヘリは真っ赤な機体のアグスタＡ１０９だった。甲斐市にある民間航空会社に所属し、複数の企業で受託事業として使用されているという。

機影が徐々に大きくなり、ローターが空気を切り裂くスラップ音も大きくなってゆく。

南アルプス署の駐車場の一角に永友和之警部と谷口伍郎警部が立っている。夏実と静奈のK－9チーム二名と救助犬。そして深町敬仁隊員が立って、ヘリの到来を待っていた。

永友がやけに静奈のバロンを観《み》ているのに気づいて、夏実が訊いた。

「もしかして、シェパードがお好きなんですか」

彼は目をしばたたき、苦笑いする。

「本件で、ちょっと気になることがありまして」

彼はいった。「宝石店の現場に犬の毛が落ちていたんです。それも、ホワイト・スイス・シェパードという珍しい犬種のものでした」

「宝石店に犬連れで来るお客さんって、たぶんいないですね」

夏実の言葉に、永友がうなずく。

「そう思いました」

「でも――」

彼女は、静奈といっしょにいるバロンを見つめてしまう。「宝石店強盗の犯人が犬を飼ってるなんて……それも、ホワイト・スイス・シェパード？」

永友が苦笑いする。

「あくまでも参考です。特捜本部からは歯牙《しが》にもかけられないネタですし」

署から江草隊長と杉坂副隊長が出てきた。ふたりとも山岳救助隊の制服、制帽姿で、目を細めて空を見上げる。

風はない。だから、ヘリは旋回することなく、少しずつ高度を下げてランディングの態勢に入った。メインローターが巻き起こすダウンウォッシュの強烈な風が、そこにいる全員の髪や衣服を乱している。

降下してきたヘリはランディングギアを駐車場のアスファルトの上に接地させ、ローターの回転数を落としてエンジンのクールダウンに入った。機体のスライドドアが開かれ、スーツの上にベージュのコートを着たメタルフレームの眼鏡の中年男性が降りてきた。

顔なじみだという谷口と握手をし、隣にいる永友に挨拶した。

「山梨日報社会部の萩原《はぎわら》です」

永友が自己紹介をしてから、夏実と静奈、深町、さらに救助犬たちを紹介する。

「お噂《うわさ》はかねがね」

笑みを浮かべながら萩原記者は江草、そして杉坂と握手した。

「今日はよろしくお願いします」

そういって夏実が頭を下げる。

「K－9チーム、行ってまいります」

深町が敬礼すると、江草隊長が杉坂副隊長とともに返礼してきた。

夏実と静奈もそれに倣う。

全員がキャビンに乗り込むと、操縦席に座る操縦士の山岡《やまおか》と副操縦士の溝口《みぞぐち》が紹介される。

夏実たちが着席して安全ベルトを締めると、ふたりはすぐにテイクオフの準備にかかった。

エンジン音が高まり、グイッと機体が持ち上がる感覚がして、ヘリは南アルプス署前から上空に向かって上昇し始める。

署の駐車場に立って敬礼の姿勢で見送る江草と杉坂の姿が、あっという間に小さくなる。

ゆっくりと機首をめぐらせながら南アルプス方面へと向かう。

ものの十分と経《た》たぬうちに、彼らは夜叉神峠上空を越えて、北岳の空域にいた。

周辺の山域は一面の銀世界だった。

分厚い雪雲が空に低く垂れ込めて、すでに雪が舞い落ちている。

ガスの合間に山の稜線が見えるので、何とか有視界飛行は可能だったが、あと一時間と経たないうちに、おそらく北岳は悪天候に閉ざされるだろう。

ギリギリのタイミングでヘリは間に合ったのだった。

気圧の激しい低下のせいか、気流が乱れ、機体が大きく揺れる。

ふだん県警ヘリや防災ヘリに搭乗して山間部を飛行しているため、彼らの荒っぽいフライトに夏実たちは馴れている。しかし、このヘリはどうだろうか。

萩原記者の話だと操縦士の山岡は飛行時間五千時間を超えるベテランらしいが、こうした山岳地帯でのフライトは未経験ではないかと、少し不安になる。

突然、機体が激しく揺れ、ときおり、エアポケットのようにすっと降下することもある。

そのたびに、夏実は肩をすぼめて目を閉じたくなる。

傍らに停座するメイは、しかし緊張に耳を伏せることなく、リラックスしているようだ。

空を覆う雲がその密度を増していた。北岳の頂稜からバットレスにかけては、ガスがベッタリと張り付いている。ヘリの風防ガラスにぶつかる雪が、次第に大粒になっているのに気づいた。

眼下の大樺沢にはいくつも雪崩のデブリが確認できた。

右の小太郎尾根。左の池山吊尾根。いずれも登山者らしき姿は見えない。

ヘリは高度を一定に保ったまま、八本歯をかすめるように尾根を越える。荒々しい岩稜が機体の下を過ぎていくと、スタンダードサイズからシネスコサイズに映画の銀幕が拡大するように、視界がグイッと一気に広がった。

間ノ岳に続く白い稜線上に、北岳山荘がマッチ箱のように小さく張り付いている。

その上空にさしかかると、山岡操縦士は機体を少しずつ降下させていった。開けた尾根上に作られたヘリポートなのでランディングは容易である。

地表が近づくにつれ、ダウンウォッシュが巻き上げた雪煙が周囲からヘリを包み込むように巻き上がってくる。

一瞬、ホワイトアウト状態に視界を閉ざした雪煙がすぐに晴れて、視野が戻ってくる。

ギアが接地する小さな衝撃。ヘリが着陸した。

萩原がスライドドアを開けると、身を切るような寒い突風が吹き込んでくる。彼は機体から身を乗り出すようにして一眼レフカメラをかまえ、撮影を始めた。フライト中は機内にいる夏実たちに向かって、ひっきりなしに写真を撮っていた。

「萩原さん。くれぐれも捜査情報解禁までオフレコでお願いします」

永友に釘《くぎ》を刺され、彼は少し肩を持ち上げて苦笑いした。

「大丈夫、信用して下さい。本当は同行取材したいぐらいなんですが、さすがに無理なようですし、みなさんにおかれましては、どうかご無事で」

「ありがとう」

甲府署の谷口がまた萩原記者と握手を交わす。

夏実たちがまずキャビンからザックを投げ落とし、犬とともに雪の上に飛び降りた。雪は十センチ程度の深さ。足をとられることもなく立てた。犬たちが全身の被毛についた粉のような雪を胴震いで飛ばす。

全員が地上に降りると、副操縦士の溝口がキャビンドアをスライドで閉鎖した。

エンジン音が高まり、グイッとテールを持ち上げ気味に、ヘリが上昇する。

夏実たちが手を振る中、飛来したときとは九十度異なる方向に向かって飛行コースをとった。北岳登山道の表側を飛ばずに、目立たないように南へ向かい、大回りをして甲府方面に帰投するためだ。

間ノ岳方面に機影が小さくなっていき、やがて灰色の雪雲に溶け込むように見えなくなる。

夏実たちは雪まみれのザックをはたいてから背負い、それぞれ出発の準備をととのえた。

「おふたりとも、まずゆっくりと深く息を吸って下さい」

深町にいわれて永友と谷口が意外な顔をする。

「高度順応なしに、地上から一気に三千メートル付近まで来たんです。ここの酸素濃度は地上の七割程度しかありません。高山病にならないために、意識的に深呼吸を続ける必要があります」

「深町さんたちは？」

「われわれはいつもここで馴れてますから。犬たちもです」

そういって彼は歯を見せて笑ったが、ふいに真顔に戻る。

「まずは北岳山荘を調べます」

ヘリポートから見て、北岳側に見える山小屋の屋根を指差した。赤いトタン屋根が雪をかぶって斑模様となっている。

「行きましょう」

深町の合図で、全員が歩き始めた。

6

細引きロープの先端に括りつけた食料を、下の大葉に届けることに成功した。

昨日、ダウンの上着や寝袋を下ろしたときは、初めてのことだったし、夕闇《ゆうやみ》が迫っていた中だったため、緊張もあって、なかなか巧《うま》くはかどらなかった。それが何度かやりとりしているうちに、だんだんと安西もコツを摑んできた。

脱臼した右手が使えないので、左手と歯を使ってロープを結ぶのである。コッヘルの蓋《ふた》が外れて中身が出ないように、細引きロープで念入りに蓋を固定し、下に下ろしていった。

それを受け取った大葉は、岩溝にはまり込み、垂壁に張り付いたまま、コッヘルをロープから外し、ドライフードのカレーを食べた。やがて空になったコッヘルをまたロープに括り、OKのサインを出してきた。

安西がロープをたぐると、垂壁に当たってはカラカラと音を立てながら上がってくる。続いてテルモスの水筒を括りつけて下ろしてやった。中身はコーヒーだ。

バットレスのクライミングを終えたら、一泊予定で下山するつもりだったため、少量ながら、飲み食いするものはあった。しかし、いつまでも保《も》つわけでもない。

眼前を流れる白と灰色の入り交じったガスを見つめた。

雪は相変わらずだ。ときおり風が強くなるたび、眼下から吹き上がってくることもある。周囲の岩場はどんどん白さを増していき、安西も、二十メートル下の崖に張り付いている大葉もすっかり雪まみれだ。

バットレスの中腹で遭難しているふたりの姿は、おそらく誰にも見られることはない。外部への連絡手段はなくなり、完全に孤立状態。この山は断乎《だんこ》としてふたりを下界に戻さないつもりなのかもしれない。そう思うと暗澹《あんたん》たる気持ちになる。

余熱の残るガスバーナーを分解すると、カートリッジとともにザックに押し込んだ。

――なあ、俺たち……ここで死んじまうのかな。

ふいに声が聞こえた。

安西は眼下の大葉の姿を見下ろした。

「望みを捨てるんじゃないよ。きっと、何とかなるさ」

——何とかなるって、奇跡でも起こらないかぎりどうにもなんない気がするなあ。

奇跡、か。

たかだか二十年と少し生きたぐらいじゃ、奇跡なんてまず起こらないだろうな。

安西はそう思った。いや、あの墜落のとき、ふたりとも死なずにこうして生きていることと自体が、もしかしたら奇跡だったのかもしれない。

しかし、ここでこのままふたりとも死んでしまったら、どうもこうもない。

だったらもう一度、奇跡が起こることを願うべきだろうか。この山に。

——紙と筆記用具、ないか？

また、二十メートル下から声がした。

「あるけど、さ。どうすんだよ」

しばし間があって、大葉がいった。

——遺書を書く。

「え」

驚いた。

この状況において、それは現実的な選択かもしれなかった。

死というものがすぐそこに存在する。このことをあらためて気づかされたのがこの事故だった。

都内の家にいる両親と妹のことを思うと、哀しみがこみ上げてきた。

「だったら、俺も書くかな」

ザックの雪を左手で払い、中をまさぐりながら、彼はいった。

「お前んち、三世代もいるから、ずいぶんと家族が多いだろう。みんなに書くつもりか」

――まず両親と妹だ。それから、美由紀《みゆき》ちゃんにも書く。

「美由紀ちゃんって……まさか梶原《かじわら》美由紀？　同じ栗本《くりもと》ゼミの？」

ショートカットでボーイッシュなヘアスタイルをした、色白で丸顔の大きな目の女子大生だった。清楚《せいそ》な魅力があって、安西も心惹《こころひ》かれたことがあった。しかし、すぐに高嶺《たかね》の花とあきらめた。

――実は……ずっと好きだったんだよ。あの子。

安西は笑みをこぼした。思わず肩を揺らして笑ってしまった。

――おい、何、笑ってんだ。

「あいつ、とっくの昔に彼氏、作ってるぜ。陸上部の部長をやってる片瀬《かたせ》紀行《のりゆき》だ」

――マジか？

「相手が悪すぎだよ。超イケメンで、しかも将来を期待された若きアスリートだ。凡庸《ぼんよう》なお前なんかがかないっこないだろう」

沈黙が流れた。

――俺、死にたくなった。

「洒落にならんぞ、それ」

現実に引き戻されたように、安西は吐息とともにいった。

筆記用具を捜すため、またザックの中に左手を突っ込んだ。ゴソゴソとまさぐっているうちに、何か硬いものが手に触れる。取り出してみると、あの液晶が壊れたスマートフォンだった。

それをしばし見つめていた。

これでどこかに連絡がとれさえすれば。

――何、やってんだよ、安西。

下からいわれて我に返った。

「あ、いや」

何でもないといおうとして、スマートフォンの縁にある小さなインジケーターがかすかに明滅したのに気づいた。おやと思って、指でそっと電源ボタンを押す。

ふいにひび割れた液晶にAndroidの起動画面が現れたので驚いた。

「まさか……」

亀裂が走った画面に四桁《けた》の暗証番号の入力画面が出てくる。

グローブをとり、膝の上にスマートフォンを載せると、興奮に震える指先でそれを押した。

待ち受け画面になった。

「おい、大葉！」

――なんだよ。

「スマホが生き返った！　何とかなるかも」

――え、マジか？

「試してみる」

いくつか並ぶアイコンの中から受話器のイラストを指先でタップした。

電話番号の直接入力モードで三桁を押す。

一……一……〇。

手にとって耳に当てる。

呼び出し音、二回。女性の声がした。

――はい。こちら一一〇番、警察本部です。何かありましたか？

はっきりと明瞭に聞こえたのでホッとする。

「あの……」

しばし考えてから、いった。「ちょっと、事故を起こしてしまいまして」

――お車の事故でしょうか？

「いえ……山……なんです。北岳のバットレスで……ひどい怪我《けが》をして、昨日からずっと取り残されてます」

今度は向こうが沈黙する番だった。

――現在、遭難中ということですね。お名前とご住所をおっしゃって下さい。

女性の声色が少し変わった気がした。

安西は震える声で自分の名をいったあと、都内の住所を伝え始めた。

7

北岳の山頂をめざして歩いていた夏実たちは、トラバース道との分岐点で足を停めた。

永友と谷口が肩越しに振り返っている。

「驚いたな。北岳山荘がもうあんなに小さく見える」

「街場と山では距離感がまったく違いますからね」

ふたりの会話を聞いて、夏実が少し笑う。「逆に遠くにあるものが、いつまで経っても近づかないことだってありますよ」

出発前、北岳山荘を調査したばかりだった。

小屋の周囲にも、冬季小屋として一部開放された二階の部屋にも、被疑者の姿はなかった。雪に彼ら以外の足跡もまったくないため、ここしばらく、小屋を使用した登山者はいないと判断し、小屋をあとにした。

「あの尖ったてっぺんが北岳の山頂です」

深町が白い息を風に流しながら指差した。風になびく雪の向こうに、黒っぽくシルエットとなって頂稜がそびえていた。西から東へ、空を低く流れる灰色の雲が、そこにひっかかりそうに見える。山にかかったガスはさらに密度を増し、大きく広がり始めていた。

「いったん山頂を過ぎ、反対側にある肩の小屋まで行って、そこを調べます。異常がなければもう一度、山頂を踏んで引き返し、冬山ルートである池山吊尾根へと下る予定です」

ふいに風向きが変わった。

向き直った夏実の顔を、大粒の雪が叩いた。

気圧が急激に下がっている。

山馴れしていると、高度計などを見なくても、それとわかる。救助隊員はみな、さまざまな観天望気に長《た》けているが、夏実は感覚的に天気を先読みする。それは天性の能力といってもいい。

この先、天候は悪化の一途だろう。もしも本格的な吹雪になるようだったら、どこかの山小屋に停滞するしかない。

メイとバロンはさっきからずっと地鼻を使っていた。

盗難された被疑車輛のシートカバーなどが本部から南アルプス署に搬送されてきていた。ヘリのフライト前に、救助犬たちにその臭いを覚えさせたが、今のところ、二頭とも顕著な反応はなかった。もっとも北岳山荘からのルート上に足跡やラッセルの形跡もなく、おそらくこの何日か、誰もここを歩いていないと思われた。

最初はなだらかな登山道だったが、頂稜に近づくにつれ、次第に急登になってくる。

久しぶりの登山だという谷口も、そしてもちろん山の素人である永友も、かなり息が上がっている。高山病の兆候である発汗や顔色の変化など、夏実たちはふたりの様子をそれとなしに観察するが、今のところは大丈夫そうだ。

冬山装備だから荷物は重たい。食料もたっぷりとザックに詰め込んでいる。

のみならず被疑者らと遭遇したときのため、全員が伸縮式の特殊警棒や手錠も持参している。永友と谷口はそれにくわえて、さらに官給の拳銃《けんじゆう》を腰の革製ホルスターに入れていた。

そんなものを使用する機会がなければいいのにと、夏実は心の中で思う。

ふとまた、堂島が撃たれたときの情景が心によみがえり、そっと唇を咬《か》んだ。被疑者と遭遇すれば、いやでもひと波乱がある。もっとも夏実とて、今回は救助隊員ではなく警察官としてこの山に入っているのだ。

自分には自分の戦いがある。

堂島がいる集中治療室のドアに向かって、そう誓ったことを忘れるわけにはいかない。

ふいにトランシーバーが雑音を鳴らした。

男の声がする。

――こちら地域課、江草です。北岳現地、応答願います。どなたか、取れますか?

三人の救助隊員が、ザックのショルダーベルトにつけているホルダーに手をかける。静奈が一瞬、早く応答をした。

「こちら神崎。北岳山荘近くの尾根です」

――任務中にもうしわけありませんが、遭難の報告が入りました。

静奈が夏実に目配せをする。険しい表情になっている。

「情報、送って下さい」

――要救助者は東都大三年山岳部の安西廉さんと、同じく大葉範久さん。場所はバットレス第四尾根、下部岩壁付近だと思われます。昨日の午後、懸垂下降中に一名が滑落。もう一名が巻き込まれた模様です。二名とも重傷で、崖の途中で動けぬまま、夜を過ごしたということです。安西さんご本人が携帯から一一〇番通報し、本部から南アルプス署に連絡が回ってきました。

「バットレスの第四尾根……」

静奈がまた夏実と目を合わせた。

――県警ヘリの納富《のうとみ》さんには市川三郷《いちかわみさと》のヘリポートで待機してもらいますが、そちらの天候はどうですか？

「北岳一帯は雪です。主稜線からバットレスにかけて濃いガスがかかっていて、現場方面は完全に見えない状態です。なお気圧は急速に低下中。おそらくヘリのフライトは無理だと思われます」

静奈が報告する。

――すみませんが、足で現場に向かってもらえますか。近くにあなたたちがたまたまいてくれてさいわいでした。

「諒解《りょうかい》しました。これより救助に向かいます」

――よろしく願います。以上、交信終わり。

トランシーバーをホルダーに戻し、静奈がいった。

「深町さん。当面の目的もありますし、ここはどうします？」

彼はしばし目を閉じたまま考えていた。

夏実も静奈もともに巡査。三名の救助隊員の中では、深町敬仁巡査部長がいちばん階級が上になる。現場での決定権は彼にあった。

「われわれに気を遣わず、救助に向かって下さい」

そういった永友の顔を深町が見る。

「被疑者捜索を中断するわけにもいきません。やはり、ここは二手に分かれるべきです」

彼は夏実たちに視線を向けた。「救助犬二頭とハンドラーは永友さんたちとともに捜索を続行して下さい。バットレスの現場には自分が行きます」

「星野隊員をぜひ同行させて下さい」

静奈の声に夏実が驚く。

「でも……」

静奈が小さく笑った。「捜索は私とバロンがやるわ。バットレスの登攀は単独よりもペアを組んだほうが安全だし、あなたと深町さんなら理想的なザイルパートナーだと思う」

その言葉に夏実は少し顔を赤らめ、ふと深町と視線を交わしてしまう。

「わかった。われわれはトラバースルート伝いにバットレスに向かう。神崎隊員は永友さんたちとともに山頂方面をめざしてくれ。あとは随時、独自判断でルートを決めてかまわない。それから、被疑者は銃を所持している。充分に気をつけて捜索をやってくれ」

「諒解」

静奈が深町に小さく敬礼をした。夏実に向かって片目をつぶる。

とたんに夏実はまた自分の顔が上気するのを感じた。

永友と谷口が夏実たちに向かって頭を下げ、静奈とバロンのコンビに続いて歩き出した。

ふたりが急登を辿り始めるのを見送ってから、深町がいった。

「行くぞ」

「はい」

雪を分けながら進む深町の俊足。

夏実とメイがそれに続いた。


トラバースルートから池山吊尾根へ。

二十分と経たぬうちに、尾根を辿って八本歯のコル手前の尾根に立っていた。

通常の登山ルートだと八本歯の手前にあるコルからの下りになるが、夏実たちにとって梯子場を下るよりも、その手前の急斜面をスキーのようにグリセードしながら滑り降りるほうが、手っ取り早く現場に着ける。素人が絶対に選んではならない手段だ。

ピッケルをザックに収容すると、めいっぱいに伸ばしたストックをダブルで握りながら、思い切って雪の斜面に身を投げた。

はでな雪煙を上げながら深町、続いて夏実が急傾斜の雪面を滑り降りる。メイが必死についてくる。ときおり、前肢《まえあし》を雪に取られ、つんのめって回転するが、すぐに姿勢を立て直し、ふたりに追いすがってくる。

大樺沢の途中、バットレス沢との出合付近まで、彼らは一気に滑り降りた。

そこからは右斜め後方に折り返し、バットレスの下部岩壁までまた急登となる。雪面が凍って滑りやすいため、ストックをしまってピッケルを手にした。さらにザイルをくり出し、アンザイレン――すなわち互いを結んだまま、ふたりは雪の斜面を這うように登った。

D沢とC沢の中間、十字《じゅうじ》クラックと呼ばれる崖下に到着する。

静奈たちと別れてほぼ一時間という驚異的なタイムで、彼らはここまでやってきた。さすがに夏実はゼイゼイと肩で息をついている。深町も汗だくの顔を手の甲で拭った。尻尾を振って楽しそうな顔をしているのはメイだ。

途中、二度ばかり、要救助者に携帯電話で連絡を入れた。ふたりの状況に変化はなく、第四尾根の下部岩壁の途中で救助を待っているという。

夏実は足場を確保しながら上を見るが、降りしきる雪と濃いガスに巻かれてまったく視界が利かない。

崖の途中でひと晩、吹きっ晒《さら》しになって、ふたりはおそらく体力を消耗しているだろう。ダウンなどの防寒具にくるまれ、食事もとったそうだが、それでもかなり厳しい。

ふたりとも骨折や打撲などの重傷を負っているというから、時間とともに体力はさらに失われてゆく。気温が低下し、雪もどんどん本格的になってゆく。

早く現場に駆けつけねばという思いが気を焦らせている。

左手に見えるバットレスは相変わらず濃密なガスに包まれ、空全体を雲が低く流れている。

夏実の傍らで、メイがしきりにマズルを掲げて、風の匂《にお》いを嗅《か》いでいる。被毛が雪で真っ白になっていた。

「こいつは本格的な吹雪になりそうだな」

深町が白い呼気とともにいった。

「山が荒れる前に救助できるでしょうか」

「やるしかないさ」

そういって深町が上を見る。

ザックを下ろして、サイドストラップに括りつけていたザイルを解き始めた。

夏実も腰に装着したハーネスにカラビナやクイックドローなどの登攀器具をセットしながら、頭にのしかかるほどに低く垂れ込めるガスを見上げる。

8

八本歯のコルで、新田は立ち止まっていた。

三方向へのルートを記した木製の道標が立っているが、風上側にはびっしりと氷雪が張り付き、いくつもの〝エビの尻尾〟が形成されていた。

右を振り返った。

南側、間ノ岳に向かって伸びる稜線の上。先ほどまで、そこに張り付くように北岳山荘がマッチ箱のように小さく見えていたのに、今はガスに覆われて白一色の光景だ。

左後ろはバットレスだが、そちらもホワイトアウトしていて視界が利かない。

ガスは西から東に向かってゆっくりと流れ、これから辿る池山吊尾根の核心部ともいえる八本歯にぶつかって、大きく渦を巻いているように見える。

ふいに風向きが変わった。ピュウと口笛のような音がして、小さな雪礫《ゆきつぶて》が顔にぶつかった。

ジャケットのフードがバタバタと音を立てて踊った。

予定ではこのまま八本歯を登り、池山吊尾根を辿って——すなわち来た道を戻るつもりだった。しかし、八本歯で強風にあおられたら、刃渡りの稜線から転落するかもしれない。

眼下の大樺沢を見下ろした。

見事なまでに真っ白に雪化粧したV字渓谷である。池山吊尾根とバットレスのどちらから雪崩が落ちてきても不思議ではない。ゆえに冬山登山のコースとして大樺沢を辿るのは危険とされている。そこに下りていくのは自殺行為に等しい。

そう思った新田だったが、なぜか渓谷の俯瞰《ふかん》の光景から目が離れない。

まるで憑《つ》かれたように心がそこに吸い寄せられている。

風がさらに強くなった。

気圧が下がっているのを肌でひしひしと感じる。

さいわい気温も下がっているため、雪が締まってくるだろう。それだけ雪崩の危険性は低下するのではないだろうか。

運試しに行ってみるか。

新田は決心した。八本歯のコルから大樺沢を辿るコースを下り始めた。

一歩また一歩と膝下まで雪に埋まるが、先行者のトレースがあるおかげでさほどの苦労はない。細い丸太を組んで作った梯子場は、半ば雪から露出していた。それを一段一段、確認しつつ、靴底でしっかり踏みながら、防寒グローブで手摺《てす》りを摑んで下りてゆく。

慎重に梯子を辿って下りながら、ときおり左のバットレスに目をやる。

相変わらず濃密なガスがまとわりついて、岩の巨壁は姿を見せない。そのガスがだんだんと下りてきて、大樺沢の谷間を埋めようとしていた。

降りしきる雪が白いカーテンとなって左から右へと流れた。

時間をかけ梯子場を下りきった。

大樺沢の右岸から左岸へと斜めにトラバースする。しっかりとアイゼンを咬ませながら、慎重に雪の斜面を下りた。

バットレス沢との分岐点を過ぎて、さらに少し下ったときだった。

ふいに近くのコメツガの枝が音を立てて揺れた。

驚いて手摺りにしがみついたとたん、雪の紗幕《しやまく》の中から大きな鳥が飛び出して、派手な羽音を立てながら飛んでいった。

ホシガラスだった。斑模様が鮮やかに目に焼き付いていた。

ふうっと吐息を洩らした。

ふたたび下りを歩き出そうとしたとたん、奇異な光景に気づいた。

左手、バットレスのほうに向かって、数十メートルばかり登った斜面の途中。雪がこんもりと盛り上がり、その中から何かがわずかに突き出している。

目を凝らしていると、どうやらそれが靴底らしいことがわかった。ゴツゴツと凹凸が刻まれたソールの中心に、〈ｖｉｂｒａｍ〉と書かれた八角形の黄色い商標が目立っている。

新田はピッケルのブレードで雪を掻き分け、ラッセルしながらそこに向かった。かなり急な斜面である。苦労してその場に辿り着くと、頭があると思《おぼ》しき場所で、両手を使って雪を掻いた。

やがて紺色の化繊のハードシェルのフードをすっぽりとかぶった頭が、雪の中から出てきた。

土気色の顔。目を閉じていた。

無精髭を生やした中年男性だとわかった。

上半身が完全に出るまで雪を掻き、揺さぶろうとしたが、心肺停止状態――というか、すでに死んでいるのは明白だった。顔に手を当てると氷のように冷たかった。半ば雪に埋もれたまま、横倒しの姿勢になっている。

すぐ近くにザックと、靴から取り外したらしいアイゼンがふたつ、雪の中から突き出している。

新田はその場に腰を落として座り込んだ。

しばしそのまま、倒れた遺体と向かい合って惚けていた。

男性は四十代ぐらい。眉《まゆ》が太く、彫りの深い顔だ。

悪天候の中を行き倒れたのだろうか。

よく見れば、グローブをはめた右手にピューター製のスキットルを握っている。酒を飲みながら、ここで死んだに違いない。となると、自殺の可能性もある。

先刻、吊尾根ルートで出会ったふたり組の登山者を思い出した。

行方不明の登山者を捜しているといっていた。

名前は須藤敏人。長身瘦軀《そうく》で四十六歳。

たしかに眼前の登山者は瘦せた人物だった。年齢もそれぐらいに見えた。

警察に捜索依頼が出せないといっていたから、なにやらわけありのようだったが、その理由が本人の、この変死と関係あるのかどうかは、さすがにわからない。

新田はのろのろとした動作でザックのバックル類を外し、それを雪の上に下ろした。雨《あま》蓋《ぶた》を開いて、スマートフォンを取り出す。降りしきる雪で、液晶画面がたちまち斑模様になる。

登録したばかりの電話番号を表示させ、通話モードにした。

呼び出し音、数回で相手が出た。

「倉島さん？　さっき吊尾根ルートでお会いした新田です」

――ああ、どうも。どうされました？

「実は……」

彼は目の前に倒れたまま、事切れている登山者を見つめていった。「お捜しのご当人だと思うのですが、瘦せた体型の中年男性のご遺体を発見しました。濃い眉毛で、骨張った感じの顔です。お酒のスキットルを片手に握られたままでした。場所は八本歯のコルから下った大樺沢ルートの途中です」
——本当に遺体なんですか。
「ええ……雪に半ば埋もれていたので掘り出しました。残念ですが、お亡くなりになって
ずいぶん時間が経っているようです」
通話の相手はしばし無言となっていた。
——わかりました。そっちに向かいます。だいぶ時間がかかると思いますが、そこで待
っていていただけますか？
「わかりました」
淡々とした口調に違和感を覚えながら、新田は通話を切った。
スマートフォンをザックにしまい込み、ふっと吐息を洩らす。
遺体を見ているうちに、ふと気づいた。
彼に連絡を入れる前に、まず須藤という人物本人であるかどうかを確かめるべきだった
のではないか。
そう思って立ち上がり、遺体の近くに転がっているザックを引き起こした。
グレゴリーの五十リットルぐらいのザックだった。色はピンクと藍《あい》色のミックス。明ら
かに女性用のデザインであることに違和感を覚えた。
雨蓋を開き、中を探った。黒い革の財布が出てきたので、グローブを脱ぎ、素手で開い
てみる。現金は三万ちょっと、紙幣をそっと戻した。キャッシュカードやクレジットカー
ドの類《たぐ》いはなく、運転免許証が差し込まれていた。

須藤敏人。

住所は南アルプス市小笠原東町になっている。

顔写真も間違いなく遺体と同じ本人のものだった。

家族にも報せてやる必要があるだろう。そう思って、本人の電話番号などが記されたものはないかと捜した。重たい心を抱えながら、なおもザックの中をさぐり続けた。

山道具や衣類が、それぞれ色分けされたスタッフサックの中に入っている。それらをひとつずつ取り出しているうちに、ザックの底に違和感のある手触りがあった。

紫色の大きなスタッフサックをふたつ、ゆっくりと取り出した。双方が細引きの紐《ひも》できつく縛り上げられていた。

重たい。

振ってみると、石がいっぱい入っているような音がする。

ふたつのサックのうち、ひとつの紐を外し、ドローコードをゆるめて口を開け、中を覗《のぞ》き込んだ。

その瞬間、新田は我が目を疑った。

最初はガラス玉かと思った。が、違った。

青や赤、紫に水色。さまざまな色をした宝石のようだった。ガラス細工の贋物《にせもの》ではないことは、すぐにわかった。彼が勤めていた城北商事が貴金属や宝石を扱っていたからだった。

半球型に磨き上げられたサファイア。ステップカットされたエメラルド。ミックスカットされたルビー。ブリリアントカットが施されたダイヤモンド。さらにキャッツアイ、トパーズ——どれも美しく、見事な光輝を放っていた。

おそらくもうひとつのスタッフサックにも同じものが同じ量、入っているだろう。総額で相当な値段になると思われた。

おそらく——億単位だ。

新田はいくつかを手に載せて、信じられないといった表情で茫然と見とれていた。

あらためて眼前の遺体を見つめる。いったい、この登山者がどういうわけで、こんな高価な宝石類を、それもかくも大量にザックの中に入れていたのか。

そのとき、ふいに閃《ひらめ》いた。

東京から奈良田に向かう車中で、ずっとカーラジオを流していた。番組の合間に挟まれたニュースで、五日前に甲府市内で発生した宝石店強盗殺人事件のことをしきりに伝えていた。犯人グループが山梨県内を逃走中だという報道だった。

たしか被害総額は三億以上——。

「まさか……この男が？」

つぶやいて、遺体の顔をまた見つめた。

吊尾根ルートで会ったあのふたりは、この男を追っている警察関係者だったのだろうか。そんなふうには見えなかった。ふたりがまとっていた不気味な雰囲気を思い出し、新田は口を引き結んだ。彼らはきっと強盗の一味なのだろう。

おそらく仲間割れをして、宝石を独り占めしたひとりが北岳に逃げ込んだ。彼らはそれを追いかけていた。そう考えると納得がいった。

不思議と恐怖感はなかった。

意識が高揚していた。自分の心臓の音がはっきりと聞こえている。

手の中に載せた宝石類に目を戻す。かすかに指先が震えていた。

ゆっくりと深く息を吸い、そっと吐き出した。それは白く凍って、風に流れていった。

三億。

これだけの宝石があればやり直せる。

職場の同僚や上司、女房だったあの女を見返してやれる。

いや。

それどころか、あんな連中が卑小に思えるほどに、最高の人生を送れるだろう。

興奮がさらに突き上がってきた。

新田は立ち上がった。

倉島と名乗った男ともうひとりがここにやってくるまで、まだ時間はたっぷりとある。

その間に逃げればいい。

東京から来た新田——あのとき、彼らにそう名乗っただけだ。さっきの通話でこちらの電話番号が向こうの携帯に伝わっているが、下山したらすぐに電話会社に連絡をとって番号を変えればいい。それで本人を特定するのは難しくなる。

また、長く白い息を吐いた。

顔を上げた。

相変わらず、山は濃密なガスに包まれている。その真っ白な濃霧の向こうから、北岳が無言の威圧を投げていた。

新田はそこに見えざる神を感じた。

そうだ。これは山が俺にくれたチャンスだ。

9

二ピッチ目。

最初にリードしていた深町に代わって夏実がトップになった。

斑模様に雪が張り付いた岩に防寒グローブの指先をかけ、岩の割れ目にピッケルを差し込みながら、慎重に登っていく。

数メートル登ると、真上はびっしりと岩に氷が張り付いたベルグラとなった。しかもそのところどころの表面が剝離《はくり》して、さらに硬いブラックアイスになっている。こうなっていてはピッケルも効かない。

迷いながら目を移すと、右上に残置ハーケンを見つけた。ハンマーで叩いて強度を確かめ、カラビナをかけ、スリングと繋いでからザイルをクリップする。

足許を見下ろすと、遥か下の岩棚にヘルメット姿の深町が立っていて、ザイルをくり出している。

周囲は一面のガスだ。おかげで高度感がまったくないが、独特の気味悪さがまとわりつく。

風が吹く。そのたびに、バチバチと霰《あられ》のように乾いた雪がヘルメットや衣服にぶつかる。かまわず登攀を続ける。

ベルグラを越すと、ホールドが豊富な岩稜となった。

少しずつ岩壁を伝って登りながらも、下にいる深町の存在を意識する。

ザイルパートナーという言葉が脳裡にある。互いが結ばれているという実感。

危険を分かち合い、事故のリスクを減らすためにペアを組む。しかし、パートナーという言葉の意味はそれだけではないはずだ。生死の境をさまよっている堂島もまた、夏実の警察人生にとってかけがえのないパートナーだ。

堂島は今、死と戦っている。

そして私もここに戦いにきた。でも、自分にとっての戦いとは、いったい何なのだろう。

岩稜を越えて、また難所となる。

氷雪が固く張り付いた垂壁。ホールドは少なく、アイゼンの爪《つめ》で岩に立つのも難しい。

――星野。大丈夫か。

進行が止まったためだろうか、下の深町が声をかけてきた。

「大丈夫です。このまま、行けます」

左上に岩の亀裂を見つけた。ピッケルのピックをそこに差し込む。強度を確かめ、躰を持ち上げた。右上に岩角。思い切って手を伸ばし、そこを掴んだ。腰のハーネスのギアループにいくつもかけられたカラビナやクイックドローが金属音を立てた。

真下から、かすかに犬の声。

岩壁の取り付き付近で待っているメイが吼えていた。置き去りにされた不満ではなく、自分のハンドラーへの声援である。それを聞いて、夏実はふっと口許に笑みを浮かべる。

ふいに突風が躰を叩いた。横殴りに激しく雪の礫がぶつかってきた。

とっさに冷たい雪と岩に躰を押しつけ、それをやり過ごす。

冷え切った額の汗を拭い、頭上に目をやった。

頭上を流れるガスの向こうに、岩場に取り付く人影が見えた。

八メートルぐらい真上。ちょうど自分のピッチの終了点辺りだ。

よく見ると、V字になった岩溝にはまり込むかたちで崖の中途に引っかかっている。少しでもバランスを崩せば、真っ逆さまに落ちそうな場所だが、ボルトかハーケンなどの器具で自己確保《セルフビレイ》はとっているようだ。

ダウンで着膨れているのが見える。

眠っているのか気絶しているのか、動く気配がない。

そうしているうちに、右手からガスが寄せてきて、視界を完全に奪ってしまった。

「深町さん。〝要救〟発見！」

夏実が報告した。

――声をかけてみろ。

うなずき、上をまた見た。

「南アルプス山岳救助隊です。安西さんと大葉さんですか？」

声を張り上げてそういった。

ガスの向こうから、応《こた》えはなかった。

不安になって、夏実はまた声をかけようとした。

そのとたん、うめき声のようなものが聞こえてびっくりした。

「どうされましたか？」

ガスがまた流れた。岩溝にはまるようにへばりつく登山者と、そのずっと上にいるもうひとりの登山者の姿が霧の合間に見えた。

――本当に来てくれたんですね。

泣き声だった。どちらの声かは判然としないが、うわずった声を放っては、合間に嗚咽しているようだ。

「あのー、安西さんと大葉さんですね」

――安西と大葉ですッ。

裏返った声。しかし、しっかりした声量だった。

夏実はまた声をかけた。

「助けにきました。安心して下さい。ただし、その場から決して動かないように！　これからそちらまで登っていきます」

――待ってまーす。

元気のない声が返ってきた。

深町を見下ろした。

──星野。慎重に行け。下にいる彼がまず最初だ。

「諒解」

夏実がまた登攀を再開した。

岩角に指先をかけ、割れ目にピッケルのピックを差し込んだ。全身の筋肉を使い、バネを使ってリズミカルに雪と岩の壁を登ってゆく。ハーネスにぶら下げたカラビナ同士がぶつかり合い、甲高く音を立てている。


要救助者の隣に立った。

長身の青年だった。ダウンの寝袋に包まれて、岩の亀裂に背中をつけている。赤いクライミング用ヘルメットの紐がゆるんでいるのか、斜めになっている。そこから覗く髪が氷結してボサボサになっていた。

都内の大学生だと聞いたが、無精髭全体に氷が張り付き、まるで白髭の老人のように見える。虚ろな目が落ちくぼんで、隈がくっきりと浮き出し、すっかり憔悴しきった顔だった。

「えっと、あなたは……安西さん？」

憑かれたように表情を失っていた青年が、かすかに目をしばたたいた。

今、ようやく気づいたかのように、ふいに口を震わせていった。

「俺、大葉範久です。あ、あの……お……女の子がまさか？」

夏実が笑ってうなずいた。

「あー、よく顔が子供っぽいっていわれるけど、実はこれでも、もう三十過ぎてるんですよ」

大葉はポカンと口を開けて見つめている。

「南アルプス署地域課の星野夏実です。下にいるのが深町敬仁隊員」

「お、俺。助かったんですか?」

「まだまだ、これからですよ。あとひと息だから、がんばって下さい」

夏実は右足のアイゼンの爪先を岩の段差に引っかけ、フリクション（摩擦）を確かめると、そこにアンカーを構築した。

支えるのが自分ひとりではないため、念入りに三カ所、ハーケンを打った。ハンマーで打つたびに金属音が次第に高くなっていく。

それぞれにスリングの先端につけたカラビナをかける。腰のハーネスに繋いだランヤードとの結節を何度も確かめてから、眼下にいる深町に叫んだ。

「確保《ビレイ》解除、願います」

深町が手を挙げて応え、続いて彼も登攀にかかった。

その間、大葉を支えている確保の強度を確かめる。古い残置ボルトにカラビナをかけただけだが、意外に頑丈そうなので安心する。

次に大葉の怪我を確かめた。

まず、彼の躰を覆っていたダウンの寝袋を取り去って、くしゃくしゃにして自分のザックに入れた。

それからたんねんに怪我をチェックする。両足は膝下で骨折し、どちらもねじ曲がっている。頭や背骨、それに両腕は大丈夫そうだったが、右の骨盤付近が腫《は》れているため、そこも骨折している可能性があった。

あとは顔や手に擦過傷がある。左頰から顎《あご》にかけて、乾いた血がこびりついたままだった。

ヘルメットに大きな傷はなく、眩暈《めまい》や吐き気もないため、重篤《じゅうとく》な脳へのダメージはないと判断したが、いずれにしても早急に救急医療機関への搬送が必要だった。

ギアが触れ合う音が近づいてきた。

下から深町が追いついてくる。夏実のすぐ傍に来て、彼女が構築したアンカーにカラビナをかけ、自己確保《セルフビレイ》を完了した。

「〝要救〟は大葉範久さんと確認しました。かなりの重傷ですが、意識は明瞭です」

続いて夏実が大葉の怪我の状況を報告すると、深町がうなずく。

雪焼けした汗だくの顔。メタルフレームの眼鏡が少し曇っている。

そこに降りしきる雪が容赦なく付着していく。

真上を見る。

大葉のいる場所から一ピッチほど先に、もうひとりの遭難者――安西という青年がいるはずだが、今はまたガスが濃くて見えない。

「安西さん、聞こえますか？」

深町が上に向かって声を放った。

——聞こえてます。

ガスの中から、はっきりと明瞭な声が返ってくる。

「そちらの確保《ビレイ》はしっかりと固定されてますか？」

——大丈夫だと思います。

元気そうな声に夏実は安心する。

深町と協力し合って、大葉の両足に副《そ》え木をあててゆるめに縛った。腰のほうはここでは処置のしようがないので、痛くても我慢してもらうしかない。

「これから大葉さんを背負って下りる。星野はサポートについてくれ」

深町がいい、夏実がうなずく。

自分のザックに縛り付けていたサブのザイルの束を解く。少し離れた場所にアンカーを構築し始めた。背負い搬送する深町をサポートするため、彼と平行して夏実自身も懸垂下降をすることになる。二カ所の支点にカラビナをかけてから、「ザイルダウンします」といって、束ねたザイルを下に投げ落とす。

「大葉さん。これから、あなたを崖下に下ろします。お怪我の場所が痛むかもしれませんが、少し我慢して下さい」

彼がうなずく。

深町がザックを足許に下ろす。

荷物は登攀前にほとんど雪の上に出しておいたので、中身はほぼ空荷だ。いくつかのバックルを外し、大葉に跨《また》がらせる形でザックで躰を固定する。外したハーネスのバックルを各所、留めていく。

グレゴリーのレスキューパックと呼ばれるこれは、ふだんは通常のザックとして使用するが、非常時は要救助者を搬送する用具となる。

すべての安全を確認してから、深町がいった。

「星野。大葉さんの確保《ビレイ》を解除」

「諒解」

そういって夏実は残置ボルトに繋いだカラビナを外した。

大葉を背負った深町はゆっくりと立ち上がる。不安定な姿勢に、大葉が怯えた表情になる。ガスで下が見えないとはいえ、足許の余裕がない崖の中腹である。両足と右腰の怪我もずいぶんと痛そうだ。その苦痛に必死に耐えている。

「大葉さん。深町隊員はこの山で何名も要救助者を助けてきたベテランですから、安心して下さってけっこうです」

夏実がそんな言葉を投げると、こわばった顔がゆるんだ。眦《まなじり》に涙が光っている。

「安西は……」

「大丈夫。あなたを下ろしたら、すぐに登り返して救助します」

そういって深町が夏実に視線をやった。

「じゃ、下りるぞ。フォローを頼む」

「諒解しました」

レスキューパックで大葉を背負った深町は、ハーネス、エイト環、ランヤードなどを指差し確認し、すべての結びをチェック。最後に岩のアンカーにかけていたカラビナを外した。

壁面に向く姿勢で、大葉を背負ったままでザイルを伝い、少しずつ下降を開始した。

夏実は平行して垂らしたザイルを使い、深町と同じスピードで下に向かった。


二度、ピッチを切って、それぞれを慎重に下り、やがて取り付きまで到達した。

雪の上で待っていたメイが、ピョンピョンと跳びながら嬉《うれ》しさを表現している。

深町は雪の上に大葉を下ろし、マットの上にそっと横たえた。昨日から大葉がはおっていたダウンの寝袋は水気を吸って、完全にへたっていた。だから新しい寝袋をザックから取り出すと、ジッパーを全開して躰の上にかけてやる。

「大葉さん。ちょっとここで待っていて下さい。安西さんを救出して戻ってきますから」

夏実がそう声をかけた。

それから膝を折り、救助犬の柔らかな毛に包まれた顔にほおずりした。

「もう一回、登ってくるね。メイも待ってて」

夏実が立ち上がると、雪まみれのボーダー・コリーが胴震いし、しゃんとお座りの姿勢になった。

深町が先頭になって、また登り始めた。

要救助者を背負って下りてきたというのに、疲れた様子もないのはさすがだった。その力強い登攀の姿を見上げていた夏実は、思い切って雪を蹴《け》り、岩に取り付いて登り始めた。

メイがまた吼えて、声援を送ってきた。

10

佐竹と諸岡は八本歯のコルから大樺沢へと下っていた。

無雪期、ここは細い丸太で作られた梯子場の連続である。それがほぼ雪に埋もれている。先行者が通過した痕がある。ときには梯子が雪の中から露出し、ときには完全に埋没して見えなくなっている。だから、雪に靴底を下ろしたとたん、膝まですっぽり入って前のめりに転倒しそうになることもしばしばだった。すっかり下りのテンポが乱されている。

諸岡が声もなく、雪の落とし穴にはまった。

とっさに佐竹が手首を摑んだ。そうしなければ、完全に深い雪に呑《の》み込まれていたところだ。

佐竹が強引に引っ張り上げた。諸岡は梯子の手摺りにしがみつき、肩を揺らして喘《あえ》いでいる。

「くそったれ。いつまでこんなことをさせるんだ」

何度目かの言葉だった。顔が雪まみれだ。

「須藤は見つかったんだ。もう少しの辛抱だ」

「本当に須藤なのか」

「人相風体からいって、まず間違いない。酒のスキットルを手にしてたのは、いかにもあいつらしい。それに、いくら何でもこの山に死体がそういくつも転がってるはずもあるまい」

諸岡は佐竹を凝視していたが、ふいに大樺沢の下を見た。

先刻までバットレスを覆っていたガスが、今や視界のすべてを包み込んでいた。

さらに降りしきる雪がどんどん大粒になっていく。

「さっさとケリをつけにいくぜ、諸岡」

ふたりはまた下降を始めた。

下のほうは丸太の梯子がかなり露出しているため、それまでに比べるとかなり楽に歩行ができた。ただ、雪が付着した足場がツルツルと滑りやすく、一段一段、アイゼンの爪を丸太に咬ませるようにして歩き続けねばならなかった。

足許ばかり見ていると、ダケカンバやシラビソの枝が顔やザックに引っかかる。枝がしなると、雪が舞い飛び、躰じゅうが粉をふいたように真っ白になってしまう。

諸岡は今までのように悪態をつかなくなった。ようやくゴールが見えてきたという期待感ゆえかもしれない。しかし、疲労は限界まで達しているはずだ。

最後の梯子場を過ぎて、雪の急斜面に出た。

あちこちに石清水《いわしみず》が凍りつき、飛沫《しぶき》が複雑な形状で無数の氷柱《つらら》を形成している。

ここからトラバース気味に斜めに大樺沢を渡り、左岸に向かうルートとなる。うかつに足を滑らせたら、雪の斜面を遥か下まで落ちていくハメになる。だから危ない場所はピッケルを使い、アイゼンのフリクションを利かせ、少しずつ慎重に下ってゆく。

ガスが低く左から右へと流れていった。

いつしか風音が耳許で唸《うな》るようになった。雪礫が真横から顔や衣服にぶつかっている。

まごまごしていたら、吹雪に巻かれる。そうなったら、雪洞を掘るか、どこかの山小屋に避難して、天候が恢復《かいふく》するまで停滞を余儀なくされる。須藤から宝石を取り戻したら、とっととこの山から脱出しなければならない。時間が経てば経つほど、彼らは不利になる。

先行者のトレースはどこまでも続いていた。

それを辿ってふたりは雪の斜面を下り続ける。

11

カラビナが触れ合う金属音が近づいてきた。

安西が見下ろしていると、眼下を流れるガスの合間から、ふいに人影が現れた。

赤とオレンジのジャケットに白いヘルメット。すぐ近くの岩の亀裂にカムデバイスを差し込み、自己確保《セルフビレイ》をとったその人物を見て、彼は驚いた。

若く、小柄な女性だった。

一瞬、大葉との会話に出た同じゼミの梶原美由紀にダブって見えて、ひどくビックリした。

しかしよく見ると、顔がまったく違う。ふくよかな頬に、クリクリとした大きな眸が印象的な女性救助隊員だった。

上気した顔の汗を拭って、彼女はいった。

「南アルプス山岳救助隊の星野夏実です。救助要請された安西廉さんですね？」

安西はうなずいた。

「俺たちのために、ここまで駆けつけてくれたんですか」

「別件でたまたま近場にいたんです。おふたりともラッキーでしたね」

少女のような笑顔に癒《い》やされた。

続いてふたり目が垂壁を登ってきた。メタルフレームの眼鏡をかけた男性だった。その登攀速度に驚く。自分や大葉がひどくのろまに思えるほど、素早く、確実な動きだった。

「えっと、お怪我はありますか」

星野と名乗った女性に訊《たず》ねられ、安西はうなずく。「肋骨《ろっこつ》を折ったみたいです。それから……」

感覚を失ってしまった右手に視線を向ける。

その手首を持って軽くゆすってから、彼女はいった。

「あ。これって、完全に脱臼してますね」

「相棒が落下したとき、夢中でザイルを掴んだんです」

「でも、それで大葉さんが助かったんですね。よくがんばりましたよ、安西さん」

優しく声をかけられ、ふっと涙が出そうになった。

「星野。さっきと同じ要領だ」ザックを背中から下ろしながら男性がいった。「これから脱臼と肋骨の救急措置をする。それが終わったらレスキューパックに固定して背負わせてくれ」

「あ。でも……深町さん、無理しないで下さい。今度は私が背負いますから」

「大丈夫だ。余力は残してある」

女性隊員が構築したアンカーにカラビナをかけ、ザイルをクリップした彼が微笑《ほほえ》む。

安西は上着を脱がされた。触診で痛む場所を特定した深町という救助隊の男性は、タオルを丸めたものをそこにあてがい、脱臼した右手と一緒に細引きのロープでゆるく結んだ。

「よく、ご無事でしたね。だいぶ上まで登られたのですか」

深町に訊かれ、彼はうなずいた。

「城塞ハングの下まで登って、大きな雪庇に行く手を阻まれました。それで仕方なくここまで下りてきたんです」

深町が険しい顔になった。

「城塞ハングに雪庇？」

「それも、かなり大規模なんです。あれが崩れたら、一気に大きな雪崩になると思いました」

彼らはいっせいに頭上を見上げた。

ガスが流れているばかりで、バットレスの上のほうはまったく見えない。

「急ごう。ぐずぐずしていては危険だ」

「はい」

深町と星野の両隊員は、てきぱきと搬送の準備を始めた。

ふたりとも動きにまったくムダがない。

レスキューパックに包まれるように固定された安西は、深町隊員の背中に負われた。折れた肋骨が激しく痛み、彼はうめき声を洩らす。脱臼した右手の付け根も痺《しび》れから痛みへと変わっていた。

星野隊員が気の毒そうな顔で見ている。

「これからクライムダウンします。揺れるたびに痛むかもしれませんが、何とか我慢して下さい」

「わかり……ました」

顔をしかめたまま、安西はいった。「大葉は無事ですか？」

星野隊員がニッコリ笑った。

「大丈夫。下で待ってらっしゃいますよ」

きれいに前歯が並んだ笑顔が印象的だった。口許の両側に小さな笑窪《えくぼ》があった。

安西はぼうっとなって彼女に見とれた。

「力を抜いていて下さい」

深町がいい、ザイル伝いに下り始めた。

安西はまた顔をしかめた。肋骨が軋《きし》んでいるようだった。

12

濃密なガスがとりまく中、雪が降りしきる垂直の崖を、安西を背負った深町が慎重に下りてゆく。

夏実は彼と同じ速度で隣に垂らしたザイルを伝って降下する。サポートのためだが、深町の安定したクライムダウンを見ていると、まったく援護が必要ないことがわかる。深町の登攀技術は世界のトップクラスである。

安西は半ば目を閉じながら、彼の背中で揺れていた。クライミング用の赤いヘルメットの下、汗に濡れた茶髪が傷だらけの頬に張り付いている。

グレゴリー社のレスキューパックというザックは、人間工学に基づいて設計され、作られているだけあって、要救助者の体軀《たいく》がピッタリと背中に密着するように背負える。そのおかげで下降時や歩行時も安定し、極力、余分な負担がかからないようになっている。

風が巻き、雪が真横から顔を叩いてくる。

天候の悪化はいよいよ本格的になってきたようだ。

下まであと十メートル。

隣を降下する深町の姿を、夏実は見守る。

自分とメイが相棒であるように、私と深町さんもきっとそうなんだ。そんなことを考えて、ふっと浮かびそうになる笑みを何とか堪《こら》えた。

ふたりでこうして現場を踏めたのは夏実にとって幸せだった。もちろん、ひどい怪我をして痛みを堪えている要救助者からすれば、きっとそれは不謹慎な考えだ。

今も病院の集中治療室で死と戦っている堂島。そのイメージが脳裡に浮かぶ。

相変わらず心が重い。しかし、こうして誰かを救助する——この山で死にかけた人をひとりでも助けることが、自分を鼓舞し、堂島の生還への祈りとなるのではなかろうか。

夏実はそんなことを思う。死に近づけば近づくほど、生が眩《まぶ》しく輝いてみえることもある。

これこそが私の戦いなのだ。

けっしてあきらめない。希望を捨てたりしない。

だから、堂島さんもがんばって。

無意識に心の中でそう叫んでいた。

ふいに犬の声がした。

下を見ると、薄らいだガスの中に小さな影が見えた。嬉しそうに尻尾を振りながら、さかんに吼えているボーダー・コリーの姿。それを見つけて微笑んだ。

数分後、彼らは下部岩壁の取り付きに到着した。

相変わらず風が唸っていた。

渦巻く雪の向こう、横たえられた寝袋に、大葉の姿があった。

顔は雪まみれだが、意識はしっかりしていて、目をしばたたき、深町に背負われて下りてきた安西を見上げている。そのすぐ傍でメイがさかんに跳びながら、嬉しそうに吼え続けていた。

下まで降りきってから、深町がいった。

「安西さん。一度、背中から下ろします。両足ともご無事なようなので、自力で立てそうかどうか、試してみて下さい」

雪の上に座り込んだ深町。すかさず夏実が彼のレスキューパックの各バックルを外す。背負いから解放された安西は雪の上に座っていたが、いきなり立ち上がろうとして顔をしかめた。

肋骨の骨折に響いたようだ。

「あー、無理しないで下さいね。ゆっくりでいいですから」と、夏実が苦笑いする。

安西はよろりと立ち上がったが、バランスを崩して倒れそうになる。とっさに深町が無事なほうの左手を摑んだ。

「自力歩行は難しそうだな」

いわれて安西が深町を見た。「ちょっと頭がくらっと来ただけです。何とか自分で歩けます」

わざとらしく躰を揺らしつつ、大げさに両足で足踏みをしてみせる。そのとたん、肋骨に響いたのか、「いつつ……」といいながら胸を押さえた。

今度は深町が苦笑いする番だった。

「わかりました。お怪我に負担をかけない程度に、いっしょに歩いてみましょうか」

ザイルを回収しながら深町が夏実にいった。「大葉さんは自分が背負い搬送するから、星野は安西さんのサポートを頼む」

「諒解。安西さんのサポートにつきます」

応えた夏実も、自分が降下したザイルを引っ張って回収すると、すばやく束ねた。

「俺、星野さんといっしょですか……」

かすかに頬を染めながら安西がいう。

「何か不都合でも？」と、深町が奇異な顔で訊く。

「あ。いや、逆です」

安西は嬉しそうに夏実に熱い視線を送る。

「お前なあ。のぼせてんじゃねえぞ」

マットに横になったまま、大葉がそういった。


深町が大葉の上にかけていた寝袋を取り去り、彼の上体を起こさせる。

レスキューパックをセットするのを夏実が手伝う。大葉の前に回った深町が雪の上にしゃがみ込み、すべてのバックルを自らの躰に装着する。各ストラップをきつく締めてから、ゆっくりと立ち上がった。

六十八キロあるという大葉の体重が、深町の背中と腰にかかっている。

重荷だが、馴れたものだ。

夏実ですら、自分よりも重たい要救助者を背負い搬送したことは数え切れないほどある。杉坂や関たち男の救助隊員は、百キロを超える肥満体の遭難者を抱えて下山したこともあった。さすがにそのときは死ぬような思いだったとあとで苦笑いしていたが。

「バットレスの城塞ハングに張り出しているという雪庇が、いつ崩れてくるかもしれない。危険を避けるために、このまま一気に二俣まで下りる」

深町にいわれて、夏実はうなずいた。

「いつでも交代します」

「わかった。そのときは頼む」

大葉を背負った深町が歩き出す。

安西に肩を貸し、サポートしながら夏実が続く。メイが尻尾を振りながらそれを追う。

膝下まで埋まる雪を靴先で掻き分けながら、彼らは急斜面を辿り始めた。

「君も無理はするな」

大葉を背負いながら、深町が安西に声をかけた。

「大丈夫です。ちゃんと自分で歩けますから」と、安西が返す。

「つらかったら、我慢をせずにいってくれ」

さっきまで敬語だったのに、いつしかタメ口になっている。雪崩の危険性はともかく、差し迫る危機感から解放されて、深町も安心したようだ。

夏実も同じだった。雪を踏みしめて歩くうちに、それまで心を塞《ふさ》いでいた気持ちの重さが、少しだけ払拭されたような気がした。

でも、まだまだがんばらねば。

ふたりの要救助者を確実に安全な場所まで搬送してこそ、夏実たちの任務は完了する。

バットレス上部の城塞ハングにあるという大きな雪庇。それがいつなんどき、崩れてくるかもしれない。大樺沢を下って二俣付近まで到達すれば安心だ。

それまで一瞬たりとも気を抜けない。

大葉を背負って歩く深町。その後ろ姿を見ながら、夏実は安西とともに雪を分けて下り続けた。

そんな彼女たちを鼓舞するように、足許を併走するメイがまた吼えた。

風と雪が真正面から吹き付けてきた。

13

入隊以来、それまで何十回となく、バロンとともに辿った北岳頂上への急登だった。

先頭に立つ神崎静奈はときおり立ち止まり、後続のふたりを振り返る。やや遅れ気味についてくる二名――永友と谷口は、さして疲れた様子もなく、一定のテンポで歩を刻みながら、静奈がつけたトレースを辿ってくる。

雪は本降りになっていた。サクサクと音を立てて、足許に積もり始めている。

風も地表を巻き始めていた。

気温もさらに下がっている。マイナス十度以下だろう。

人間の皮膚で寒さにいちばん強いのは顔だが、きりりと冷え切った空気にさらされて、頬や鼻がヒリヒリと痛むほどだ。バラクラバ（目出し帽）を持ってくるべきだったかもしれないと後悔する。

そろそろ休憩をとろうと静奈が立ち止まったちょうどそのとき、永友の携帯電話に着信があった。

それとなしに会話を聞くと、相手は甲府署の捜査員らしかった。

例のホワイト・スイス・シェパードについて聞き込みをしていたらしい。本部からは歯牙にもかけられないネタだと自嘲《じちょう》しながらも、おそらく水面下で捜査をさせていたのだろう。

永友はスマートフォンを耳に当てながらいった。

「で、茂原さん。その須藤という人物は今、行方知れずということなんですね」

——娘さんから南アルプス署に捜索願が出されていました。

相手の声が明瞭に洩れ聞こえていた。

「前科《マエ》はありましたか」

——なしです。本人が勤めていた甲府の甲斐北運送という会社に当たると、六日前からずっと無断欠勤していたということです。あの犯行のちょうど前日ですし、これはかなり怪しいですね。

「わかりました。このまま捜査を進めて下さい」

電話を切ってから、永友がいった。「須藤敏人、か……」

「その人物が犯人ですか?」と、静奈が訊いた。

「断定はできません。でも、その可能性が濃厚ですね。だんだん真相に近づいてきた気がします」

永友はそういいながら笑みを浮かべた。

静奈はふたりの捜査員たちにカロリーメイトなどの行動食を配った。それを水筒の水や冷たくなった茶などで無理に飲み干す。

十分ほど休憩を取ってから、また歩き出した。


稜線上は強風が吹き抜けている。

足許から巻き上がった雪粒が散弾みたいに顔に当たって痛い。

吹雪の中で視界を確保するために、三人はゴーグルを顔に装着した。寒さも骨の髄までしみ通るように感じられる。アウタージャケットのジッパーを喉許まで引き上げ、袖《そで》のベルクロを手首を締め付けるほどタイトに調整し、さらに腰回りのドローコードを引き絞った。

雪とガスの合間、ときおり北岳の頂稜がシルエットとなって見え隠れする。山頂から、さかんに雪煙が流れていた。

ふいに口笛のような音を立てて、烈風がまともにぶつかってきた。

耐風姿勢をとるほどの勢いはないが、体感温度はすさまじく低い。それまで汗ばんでいた躰が冷やされて低体温症になる危険性もある。山馴れしていないふたりのことが気がかりだった。

さいわい尾根を抜ける風に吹き飛ばされて、岩稜帯の積雪量は少なく、ところどころ雪《ゆき》消《げ》の合間に岩が剝《む》き出しになっている場所もある。そのため、思った以上に歩きやすかった。

バロンの嗅覚《きゆうかく》は、まだ何も見つけていない。

先行者らしきトレースは相変わらず見つからず、やはり北岳山荘から吊尾根分岐までの間、被疑者が歩いた形跡はないと見るべきだろう。

尾根筋から北側に少し下りた岩陰で二度目の休憩を取っているとき、トランシーバーがコールトーンを放った。静奈がザックのショルダーベルトからそれを抜いた。

「こちら神崎です」

――星野です。ただいま、下部岩壁の取り付き付近です。

強い風が耳許で鳴って、無線が聞き取りづらい。静奈は懸命に耳を傾ける。

――えっと、本署にも報告済みなんですが、午後二時二十分、深町さんとふたりでバットレスに取り残されていた要救助者を下ろしました。二名とも骨折や脱臼等の大きな怪我をされていますが、比較的、元気で落ち着いてらっしゃいます。どうぞ。

静奈はウェアの袖をまくって腕時計を見る。

「よかったわ。でも、これからどうするつもり？」

――天候悪化でヘリのフライトが無理ということで、いったん御池まで行くつもりです。バットレスの城塞ハング付近に大きな雪庇ができているということで、雪崩の危険性もあります。

「だったら一刻も早く二俣に下って」

――御池に到着次第、また連絡を入れます。静奈さんも気をつけて。

「諒解。交信終わり」

トランシーバーをホルダーに戻し、ホッと吐息を投げた。

「二名とも無事だったようですね」

永友が声をかけてきた。

「ひとまず崖下には下ろしましたが、二俣分岐まで到達しないと安全とはいえません」

そう答えた静奈に彼は奇異な目を向けた。「なぜです」

「バットレスと池山吊尾根に挟まれた大樺沢は、冬場は雪崩の巣です。無事に抜けられるかどうかは運次第です」

「それは心配ですね」

「でも、ふたりともこの山を熟知している隊員ですから、きっと大丈夫だと思います。私たちも急ぎましょう。この先、吊尾根分岐まで一気に登ります」

「ここですね」

谷口がザックから取り出した登山地図を見ていた。

冬場の定番コースである池山吊尾根が、彼らのいる主稜線と合流する場所だ。被疑者たちがその尾根を辿っているとすれば、そこから先でバロンの嗅覚にヒットする可能性が高い。それに期待するしかなかった。

「もしも犬の反応がなかったら？」と、永友。

「ひとまず頂上を越して、反対側の肩の小屋に行ってみます。北岳山荘に続いて、ふたつ目の山小屋ですが、そこに被疑者たちが潜伏していなければ、もう一度、折り返して二度目の山頂を踏み、池山吊尾根伝いに下ることにします」

「もう一軒……白根御池小屋がありますね」

地図を指差しながら谷口が訊いた。

「ちょうどそこに夏実……星野隊員と深町隊員が要救助者を搬送して向かっているところです。もしも何か異常があったら連絡をしてきます」

「なるほど、だったら二手に分かれて正解だったかもしれませんね」

静奈はうなずいたが、不安が拭えなかった。

被疑者たちが御池小屋に潜伏する可能性もあるが、もしも大樺沢周辺にいたら。いずれにしても、夏実たちといやでも遭遇することになる。

その想像を振り払って、静奈はいった。

「そろそろ出発します。おふたりとも、頭痛や倦怠感《けんたい》などはありませんか？」

「実は……さっきから、少し頭が痛み始めました」

そういったのは谷口だった。

「永友さんは？」

「私はとくに何も」

静奈は谷口の顔を凝視する。

ゴーグルのために見づらかったが、頬や額が少し血の気が引いたような色をしていた。寒さのせいかもしれなかった。しかし、高山病の症状の出方は個人によってさまざまである。わずかな変調をも看過するべきではない。

「山頂を越せば、じきに肩の小屋です。そこでしばらく休憩をとりましょう」

静奈がザックを背負った。

雪まみれになって停座していたジャーマン・シェパードのバロンが激しく胴震いをし、豊かな尻尾を振る。

刑事たちもザックを持ち上げ、よろけながらも担いだ。

ふいに横風に押されて視界からガスが抜けた。

一瞬、頭上に窓が開いたように真っ青な空が覗き、そのまばゆさに彼らは目を細めた。

太陽の光が背後から当たり、目の前のガスに映画のスクリーンのように全員の影がくっきりと投影された。それぞれの周囲に七色の輪郭が描かれている。まるで仏教画のようであった。

永友たちが声を失って、それを凝視する。

だしぬけに視界の端からガスが流れてきて、すべてを閉ざしていく。

つかの間の幻影。

それがたちまちのうちに払拭されてしまった。

「驚いたな」両手で口を覆い、永友がいった。「あれはもしや？」

「ブロッケン現象。山ではよくあることです」と、静奈。

「神々《こうごう》しい光景ですね」

永友がつぶやく。

静奈が笑う。「ここは神の領域ですから」

「神の……？」

彼女はうなずいた。夏実のことを、ふと思い出した。

「出発します」

静奈とバロンが先頭をとって歩き出した。

14

佐竹の中に不安がつのっていた。

あの新田という登山者は、須藤を見つけた場所を大樺沢の途中だといった。

大樺沢はだだっ広い谷である。無雪期に下りきるだけでも二時間から三時間はかかる。

いったい、そのどこに須藤がいるのか。街中と違って特定のしようがない。

先行者のトレースを辿っているから見逃すことはないだろう。そう思いつつ、歩いて下っていると、ふいに雪面に残された足跡が乱れている場所を見つけた。

降りしきる雪の中で、それははっきりと確認できた。それまで歩いていたのに、急に立ち止まり、歩行をやめていることがわかる。

この足跡の主があの新田という登山者だとしたら、この場所で何かを見つけたのではないか。

しかし周囲はホワイトアウト。大粒の雪が風に乗って流れている。視界はゼロに近い。すぐ後ろを歩いていた諸岡が、彼のザックにぶつかりそうになり、悪態をつく。

その瞬間、諸岡がバランスを崩した。雪の斜面にひっくり返った。

声もなく、雪上を滑り始める。

うつぶせになったまま、躰が水平に回転していた。固く締まって凍った雪なのでスケートリンクのような状態だ。しかも急角度で傾いている。

「諸岡。ピッケルを使え！」

佐竹は大声で叫んだ。

ところが雪上での滑落停止の訓練を受けていない諸岡は、そのやり方すら知らない。いたずらにピッケルの先端を雪に立てようとするが、まったくの徒労になっている。

見ているうちに、たちまち前方の白いガスに呑まれてしまった。

突然、鈍い音が佐竹のところまで聞こえて来た。諸岡のくぐもった声も。

佐竹はピッケルの石突きを使い、アイゼンの爪を雪に立てながら、慎重に下りていく。

ガスの彼方に、横たわる諸岡の姿が見えてきた。

「おい……」

声をかけてみた。

雪面から露出したいくつかの岩の前で、諸岡は突っ伏していた。いずれもバットレスから崩落してきた大岩だった。急斜面を滑落したあげく、その岩のひとつに思い切り激突したらしい。

時間をかけて諸岡が倒れている場所まで到達する。

そっと手をかけて引き起こす。

諸岡が目を開いた。口と鼻腔《びこう》から白く呼気が流れる。

「死んだかと思ったぞ」

「……勝手に殺すなよ」

そういって上げた顔が蒼白《そうはく》だった。苦しげに表情を歪《ゆが》めている。

「怪我をしたのか」

「岩に上半身をまともにぶつけた。どうなってんのか、見てくれないか」

佐竹はその場にザックを下ろした。横たわっている諸岡の躰を調べる。登山ズボンの上に重ね穿《ば》きをするアウターパンツの右側に血が滲《にじ》んでいたが、擦り傷のようだ。手首を握り、少し持ち上げてみた。

「どこか痛むか」

「痛みはない。というか、感覚がまったくないんだ」

諸岡がつらそうにいった。

「足はどうだ」と、太腿《ふともも》に触れてみる。

「ダメだ。他人の躰みたいだ」

佐竹は眉間《みけん》に皺《しわ》を刻んだ。雪まみれの諸岡の顔を見つめる。

脊髄《せきずい》損傷に違いない。手足は動かず、自力歩行どころか、おそらく立ち上がれもしまい。

ふうっと息を洩らした。

足手まといになったら、いつでも置いていく。もとよりそう思っていた。こういう情況となってしまったからには、いっそ殺してしまったほうがいい。

諸岡の顔を見つめた。

拳銃は彼の上着のポケットの中だ。手足が麻痺《まひ》しているのなら、銃を抜くことはできないだろう。隙《すき》を見て、大きな岩を頭に叩きつければ即死する。そう思ったときだった。

諸岡が、ある方向をじっと見ているのに気づいた。

何気なく振り返った。

数メートル先、雪の斜面に何かが埋まっていた。四角い紙片が、半ば雪面から見えている。

佐竹は歩み寄って、それを雪の中から抜いた。

写真だった。

北岳山頂の大きな看板の前で、男女が身を寄せ合って笑っている。右側に立っているのは、まぎれもない須藤敏人だった。左はおそらく須藤の妻だ。

佐竹はあっけにとられた顔を上げて、周囲に目を配った。

バットレス側の斜面を少し登った先にある大きな岩。その手前に横たわる登山者の姿が見えた。こちらに足を向けていて、靴底のビブラムソールの黄色いトレードマークがはっきりと見えていた。

「まさか……」

佐竹がつぶやいたとき、ふいに風が吹き、彼の右手から写真をどこかにさらっていった。

しかし、そのことに気づきもしなかった。

無言で斜面を這い登った。

無我夢中だった。

何度も足を滑らせながら膝をつき、また立ち上がっては急斜面を登った。焦りのあまりにピッケルを諸岡のところに置いてきてしまったことに気づいたが、かまわず、這い登った。

ようやく辿り着いた。

佐竹は獣のように唸った。

岩の前で横倒しになっていた中年男性の死体。紺色のジャケットに焦げ茶のアウターパンツの登山者。全身が雪まみれだ。凍りついた顔。虚ろに開かれた目は、すでに何も見ていなかった。

まぎれもなく須藤敏人だった。

口許がかすかに吊《つ》り上がっているのに気づいた。

「こいつ……笑ってやがる」

佐竹はそうつぶやいた。

凍りついた死体を見ているうちに、ふっと力が抜けた。雪の中に膝を落とした。

予期せぬかたちの再会だった。

奇妙なことに、今の佐竹の中には怒りも憎しみも、あるいは哀しみすらもなかった。

自動車事故で命を救ってくれた須藤。

宝石店強盗を持ちかけ、実行した須藤。あまつさえ、その成果をすべて独り占めにし、勝手な悲観でこんなところまで持ち込んで台無しにしようとした莫迦な男だった。

憎んでも憎みきれない、そんな須藤敏人の壮絶な死に様を見ているうちに、この孤絶した山を吹き抜ける吹雪のように、冷たい風が心の中を吹きすさんでいた。

我に返った。

少し離れた場所に彼のものらしいザックが転がっていた。

ピンクと藍色のデザイン。なぜか、女物のように見えたが、その雨蓋が開かれていた。

佐竹は舌なめずりをした。

そうだ。宝石を取り戻す。

そのため、俺はここまでやってきたのだ。

足早に歩み寄ると、倒れていた須藤のザックを立てて、中をまさぐった。防寒グローブがもどかしく、苛立ちのままにそれを脱ぎ捨てて、素手でザックの中身を掴んでは外に放った。いくつかに色分けされたスタッフサック。衣類や寝袋、ヘッドランプやナイフなど。サックの中身を掴み出しては、次々と乱暴に放り投げた。

しかし最後まで、目当てのものは出てこなかった。

「宝石がない……」

佐竹はしゃがれた声でいった。

須藤は山には宝石を持ってこなかったのか。

いや。たしかに電話で奴はいった。ザックの中に入れて持ってきた、と。嘘《うそ》や出任せを口にするような男ではなかった。

——そいつは須藤だな？

背後からのかすれ声を耳にして、我に返った。

降りしきる雪の向こう、斜面の下に諸岡の姿が小さく見えた。ぐったりと横になったままだ。

「そうだ。だが、宝石がない」

——ザックの中をよく捜してみろ。

「捜したさ」

須藤のザックを蹴飛ばした。

雪の上に散乱したスタッフサックを苛立たしげに踏みつける。

そういえば奴はどこだ？

新田という登山者。あの男が須藤のことを電話で報せてきたのだ。それなのに影も形もないではないか。

肩を揺らしながら、またザックを見つめた。最初から雨蓋が開かれていたことを思い出した。須藤の死体は雪まみれだった。おそらくここで埋もれていたのを新田に掘り出されたあと、ザックの中身を調べられたのだろう。

佐竹は思わずうめき声を洩らした。

「まさか、あの野郎」

周囲に目を配った。

ハの字を逆さにした形になって、いくつもの靴痕が雪に刻まれていた。単独行の登山者の足跡。それが下に続いている。前方を流れるガスに呑まれて、薄らぎ、消えていた。

急斜面を危なっかしく滑りながら下りていく。

諸岡のところに到達すると、こういった。

「あの新田とかいう野郎だ。あいつが宝石をまんまと持っていったんだ」

吐き捨てるようにいった佐竹に、諸岡は虚ろな目をあらぬほうに向けたまま、何もいわなかった。

「奴を追いかけてとっ捕まえてやる。お前はここで待ってろ」

諸岡の凍った唇がかすかに震えていた。

彼は小さくかぶりを振った。

「どうせ、置き去りにするつもりだろう」

「何だと」

「俺は自力で立つこともできない。足手まといは置いていかれるものだ」

雪まみれの青ざめた顔で笑い、諸岡はまた白い呼気を風に流した。

そのまま仰《あおむ》向けになり、力なく四肢を伸ばしたまま、ハアハアと喘いでいる。そんな姿を見つめていた佐竹は、ふっと俯き、それからゆっくりと顔を上げた。

――もともとそのつもりだったのだ。

諸岡の切れ長の目から、生気の光が消えかかっていた。顔色は青白さを通り越して、白《はく》蠟《ろう》のようになっている。目の周囲と鼻と口の周りに固くこびりついた氷が層を作っていた。極度の疲労にくわえて、脊髄損傷による手足の麻痺。おそらくこいつには今、絶望という名の死に神が憑いている。こんな極限状況に陥ると、人間は生への執着をあっけなく捨て去ってしまう。今の諸岡はまさにそうだった。

ゴウと山が唸った。

口笛のような音を立てて風が吹き抜けた。無数の雪礫が顔に当たる。

一刻の猶予もなかった。

俺はあの新田という登山者を見つけて宝石を取り戻し、奴の死体を雪の中に埋めて、この山とオサラバする。それですべてが終わる。

その前に諸岡を楽にしてやろう。

雪に半ば埋もれて落ちている手頃な岩を見つけた。それを摑もうとしたとき、かすかな咳払《せきばら》いが聞こえた。いつの間にか、諸岡の左手に黒い回転式拳銃があった。・三八口径の銃口が、まともに佐竹の顔に向けられている。

驚いた。

「手が動くのか？」

「……左手だけが少しばかりな」

ふっと諸岡が笑った。銃を持つ手が震えているが、狙《ねら》いがはずれる距離ではなかった。

「あんたひとりに宝石を渡す気はない」

佐竹はそっと立ち上がり、わずかに後退《あとずさ》る。

「落ち着け。相棒を見殺しにしたりはしないさ」

「抜かしてくれるな。あの須藤だって、宝石を独り占めしようとしたんだ。ましてや、あんたのどこに善意がある？　俺たちはしょせん、ワルの集まりだよ」

拳銃を握ったまま、諸岡が嗄《か》れた声で笑った。「お宝を独占させるつもりはない」

佐竹が蒼然となった。


背後——かすかな音がした。靴底が雪を踏みしめるギュッという音が連続している。

佐竹が見ると、赤とオレンジのマウンテンパーカーのようなジャケット姿の男女が霧の中から姿を現した。どちらも白のヘルメットをかぶっている。

女は小柄で、まだ若い。若い男性登山者に肩を貸して、いっしょに歩いている。男のほうは特殊なザックでもうひとりの若い男を背負っていた。

彼らの足許に白黒の被毛に茶毛が混じった中型犬がついて歩いている。

山岳救助隊だと気づいた。

おそらく遭難者を救出して、どこかに搬送している途中なのだろう。

一行はこちらに気づかぬまま、目の前を通り過ぎようとしていた。佐竹たちが登山道から少し離れた場所にいたからだろう。それに濃いガスが流れていて、風雪も激しかった。

息を殺していると、女の傍を歩いていた犬が、こちらに気づいた。両耳をピンと立てて見ている。

犬が足を停めたのに気づいて、女が立ち止まった。少し前を歩いていた男も。

ふたりが同時に視線を投げてきた。

たまたま薄らいだガスの向こう、ヘルメット姿で登山者を背負ったふたりがよく見えた。それぞれの顔に驚きの表情があった。

「助けて下さい」

佐竹はわざと狼狽《うろた》えた声を放った。

救助隊らしきふたりは、まだ立ち止まったままだ。

「相棒が滑落してひどい怪我をしているんです。お願いです、助けて下さい」

さらに声を大きくして、彼らに向かって叫んでみた。

ヘルメット姿のふたりは目を合わせ、それからまた佐竹たちを見た。

ふたりは要救助者たちを背負い、あるいは肩を貸したまま、雪原を急ぎ足にやってきた。犬もいっしょだ。

佐竹は傍らに倒れている諸岡にいった。

「どうやら運が向いてきたみたいだぜ」

諸岡が虚ろな目を向けてきた。蒼白な顔がまるで死人のようだ。

死相というものがあるとしたら、まさに今のこいつの顔だ。放っておいても、諸岡はもう長くない。そう、思った。

さっきまで握っていたはずの拳銃が落ちていた。左手が痺れて持てなくなったのだろう。

佐竹はとっさに腰をかがめ、雪を払ってそれを持った。

「佐竹……てめえ」

口惜《くや》しそうに名を呼ぶ諸岡を見下ろした。すでに息も絶え絶えの様子だった。

佐竹はふと気づき、また身をかがめて彼のジャケットのポケットをまさぐった。・三八スペシャルの予備弾丸をいくつか摑み出すと自分のポケットに入れた。身を起こすと、後ろ手に拳銃を隠して向き直った。

ちょうどそこに救助隊員らしき二名が到着した。

男のほうが雪の上に腰を下ろし、背負っていた要救助者をザックごと座らせた。バックルを外してストラップも外し、立ち上がる。

女のほうはまだ若い登山者に肩を貸したまま立っていた。

「南アルプス山岳救助隊です。怪我をされているのはそちらの方ですね」

長身の男のほうがいった。

隣に立っていた若い女の表情が一変した。

ほぼ同時に佐竹も気づいた。

あのとき、パトカーに乗っていた女性警察官だ。

向こうもそのことに気づいたらしい。顔から、血の気が引いたのがわかった。

「あなたたちはまさか――！」

佐竹は拳銃を握る右手を前に出した。まっすぐかまえたが、グローブに包まれた人差し指がトリガーガードの中に入らず、あわてて左手で保持しながら、何とか指を引鉄《ひきがね》にかけた。

銃口を女性警察官に向けた。

彼女は肩を貸していた若い登山者から離れた。

彼を巻き込まないための配慮だろう。慎重に半歩ぐらい距離を離して立ち止まる。

「奇遇だな、お巡《まわ》りさん」

佐竹はそういってかすかに笑った。「なるほど、山岳救助隊ってのは地元の警官が兼任しているのか」

女性の救助隊員は、蒼白な顔で佐竹を凝視していた。

その表情が変わっていた。大きく開かれた目が、ふっと細められたのだ。

怯え――ではない。

むしろ、逆だった。

女の中に、決然たる意志のようなものが感じられた。

傍らにいる犬がさかんに吼え始めた。毛を逆立てながら、前後に躰を揺すって咆吼《ほうこう》している。

握った拳銃を犬に向けた。

「犬ッコロを黙らせろ」

佐竹は低い声でいった。

銃口を女の顔へ向け、ふたたび犬へと向け直した。

「メイ。やめ！」

女の命令で犬が静かになった。

耳を伏せ、鼻に皺を刻んだ凶相は相変わらずだが、飼い主の命令に従う頭のいい犬らしい。おそらく山岳救助に使われているのだろう。

「銃なんか山に持ち込んで何をするつもりだ」

眼鏡をかけた男の救助隊員がいった。

「とぼけるな。もう、わかってるんだろう？　俺たちは甲府の宝石店を襲撃したんだよ。あんたら警察はすでに手配中のはずだ」

「だったら、どうして遠くへ逃げずに、こんな場所でうろうろしてるんだ」

佐竹は一瞬、口ごもった。

フッと息を洩らしてから、いった。「仲間が裏切ったんだ。せっかくいただいたダイヤを独り占めしたまま、この山に来た。だから、追いかけてた」

「その仲間は？」

「あそこだ。ただし、死体になってるがな」

佐竹が顎を振った。

ふたりが彼の後ろにそれを見つけたようだ。

少し離れた斜面の途中に、半ば雪に埋もれた須藤の死体。近くに転がったザックもある。

彼らは驚いた顔で見つめている。

「ようやく追いついたのに、奴のザックには宝石がなかった。鳶《とんび》が油揚げをかっさらうみたいに、ありったけ、ぜんぶ持っていった奴がいる」

彼はそういって、雪の上に刻まれた足跡を指差した。

「犯行に関係のない第三者がやったというのか」

救助隊の男がそう訊いた。

「三億円以上にもなるお宝だ。そりゃ、目もくらむだろう。あんたらだって、そうじゃないのか。オマワリだって人の子だよな」

すると、男がいった。

「見くびるなよ。ここは俺たちの働く山だ」

佐竹はふっと肩を揺らしながら笑う。

「なるほど、誇り高き山岳救助隊ってわけか……ちょうどいい。あんたらにも、あいつの捜索を手伝ってもらう」

「犯罪者の片棒を担ぐことはしない」

佐竹は冷ややかな目でうなずいた。

「立派な警官だな、あんたは」

傍らに唾《つば》を吐き、無造作に男の左足を撃った。

はでな火薬の炸裂《さくれつ》音が耳朶《じだ》を打ち、馬に手首を蹴られたような発砲の反動のすさまじさに、佐竹は思わず一瞬、肩をすくめた。

銃声の残響が、ゴウゴウとバットレスの高い岩壁に谺《こだま》していた。

ひどい耳鳴りの中で、佐竹は硝煙《しょうえん》をまとった右手の拳銃を見下ろし、また前方に目をやった。

男は横倒しになっている。しぶいた腥血《せいけつ》が白い雪の上に鮮やかに散っていた。撃たれた太腿を両手でかばいながら、男は苦しげに雪の中に突っ伏している。メタルフレームの眼鏡が、少し離れた場所に落ちていた。

――深町さんッ！

女が甲高い声を放った。

犬がまた吼え始めた。それまでにない悲痛な声で。

15

シオンの散歩から戻った須藤明日香は、自宅の庭先に足を踏み入れた。

〈忌中〉の張り紙が目立つ玄関の扉を開けて入り、狭い三和土《たたき》で犬の足を拭き、板張りの廊下に上がった。

昼過ぎに家を出たときは晴れていたのに、一時間と経たずに戻ってくる頃には、空は灰色の雲に覆われて、粉雪が風に舞っていた。気温もどんどん下がっているようだ。

廊下でコートを脱いで、冷え切った手に息を吹きかけながら歩く後ろを、シオンがついてくる。

コートをたたんで長椅子《ながいす》に置くと、明日香は二階への階段を登り、父の部屋の前に立った。すぐにカチカチと爪を鳴らして、シオンが歩いてきた。

ドアをそっと開く。

ひんやりとした父の部屋。煙草の匂いが残っている。

部屋の真ん中まで歩いたシオンがカーペットの上に伏臥《ふくが》し、耳を立て、大きな舌を垂らしながら明日香を見上げている。

シオンはなぜか、父のこの部屋が好きだった。父がいるときもいないときも、ここに来たがった。勝手に入って床で丸くなって眠っていることもよくあった。

甲府署の茂原という刑事からかかってきた電話。あのことがずっと心に引っかかっていた。

事件が起こった宝石店にホワイト・スイス・シェパードの毛が落ちていた。

国内では稀少種《きしょう》だということを、明日香は知っている。だから、彼は同種の犬の飼い主ひとりひとりに電話で当たっていたのだろう。

——父は宝石店強盗なんてしません。

明日香は電話できっぱりとそういった。

しかし疑念があった。

父を信じたい。なのに、どうしても想像してしまう。

母の手術費用は高額だった。だから犯罪に手を染めまでして、それを捻出《ねんしゅつ》しようとしたのではなかったか。ところがじきに母が亡くなり、それから父は——。

部屋を見回した。

失踪《しっそう》から何度もここに入ったが、父の消息に関するものは何も見つからなかった。

机の抽斗《ひきだし》をすべて開き、押入や納戸も調べた。

警察には捜索願を出した。

父の携帯電話にも何度かかけたが、いつも電源が切られているようだった。

三日前、父が働く甲府の運送会社の上司という男性から電話があった。無断欠勤をかなり怒っていたが、父が家を出て失踪中であり、警察にも届け出ているという話をすると、相手はとたんに口数が少なくなった。

きっと父は死んでいる。

それはなぜか確信となって、明日香の胸にあった。

母に次いで父も――その哀しみはあまりにも深かった。

その場にしゃがみ込み、シオンの首に手を回し、その顔に頬を寄せた。

涙があふれ、顎下からしたたっていた。

ふと、父の机に目が行った。

そこに写真立てがあった。登山服姿の父と母。その横にいる小さな頃の自分。

そっと立ち上がり、手にしてみた。

北岳の頂上での写真だ。

父と母は笑顔なのに、高山病になってしまった自分だけ、まるで病人みたいな顔をしていた。みっともない写真だが、家族三人で山に登ったのは、あとにも先にもこれ一度きりだ。だから、父はこれを大切に飾っていたのだろう。

父の登山服姿をじっと見ているうちに、ふいに明日香の心に不安の影が差した。

写真立てを机に戻すと、父の部屋を出た。

シオンがまたついてくる。

狭い廊下を伝って裏口に向かい、母屋に隣接する材木店に入った。いったん土間に下りてスリッパを履き、磨《す》りガラスがはまった事務室のドアの前に立つ。かすかにカビ臭い空気がわだかまっていた。

父が材木店の仕事をたたんで以来、明日香がここに足を踏み入れたのは数えるほどだ。最後に入ったのは、警察に捜索願を出す前だった。父の失踪の手がかりを何か捜そうと思って、事務机の抽斗を開いてみたりしたが、何も得るものはなかった。ひんやりとした空気とカビ臭さが心を締め付けるようで、すぐに出てきてしまった。

ドアを開いて、中に入った。

窓のブラインドがすべて閉まっているので、部屋は薄暗い。

壁にあるスイッチを押すと、天井の蛍光灯がもどかしげに瞬いて点灯した。

この狭い事務室は今、父と母の山道具の置き場となっていた。

壁際にスチール製のラックがいくつか並んでいた。コッヘルやガスストーブなどがきれいに整理され、それぞれの棚に並んでいる。その前に立って、狭い事務室の中をあちこちと目で確かめた。

父が愛用していたいくつかのザックが壁のフックにかかっていた。

それは何度か確かめている。

しかし、なぜだろう。父の部屋で北岳の写真を見ているうちに、なぜかまた、ここに来てみたくなった。

もう一度、壁のザックを見つめた。

まるでそれらが父そのものであるかのように、明日香は潤んだ目でじっと見ていた。

ふいに気づいた。父のコレクションに混じって、そこにかかっていたはずの、もうひとつのザックがなかった。母がいつも使っていたピンクと藍色のザックだ。

明日香は悟った。何かが心に引っかかっていた。まさにこのことだったのだ。

急いで山道具の棚を確認し、ロッカーを開けて中を確かめた。するとそれまで気に留めなかったことが、急に見えてきた。

コッヘルにガスストーブ、ピッケルやストック。いくつかの山道具が忽然《こつぜん》と消えていた。

あわてて戸棚の扉を開く。段ボール箱の中に父の使った山靴が何足か入っている。その中でも、とくに父が気に入っていた革製の登山靴がなかった。

その場にへたり込みそうになった。

「やっぱり父さんは山に行ったんだ……」

独りごちてから、あらためてその意味を悟った。

自分の妻の葬儀にも出ず、山へ向かう。それも、母のザックを背負って。

そのことの真意が、明日香にはわかってしまった。

近くにあったパイプ椅子に腰を下ろし、茫然と天井を見上げた。

とたんにまた涙があふれてきた。肩を震わせてしゃくり上げ、泣き続けた。

私は、本当にひとりぼっちになってしまった。

シオンの寂しげな声を聴いて我に返った。手の甲で涙を拭い、振り向いた。

ホワイト・スイス・シェパードが悲しげな目で飼い主を見つめている。手を差し出すと近づいてきたので、そっと犬の太い首を抱きしめ、シオンの顔に頬を押しつけた。

しばらくののち、洟《はな》をすすりながら顔を離し、そっと椅子から立ち上がる。

父がいちばん愛用していた紺色の大きなザック。壁に掛かったそれに手を伸ばし、フックから下ろそうとしたときだった。何かがはらりと足許に落ちた。

茶封筒だった。ザックの上に載せてあったらしい。

その表には黒いボールペンの文字でこう記されてあった。

——明日香へ。

自分の心臓の鼓動が聞こえた。

しばし見下ろしていた彼女は黙ってかがみ込むと、それを手に取り、そっと封を破った。

白い便箋《びんせん》に肉筆で綴《つづ》られた長文が目に飛び込んできた。

遺書

母さんの葬儀にも出られず、明日香には本当に迷惑をかけてしまった。

この手紙をお前が読んでいる頃、父さんはもう死んでいるだろう。

こんなことを誰にも明かすつもりはなかった。

しかしすべてを秘めたままであの世に旅立つのは、やはり罪なことだと思った。

これから書く事実は、きっとお前を苦しめることになる。それでも敢《あ》えて、お前に告げねばならない。父さん自身や、母さんやお前だけではなく、この出来事に巻き込まれてしまったすべての人間のためにも、父さんが手を染めてしまった犯罪の真相を世間に知らせる必要がある。

それができるのは娘のお前しかいない。

だから、心してこの手紙を読んでほしい。


お前もあの事件のことはニュースなどで知っていると思う。

一月十八日の早朝。父さんはふたりの仲間といっしょに甲府の宝石店から宝石類を強奪した。あとで知ったが、総額は三億以上になるそうだ。

すべては母さんのためだった。海外渡航して心臓移植の手術を受けると、一億ほどかかる。その費用を何とか捻出したかった。

父さんの薄給ではとても無理だし、もちろん借りる先もない。だから、そのときにしてみれば、やむにやまれぬ手段だった。母さんを助けるためなら地獄に堕《お》ちてもいいと本気で思っていた。だが、それはきっと悪魔の囁《ささや》きだったのだろう。

その結果、宝石は手に入ったが、見知らぬ他人を傷つけ、殺してしまった。直接、手がけたわけではないが、そもそも犯行計画を立てたのは父さんだし、罪はすべて自分にある。

しかも母さんは移植手術を受けることもなく天国に召された。

そのことをお前から報されたのは、あの店から宝石を強奪した直後だった。

何という皮肉だったろうか。

父さんの犯した罪は母さんを救うことができず、他人の命を奪い、周囲に大きな迷惑をかけただけだった。これは神罰だと思った。一時の気の迷いで取り返しのつかない罪を犯し、そのためにきっと母さんまで——。

責任はきっちり取らねばならない。

法律という人間が作った裁きに身をゆだねるよりも、自分にふさわしい手段がある。

だから、これから山へ向かう。

母さんやお前とも登った、あの北岳で、重たい罪を背負ったまま死ぬつもりだ。

強奪した宝石は犯行仲間には渡さないことにした。いずれ父さんが誰かに発見されたとき、いっしょに見つかるだろう。

あの山には神がいると、父さんはいつもいっていたよね。

それに母さんとお前との思い出の場所でもある。

だから、ゆくべきはそこしかない。

あちらで母さんには会えないかもしれないが、それは仕方ないと思っている。

お前はきっと父さんを許すことはないだろう。

この罪のせいで、お前自身もこれから先、大きな苦労をすることになるはずだ。何の関係もない娘のお前まで、父さんはトラブルに巻き込んでしまった。そのことを心の底から後悔している。娘のお前にしてみれば、こんな父さんを許せるはずがない。

しかし、これだけはいわせてほしい。

明日香。

お前を愛している。

敏人　より

涙があとからあとからあふれ、頰を伝った。

それがやがて、嗚咽になった。

肩を震わせて、その場に泣き崩れた。右手に便箋を握ったまま、明日香は慟哭した。シオンが両耳を伏せたまま、そんな彼女を心配そうに見つめている。

チャイムの音がした。

二度。三度。

明日香は仕方なく立ち上がる。

「シオン。ごめん。そこで待っていて」

しょげかえったような表情で見上げるホワイト・スイス・シェパードにいった。

何度も掌《てのひら》で涙を拭いてから、事務室を出た。土間でスリッパを脱いで、いったん母屋に上がり、廊下を通って玄関に向かった。

ドアの磨りガラスに男らしい影が映っている。

それを見て不安に陥った。

「どちら様でしょう」と、おそるおそる声をかけた。

——今朝、お電話しました甲府署の茂原と申します。お父さんのことで、ちょっと二、三、お訊きしたいことがありまして伺いました。

明日香は意を決したように三和土に置いたサンダルを履き、ロックを外した。

ドアを少し開けると、顎がガッシリした鋭い目の中年男性が地味なコートをはおって立っている。その後ろに同じような服装の、少し若い男性がいた。

茂原という刑事は警察手帳を出し、表紙をめくって写真付きのＩＤカードを見せた。

明日香は一度、目を伏せてから、ゆっくりと顔を上げた。それから意を決してこういった。

「私のほうからも父のことでお話があります」

茂原が驚いた顔になった。

16

「甲府署の特捜本部から入電。宝石店強盗殺人事件の被疑者一名が確定しました！」

あわてふためいた様子で大会議室に入ってきた大川刑事課長の声に、事務机に座っていた捜査員たちがいっせいに顔を向けた。地域課長代理であり、山岳救助隊隊長でもある江草恭男警部補も見た。

大川はプリントアウトしたらしいコピー用紙を手にしていた。

「――被疑者は須藤敏人、四十六歳。敏感の敏に人。甲府市内にある甲斐北運送のトラックドライバーで前科はなし。住所は南アルプス市小笠原東町三丁目二番地」

女性警察官が三名、会議室じゅうを回って、大川が持つものと同じ書類を配り始めた。

大川が報告を続けた。

「えー、供述はひとり娘の明日香さん、二十六歳。三日前の一月二十日、本署に父親の捜索願を出していたようですが、今日になって遺書を発見し、そこに告白のかたちで犯行内容が記されていたとのことです」

刑事課長の報告で会議室がどよめいた。

彼はさらにいった。

「甲府署刑事課が調べたところ、須藤は六日前から会社を無断欠勤。なお、須藤の妻、美弥子は市内の病院に入院していましたが、五日前に死去。須藤は直後に失踪し、葬儀にも出なかったようです」

江草も驚き、隣に座っていた沢井地域課長と目を合わせる。

ちょうどそこに女性警察官がコピー用紙を持ってきた。江草とは馴染《なじ》みの警務課に所属する石塚《いしづか》巡査だった。

「ありがとう」

礼をいって、江草たちがそれを受け取る。

Ａ４サイズ、横打ちに活字が並んだ報告をざっと読み取る。

「残る二名についての記述はないのか」

岸本管理官が興奮した口調でいった。

「遺書には書かれていません。記述は須藤本人についてのみです」

大川刑事課長が答えた。

「須藤敏人に関する情報をぜんぶ引っ張ってこい。できるかぎりだ」

岸本の命令を受けて、南アルプス署刑事課の捜査員たちが立ち上がり、急ぎ足に会議室を出て行く。県警本部の男たちも、多くが外に飛び出していった。

岸本はふと、振り返る。「――ところで、この須藤に探りを入れたのは誰だ」

「甲府署刑事課の茂原です。指示したのは本部の永友警部」

残っていた県警の捜査員のひとりが答えた。

「永友……まさか、例の白い犬の毛の線か？」

「そのようですね。執念の成果です」

岸本はあっけにとられた顔をしていたが、ふいに憤然とした表情になった。

「奴は北岳にいるんだな」

「本日、救助隊員三名とともにヘリで入山したとのことです」

別の部下が焦り顔で報告する。

江草はひとり、ほくそ笑んだ。

何事も慎重派の岸本とは対照的な永友のやり方が功を奏したということだ。

コピー用紙を見ながら彼はいった。

「これで犯人たちが北岳にいることが判明しましたな」

沢井が彼の顔をじっと見つめた。

「しかし、なぜ……警察に追われているとわかっていて、わざわざ山へ？」

「おそらく何らかの理由での仲間割れだと推測されます」

江草は老眼鏡をかけて、コピー用紙に目を落とした。

「須藤という被疑者の妻は病死。須藤本人は娘に遺書を残し、北岳に向かった。これは明らかに自殺です。思い詰めたあまり、あとのふたりに分け前を与えなかったのかもしれません」

乱雑な足音がした。

江草たちが振り向くと、スーツ姿の男が会議室に飛び込んできた。

南アルプス署刑事課の芦野《あしの》という若い捜査員だ。片手に紙片を持っている。

「甲斐北運送から裏が取れました！」

スクリーンを背後に並んで座る北見署長と佐々木副署長の前を通り過ぎると、芦野は県警本部の捜査員たちの真ん中にいる岸本管理官の前で足を停めた。

「須藤は六日前から会社を無断欠勤していました。それからもう一名、この会社を当たっていて、気になる人物がいました」

紙片を見ながら芦野が報告した。

「――佐竹秀夫。四十九歳。独身。須藤と同じ南アルプス市に在住で、三年前まで石和に事務所がある暴力団恩田組の構成員でした。五年前、恐喝で逮捕されていますが執行猶予となっております。半年前に会社が扱っていた荷物の横流しが発覚し、甲斐北運送を解雇されています。市内のアパート暮らしですが、捜査員らの聞き込みによると、五日前から当人は部屋に戻っていないとのことでした」

岸本管理官が興奮を露《あら》わに立ち上がり、その紙片をひったくるように奪った。

「佐竹秀夫か。須藤と共犯の可能性が濃厚だな」

振り向いて大声を放った。「すぐに、こいつの裏を取れ。特捜本部に報告して、警備会社にも連絡。〝面取り〟をして、宝石店周辺の〝地取《じど》り〟も再開する。それから残りの一名の特定も急ぐんだ。佐竹の身辺を徹底的に洗え」

県警の捜査員三名が、あわてて会議室を出て行く。

その後ろ姿を見てから沢井課長がいった。

「ここに至って事件がにわかに動き出したなあ。やはり永友さんの先見の明ってわけか」

「こうなると、うちの隊員たちが心配です」

江草の言葉に沢井が眼鏡を光らせた。「相手は武器を持った凶悪犯だからな」

「山岳救助隊長、こちらへ――」

岸本管理官の声にふたりは振り向く。

江草が立ち上がり、すぐに彼のところへ向かった。

「北岳の永友くんとは連絡は取れるかね」

江草はうなずいた。

「もちろん。現場にはできるかぎりの報告を送るつもりです」

岸本がデスクの上に山岳地図をあわただしく広げた。

「彼らの居場所は？」

江草が指さした。「現在、こちらの山頂付近です。が、バットレスで遭難事案が発生し、救助隊員二名がそちらに向かっています」

「重要事案なのに戦力分散はいかがなものか」

すると江草はこういった。

「救助隊としてはあくまでも人命優先であります。それに遭難報告の時点では、まだ被疑者入山が確定的ではなかったわけですし」

岸本が渋々うなずいた。

「これから捜査員を北岳に入山させる。機動隊からの出動も要請するつもりだが、山岳救助隊にもぜひ同行してもらいたい」

江草は窓の外を見て、鉛色の雲から舞い落ちる粉雪を見た。

「天候悪化のためにヘリは飛べません。日本で二番目に高い山、それも真冬の荒天の折に、みなさんには足で登ってもらうことになりますが？」

「承知している。だからこそ、山を知り尽くした君たちのサポートが必要なのだ」

「諒解しました」

江草は厳《いか》めしい顔でうなずいた。

17

雪が激しく風に舞っていた。

谷口の頭痛は相変わらずらしく、顔色は冴《さ》えない。

バロンとともに歩きながら、静奈はときおり、彼の様子を観察する。足取りはしっかりしているし、少しでも何かの異変があったら我慢せずに申告するようにと、谷口にはいってあるが、やはり心配だった。

人は苦しくてもなかなか弱音を吐かない。とりわけ彼のような警察官はそうだ。

しかしときとして、それが仇《あだ》になることもある。

静奈は足を止めた。

「どうしました?」と、永友にいわれる。

下ろしたザックから濃縮酸素のスプレーボンベを取り出す。市販の製品だが、念のためにこれを三本、荷物に入れておいた。

「高山病の兆候だと思われるので、早めに手を打っておきます」

ビニールの外装を破り、外キャップを装着して谷口に渡す。

「キャップごとノズルを押しながら、ゆっくりと酸素を吸ってみて下さい」

彼はうなずき、白いキャップを口と鼻にあてがって、出てくる酸素を吸い込んだ。

何度かそれをくり返してから、ボンベを返してきた。

「ありがとうございます。だいぶ気分が良くなってきました」

静奈はそれをザックにしまい、荷を背負った。

「少しペースを落として歩きましょう」

そういって、雪と岩のトレイルを踏みながら歩き出す。

眼前に広がる雪の尾根。

吹き抜ける風があちこちに奇妙な模様を描き出している。縞《しま》模様もあれば、鱗《うろこ》状もある。その純白の地表を風が流れ、地表の雪が巻き上げられてゆく。


吊尾根分岐から頂上まで、登山者の足跡が複数あった。バロンに臭跡をとらせてみたが、顕著な反応はなかった。アイゼンをつけた登山靴の痕はいくつも残っていて、複数が山頂をめざしていることがわかった。

やがて北岳山頂に到達した。

下から見上げて、あれだけ吹きすさんでいた風が、たまたま止《や》んでいたのは幸運だった。しかし周囲はガスに閉ざされてまったく視界は望めない。

山頂に立てられている〈北岳　3，193ｍ〉と書かれた四角い標識は、雪が斑模様に全面に凍りつき、しかも風上側に固着した〝エビの尻尾〟のせいで、いびつな形に見えている。

静奈たちは小休止をしたあと、反対側の肩の小屋に向かって下り始めた。

両俣《りょうまた》分岐を経て、右へ折れると、眼下に流れるガスに霞《かす》むように肩の小屋が見え始めた。

雪の上に先行者の足跡が明確に残っていた。アイゼンをかませた同じ靴痕が百八十度、向きを違えて刻まれている。登山道を往復しているようだ。

おそらく山頂からいったん肩の小屋に下り、そこで宿泊し、また山頂に折り返しているのだろう。単独らしい登山者のトレースだった。その足跡を辿りながら、雪と岩が斑に入り交じった急斜面を慎重に下りて、やがて山小屋へと到着する。

肩の小屋はすっかり冬仕舞いがなされ、窓や出入口には戸板がはめられている。

周囲の倉庫は真っ白に雪をかぶり、ドラム缶が積み重ねられたところには、大きな山のような吹きだまりができていた。

まず小屋の周辺を捜索した。

登山者の足跡が残っていた。降り積む雪で消えかかっていたが、まだ見てとれた。

山頂とは反対側の小太郎尾根方面にはない。やはり足跡の主が肩の小屋と山頂を往復したのは間違いない。

彼らは山小屋の裏側へと回った。

現在、小屋は閉鎖中だが、一部が冬季避難小屋として開放されている。

ドアを開き、狭い部屋に全員で入った。

小屋の中もマイナス気温だが、それでも外で吹きっ晒しになっているよりは遥かにましだった。

静奈はホッとした顔で荷物を下ろす。グローブを脱いで、すぐにハアッと息を吐きかける。真っ白な呼気が天井に立ち昇ってゆく。

ガスストーブで湯を沸かそうとしたとき、近くでバロンがいきなり胴震いしたために、被毛に付着していた雪がその場にいた全員に降りかかった。

「もう、バロン！」

静奈が叱《しか》ると、バンダナで顔を拭きながら永友が笑った。

「われわれなら気にしないで下さい」

コッヘルの湯が沸いた。静奈は固形のコンソメを溶かしてスープを作り、ふたりに差し出す。

板の間に座り、湯気を吹きながら少し飲んで、永友が溜息《ためいき》をついた。

「美味《おい》しいです」

「シンプルなコンソメスープです。疲れているから美味しく感じるんでしょう」

そう答えた静奈の横顔を見て、ふいに永友がこういった。

「思い出しました。南アルプス署の神崎巡査といえば空手のご活躍で有名ですが、今月の県警射撃大会では優勝なさったのではありませんか」

静奈が顔を赤らめた。

「あれ、まぐれですから」

そういって俯いてしまう。

「私、あの場にいたんです。いやぁ、鮮やかな腕前でした。十一月の全国大会も楽しみです」

永友にいわれ、彼女はかぶりを振った。

「出るつもりはないんです」

永友が意外な顔になる。

「それは大いにもったいない話です。あなたが出場されたら、うちの県警から初の上位入賞者が出ることになるかもしれないのになあ」

屈託のない笑みを浮かべる永友から目を逸《そ》らし、静奈はまた恥ずかしげに俯いた。

ふと谷口を見た。

様子がおかしかった。

スープをろくに飲まないまま、コッヘルを床に置いていた。

その場にあぐらをかいたまま、虚ろに目を開いてうなだれている。

「大丈夫ですか」

静奈が訊くと、彼は小さくうなずいた。

大丈夫な状態ではなさそうだった。明らかに高山病の症状が悪化していた。

「ちょっと横にならせて下さい」

力なくそういって床に仰向けになろうとしたので、あわてて静奈が立ち上がる。

「あ。ダメですよ。横になって寝られると、自然と呼吸が浅くなって症状がさらに悪化します。壁にもたれていて下さい」

谷口はいわれたとおり、這うように部屋の隅まで行くと、板張りの壁に背中を預けた。

つらそうに眉根を寄せ、目を閉じている。血の気を失った白い顔に脂汗が滲んでいた。

静奈はテルモスに入れていた湯をマグカップに注ぎ、谷口に持たせた。

「脱水症状を防ぐため、なるべく水分をたくさん摂って下さい」

彼はうなずき、白湯を少しすすった。

「息が苦しくなったら、またこれを使ってみて下さい」

そういって携帯用の酸素スプレーボンベを谷口の傍に置いた。

それから静奈は荷物の中からパルスオキシメーターを捜し出した。谷口の右手を取ってグローブを外した人差し指の先端に挟む。

——SpO_2　52パーセント
液晶に表示された血中酸素濃度の数値を見て、息を呑んだ。

三千メートル級の山では八十パーセント台で高山病が疑われ、七十パーセント以下になると重症といわれる。それが五十二パーセントである。すでに谷口は自力歩行もできないだろう。

それを永友に伝えた。

「どうします」と、彼は訊いてきた。

「高山病のゆいいつの治癒法は、標高の低い場所に下ろすことです」

静奈がそう答えた。

「だったら……」

「悪天候でヘリのフライトはできません。私たちで何とかするしかない」

自力搬送しか手段はなかった。それも一刻を争う事態だ。

これ以上、病状が進めば、頭痛や吐き気だけではすまない。下手をすると肺水腫《すいしゅ》や脳浮腫になるおそれもある。

「無線で指示をあおいできます」

そういって、トランシーバーを手に小屋の外に出た。

バロンものっそりとついてきた。


肩の小屋を出て、身を切るような寒い中に立った。

風に乗って落ちてくる雪が、たちまち頭や肩を白くしてゆく。

高山病の要救助者を運ぶためには助けが必要だ。いちばん近くにいるのは、当然、夏実と深町ということになるが、彼らは彼らで要救助者を抱えているから手が空かない。

どうすればいいだろうか。

ともかく夏実には情況を報告しよう。そう思って、トランシーバーのコールトーンのボタンを押す。

相手が出ない。首を傾《かし》げ、またくり返す。

気象状況のためにトランシーバーの感度が落ちているのかと思った。しかし何度、無線を飛ばしても夏実は出ない。深町も。

不安に駆られた。

先ほど、要救助者二名を救出したと連絡が入った。そのときの感度はメリット5――つまり、ほとんど雑音のないクリアな交信だった。

今、彼女たちがいるのは大樺沢だ。冬場はバットレスと池山吊尾根の両側から雪崩が落ちてくる可能性がある危険地帯だった。

まさかと思った。

しかし無線に応答がないのは、何らかの異常事態が起こったということではないだろうか。

小屋に引き返し、永友に報告しようと思ったときだった。

その永友本人が外に飛び出してきた。片手に四角いスマートフォンを握っている。

「神崎巡査。今、本部から連絡が入って、宝石店強盗殺人事件の犯人のひとりが判明したそうです。やはり思った通り、あの須藤敏人でした。他の二名とともに、この北岳に入っているということが確実になりました」

「ここに来た理由はなんですか」と、静奈が訊いた。

「仲間割れが原因のようです。須藤が盗んだ宝石を持って北岳に入り、残る二名がそれを追っている。県警本部と南アルプス署はすぐに捜査員を山に入れるようですが、何しろ、この天候ですし、ヘリは飛べません。核心部付近までの本日中の到着は不可能でしょうね」

静奈は考えた。

北岳山荘から山頂を経て、この肩の小屋に至るルートに、被疑者たちの臭跡はなかった。広河原からのコースは、草すべりも大樺沢も冬場は雪崩の巣だ。となると、やはり冬山登山の定番ルートである池山吊尾根を辿って、彼らは登っていると考えるしかない。

「まさに永友さんの先読みが当たったわけですね」

静奈にいわれた永友だが、高揚するどころか、かえって沈鬱《ちんうつ》な表情になっていた。

「残念ながら、われわれは捜査を切り上げて下山です。高山病の谷口さんをひとりでここに残すわけにはいきません」

「いいんですか」

永友はうなずいた。「あなたたち救助隊じゃないけど、人命優先ですよ。捜査は本部の連中に引き継いでもらいます」

静奈の脳裡にはやはり夏実たちのことがあった。

彼らと連絡が取れないことを永友に告げようとしたときだった。

降りしきる雪の向こうから、だしぬけに鋭い炸裂音のようなものが聞こえた。

静奈は驚いた。まぎれもなく、それは銃声であった。

「猟師でしょうか」

永友がそういった。

「ここは国立公園の特別保護地区だから銃猟禁止エリアです。それにあの音は散弾やライフルじゃないわ」

「まさか、被疑者が発砲？」

静奈がうなずき、またガスの彼方に目を戻した。

「夏実……」

無意識に両手に拳《こぶし》を握っていた。

18

堂島が撃たれたときと同じだった。

鼓膜が内側に引っ込んでしまったような感覚があって、耳鳴りがずっと残っていた。

何よりも絶望と恐怖感が暗雲となって心を占めている。

雪の中に突っ伏した深町の姿。銃創のある左足を押さえながら、苦しげに歯を食いしばっている。彼のメタルフレームの眼鏡が、近くに落ちていた。

夏実はよろよろと歩み寄ると、膝を落とし、雪に手を突いた。

「深町さん――！」

うわずった声が震える。

出血が止まらず、地表の雪が見る見る朱色に染まってゆく。

そこにサクサクと音を立てて大粒の雪が落ちてゆく。

予期せぬ邂逅《かいこう》だった。

むろん、永友たちと事件の被疑者を捜すために入山したのだから、いずれ彼らに出会うことは念頭にあった。しかし、あまりにも意外な遭遇の仕方だった。

やはり事件の被疑者は三名だった。

深町の足を撃った男は、右手で拳銃を握っていた。

あのとき、堂島に発砲した男は左利きだった。コンビニの防犯カメラの映像でも、それは明らかだ。その人物は今、近くにある大きな岩の傍に横たわっている。どこか怪我していることは、夏実にもすぐにわかった。しかも顔色がひどく悪い。

そして三人目。

ふたりから少し離れた斜面の途中に、紺色の登山服姿の男が半ば雪に埋もれた状態で転がっていた。その男がすでに息をしていないのは明白だった。おそらく凍死したのだろう。距離はあったが、髪の毛や顔がカチカチに凍りついているのが見えていた。

近くにはザックが転がり、荷物がひどく散乱していた。

あの紺色の登山服姿の男が犯行直後に裏切り行為をはたらき、盗んだ宝石を持ってこの山に入った。だから、あとのふたりが追いかけてきた。そして逃げた当人はここで死んだ。しかしふたりがここに来ると、すでに別の誰かが漁夫の利をせしめていた。

男から聞かされたその話はおそらく真実だろう。夏実はそう思った。

「そこの娘。携帯電話を寄越せ。その男のもだ」

短い銃身と輪胴の隙間から、まだかすかに青白い硝煙を洩らす拳銃を片手に、男がいった。

夏実はかぶりを振る。「まず応急処置をさせて下さい」

「ダメだ。とっとと立ち上がるんだ。さもないともう一発、見舞ってやるぞ」

男がわざとらしく拳銃を向けてきた。

その銃口を見つめながら、夏実はいった。

「だったら私を撃って下さい」

男は顔を歪めた。「あんたも強情な娘だな」

彼はかすかに顎を振った。

夏実は吼え続けるメイにおとなしくするように命令し、すぐに深町の傷を調べた。

太腿には大きな動脈が走っているが、さいわいその破断はなく、出血は静脈からだった。血の色でそれとわかる。

銃弾は貫通したらしく、太腿の裏側にも射出の傷口があった。すぐに止血措置をしなければ、深町はかなりの血液を失ってしまう。血液の二十パーセントが失われたら、出血性ショックに見舞われるし、そうでなくとも体温の低下で低体温症にもなる。

肩越しに背後を見た。

降りしきる雪の向こうにふたつの影。

バットレスで救出されたふたり——安西と大葉は、眼前で何が起こっているのか判然としないようで、その場に座り込んだまま、あっけにとられた表情でこちらに顔を向けていた。

夏実は立ち上がり、ふたりのところへ行くと、大葉を固定していたレスキューパックの各ストラップを外した。

「ごめんなさい。想定外のトラブルに巻き込まれたみたいです。そのまま、動かないで下さい」

ふたりは青ざめた顔で彼女を見た。

「俺たちはかまいませんが、どうするんです」

安西がいう。

「みなさんの安全を第一にします。私たちは警察官ですが、あくまでも人命優先ですから」

深町のところに戻ると、その場で自分のザックを下ろした。雨蓋のジッパーを開き、ファーストエイドキットを取り出す。

深町の躰をそっと仰向けにし、銃創のすぐ上、太腿の付け根付近を止血帯で縛り付けた。ストックを結び目に差し込み、ハンドルのように回して固く結束する。

ザックのポケットから出したスイスアーミーナイフのメインブレードを開いて、アウトパンツとズボンを切開し、二カ所の傷口に生理食塩水をかけて洗う。

深町の尻の下にザックを押し込み、出血場所を心臓よりも高い位置で固定する。

それらを終えたとたん、ふいに視界の端から手が伸びてきて、右手のアーミーナイフをひったくられた。

男は片手でブレードをパチンと閉じると、無造作に遠くに投じた。

「応急処置がすんだなら、俺のいうことを聞け」

「何をすればいいの？」

「さっきの続きだよ。携帯電話を出せ。ここにいる全員のだ」

夏実は自分のポケットから取り出したスマートフォンを、男の前に投げた。それから深町のポケットを探り、それを見つけて放った。

「全員のだといったろ」

男にいわれ、安西が自分の携帯電話を出して投げてきた。

「相棒のは、バットレスの事故の途中でザックごと落としました」

「嘘じゃねえだろうな」

男にいわれ、夏実がうなずく。

「無線機も持っているはずだ。さっさと出すんだ」

安西たちのところにあるレスキューパックのショルダーハーネスにつけたホルダーから、夏実と深町のトランシーバーを抜き、男のほうに放り投げた。

男は銃を手にしたまま、雪に埋もれた携帯電話やトランシーバーを、靴底で何度も踏みつけて徹底的に破壊した。無残な音を立てて壊れるそれらを、夏実は歯噛《はが》みをしながら見つめる。

「さてと――」

男が振り返り、いった。「山岳救助隊なら、ここらの山に詳しいはずだ。俺はこれから、お宝を持って逃げた新田って男を追いかける。あんたもいっしょに来てもらうぜ」

夏実はまたかぶりを振る。

「みんな怪我をしているんです。助けが来るまで、ここを離れるわけにはいかないの」

「こっちの知ったこっちゃねえ」

男が拳銃を突きつけたまま、片手で夏実の肘《ひじ》を摑んで、強引に立ち上がらせようとした。

夏実が激しく抵抗する。

メイが三たび、吼え始めた。

「くそ犬が。黙りやがれ！」

男が唾を吐き、メイに銃口を向けた。

夏実が夢中でその前に立ちはだかった。

「もう銃を撃つな」

深町の声。ハッと我に返る。

仰向けになったまま、蒼白な顔で彼がいった。「さっきの銃声でバットレスの上にある雪庇にヒビが入った可能性がある。もう一発、撃ったら、大きな雪崩が起こって、ここらは一瞬にして雪の下に埋もれることになる」

男は背後を見上げた。

しかし斜めに叩きつけてくる雪と濃いガスで、バットレスはまったく見えない。

「脅かそうとしてもむだだ。こんな視界で雪庇ができてるなんてどうしてわかる」

少し離れた場所から安西がこういった。

「それ、本当です。俺たちバットレスを登っていて、それを見つけたんです。今にも落ちてきそうなほどに、でっかくせり出してました」

「何だと？」

さすがに男の顔色が変わった。

そのとき、かすかなうめき声がした。

大きな岩の前に横たわっている、もうひとりの男だった。

「……佐竹よ。頼む。俺を置いていかないでくれ」

か細くかすれた声だった。死人のように蒼白な顔一面に、薄く氷が張り付いている。低体温症だ。しかし、それだけではなさそうだった。何か重篤な怪我をしているはずだ。

「あの人、死にかけてます。すぐに救助しなければ……」

夏実がつぶやいたが、佐竹と呼ばれた男は冷たくいい放った。

「諸岡のことか。滑落で岩にぶつかって脊髄を損傷したようだ。奴はもう動けんよ。ここでこのままくたばってもらうさ」

「そんな――」

「娘。俺といっしょに来い」

なおも抵抗を続ける夏実に、銃をかざしていった。「宝石を取り戻したら、お前を自由にして、ここに戻してやるぜ」

「本当ですか」

夏実はいったが、男は黙っていた。

「お願いです。約束して下さい」

佐竹がニヤリと笑った。

「いいとも。約束してやろう」

夏実は彼をにらみつけていたが、ふっと視線を離し、深町を見た。

雪まみれの顔で彼は夏実を見返してくる。

「深町さん。すぐに戻ってきます。だから、けっして希望を捨てないで下さい」

「ダメだ、星野。そいつの言葉を信じるな。いっしょに行けば無事にはすまないぞ」

「他に手段がないんです。私が断れば、ここでみんな殺されるかもしれない」

「お前、ひとりで危険を背負い込むつもりか」

「そうするしかないんです」

素早く踵《きびす》を返す。目尻の涙をそっと拭う。「これは私の戦いです」

深町の顔がかすかにこわばった。

安西と大葉を見て、夏実はいった。

「すみません。おふたりとも、こんなことに巻き込んでしまって」

黙って見返すふたりに向かって、夏実はペコリと頭を下げる。「——お怪我でたいへんでしょうけど、深町隊員の止血帯を三十分おきにゆるめていただきたいんです。それ、お願いしてもよろしいでしょうか」

「自分がやります」

そう、安西がいった。

「それから、その人のこともお願いします」

大岩の前に横たわる諸岡を見て、夏実がいった。脊髄損傷であれば、程度にもよるが、安静にしておけば症状が急に悪化することはないはずだ。ストレッチャーを使って搬送すれば助かる可能性はある。

しかし彼らだって骨折や全身打撲といった重傷患者なのである。そんなふたりを、深町や被疑者のひとりとともに置き去りにしなければならない。それも、いつ何時、雪崩が発生するかもしれないバットレスの直下にである。

「本当にごめんなさい。必ず戻ります」

夏実がまた頭を下げた。

佐竹は自分のザックを拾って背負っていた。右手にはまだ黒い拳銃がある。

「行くぞ」

顎を振ってきた。

夏実は彼の前を通り抜ける。

佐竹が身を返し、ゆっくりとついてきた。

19

二俣分岐点。

その目印である、ふたつ並んだ銀色のバイオ式公衆トイレが、降りしきる雪の中にぽつんと立っている。かすかな汚物の臭いが漂っていた。

新田篤志は途惑っていた。

さっきまでの高揚感はどこへ行ったのか。代わりに不安が頭をもたげている。

いや、不安を通り越して恐怖すらわき上がっていた。

数分前、背後から轟音《ごうおん》が聞こえた。

静寂を切り裂き、山々に谺して消えて行った。

銃声だとわかった。

だとすれば、あの男たちに違いなかった。

車中、ラジオのニュースで聴いた甲府の宝石店強盗殺人事件のことを、また思い出した。犯人は三名。そのうちのひとりが拳銃を所持していて、警報で駆けつけた警備会社の警備員に発砲。ひとりが死亡し、ひとりが重傷を負った。

そんなことをしでかした凶悪犯たちが、そこまでして強奪した宝石類を、まんまと第三者にかっさらわれたのだ。今頃、彼らは憤怒に駆られて新田の足跡を辿っているだろう。

今し方の銃声は脅しかもしれない。

それとも仲間割れだろうか。

いずれにせよ、追いつかれたら、きっと撃たれる。自分たちの宝石を盗んだ人間を奴らが許すはずがない。

下りてきたトレースを振り返る。

大樺沢全体を覆うガスで視界はまるで利かない。のみならず、風が唸るたびに大粒の雪が顔にぶつかってくる。そんな中を、あの男たちが彼を追跡しているはずだ。

新田の足跡は雪の上にくっきりと残っていた。さすがの風雪もそれを完全に消し去ることはできない。

あのふたり組のうち、ひとりは、いかにもベテランっぽい登山者だったし、歩きぶりからして健脚である可能性が高い。新田もふつうの登山者よりは足が速いが、相手の実力がまったくわからないうちは、どんな楽観も無意味に思えた。

今にもあのガスの中から奴らが姿を現すかもしれない。そんなよからぬ想像がさらに不安を増大させる。

せっかくの宝石を今さら手放すつもりはない。しかし、逃げ切れるだろうか。

逃げるのだ。何としても。

せっかく掴んだチャンスじゃないか。これで第二の人生に踏み出せるんだ。

そう、自分にいい聞かせた。

ピッケルがいつの間にか足許に落ち、雪に埋もれかかっていた。屈《かが》んでそれを拾い上げた。

広河原まであと二時間で下れる。

たったの二時間だ。

大樺沢ルートを辿ろうと踏み出しかけた足を、ふと止めた。

それまでのルート上には、先行者がつけていた足跡が降雪に埋もれながらも続いていた。あのバットレスを登攀していたクライマーたちが残したものかもしれなかった。しかし、その足跡はこの二俣から広河原へ下りるルート上にはなく、左に曲がっていた。

森を抜けて白根御池小屋方面に向かうルートだ。

彼らは前の晩に御池の冬季小屋か、テント場で宿泊したのだろう。

ここから小屋へは三十分のコースタイムだった。

むろん山小屋なんぞに隠れても無意味だ。しかし広河原に下っても、その先がある。自転車を置いてきたあるき沢橋に向かうにしろ、夜叉神峠に向かうにしろ、いずれも気の遠くなるほどに長い林道歩きが待っている。その間に追いつかれないともかぎらない。

ただ逃げるだけではだめだ。反撃をする必要がある。

そのためには、相手を油断させることだ。奴らの隙を突く。それしかない。

そう決心した彼は、白根御池小屋方面をめざして歩き出した。

バイオトイレの前を通り過ぎ、短い急登を辿って雪の森へと分け入った。

ダケカンバの木立の前で、一度、立ち止まった。

肩越しに振り返り、背後を見る。

白い原野に刻まれた自分の足跡。

真っ白なガスが流れ、真綿をちぎったような大粒の雪が舞い落ちている。

新田は純白の森を縫う道を辿りながら歩いた。

わざと左足を引きずり、今までよりも歩調を落として進み続けた。

20

静奈は焦っていた。

高山病が重症化した谷口を、一刻も早く下山させねばならない。

肩の小屋の中で壁にもたれてウトウトしていた彼は、ふいに躰を折り曲げ、吐いた。

ろくに食べ物をとっていなかったので、黄色い胃液ばかりを嘔吐した。その背中をさすりながら、静奈は考えた。

これから谷口を平地まで下ろす。

ゆえに永友がいったように、これ以上、山に残って被疑者の行方を追うことは無理だ。

それは北岳に入山した捜査員たちにまかせるとして、あとは夏実と深町のことだった。

無線の連絡がとれぬふたりに、何らかの異常事態が起こったことは間違いないだろう。

しかも銃声を耳にしたとあってはなおさらのことだ。

――谷口さんのことは自分が引き受けますから、神崎巡査は深町さんたちのところに行って下さい。

永友にはそういわれたが、承諾できるはずがない。

それでなくとも吹雪に荒れた山を、山の素人ひとりに重症患者を預けて自力下山させるわけにはいかない。そんなことは不可能といってもいい。

優先順位《プライオリティ》という言葉を、救助活動ではよく使う。

もっとも重要かつ急を要する事案を優先する。

その判断は現場の救助隊員にゆだねられる。

しかしいかに経験豊かとはいえ、隊員の判断が常に正しいとはいえない。むしろ、何度も失敗をくり返し、そのたびに後悔する。慚愧《ざんき》の念に駆られる。失敗は成功を生み出すための手段というが、遭難現場での失敗はともすれば要救助者の命にかかわる。

「神崎巡査――こちらへ」

永友が外から入って来て、手招きした。

立ち上がった静奈が小屋の外に出ると、そこに赤色の大きなスノーダンプがあった。雪かきなどに使う樹脂製の道具だ。

「倉庫から見つけたんです。これをスノーボートみたいに使えませんか」

「いいアイデアだと思います」

そう、静奈はいった。

谷口を下山させるには背負うしかないと思っていた。

「これさえあれば、きっと私だけで大丈夫です」

「いいえ。三千メートルの高山を、しかもこの悪天候でひとり下ろすのは素人だけじゃ無理です。私も行きます」

「しかし……」

「彼らがどういう情況にあるのか、こちらからは判断できません。しかし、谷口さんは重症患者であり、このままでは危険な状態です。それを救助するのが私の仕事ですから」

不安を振り払うように、静奈はそういった。

「わかりました」

永友がかすかにうなずく。「さっそく、出発しましょう」

21

南アルプス署を出た警察車輛が八台、列を作り、雪に閉ざされた御勅使川に沿った道路を辿っていた。

最後尾を走るトヨタ・ランドクルーザーに五名の山岳救助隊員が乗っている。

運転手は曾我野誠隊員。助手席に横森一平隊員。ともに救助隊では最若年だ。後部座席には関真輝雄隊員、そして杉坂知幸副隊長と並んで江草恭男隊長が座り、車に揺られていた。

鈍色《にびいろ》の空から絶え間なく雪が降り、フロントガラスにぶつかっている。

北岳に入る警察関係者は総勢で三十八名。

江草たちのアドバイスのもと、岸本管理官はそれをふたつの班に分けた。ひとつは冬山の定番コースである池山吊尾根から入山するグループ。ふたつ目は、夏山登山の起点である広河原から白根御池小屋に向かって入山するグループ。

すでに午後になっているため、吊尾根を辿るメンバーは池山避難小屋に宿泊することになる。広河原から登る江草たちは、白根御池小屋の冬季小屋で夜を明かす予定だった。実際の捜索は明日になるだろう。

不安を掻き立てる報告があった。

夜叉神峠に駐車していたフォレスターのオーナーである、カメラマンの河本勇二の遺体が発見された。

南アルプス林道のビューポイントとして知られる観音経《かんのんきょう》渓谷展望台を過ぎて少し行った場所で、路肩の積雪に黒い泥が混じった場所を南アルプス署の捜査員のひとりが見つけた。鑑識課員が新しく積もった雪をそっとどけてみると、強く踏みつけられた靴底のソール痕が出てきた。それもひとりではなく、二名以上のものだった。

ガードレール越しに見下ろすと、野呂川に向かってまっすぐ落ちる垂壁だ。高低差は数百メートルもある。そのため、地域課長を通じて山岳救助隊に応援要請がかけられ、曾我野、横森の若手隊員が二名、ザイルを使って懸垂下降をしたところ、崖の途中でサワグルミの木に引っかかった河本の遺体が発見された。

鑑識の結果、死因は固いもので後頭部を強打されたことによる、頭骨陥没と脳挫傷《ざしょう》であった。

河本の死亡が他殺だと断定され、甲府署の特捜本部は色めき立った。宝石店強盗殺人事件の被疑者たちは、盗難車であるCX－7を乗り捨てたあとで河本のフォレスターをヒッチハイクし、夜叉神峠へ向かったと推測された。

そこから徒歩で南アルプス林道をゆく途中、彼らは河本を殺害し、崖下に遺棄したのだろう。

手配中の被疑者二名が山に入ったことが確定的になった以上、一刻も早く、捜査員たちを現場に送り込まねばならない。しかし、天候は悪化の一途で、ヘリを飛ばすどころではなく、否応《いやおう》なしに徒歩での入山を余儀なくされる。

他に方法がない以上、無理を承知で捜査員たちを山に入れるしかなかった。

江草たち山岳救助隊は、そのバックアップのために同行命令を受けていた。

「県警航空隊は？」

江草がそう訊ねると、杉坂が振り向く。

「納富さんたちが市川三郷のヘリポートで待機中です。天候が回復すれば、すぐに飛び立つようにスタンバイしているそうですが、あの人なら、悪天候を突いてでも飛んでくると思いますよ」

江草が苦笑いする。

「いざというときは心強いです」

顎の髭を撫でながらそういった。


カーブを曲がった前方に夜叉神峠が見えてきた。

広い駐車スペースの一角に、殺害されたカメラマン、河本のフォレスターがまだ置かれている。周囲には山梨県警とボディに書かれた警察車輛も何台か、停まっていた。鑑識の腕章をつけた男たちがフォレスターとその周囲を精査している。

江草は車窓越しにじっと見つめた。

あのフォレスターの持ち主がここに戻ってくることはもうない。

被疑者たちは人を殺すことに何のためらいもない凶悪犯だった。宝石店強盗の犯行現場で警備員たちを死傷させ、パトロール中の警察官に発砲し、あまつさえ堂島警部補にも重傷を負わせている。さらに河本のような一般人を巻き込み、おそらく証拠隠滅のためだろう、殺害して崖下に遺体を遺棄している。

永友たちとともに彼らを捜索するために入山した部下たちが、同じ目に遭うなどとは想像したくもなかった。

しかしやはり不安がこみ上げてくる。

一般車輛通行止めのゲートは開かれていた。車列はそこを抜け、次々と南アルプス林道へと入ってゆく。冬季閉鎖中だった夜叉神トンネルのシャッターは捜査のため、すでに開放されていたので、先頭車輛から次々と隧道《すいどう》に呑み込まれた。

トンネル内は当然、雪がないために車はスピードアップする。

長い夜叉神トンネルを抜けると、さらにいくつもの短いトンネルを抜け、野呂川を遥かに見下ろす曲がりくねった崖道を辿った。

池山吊尾根の登山道の起点である鷲ノ住山入口前で、まず四台の車輛が停まった。二班に分けたうちの池山吊尾根を辿る捜査員たちが、車からザックを下ろしたり、靴を履き替えて山行の準備にかかっている。

江草たちの乗ったランクルも停車し、杉坂副隊長と曾我野、横森の両隊員が下車する。

関真輝雄隊員が曾我野に代わってランクルの運転席に座った。

「くれぐれも気をつけて」

江草の言葉に敬礼を返す杉坂たちをその場に残し、警察車輛の列はまた出発した。

四十分後、広河原に到着した。

北岳に登る登山者たちの休憩場であり、案内所でもある野呂川広河原インフォメーションセンターは、他の山小屋同様に冬季は閉鎖中である。建物を回り込んだ場所にあるバスの停留所に、四台の警察車輛が次々と停まり、それぞれのドアを開いて捜査員たちを吐き出した。

関隊員が車列の端にランクルを停める。江草がドアを開き、車外に出る。とたんに身をすくめた。

大粒の雪が強い風に運ばれ、痛いほどに躰に当たってくる。

近くにいた県警本部の捜査員のひとりがつらそうな表情でこういった。

「ひどい降りだな。こうなったらもう、降雪というよりも吹雪じゃないか」

そう。里は雪でも山は吹雪。それが当たり前だ。

そんな中を、標高三千メートルの高みまで登ろうというのだから、まったくもって命がけである。

メンバーとなる警察官は、県警本部、南アルプス署ならびに機動隊から、とくに山に馴れ、体力に恵まれた人材を選抜してもらった。しかし彼らにとっても命がけで、想像を絶するほどの過酷な試練となるはずだ。江草たち山岳救助隊にとっては被疑者を捜索するよりも、全員をこの山から生還させることが任務といえた。

冬山登山用のウェアを着込み、ザックを背負っていると、関隊員がスマートフォンを持ってやってきた。

「ハコ長。最新の気象図を見たんですが、南岸低気圧の中心が本州からかなり離れています。しかも予想よりもだいぶ東にコースを変えて進んでいるようです。このぶんなら、早くに天候が回復するかもしれません」

江草は彼のスマートフォンの画面を覗いた。

蜘蛛《くも》の巣状の等圧線に描かれた低気圧の中心は、八丈島の少し南の海上にあった。しかしその辺縁は密度を保ったまま、まだ本州中央部にかかっている。

関が画面をスワイプし、雨雲レーダーに切り替えた。予想モードの画面にし、アニメーションを動かしてみる。時間を追うごとに、本州全体を覆っていた雲が次第に東に抜けてゆく。

「なるほど、これはちょっと期待できそうですね」

「日没までに雪が止んで、山にかかったガスがとれるかもしれません。もし視界が良好になれば、ヘリが飛べます」

「県警航空隊の納富さんに一報を入れておいて下さい」

関がうなずき、小型のトランシーバーで連絡を取り始めた。

そこに真っ赤なハードシェルに身を包み、フードをすっぽりかぶった男がやってきた。

岸本管理官だった。すでに顔が雪まみれである。

今の気象の話を彼に伝える。

岸本はうなずいたが、吹きすさぶ雪で真っ白になった顔が見るからにつらそうだ。

「天気の回復を待ちたいところだが、予定通りに入山をする」

「いいんですか」

「今し方、本部から連絡が入った。佐竹の住まいを捜索していて、電話の通話記録から浮上してきた人物がいる。それが三人目の被疑者である可能性が高い」

「どんな人物ですか」

「諸岡康司。元警察官だった男だ」

「驚きました。どちらの所属だったのでしょうか」

「神奈川県警の警部。それも刑事部捜査第一課にいたそうだ」

「エリートですね」

「それだけじゃない。県警の拳銃射撃大会の常連だった。全国大会にも何度か出場している」

江草は思い出した。

コンビニの防犯ビデオに映っていた、あの左利きの男の姿。

宝石店で警備員を殺傷し、甲斐市でパトカーに発砲。そして江草の同僚である堂島哲警部補に重傷を負わせた。その被疑者が元警察官だったとは――。

「これは我が山梨県警にとって最大級の凶悪事件だ。絶対に被疑者に逃げられるわけにはいかん。事態は一刻を争うのだ」

岸本は自分にいい聞かせるように、そう口にする。

「ところで江草くん。われわれがこれから辿るルートは、雪崩などの危険性はあるのかね」

「夏山のポピュラーな登山道ですが、白根御池小屋から先の大樺沢や草すべりルートは、雪崩の多発地点です。仮に天候が回復しても、危険性は変わりません。最大限に注意を払って、進める場所まで進むつもりです」

「わかった。そちらにまかせる」

岸本が踵を返し、部下たちのところに帰っていった。

救助隊員が全員、支度を終えたのを確認して、江草はいった。

「では、これより出発します」

江草が歩き出した。関隊員が続く。

ふたりのあとを、重たいザックを背負った男たちが黙々と坂を上った。野呂川にかかる
長い吊り橋を、雪風にあおられながら渡り始めた。

22

二俣分岐に立ち止まった夏実は、雪に残された先行者の足跡を凝視していた。

腰のハーネスにリードで繋がれたメイが、その足跡にマズルの先を当てるようにして嗅ぎ、ふいに頭を上げた。舌を垂らして彼女を見上げている。

いつの間にか、風が止んでいた。

しかし雪は相変わらず降り続いている。

「どうした」

背後に立っている佐竹が訊いた。

「ここから広河原に向かわず、左にコースをとっています」

「わざわざ遠回りか」

むだのない足取りや言動からして、この佐竹という男は登山経験が豊富で、しかも北岳のことにもかなり詳しいらしい。

「白根御池小屋に向かっているのかもしれません」

佐竹は腕時計を見て、いった。

「あと二時間で日没だが、自分が追われていると知っていながら小屋泊まりに向かうのは妙だな。奴は何を考えている？」

「下山中に怪我を……されたのかもしれません」

「なぜ」

「広河原へはここから二時間以上かかります。御池小屋なら三十分で行けます」

「ふん。だったら好都合だな」

夏実はじっと佐竹を見つめた。「その人、もしかして殺すんですか」

ややあって、横顔を見せながら彼がいった。「さて、どうするかな」

振り向く彼と目が合ったが、夏実はすぐに視線を逸らした。

「とにかく、その足跡を辿るんだ。急げ」

後ろに回った佐竹に拳銃の銃口で左手の肘を小突かれ、また歩き出した。

短い急登を辿り、樹林帯に入る。

しんしんと降り積もる雪。森は枝葉も幹も真っ白だ。

枝葉の間から落ちてきた牡丹《ぼたん》雪が、かすかにサクサクと音を立てながら落ちている。

唇を噛みしめながら夏実は歩く。メイが傍らに従う。

ハンドラーの心の不安を読み取っているように、メイの表情も冴えない。ときおり、心配そうな顔で彼女を見上げている。

奇妙なことに、先行する足跡が乱れていた。左足を引きずるように歩いている。そのことに佐竹も気づいたらしい。

「やはりお前がいったとおり、奴は怪我でもしたようだな」

「だからそういったんです。わざわざ御池小屋に向かう理由が、他に思いつきません」

「俺を油断させて隙を突こうってつもりかもしれんな」

そういって佐竹が含み笑いを洩らした。

夏実は唇をそっと嚙みしめる。

怖かった。

相手は明らかに凶悪な犯罪者だった。

同僚をふたりも、それも目の前で撃たれた。そのことがフラッシュバックとなって記憶にくり返される。心の重圧に押しつぶされそうになる。しかし何とかそのプレッシャーに耐えた。

これまで幾度も山岳救助で絶望的な窮地に陥った。そのたびに、自分の知識と経験と、そして捨て鉢な勇気でそれを切り抜けてきた。だから、今回もきっと——。

歩きながら、佐竹という男のことを考えた。

油断のならない相手だった。何よりも、頭が切れそうだった。

粗暴に見えるが意外に冷静で、自分がとるべき手段をきちんと選択しながら実行するタイプに思える。もちろん犯罪者にふさわしい冷酷さもある。躊躇《ちゅうちょ》なく深町の足を撃ったのがその証左だ。しかも、平気で仲間を見殺しにする。生半可な情が通じるような男ではない。

自分にとって有利な点は何だろうか。

山で鍛えた腕力はある。この山を庭のように知り尽くしている。

しかし相手は手強《てごわ》い。なまじ逆襲を試みても、たちまち見抜かれ、返り討ちにあってしまうだろう。

じっと様子をうかがい、好機を見つけて隙を突く以外に方法はない。

たったひとつの切り札があるとしたら、それはメイだ。

山岳救助犬になる前、メイは警察犬としての訓練を受けている。だから〝アタック（攻撃）〟というコマンドで動かすことができる。そのことを佐竹は知らない。

だが、不用意にその切り札は使えない。

下手をすれば、メイ自身を危険にさらすことになる。けっしてメイが撃たれることになってはならない。そのことだけは考えたくもない。

「あのとき、諸岡の野郎がおめえを撃たなくて正解だったな」

後ろから、また声をかけられた。

血しぶいた堂島がパトカーのフロントガラスに叩きつけられた光景を思い出し、夏実は歩きながら身をこわばらせた。堂島の苦悶《くもん》の表情が脳裡によみがえる。

「おめえを最初に見て、ガキみたいな娘だとばかり思ってたが、これほどしっかりしてたとは意外だった。それも、よりにもよって山岳救助隊だとはな」

夏実は答えず、黙然と歩き続けた。

「ひとつ訊いてもいいか」

「え？」

ふいにいわれて驚く。

「山の救助活動なんて、ハードだし、汚《きたね》え仕事だろう。あんたみたいな可愛《かわい》い女の子が、何だってそんなことをやってるんだ」

夏実は答えずにいた。口をつぐんでいると、また後ろからいわれた。

「他人を助けるとか、そういった仕事に誇りを持ってるなんてことをよくいうよな。だが、しょせんはあんたらだって公務員だし、給料取りじゃねえか。警察官ったって、きれいごとばかりじゃねえ。俺たちと似たり寄ったりの悪事もはたらくだろう？」

夏実はまだ黙っていた。すると、彼はまたいった。

「さっきの男な。諸岡といって元警察官だ。それも神奈川県警の刑事だったんだぜ。一流大学出で出世コースをまっしぐらだった男が、とんだことで道を外し、とことん凋落《ちょうらく》しちまった。あの野郎を見れば、よくわかるのさ。警察なんてなあ、けっして正義の味方じゃねえんだ。人に見られないところで悪事をはたらき放題だ。裏を返せばヤクザと変わりねえんだよ」

たしかに警察内部にはそんな人もいるかもしれない。

上司にいわれるがまま、権力を笠に着て力を行使する警察官だっている。

けれども、みんながみんな、そうではない。

少なくとも自分の周囲にいる山岳救助隊、そして地域課の面々は人間味のあふれる模範的な警察官だった。癖のある人もたくさんいるし、多種多様な個性はあれど、誰もが愛すべき存在だった。

とりわけ堂島警部補――。

「俺のことを血も涙もねえ人間だと思ってるだろ、あんた」

そういって、佐竹はクックと笑った。

「たしかにそうだ。人を殺すのに、何のためらいもねえ。長いこと斬《き》った張ったのヤクザの世界で生きてきたんだ。あげく、その組からも追い出されちまったがな。だけどな、生まれたときからそうだったわけじゃない。人間、ここまで堕ちるには、それなりの経緯《いきさつ》ってもんがあるんだ」

「どんな経緯にしろ、あなたたちのやったことは許されるものではないと思います」

夏実ははっきりとそういった。

佐竹はまた鼻で嗤《わら》った。

「許すか許さないかは、くたばってから、あの世の手前で閻魔《えんま》様が決めることさ」

「違います」

夏実は足を止め、振り向いた。

凛《りん》とした顔で佐竹に向かってこういった。

「あなたの運命はあなた自身によって、すでに決められているんだと思います」

「何をいう」

佐竹は真顔に戻った。

夏実はふっと目を細めた。一度、唇を強く咬んでから、こういった。「——だってあなたたちは、この山に足を踏み入れたのだから」

頬をかすかに痙攣《けいれん》させ、佐竹が口角を吊り上げた。

「この山が何だってんだ」

「北岳は、きっとあなたを許さない」

「てめえ。何をいってるか、自分でわかってんのか？」

佐竹がそういったとき、ふいに周囲の木立が揺れた。

枯れ枝同士が打ち合ってカラカラと鳴り、振り落とされた粉雪が白い紗幕となった。それはふたりの前の樹間を、ゆっくりと流れていった。

じっとそれを見ていた佐竹の視線が、また夏実に向けられた。

ふっと口許がまた吊り上がった。

「なあ、あんた。不思議な娘だな」

そういって右手の拳銃をかざした。「無意味な会話はこれっきりにしようぜ。さっさと歩け」

夏実は黙って踵を返し、彼に背を向けて足を運んだ。

雪を踏み鳴らしながら佐竹がついてきた。

23

肩の小屋を出発し、小太郎尾根を辿ること三十分。

静奈と永友はバロンとともに、草すべりとの分岐点に近づいていた。

ふたりとも、それまで顔につけていたゴーグルを、今は外していた。

雪はまだ舞っていたが、風がすっかりおさまっていた。ガスの流れる方向が変わっている。

もしかすると、天候が回復しつつあるのかもしれない。そう思ったら、静奈の胸の中にわずかな希望が生じてきた。

永友はさすがに疲労困憊《こんぱい》していた。馴れぬ登山で疲れているところに、谷口の搬送である。

ほとんどは静奈がレスキューパックで背負って歩いた。

彼女が疲れると、スノーダンプに谷口を座らせ、コの字型の把手《とって》の内側に入った永友がリアカーのように引いた。何しろ小柄とはいえ、筋肉質のために七十キロ近い谷口である。力仕事に馴れぬ身とあっては、雪上を引っ張るのは苦痛と苦難の連続だろう。

稜線を横切るガスが、左から右へと激しく流れてゆく。その気流に乗って飛翔するホシガラスのシルエットが、まるで凧《たこ》のように空中でひるがえっている。それを雪まみれになったシェパードのバロンが興味深げに見つめている。

さすがに背負いも疲れたため、またスノーダンプを使った。永友が引き、静奈が後ろから押す。

途中、何度か無線を飛ばし、署から情況をうかがう。

夏実と深町の安否不明についても報告を入れた。

北岳に向かった捜査員たちは、池山吊尾根と広河原の二手に分かれて入山したらしい。静奈たちと邂逅するのは広河原から登る江草隊長たちのグループだろう。無事に合流できたら谷口たちの身柄をまかせ、すぐに大樺沢に引き返すつもりだった。

小太郎尾根分岐から下りとなった。

ここから下の草すべりは、冬場は大樺沢と並んで雪崩の多発地帯である。わかっていたとはいえ、やはりこのルートを辿って下りるしかなかった。肩の小屋から山頂を踏み直して下山するコースを選べば、今回の三倍以上の距離と時間になる。

少し逡巡《しゅんじゅん》してから、ふいに名案が浮かんだ。

草すべりのずっと左手にある灌木《かんぼく》ゾーンを下ることにした。

道なき道をゆくことになるが、さいわいこちら側の斜面は積雪量が多く、樹木のほとんどが雪に埋没してしまっている。しかも立ち木がしっかりしているので雪崩の危険性がほとんどない。

初めて辿るルートだが、走破できれば、ちょうど白根御池小屋と警備派出所の真上に出ることになるだろう。

かつて白根御池小屋は別の場所に立っていた。

九九年に雪崩で壊れたのち、七年後、別の場所に新たに建てられて今に至っている。現在の場所は、背後が山の斜面にもかかわらず、緩傾斜ゆえに雪崩が発生しないということで、そこに決められたらしい。

そんなことを静奈は思い出したのだった。

急斜面を少しずつ下り始めて三十分で休憩をとった。

永友は膝に両手を当てて、ハアハアと喘いでいた。雪に半ば埋もれながら歩いていたバロンも喉が渇いたのか、さかんに凍った雪をカリカリと齧《かじ》っている。

肩の小屋で湯を沸かして作ったホットミルクを、静奈はテルモスからマグカップに注ぎ、永友に渡した。受け取り、口に含んでから、永友が生き返ったような顔になる。

「ありがとうございます」

そういい、またマグカップに口をつけた。

「私のために本当にすみません」

スノーダンプに座る谷口が申し訳なさそうな顔でいった。防寒着で着膨れている。フードをめくってみると、前よりも顔色が良くなっていた。

依然、表情は冴えないが、だいぶ落ち着いたように見える。何度か嘔吐したおかげで、少し良くなったのかもしれない。高山病の症例はそういうこともままある。

が、完全に回復することはないため、やはり下山は急務だ。

「こんなことをしてると知ったら、女房の奴、二度と山になんか行くなって怒鳴るだろうなあ」

マグカップから立ち昇る湯気を見つめながら、永友がいった。「これでも恐妻家なんです」

「しっかりされた奥様なんですね」

「甲府署時代に知り合ったんです。同じ女性警察官でも、あなたとはだいぶタイプが違う」

そういいながら、ふと静奈を見た。

「神崎さんのところは？」

「私、独身です」

仕方なくいった。

「山の仕事をされてると、それどころじゃないんでしょうね」

「実は……結婚してもいいかなって人がいました。自衛官だったんです。おっしゃるとおり、お互いに忙しい身で、ろくに会うこともできずに、そのまま疎遠になってしまいました」

「そうでしたか」

「でも、私には仲間がいますから」

傍らに停座するバロンの背中を撫でながら、静奈は笑った。

「山岳救助隊のみなさんはとても仲間意識が強いって聞きました。羨《うらや》ましいかぎりです。私は警察組織の、それも上層部にいるためか、生き馬の目を抜くような毎日です。周囲は誰も彼もが他人を蹴落とすことばかり考えてる。そんな連中が市民を守るだなんて莫迦げた話ですよね」

マグカップを両手で包むようにして、永友がフッと笑みを浮かべる。「でも、あなたたちはどこか違う。何だか変なたとえですが、まるで正義の味方みたいだ」

「地上と違って、ここは死に近い場所です。だから、人の命の重さが身近に感じられるんです」

「なるほど」

　永友は谷口を見た。

　寝入っているらしく、かすかに鼾《いびき》が聞こえる。

　静奈の言葉を嚙みしめるように永友はじっと彼を見つめていたが、ふいに立ち上がった。

「そろそろ行きましょうか。あなたの仲間のことも心配だ」

　静奈も立ち上がる。

　ふと空を見て、驚いた。

　牡丹雪のように大粒だったのが、今は粉雪がひらひらと舞い落ちている。

　さっきまで鉛のような色で低く垂れ込めていた雲が、東に向かって流れ始めていた。山体を呑んでいたガスが、あちこちでちぎれていた。

　気圧が上昇していることに、静奈は気づいた。

24

　新田は薄闇の中で緊張していた。

　白根御池小屋のすぐ近く。発電機が収容された小さな倉庫の中に、じっと息をひそめてたたずんでいる。

寒かった。

ここはもちろん暖房なんてない。

しかも樹林帯を抜けるルートを走ってきたおかげで、汗だくだった。濡れた下着がすっかり冷え切って素肌に密着している。ザックから余分の衣類を出して着込んだが、それでも歯の根が合わぬほどに震える。

アウターパンツのポケットからスキットルを取り出した。

口につけ、飲んだ。ウイスキーの強い刺激が胃袋を焼きそうになる。かまわず立て続けにあおった。そうせずにはいられなかった。

少し前に御池の向こう、ダケカンバの林の中からあの男がやってくるのが見えた。

倉島と名乗っていたがおそらく偽名だろう。

出会ったときにいっしょにいた、もうひとりの仲間の姿はなかったが、驚いたことに犬を連れた若い、小柄な女性がいっしょだった。赤とオレンジのジャケット姿でザックを背負っている。

それが何者か判然としないまま、新田はすぐに山小屋に引き返した。

広河原に下りる登山道に向かって、雪に足跡を残しながら歩き、それから慎重に自分の足跡を右左と踏み返しながら、後ろ向きに戻ってきた。

あらかじめ雪の上に敷いていた段ボールの紙を踏んで発電機の倉庫に入ってから、その段ボールをそっと回収した。

新田の足跡を辿ってくる彼らが、そのまま広河原方面への下山路に向かう――そう見せかけるためだった。

倉庫の外に雪を踏む音が聞こえてきた。

彼はスキットルをポケットに突っこむと、足許に置いていたピッケルの柄を摑んだ。両手でかまえながら、わずかに開いたドアの隙間から、外をうかがう。

全身が震えた。これは寒さなのか、それとも――。

奴らがやってきた。

先頭をゆくのは若い女性。そして中型犬。

少し離れて、その後ろをあの男が歩いている。

全員が倉庫前を行きすぎたところで、外に飛び出し、しんがりの男の頭にピッケルで一撃を見舞う。相手は死ぬか重傷を負うだろう。しかしかまわない。

チャンスはたったの一度。

飛び出すタイミングが早すぎても遅すぎてもダメだ。

緊張に顔がこわばっている。震えが全身に広がる。武者震いだと自分にいい聞かせる。

彼らがさらに近づいてきた。

自分の心臓の音が大げさなほどに大きく聞こえる。

25

夏実は先行者の足跡を辿って歩いた。

メイもしきりに鼻先を突っ込んでは嗅いでいる。

風が止み、雪もだんだんとおさまってきた。ガスが周囲をとりまいているが、頭上の雲は東に向けて流れ始めている。

天候は少しずつ回復している。

御池を過ぎると、すぐ左手に夏実たちの職場である警備派出所が見えてくる。

小さな木造のコテージ風の建物は、コンクリの上の看板が下ろされ、出入口の扉も頑丈にロックされている。

その向こうに、大きな山小屋――白根御池小屋が見えた。

二階の壁面に並ぶすべての客室の窓はシャッターで閉ざされていた。一階の壁や開口部もすべて板で塞がれ、出入口前には雪避《ゆきよ》けの大きな戸板が斜めに立てかけられている。

雪に残った靴の痕は、片足を引きずりながら山小屋の前を通り過ぎ、そのまま広河原に向かう下山路を辿って森に向かっているようだ。

何の疑問もなく、夏実は足跡を目で追って歩き続けた。

ふと、傍らを歩いていたメイが足を止めた。

夏実が振り返る。

「どうしたの？」

メイの様子がおかしかった。

わずかに耳を伏せ、トライカラーの被毛を少し立たせて緊張した姿で、彼女のボーダー・コリーがじっと何かを見ている。

その視線を追って、夏実が目をやった。

山小屋の横に立てられた小さな倉庫だった。大きな発電機が中に収容されている場所だ。トタン屋根の下、壁に〈火気厳禁〉と書かれた赤い注意看板があって、その左右にスチール製のドアがふたつ。右側のドアがわずかに開いていることに気づいた。

閉め忘れ——？

そんなことがあるはずない。ここの管理人の高辻《たかつじ》はそんなミスをやったりしない。

メイがふいに吼えた。二度ばかり。

先行者の足跡はやはり森に続いている。小屋の前にはない。

しかしよく観察すると、扉の前の地表の雪が少し乱れていた。何かを引きずったような痕がある。

「どうした？」

佐竹が後ろから声をかけた。

夏実は応えず、発電機の倉庫を凝視する。

「まさか、奴が……？」

佐竹がつぶやくようにいったときだった。

突然、倉庫のドアが乱暴に開かれ、夏実は飛び上がるほどに驚いた。

両手でピッケルをかまえた男が、そこから勢いよく飛び出してきた。

水色のジャケットでニット帽をかぶった中年男性が、佐竹に駆け寄り、振りかざしたピッケルをふるおうとした。

「おっと」

一瞬、早く、佐竹が拳銃を片手でかまえた。

ピッケルの男が動きを止めた。

充血し、大きく見開かれた目で、鼻先に突きつけられた黒い拳銃を見ている。真っ赤に上気した満面が汗だくだった。

「ほらな、怪我なんてどこもしてねえだろう。俺たちを油断させるための芝居だったのさ」

佐竹が夏実にいい、向き直った。

「思い切ったことをしてくれるじゃねえか、新田さんよ」

雪の上にピッケルが落ちた。

疲れ切ったような表情で登山者がいった。

「あんたたちがどんどん追いかけてくるから、怖くなったんだ。何のつもりだ」

「とぼけんじゃねえ。俺たちの宝石をまんまとくすねやがって」

ニット帽の男の視線が泳いだ。

夏実の足許でメイがさかんに吼えていた。

佐竹もそれを止めようとはしなかったが、メイの吼える矛先《ほこさき》を彼は誤解していた。新田と呼ばれたその登山者の男ではなく、拳銃をかまえた佐竹自身に向かって吼えていたのである。

気づいた佐竹が険相になった。

「おい。このクソ犬を黙らせろ！」

怒声とともに彼の視線が逸れたとたん、新田が素早く動いた。

予想外のことに夏実がまた驚く。

新田は彼女の右腕を摑んで、乱暴に自分に引き寄せると、素早く後ろに回り込んでザックごと羽交い締めにした。同時に片手をポケットに突っ込み、何かを取り出していた。

カチッと金属音がした。切っ先が鋭角なナイフだとわかった。

スパイダルコというメーカーのフォールディング・ナイフだ。救助隊ではもっぱら関隊員が愛用していたから、夏実も知っていた。その刃先を喉許にあてがわれた。

ぷんとアルコールの匂いが鼻を突く。

後ろから夏実を羽交い締めにするこの男は、息が酒臭かった。さっきまで飲んでいたようだ。

アル中か依存症というよりも、自分を鼓舞するためだろう。

「銃を捨てろ。さもないと、この娘を……」

新田の言葉の途中で、佐竹が愉快そうに笑った。

「刺したきゃ、刺せよ。そいつは俺とは何の関係もない、山岳救助隊の隊員だよ。たまたま出くわしたんで無理に道案内させただけだ」

新田が狼狽えた。

しかし夏実を放そうとはしない。よけいに力強く喉許に切っ先を押しつけてきた。

痛みに思わず目を閉じた。

メイがまた激しく吼えた。甲高い声が耳朶《じだ》を打つ。

「犬を黙らせろ」

低い声でそういったのは、佐竹ではなく、新田という登山者だった。

26

安西が左手で止血帯をゆるめ、時計を見てから、また強く絞った。

深町は仰向けの姿勢のまま、少し顔を歪める。

「大丈夫ですか」

そういった安西に向かって、無理にうなずいた。

太腿の付け根を縛るのは銃創からの出血を抑えるための措置だが、そのままだと血が通わず、足が壊死《えし》してしまう。だからたびたび止血帯をゆるめる必要がある。

自分の足の付け根だから患部に手は届く。深町自身がそれをやろうと思えばできる。しかし安西が率先して、その役を引き受けてくれた。脱臼した右腕をかばいながら、止血帯の一端を口でくわえ、片手でそれを縛り付けている。

「まるでミイラ取りがミイラになる、だな。本当にすまない」

「いいんです」

安西が小さく笑みを見せた。

たった一発の銃弾だった。それが足を貫いただけで、ここまで行動できなくなるのか。映画やテレビドラマで、銃で撃たれた足を引きずりながら歩く場面があったが、とんでもない嘘だとわかる。軍用の徹甲弾ならともかく、先端の柔らかな銃弾は体内でつぶれ、靱帯《じんたい》や筋肉組織などを破壊しながら抜ける。野生動物と違って神経系統が極端に発達した人間の肉体は、かなりのショックを受けることになる。

ましてや至近距離からの射撃だ。動脈が破断したり、骨が折れていないだけましだったかもしれない。

止血帯で縛っているうちは出血が止まっているが、ゆるめるたびにふたたび出血する。周囲の雪はかなり広範囲にわたり、褐色に染まっていた。血圧計で測ると顕著な低下はみられないが、やはりなるべく早急に消毒などの治療と縫合を行わねば、左足は使い物にならなくなる。

何よりの問題は頭上の雪庇だった。

深町はわずかに身を起こして見た。

バットレスにまとわりついていた濃密なガスがところどころ途切れ、合間から岩肌が覗き始めている。しかし頂稜付近にはまだ濃いガスがしつこく絡みついていて、城塞ハング付近にたまってせり出しているという大きな雪庇は見えない。

すでに雪はすっかり止んでいた。空を覆う雲が東に向かって流れている。

天候がこのまま回復すれば、市川三郷のヘリポートから県警ヘリがフライトできる。しかし、携帯も無線機も壊されているため、こちらから非常事態を伝える手段がない。となると夏実の無事の帰還に期待をかけるしかない。それまでに雪崩が発生しないことを祈るばかりだ。

「あのう。星野さん……無事に戻ってこられるでしょうか」

安西が不安そうにいう。深町の処置を終えて、今は横たわる相棒の大葉の傍に付き添うように座っていた。

深町は答えず、黙って彼女のことを考えた。

夏実のさっきの目を思い出した。

山岳救助隊員にとって他人の救助は大切な使命だが、まず自己の安全を第一にする。そんな鉄則を無視した行為だった。

しかしながら、夏実の気持ちは痛いほどよくわかった。自分の命を投げ出してまで他人を守りたい。そんな感情があの娘を突き動かしていた。

あれほど思い詰めた夏実の顔を見たのは初めてだった。

険しい表情で口許を引き締め、真剣な眼差《まなざ》しをしていた。

幸運を祈るしかない。

深町はバットレスの懸崖《けんがい》を見上げながら思った。

山が、きっと夏実を守ってくれる。

すぐ近くでかすかな声がした。

目をやると、あの諸岡という男だった。大きな岩の手前に仰向けになったままだが、体温を確保するため、荷物から取り出したダウンやフリースなどの防寒着をありったけ、かぶせていた。

また、うめき声を洩らし、ふいに防寒着を左手で乱暴にはらいのけた。顔や髪の毛に張り付いていた氷が剝離《はくり》して、パラパラと落ちるのが見えた。

「まずいな。錯乱してる」

深町がいった。

「マッサージとかで暖めてあげましょうか。使い捨てカイロもまだ予備があります」

諸岡にダウンの上着を掛け直しながら安西がいったので、深町は首を振る。

脊髄損傷は深刻な怪我だったが、今、懸念すべきは別の問題だ。

「ここまで重度の低体温症になると、マッサージや急激な加温は、血圧が低下したり、冷たくなった血液が心臓に流れ込んでショック症状になる可能性がある」

そう深町がいった。

「だったら、どうすればいいんです」

安西が泣きそうな声になる。

「脈と呼吸を見てくれ」

安西がよろけつつ、彼のところに歩いていき、諸岡の手を摑んで脈を取った。それから指先を唾で濡らして、口と鼻の前に近づける。振り返って首を振る。

「不整脈みたいです。呼吸も微弱です」

安西が振り向く。目尻に涙が光っている。

「これって……処置なしってことですか」

深町は仰向けになったまま歯噛みをした。一刻も早く医療機関へ搬送するしかない。しかし、ここにいる三名にとって、それは不可能な行動だった。

――おい、おまえら。

濁声《だみごえ》が聞こえた。

諸岡がわずかに左手を持ち上げていた。動かそうとして、断念したらしく、また雪の上に落とす。

驚いた顔で、安西は見下ろした。諸岡は鋭い目をしていたが、焦点が合っていなかった。薄氷が張り付いたままの顔が傷ましかった。

「きっと俺はもう死ぬ」

ふっと口許を吊り上げた。

「――死ねばきっと地獄行きだろうな。この手で三人も殺した。警察官もだ」

「あの警察官は死んでない。今もまだ生死の境をさまよってるところだ」

深町がそう答えた。「だが、あなたは彼を殺しかけただけじゃなく、いっしょにいた女性警察官の心まで深く傷つけた」

「あの……救助隊の娘か。警察官にしちゃ、変わった娘だったな」

そういって諸岡はしばし口を閉じていた。虚ろな目で遠くを見ている。

その視線がバットレスのほうに向けられているのに気づいて、深町も振り返った。

しかし標高差六百メートルの巨大な岩壁は、依然としてところどころにガスがまとわりついて全貌《ぜんぼう》が見えなかった。それでもそこに山がある。北岳という存在があることがひしひしと感じられる。

「俺もあんたらと同じ警察官だった。神奈川県警本部の刑事部捜査第一課だ。それが出世競争で同僚に振り落とされ、それだけじゃなく、汚職に関係するあらぬ罪を着せられてムショにぶち込まれたんだ」

深町は驚いた。

「警察官がムショに入るとどうなるか、想像ぐらいつくだろう？」

諸岡はかすれた笑い声を洩らした。自分の運命を嗤っているのだと深町は思った。

「あの五年の間、何度も自殺を考えた。それをしなかったのは復讐《ふくしゅう》のためだ。俺を陥れた奴らにひと泡吹かせてやろうと思ったからだ。だが、出所してもそれを実行できなかった。あいつらは証拠を完璧《かんぺき》に揉《も》み消していやがった」

「だから犯罪者になったのか。それもまるで無関係の人間を平然と撃ち殺すような」

「俺以外の、世界のすべてを呪《のろ》いたかった。ありとあらゆる他人の幸せが、ことごとく偽りに思えた。善良な面の皮を被《かぶ》って平然と悪事をやってる奴らが、この世にはごまんといる。政治家も企業家も、そいつらに媚《こ》びへつらう奴らも同罪だ。だから、残る人生を俺は好き勝手に生きようと思った」

そこまでいってから、諸岡は疲れ果てたような表情で、またバットレスを見上げた。

巨壁をなめるようにガスが、ゆっくりと流れている。

風が吹き、啾々《しゅうしゅう》と山が哭《な》いた。

深町はそこに視線のようなものを感じた。何かがガスの向こうから彼らを見ている。なぜか、そんな気がしてならなかった。

「あなたのそんな人生に同情するが、理解はしない」

「わかってるさ。そんなことを望んで、ここでぶっちゃけたわけじゃない」

諸岡はまた黙り込み、しばし沈黙を保っていた。

眠るように目を閉じている。

息を引き取ったのかと深町は思った。

ふいに血の気を失った頬がピクリと動いた。二度、三度と痙攣するように動く。

ゆっくりと目を開いた。

諸岡の虚ろな目が動き、またバットレスを見上げる。

深町もならった。

先ほどのあの強烈な視線のようなものは、今はもう感じなかった。

「そこの若いの。俺のザックの中を調べろ。携帯が……入ってる」

ふいにいわれ、深町は驚いた。

「け、携帯?」

近くにいた安西が上体を起こし、周囲を見渡した。

しかし先にそれを見つけたのは深町だ。少し離れた場所に、青と灰色のドイターのザックが転がっていた。

たまたま横たわる大葉のすぐ近くだった。

立ち上がろうとした安西を、大葉が止めた。身を起こすと、雪の上を少しずつ這いながら近づいた彼がそのザックを摑み、手許に引き寄せた。

中身をまさぐると、やがて折りたたみ式の古いタイプの携帯電話が出てきた。

それを開いた大葉が、すぐに電源ボタンを押す。

ハッと顔を上げ、大きく目を開いて深町を見る。「生きてます、これ。使えますよ」

「おまえらは山を下りろ」

その声に深町が目をやった。

血の気を失って凍りついた顔を痙攣させ、諸岡が唇を震わせていた。泣いているようにも見えたが、よくはわからなかった。

「どういう心変わりだ？」

深町が訊ねると、諸岡はゆっくりと口を開き、閉じ、また開いた。

「今、声を聞いたんだ」

「何のことだ」と、深町。

諸岡はかすかに眉根を寄せ、目をしばたたいた。前髪から氷の粒がパラパラと落ちた。

「……〝お前の罪を許す〟といわれた」

かすれた声でそうつぶやいた。

また錯乱しているのだと深町は思った。

「罪を許す？　誰にだ」

諸岡が、またかすかに口を開き、こういった。

「この山に、だ。はっきりと……そう聞こえた」

ふいに言葉が途切れた。

諸岡の顔から生気が失《う》せていた。半開きの口からかすかに白い息が洩れ、風に流れていたが、やがてそれも消え失せた。凍りついた顔が能面のように固まっていた。

その横顔を深町はじっと見つめた。

別人のように穏やかな表情だった。

骸《むくろ》となった諸岡に向かって深町は目を閉じ、両手を合わせた。

27

佐竹が拳銃を持つ右手を伸ばした。

夏実の喉許にナイフを当てる新田。その額を真正面から狙っている。

「悪いが、そろそろケリを付けさせてもらう。だいぶ遠回りをしてしまったが、ようやくお宝と対面できそうだ」

自分の後ろで新田が、ピクリと動いたのが夏実にわかった。

本能的に後退《あとずさ》ろうとしたらしく、少し後ろに引きずられた。おかげでナイフの切っ先が皮膚に少し食い込んだ。痛みに思わず目を閉じた。

　メイがまた激しく吼えた。

「撃てば、宝石は手に入らないぜ」

「何だと？」

　佐竹が新田をにらんで訊いた。「この期に及んで世迷《よま》いごとをいいやがる」

「ここに来る途中で宝石を隠してきた。倉庫にあるザックを調べてみればわかる」

　佐竹の表情が変わった。わずかに目が彷徨《さまよ》った。

　その目がまた新田に向けられる。

「ナイフを捨てろ。その女を放してザックを持ってこさせるんだ。さもないと頭をぶち抜いてやる」

　新田が夏実を解放した。

　握っていたスパイダルコのナイフを前に投げ捨てた。

　かがみ込んでそれを拾った佐竹が、片手でロックを解除し、ブレードの峰を太腿に当てながら折りたたんでポケットに入れる。

　背後からの拘束が消えると、夏実は思わずメイに駆け寄り、膝を折って救助犬を抱きしめた。

「おい。そんな安っぽいメロドラマみたいなことはやめろ。さっさとザックを持ってくるんだ」

　佐竹に怒鳴られ、夏実は仕方なく立ち上がった。

ストラップのバックルを外して、担いでいた四十リットルのザックを足許に落とした。よろよろと歩いて倉庫に入り、発電機に立てかけるように置いてあったアークテリクスのザックを見つけると、それを摑んで外に出てきた。

「中身をみんな出せ」

拳銃を振って佐竹がいった。

夏実はかがみ込んでザックのストラップを外し、雨蓋を開いた。スタッフサックで分けられた山道具をひとつずつ引っ張り出しては、中身を雪の上に出した。

コッヘル、ガスストーブ、ヘッドランプ、ダウンジャケット、グローブ……。

宝石らしいものはザックの中にはなかった。

「くそったれが。せっかくここまで追いついたってのに」

口惜しげに佐竹がいった。

拳銃をまっすぐ新田に向けた。「白状しろ。宝石をどこに隠したんだ!」

すると彼はいった。

「あんたの後ろにある森だ。幕営指定地になってるところの雪を掘って、深く埋めた」

佐竹が肩越しに振り向いた。

その瞬間、新田がかがみ込み、雪の中からピッケルを摑んで横殴りに振った。

風を切ったそれは、ガツンと鈍い音を立てて佐竹の横顔に命中し、鮮血が散った。

夏実が思わず悲鳴を上げる。

メイが吼えた。

雪の上に鮮やかな血潮を撒《ま》いて、佐竹が横倒しになった。

拳銃が手から離れ、雪面を滑る。

とっさに夏実がそれに飛びついた。冷たい金属の塊。片手で摑んだ瞬間、佐竹が襲いかかってきた。血まみれの顔で歯を剝き出し、夏実から拳銃を奪い返そうとしている。

頭を直撃したピッケルは、ブレードやピックではなく、双方の付け根の部分が命中していた。新田がふるったとき、横向きに摑んでいたのだろう。そうでなければ、さすがの佐竹も死ぬか、かなりの重傷だったはずだ。

間近に顔を向け合い、にらみ合った。

佐竹の血に濡れた顔。耳から鼻にかけて、ざっくりとえぐられ、出血していた。目を剝き、鬼のようなすさまじいその形相。錆《さ》びた鉄のような臭いが鼻を突く。

拳銃がもぎとられそうになった瞬間、

「メイ、アタック――！」

ハンドラーのコマンドを聞いて犬が佐竹に飛びかかった。

夏実の腕を摑んだ右手首に、唸りながら咬み付いた。

佐竹がうめき声を放った。

「この、クソ犬！」

そのとき、新田が走り出した。視界の端にその姿が見えて、夏実が驚く。

とっさに佐竹が夏実の手から拳銃を奪った。銃把で彼女の右頰を殴りつけた。痛撃の中で視界がぶれた。たまらず横倒しになった。

佐竹は中腰になると、メイの片耳を無造作に摑んで自分の右手から引きはがした。

ボーダー・コリーが雪の中に投げ飛ばされた。

しかしすぐに起き上がり、雪の上に倒れた夏実に駆け寄ってきた。

心配そうな表情で夏実の顔を舐《な》めてくる。

「大丈夫だよ。たいしたことないから」

そういいながら上体を起こした。

鼻血が流れ出し、雪の上にしたたり落ちている。喉の奥にも鉄の味がしている。

右頰から目の下辺りが腫れて熱を持っていた。そっとそこを押さえながら振り返る夏実の目に、遠く、御池の方面へと走る新田と、それを追いかける佐竹——ふたりの後ろ姿が飛び込んできた。

夏実は立ち上がろうとして眩暈に襲われ、また雪の上に倒れ込んだ。

メイが悲しげな声を洩らした。

顔を寄せてくるメイの耳の後ろを撫でて、夏実は何とか起きた。

小さく頭を振り、意識を明瞭にする。

ふたりの姿は小さくなっていた。

何とか立ち上がり、深呼吸をする。掌で鼻血を拭った。

雪を摑んで殴られた頰に当てた。切れるような冷たさの中、痛みが少し引いていく。

空身で走り出そうとして、ふと気づく。傍らに落ちているザックを拾うと、それを担いだ。

「メイ。追いかけるよ」

夏実は走り出す。メイが伴走する。

28

真っ白に氷結した白根御池の畔《ほとり》。雪をかぶった藪《やぶ》に手を突っ込み、そこに隠していた紫色の対《つい》のスタッフサックを見つけて取り上げた。たしかな重みが手に伝わってくる。

これが自分の未来だ――新田はそう思った。何があろうと、絶対に手放すわけにはいかない。

振り向いた。

あの男が走ってくる。

顔が血まみれだった。ピッケルで殴りつけたせいだ。夢中で摑んだので先端が命中しなかったが、かなりのダメージを受けたはずだ。それなのに、あいつは走ってくる。怒りに燃えた顔が、すさまじいまでの凄気《せいき》をまとっている。まるで鬼が追いかけてくるようだ。

しかも片手には拳銃がある。

新田は夢中で逃げた。

気がつけば、大樺沢へのコースではなく、草すべりへ至る急登を走っていた。

かなりの急勾配《こうばい》である。しかも雪が積もっている。そこを這うように登り続けていた。

靴底に装着していたアイゼンは外している。ストックもピッケルもない。仕方なく両手両足を使って登る。

後ろを振り返ると、あの男は急斜面の取り付きに立っていた。

さいわい追いかけてくる様子はない。

このまま逃げ切ってやる。新田はそう思った。

急転直下に転げ落ちるような人生だった。相次ぐ悲運に押しつぶされ、そのまま人生の灯火《ともしび》を消すしかないと思っていた矢先に、たまさかめぐり会った千載一遇のチャンスだった。

三億円以上の宝石。そんなものに、この山の中で出会うなんてことが、この先、二度と自分に訪れるはずがない。

右手に摑んだ対のスタッフサック。

この中できらめいている宝石のことを思った。

最初に見つけたとき、掌の上で、蠱惑的な輝きを放っていた。憑かれたようにそれらを見つめていた。

ひとりでせしめることができるのなら、何でもする。どんな悪人にでもなってやる。

必死に雪を掻いた。登山靴で雪を蹴った。

パラパラと音を立てて、無数の雪玉が斜面の上から落ちてくる。幾筋もの痕を引きながら、大小の雪玉が転がり落ちてくる。そんな中を、新田は必死にもがくように登り続けた。

眼前の急斜面の向こうに何があるか。そんなことはまったく念頭になかった。

背後にある危険から逃れるという本能に、ただ突き動かされていた。

この修羅場を乗り越えさえすればいい。今までのどん底のような人生に見切りをつけて、新たな出発ができる。

新田はあがきながら、歓喜の声を放っていた。

あと、少しだ。

ここを登り切ったら、どこへでもゆける。

誰も俺に追いつくことはできない。突っ走るだけだ。心臓が破れるまで全速で駆け抜けてやる。

ハアハアと喘ぎながら、雪を掻き、雪を蹴って、急斜面を登り続ける。

銃声が聞こえた。

鼓膜をつんざくような炸裂音だった。

耳許を銃弾が擦過する音が、やけにはっきりと聞こえた。

思わず動きを止めた。躰が痙攣し、硬直した。

新田はゆっくりと振り返る。

あの男は依然、登りの取り付きに立っていた。両手で拳銃をかまえている。

それを見て、新田は思った。もう百メートル以上、離れているんだ。よほどのプロでないかぎり、拳銃が命中するはずがない。また前を向き、雪を掻いて登ろうとした。

二発目の銃声が轟《とどろ》いた。

弾丸は大きく外れたらしい。しかし、空気が張り詰めた感じがした。

鼓膜が気圧に押されている。

次の瞬間。新田がいる急斜面の雪全体が微動し始めた。周囲の雪の斜面に、無数の亀裂や皺が刻まれてゆく。

ハッと気づいて顔を上げる。

頭上。草すべりのずっと上に、雪煙が巻き上がっていた。

周囲の白い斜面におびただしい雪襞《ゆきひだ》が生じ、それが生き物のように蠢《うごめ》いていた。

そのときになって、ようやく彼は思い出した。この草すべりの斜面は雪崩の多発地帯だ。

血の気が引いた。

絶望の中で思考停止になった。

次の瞬間、腹の底から突き上げるような重低音とともに、頭上から白い巨壁が落ちてきた。もうもうと雪煙を巻き上げながら、すさまじい音を立てて滑り落ちてきたそれは、たちまち視界いっぱいに広がっていった。

「この期に及んでそりゃないぜ……」

つぶやいた直後、新田は真っ白な嵐《あらし》に呑み込まれた。

29

谷口の躰をハーネスで固定したまま、静奈はダブルストックを突いて、柔らかな雪に足を交互に突っ込みながら下りている。傍らをジャーマン・シェパードのバロンがついてくる。

スノーダンプを片手で引きずりながら、永友が後ろから追ってくる。静奈が作ったトレースの跡をひとつひとつ踏み直して、あとから下りてくるため、ともすれば遅れがちになり、焦るあまりに尻餅《しりもち》をついたりしている。

静奈の中でいろいろと心配事の種は尽きない。

谷口の高山病だけでなく、連絡が不通になった夏実と深町。肩の小屋で聞こえた銃声。さらにそこに、新たな不安が加わっていた。

少し前、永友の携帯に県警本部から連絡が入り、情報が伝えられた。

三人目の被疑者が浮上してきた。

しかも〝１０９〟といわれて驚いた。

警察そのものをあらわす隠語である。

すなわち警察官、あるいは元警察官がこの犯罪にからんでいるということだ。被疑者の名は諸岡康司といい、かつては神奈川県警刑事部捜査第一課の捜査員だったという。階級は永友と同じ警部だったらしい。

明らかに彼はショックを受けていた。

山梨と神奈川。管轄が違うとはいえ、同じ県警の刑事という立場である。それが一方は犯罪者となり、一方はこうして当人を追いかけている。

静奈も同様に心が沈んだ。

警察官の不祥事は多々あるが、ここまで犯罪に手を染めるケースは珍しい。いったいどのような事情で警察を辞め、のみならず凋落してしまったのか。

急斜面の降下は思ったよりもスムーズだった。

本来、ここは登山者が立ち入ることのない森であり、無雪期に通り抜けようとすれば密集した木立に行く手を阻まれる難所となる。しかしこの時期、積雪は森をすっぽり覆うほどもあり、ほとんどの木立がほぼ埋没している。背の高いダケカンバやモミの木などが、まれに先端を雪から突き出しているぐらいだった。

さいわい谷口の容態は安定していた。

先刻の休憩のとき、血圧を測ると、かなり下がって正常値に近くなっていた。顔色も比較的、良くなっている。

が、血圧は下がっても、依然として谷口には脱水症状があり、衰弱もひどいため、やはり自力歩行は不可能だった。自分で歩いてみますと何度もいってきたが、そのたびに静奈は断った。無理をすれば、また症状が悪化するおそれがある。少なくとも、もっと標高の低い場所まで行ってから、試してみるべきだろう。

谷口は静奈の肩に頬を預けていた。今はまた小さな寝息が聞こえる。

「神崎さんの背中がよほど居心地いいんですね」

永友に後ろからいわれ、静奈が笑った。

「高山病は酸素不足が原因です。人間の身体で最も酸素を必要とするのは脳なんです。その脳に必要な酸素が足りない場合、心臓が凄《すご》い勢いで脳に血液を送ろうとして、血圧が上がったり、脈拍が上昇し、脱水症状になります。これが高山病なんです。だから、眠くなるのは当然です」

「なるほど」

「ところで永友さんのほうは大丈夫ですか」

「今のところ、何ともないみたいです。登山経験がない私がまったく平気で、山に登っていた谷口さんが高山病になるなんて皮肉なものです」

「そういうことって、よくあるんです」

静奈が少し笑った。「それに、谷口さんはもともと血圧が高かったのかもしれませんね」

彼女自身は高山病にかかったことはない。が、新人で入ってきた横森は、入隊して二、三カ月が経過した頃、勤務中にひどい高山病を経験した。救助の仕事に馴れた頃、自分を過信して無理をしてしまったからだった。

救助隊員がヘリで搬送されるなんてもってのほかと、本人は歯を食いしばって下山した。いつでもサポートできるように関と進藤の両隊員が付き添ったが、広河原に到着したとたん、嘘のように元気になり、けろりとした様子で山荘の魚定食を大盛りで掻き込んでいた。

高山病というのはそんなものだ。

もっとも谷口のように重症化した場合、やはり医療機関への搬送は急務だ。

無線連絡だと、江草隊長と捜査員たちは白根御池小屋まであと一時間の距離にいるようだ。このペースで下りたら小屋付近で合流できるかもしれない。谷口の身柄を彼らに引き渡し、そのまま折り返して永友や捜査員らとバットレスへ向かえる。

夏実と深町のことを思うと気が気ではないが、永友にそんな焦りを見せるわけにもいかない。

ふいに視界の隅でキラリと何かが光った。

静奈が足を止めて顔を上げると、東の空で雲が切れていた。そこから差し込む光が、隣にそびえる鳳凰三山のひとつ、地蔵岳の頂稜直下に当たって山肌を輝かせていた。

晴れてきた。

これでヘリがフライトできる。

そう思った静奈が、ザックのショルダーベルトのホルダーからトランシーバーを抜こうとしたときだった。

真下から鋭い音が聞こえた。

一瞬、空気が張り詰めたようだった。

轟音がどこかの山に反射して谺となって返ってくる。

それがゴウゴウといつまでも余韻を引いた。

「神崎巡査……今の？」

後ろで永友の声がした。

「銃声だわ」

肩の小屋で耳にしたものとよく似ていた。ただし、今度は距離が近い。

ふたたび、それが聞こえた。

鼓膜が内側に引っ込むほどにすさまじい音だ。

まさしく至近に違いなかった。

「御池の辺りで撃ってる」と、静奈がつぶやく。

雪の斜面に足を踏ん張り、目を凝らしたその瞬間、大地が揺れた。

地響きが轟いた。

ハッと頭上を見ると、視界いっぱいに雪煙がわき上がっていた。

「永友さん、走って。そっち！」

静奈が斜面の向こうを指差す。

「え」

わけが分からず見返してくる永友を乱暴に突き飛ばすように押した。

「雪崩が来るんです。早く！」

あわてて永友が踵を返し、雪を掻き分けるように走った。谷口を背負った静奈、そしてバロンが続く。斜面に対して九十度。それがゆいいつの逃げ場だ。

走りながら左上を振り向く。

猛然と雪煙を巻き立てながら、真上から雪崩が落ちてくる。

すさまじい風圧が襲ってきた。

静奈は雪の中から突き出しているシラビソの太い幹にしがみつき、すかさず永友の腕を摑んだ。思い切り引き寄せ、いっしょに幹に腕を回させる。

「バロン、走って！」

前方で振り返っていたジャーマン・シェパードがまた駆け出した。

次の瞬間、巨大な雪の奔流が彼らを襲った。

30

大規模に雪原が崩落し、雪の津波となって、草すべりの急斜面を一気に落ちてきた。白い奔流に巻き込まれたダケカンバやモミなどが、あちこちで大きな音を立てて引き裂かれ、折れている。そうしてさらに轟然と音を立てながら夏実たちに迫ってきた。草すべりの途中にいた新田が、それにまともに呑み込まれた。

夏実は蒼然となった。

メイが吼える声で、我に返った。

この場にいては自分たちも雪崩に巻き込まれてしまう。

御池小屋の方面に向かって逃げた。メイが疾走する。

拳銃を撃った佐竹も、あわてて踵を返し、同じ方向に逃げてきた。

彼らの目の前で、雪崩が草すべりの末端まで流れ落ちてきた。まるで火山の噴煙のように真っ白な雪煙を巻き上げながらデブリが御池を埋めて、その向こうに広がるダケカンバの林にまで到達した。

立ち止まり、振り返る夏実たちの前で、雪煙が渦巻きながら迫ってきた。すさまじい風圧に躰がよろけるほどだ。

一瞬後、周囲がホワイトアウトに包まれてしまった。

夏実はしゃがみ込み、思わずメイを抱きしめた。

突風に交じって押し寄せてきた小さな雪の粒が、まるで小砂のようにバチバチと顔に当たって痛い。思わず目を閉じて顔を背ける。

ふいに風が止んだ。

夏実はメイをぎゅっと抱きしめたまま、ゆっくりと目を開いた。

雪煙が、竜巻のように空に巻き上げられている。

少しずつ視界が戻ってきた。

抱きしめていたメイの被毛から雪の粉を払ってやると、その場に下ろし、立ち上がった。

草すべりの急斜面は、さながら巨大なパワーショベルでえぐられたように、雪がごっそりとなくなっていた。あちこちで折れた木々が露出している。それぞれの枝や幹の裂けたところが白く目立っている。

雪崩末端のデブリが御池を完全に埋め尽くしていた。ブロック状の大小の雪塊が、ところどころで小山となって積み上がり、破壊された樹木の枝々があちこちに突き出していた。

すぐ近くに、茫然と立ち尽くす佐竹の後ろ姿があった。

右手にまだ黒い拳銃を握っていた。

二発の発砲が雪の急斜面に亀裂や崩落を生じさせ、雪崩の原因となったのは間違いない。

佐竹は夏実を振り返り、血走った目を見開いた。

「おい。新田の野郎を早く掘り出すんだ！」

いわれるまでもなかった。

夏実とメイは雪崩の現場へと戻った。

草すべりの雪の状態をよく観察し、二次雪崩が発生しないと見当をつけた。

「メイ、サーチ！」

夏実のコマンドを受けて、トライカラーのボーダー・コリーがダッシュした。

小さな躰でデブリの周囲を走り回り、鼻先で埋没者の臭気を嗅ぎ始める。ズボッと完全に雪に埋もれて姿が見えなくなったかと思うと、勢いよく粉雪を散らして飛び出してくる。

担いでいたザックを足許に下ろした夏実は、雨蓋のジッパーを開いてオルトボックス社のアバランチ・トランシーバーを取り出した。昔は雪崩ビーコンと呼ばれ、全世界共通の四五七キロヘルツの規定周波数を送受信できるツールだ。

ボタン操作で受信モードにし、青と黒のボディの中央にある液晶画面を見ながら、ラフサーチによる捜索を始めた。もっとも、これは埋没した要救助者が同じトランシーバーを身につけていることが条件だ。埋没者からの電波の発信がなければ意味がない。

新田が雪崩に巻き込まれた草すべりの途中の場所を見上げた。彼の姿を見失った消失点を記憶していた。その真下、デブリの末端にブロック状の雪が小さな山となって堆積した場所に見当をつけた。トランシーバーをかまえながら接近するが、電波をキャッチできない。

周囲を何度も往復したが、まったくの無反応だ。やはり新田はそれを身につけていなかったのだろう。

夏実は肩越しに振り返る。

メイの嗅覚に頼るしかない。

腕時計を見た。

雪崩が発生したのは午後三時五十分頃だ。今は四時ちょうど。

埋没から十五分以内に救助すれば、生存率は九十パーセント以上あるといわれる。それを過ぎると、生存率はどんどん下がっていく。時間との勝負だ。

夏実はザックのところに戻り、幾重にも折りたたまれたプローブを急いで伸ばした。カーボン製で全長が三メートルにもなるゾンデ棒だ。慎重に雪面に差し込んでは引き抜く。崩れ落ちた雪はまだ柔らかく、するすると入っていく。

佐竹が離れた場所から、夏実の行動を見ている。

「宝石を見つけたかったら、少しは手伝って下さい！」

プロービングを続けながら叫んだ。

「どうすればいい」

「雪の間に衣服とか見えないか、目で捜すんです」

舌打ちをして、佐竹がデブリの周囲を歩き出した。

ふいにメイが吼えた。

夏実がハッと目をやる。

数メートル離れた場所に積み上がった雪の前で、メイが尻尾を激しく振っていた。何度も吼えては前肢《まえあし》を使ってしきりに雪を掻いている。彼女はそこに走った。

かがみ込んで、メイを抱きしめて誉《ほ》める。嬉しそうにまた尻尾を振ってメイが応える。

「ちょっと離れてて」

犬を下がらせると、プローブを雪に深く差し込む。

感触がないので、引き抜き、およそ四十センチほど離れた場所に差し込む。

スルリと抜き、三度目に差したとたん、先端が何かに当たる感触があった。

「ここに埋まっています！」

佐竹に声をかけた。

その場所にプローブを差したまま、ザックを置いた場所まで走った。サイドストラップに取り付けていたスノーショベルを組み立てると、ふたたびそこに戻る。佐竹が隣にやってきた。

「奴はこの下にいるのか」

夏実はショベルを使って雪を掘り始めた。

「くそったれが。手間とらせやがって」

佐竹が濁声を放ち、雪に膝を突いて防寒グローブで雪を掻く。

プローブの二節目までショベルが到達すると、夏実は慎重になった。埋没者の躰をショベルで傷つけないようにしなければならない。

腕時計を見る。埋没からおよそ二十分が経過。

焦るな。自分にいい聞かせた。慎重に、ただし迅速に。

ゆっくりと急げ——。

そっと雪に差し込んだショベルの先端が、何かに触れた。夏実はショベルを置いて、両手でそこを掘った。何度か雪を掻き出すと、水色の化繊のウェアが出てきた。

背後でメイが吼えた。喜びの声だった。

夏実は夢中で雪を掻いた。

パタゴニアと英語で書かれたロゴマークが出てきた。きっと腕の部分だ。

顔が埋まっている場所を特定すると、そこを集中して掘った。ショベルで雪を退《の》け、両手で掻き出していく。やがて青白い顔が雪の中から現れた。

目を閉じている。ニット帽をかぶったままだ。

頬に手を当てると体温が残っていた。口許に指を持っていく。かすかに呼気を感じる。

腕を掘り出し、脈を取った。脈動もしっかりしていた。

おそらく埋没したとき、顔の周辺にたまたま空洞ができていたのだろう。だから、空気を確保できたのだ。

「紫色の袋がふたつだ！」

佐竹が怒鳴るようにいった。「奴が手にしていたはずだ」

そのときになって、夏実は思い出す。宝石を入れたふたつのスタッフサックのことだ。

新田が佐竹から逃れて草すべりを登る前、藪の中に隠していたのを拾い上げたのを、彼女も目撃していた。

佐竹にとっては新田の命よりも、まず宝石だ。それしか眼中にないのだ。

夏実が膝を突いている場所の反対側に這いつくばり、佐竹は必死に雪を掻き分けている。

雪に埋もれていた新田の、もう一方の手を出したが、あの宝石を入れたと思しきスタッフサックはなかった。雪崩に巻き込まれたとき、手から離れたのだろう。

「くそっ、どこだ！」

周辺の雪を必死に掘り返し始めた。

夏実はその間、新田の躰を完全に雪の中から掘り出していた。

グローブをはめていると細かな作業ができないため、それを脱いだ。自分のザックから寝袋と、折りたたんだサーマレストのマットを取り出して広げた。マットのバルブを開いて空気を入れて膨らませ、そこに新田の躰を引きずってきて横たえた。ダウンの寝袋のジッパーを全開にし、掛け布団のように躰の上にかぶせた。

雪崩の埋没者は低体温症になっていることが多い。だから保温は必須《ひっす》だ。

新田はまだ意識を取り戻さず、かすかな呼吸音を立てながら目を閉じている。夏実は素手のまま、彼の躰をたんねんに調べた。

雪崩に巻き込まれると、いっしょに巻き込まれた木や岩石に当たって外傷を負うことがある。最悪の場合、躰じゅうの骨が折れて軟体動物みたいになってしまうこともある。

手足も胴体も無事だった。衣類も破れなどがない。幸運にもほぼ無傷だったようだ。

指先がヒリヒリと痛んでいる。

たった二、三十秒、雪で濡れた素手を外気にさらしているだけで、たちまち寒さが刺してくる。十本の指が、すべてかじかんで動かなくなっていた。

「メイ。こっちに来て」

ボーダー・コリーを呼び、近くにやってきたメイを停座させる。その前肢の脇《わき》の下に、雪で濡れた素手を差し込んだ。犬の暖かな体毛で冷え切った掌を包み込んだ。

「メイ。ごめんね。しばらく暖めさせて」

メイは長い舌を垂らし、間近からまっすぐ見つめてくる。犬の息づかいと速い鼓動が、はっきりと素手に伝わってくる。鳶色の美しい瞳を見返しながら、夏実が微笑む。

「いつもありがとう」

礼をいいながらマズルに頰を寄せてから、そっと両手を抜いた。ポケットから引っ張り出したアウトドアタオルでたんねんに拭いた左右の手に、それぞれのグローブをはめた。

見上げると、頭上を覆っていた鉛色の雲は、あちこちに切れ間をこしらえ、青空がそこから見えている。これで無線が使えさえすれば、すぐにヘリの救助を要請できるのに――

そう思って夏実は歯噛みをする。

大切なトランシーバーを破壊した当人は、自分のお宝を見つけるのに必死だ。

夏実が雪の上に置いていたショベルを取って、無我夢中で雪を掘り続けている。

今なら後ろから肩を叩いても気づかないのではないか。そんな想像をしたが、むろん新田を置き去りにして、自分ひとりが逃げるわけにはいかなかった。

バットレスの下に残してきた深町と、ふたりの若者のことを思った。

彼らだって危険な場所にいる。もしも日差しが回復して、大樺沢やバットレスに陽光が当たれば、さっきのような大規模な雪崩が発生するおそれがある。しかも彼らは三人とも重傷で、その場から動けないのだ。

目の前にいる殺人者への不安と恐怖よりも、夏実にはそっちのほうが重要だった。

31

一瞬、気を失っていた。

周囲から押し寄せるすさまじい冷たさ。身を震わせる寒さに、静奈は目を覚ます。

視界は白一色。雪に埋もれていると知って恐怖した。上下感覚がまったくないが、どうやらうつぶせになっているようだ。

耳許でガサガサとせわしない音がした。ハッハッという息づかい。

突如、顔を舐められた。バロンだった。何度も激しく舐めてくる。

首に力を込めて、雪の中から頭を出した。

助かった。

埋没はおそらく十センチ程度だ。しかも、バロンが前肢で掘り起こしてくれたのだ。

雪崩の本流ではなく、外縁部に巻き込まれたからよかった。そうでなければ、まともに深い雪の下に埋もれていただろう。あるいは雪といっしょに立ち木に激突して、躰がバラバラになっていたかもしれない。

何度も呼吸をする。肺の中まで刺すように冷たい空気が入ってくる。

いったん口を閉じ、その冷たさに耐えた。それから、またそっと呼吸をくり返した。

右手を雪から出し、左手も出す。たかが数センチの埋没でも、雪質や埋もれ方によってはまったく躰を動かせなくなることがある。静奈は幸運だった。

「バロン。ありがとう。おかげで助かったよ」

そういってシェパードの耳の後ろを優しく撫でた。撫でられながらバロンが目を細め、首を傾げてくる。

レスキューパックで谷口を背負ったままであることに気づいた。

「大丈夫ですか、谷口さん？」

声をかけた。

「私は平気です」

後ろから返事が聞こえた。「トモさんの姿が見えません」

いわれて気づいた。

その場に這うようにして雪の中から身をもたげ、周囲を見渡す。

折れたダケカンバの樹木が並んでいる。雪の圧力によって引き裂かれた断面が生々しい。その中に永友警部の姿があった。十数メートルばかり下で、半ば雪に埋もれている。やはりうつぶせの状態らしく、見えているのはザックと足の一部だ。

持っていたはずのスノーダンプは流されたのか、影も形もない。

「すみません、ちょっと下ろします」

レスキューパックのバックルを外し、谷口の躰を柔らかな雪の上に横たえた。

身軽になった静奈は立ち上がり、バロンとともに走る。

永友の足を持って、力いっぱい引いた。何とか雪の中から引きずり出した。ザックのそれぞれのバックルを外してから、仰向けにさせる。

雪まみれの顔が血の気を失って蒼白だ。口と鼻に雪は詰まっていなかったが、唇はビックリするほど紫色になっている。

グローブを脱ぎ、指先を唾で濡らして口許に持っていく。呼吸が停止していた。

静奈はすぐに心肺蘇生《そせい》にかかった。

永友の着ていたゴアテックスのジャケットのジッパーを開いた。下にまとったフリースのジッパーも開き、チェック柄のウールの登山シャツの胸に両手を重ねてあてがう。体重を思い切りかけるようにして、胸を強く圧迫した。

それを何度も続けるが、仰向けになったまま、永友は躰を揺らすばかりで息を吹き返さない。

静奈は焦って、さらに力を込めた。肋骨が折れるかもしれないが仕方ない。命のほうが大事なのはいうまでもないことだ。

力任せに、繰り返し胸郭を押し込んだ。

突然、永友が顔を歪めて激しく咳《せ》き込み、口から血の混じった唾を吐き出した。

彼の上半身に跨がり、のしかかっていた静奈が、すぐに手を離し、中腰になった。永友は躰を折り曲げてむせた。苦しげに身をよじり、また咳いた。

やがて眉根を寄せながら静奈を見上げた。

紫色の唇を開き、かすれた声でいった。

「助けてくれたんですね」

静奈が微笑む。「仕事ですから」

「長い間、埋もれていたんでしょうか」

「おそらく五分かそこらだと思います」

永友の顔に少しずつ血の気が戻っていた。紫色だった唇も次第に赤味が差してきている。

「夢の中で、あいつのことを思い出しました」

ふいに妙なことをいわれて、静奈は首を傾げた。

「あいつ……?」

「先刻、連絡を受けた強盗殺人事件の三人目の被疑者です」

「たしか諸岡とかいう名の元警察官でしたね」

永友がうなずく。

「諸岡康司は神奈川県警本部刑事部捜査第一課の中でも、かなり優秀な捜査員でした。しかも拳銃射撃の腕が見込まれ、何度か全国大会に出て、常に上位の成績を保持していました」

「だから、拳銃の扱いに馴れていたのね」

「自分もよく会場で彼を見かけました。左利きだったので、たまたま憶えていたんです」

彼はそういって、顔に付着していた雪を拭った。

「でも、後年は汚職事件に巻き込まれて、出世の道を閉ざされただけじゃなく、何かの罪に問われて実刑判決を受けたと聞きました。警察や世間をずいぶんと恨んだはずです。それで犯罪に手を染めることになったんでしょう」

永友の話を聞いているうちに、静奈は何度か聞いた銃声を思い出した。

「夏実……」

不安に駆られてつぶやいたとき、着信音が聞こえた。

静奈が振り向く。無線機のコールトーンではなく、携帯電話だ。

立ち上がって谷口を固定したレスキューパックのところに行った。ジッパーを開いてスマートフォンを取り出す。液晶には知らない番号が着信として表示されている。

グローブを脱いだ指でタップして、耳に当てた。

「もしもし？」

神妙な顔で呼びかけてみる。

——こちら深町。神崎さん？

驚いた。思わず両手でスマートフォンを持ち直し、声高にいった。

「神崎です！　無事だったんですね」

——自分と〝要救〟二名は何とか無事ですが、星野が被疑者のひとりに拉致《らち》されています。一時間ばかり前に、二俣方面に向かって下っていきました。

「拉致……」

静奈が息を呑んだ。

「さっき銃声を何度か耳にしました。もしや、誰かが撃たれたのでは？」

——自分です。片足に被弾して動けずにいます。救助した二名の容態は安定していますが、現時点における星野の安否が不明です。

「詳しく教えて下さい」

しばし間があって、深町がこういった。

――バットレスで救助した〝要救〟二名を星野隊員とともに白根御池方面に搬送中、大樺沢で宝石店強盗殺人事件の被疑者らしき三名と遭遇。リーダー格の須藤敏人は、その場ですでに死亡しており、あとのふたりは佐竹と諸岡という名でした。

静奈はうなずく。県警本部から聞いた情報とも一致している。

――宝石店から盗んだ宝石類は、須藤によって北岳に持ち込まれ、本人は死亡。あとから追ってきた佐竹と諸岡が追いつく前に、犯行と無関係の新田という登山者が宝石を持ち去ったようです。現在、佐竹が星野隊員を人質にして追跡中。無線機と携帯電話を壊されたため、今までこちらからの報告ができませんでした。たいへんもうしわけなく思ってます。

静奈は驚いた。今は通話ができているということは、何らかの手段で事態が好転したということなのだろうか。

「それで深町さんは大丈夫なんですか？　お怪我の状態は？」

――撃たれた直後、星野に止血措置をしてもらいました。今は、〝要救〟ふたりとともにヘリの到着を待っているところです。天候が回復したため、五分ほど前に県警航空隊の〈はやて〉がヘリポートからフライトしたそうです。それから……。

いったん、言葉を切ってから深町がいった。

――被疑者のひとり、諸岡が死亡しました。滑落事故による脊椎損傷もあったのですが、衰弱が激しく、重度の低体温症でした。この電話は諸岡が所持していたものです。

「諸岡が……死んだ」

つぶやく声。すぐ傍にいる永友と目が合った。

視線を外すと、静奈は深く息を吸い込み、ゆっくりと吐いた。白い呼気が風に流れていった。

「深町さん。ご報告、感謝です。そのままヘリの到着を待っていて下さい」

──神崎さんは？

「現在、小太郎尾根直下です。ついさっき、銃声による草すべりの雪崩が発生しました。夏実たちは広河原へ向かわず白根御池に来て、それに巻き込まれた可能性もあります。これから大至急、下の現場に向かってみます」

──神崎さん、くれぐれもお気をつけて。

「諒解」

そういって切ろうとすると、声がした。

──星野のことをよろしくお願いします。

静奈はもう一度、スマートフォンを耳に当てた。

「まかせて下さい」

指でタップし、通話を終えた。

急斜面を下りた。今度はバロンが先導する。

雪崩が発生したばかりで、雪が柔らかく、足を取られやすい。だから、まともに靴底を雪に突っ込まず、表面を滑らせるようにグリセードしながら下降した。ダブルストックでスキーのように左右のバランスを取り、雪煙を蹴立てながら急斜面を下りてゆく。

永友は遅れがちに静奈についてくる。たびたびよろけてはいるが、足取りはしっかりしている。さすがにベテランの山岳救助隊員のようにはいかないが、それでもこのハードすぎる山行で、だいぶ躰が馴れてきた様子だ。

やがて眼下にいくつかの建物が見えてきた。

太陽光パネルが設置された白根御池小屋の屋根に雪が積もっている。そこに隣接する彼女たちの職場、救助隊の夏山常駐のための警備派出所。ドッグランと並んで建てられた小さな犬舎。それらがだんだんと近づいてくる。

やがて御池小屋の裏に到着した。

まず永友が背負っていたザックを下ろした。

「大丈夫ですか」

静奈に訊ねられ、谷口がうなずく。顔色はかなりいい。

「もうじき、捜査員たちがここに来ます。悪いけど、ここでちょっと待っていて下さい」

そういいながら、レスキューパックごと谷口の躰を雪の上に下ろした。ふたつのストックをたたんで雪の上に横たえてから、彼を御池小屋の壁に背をもたれさせるように座らせる。

躰が冷えないようにダウンジャケットをはおらせ、さらにジッパーを開いた寝袋で上半身をすっぽりと包み込んだ。

「神崎さん、トモさん。気をつけて」

「わかりました」

永友がうなずくと、自分の上着の前を開き、裾《すそ》をめくった。

腰のホルスターから黒い中型の半自動式拳銃を取り出した。銃口を下に向けながら、グローブをはめた手でスライドをめいっぱい後ろに引き、放した。金属音とともに初弾が薬室に装塡《そうてん》された。起きた撃鉄に拇指《おやゆび》をかけたまま、デコッキングレバーを押してゆっくりと撃鉄を戻す。

一連の動作を静奈は凝視していた。

「行きましょう。きっと星野巡査はすぐそこです」

そういいながら、拳銃を上着の下に戻した。

静奈は黙ってうなずいた。

谷口を固定したレスキューパックのホルダーから、小型トランシーバーを抜き、それを胸ポケットに入れる。永友に続いて歩き出した。

32

――あった！　見つけたぞ！

佐竹の興奮した声が聞こえてきた。

新田を横たえた場所から二十メートル近く草すべり方面に戻ったところだった。

細引きで対に結ばれた紫色のスタッフサックを取り上げて、彼は小躍りしていた。スノーショベルで適当に掘っているうちに、偶然、それを掘り当てたのだろう。悪運には恵まれているらしい。

夏実はそのスタッフサックをじっと見つめた。

彼女にとってそれは紫ではなく、赤と黒が混じったように感じられた。

不安や恐怖を呼び起こすいやな〝色〟が、そこに重なるように見えていた。心臓の鼓動が速まっていた。そっと胸に手を当てて、自分を落ち着かせる。

サックのひとつを開き、中身をいくつか掌に載せて、佐竹は確認した。

大小の宝石類。いろいろな色があった。いくつかが指の間からこぼれ落ちたので、あわててしゃがみ込んで拾っている。雪を掻き分けて捜す後ろ姿が哀れで滑稽《こっけい》だった。

それらをサックに戻してドローコードをきつく絞ると、佐竹は起き上がった。紐で結んだふたつのスタッフサックを前後に振り分けるように肩に担ぐと、興奮に上気した顔で、夏実たちのほうに向かって歩いてくる。

メイが牙を剥き出し、唸った。

彼女はそっと手を出し、犬を制止した。

佐竹がまた右手に拳銃を握っているのに気づいた。

夏実は緊張する。

「さんざん手間、かけさせやがって！」

寝袋にくるまれて倒れている新田の前に立ち止まり、拳銃を向けた。

「やめて下さい！」

夏実が叫んだ。「宝石は取り戻したし、もういいでしょう？」

「せっかくの油揚げをかっさらったトンビにはな、落とし前をつけさせてやらなきゃなんねえんだ」

彼女は激しく首を振る。

「もうこれ以上、犯罪を重ねないで！」

「俺に説教かい」

無造作に夏実の肩を摑んで脇に突き飛ばした。

メイがまた吼え始めた。マズルに皺を刻んで険相になっている。

佐竹は拳銃を両手でかまえて新田に銃口を近づけた。とっさに夏実が飛びかかろうとし

たが、いち早く、メイが佐竹に飛びついた。

二十キロ近くあるボーダー・コリーに、まともに顔に来られ、佐竹が犬ともみ合うよう

に仰向けに倒れた。

「くそったれ！」

左手で犬を払いのけ、メイに拳銃を向けた。

メイが両耳を伏せ、すくんだ。まともに銃口を覗くかたちになっている。

夏実が悲鳴を放った。

躰を張って守ろうと、とっさにメイの前に走った。

あのときの堂島のように——。

――山梨県警だ！　佐竹秀夫だな！

背後に男の声がした。

我に返った夏実が振り向くと、白根御池小屋と警備派出所のほうから、登山服姿のふたりと焦げ茶色の大型犬が走ってくるところだった。

夏実が思わず叫んだ。

「静奈さんッ！」

佐竹が向き直っていた。

神崎静奈と永友警部。駆けてくる二名を見て、すさまじい形相で歯を剝き出した。

右手の拳銃を素早くかまえた。

夏実がメイを抱きしめた。

銃声。

寸前、静奈がバロンに体当たりするように、横っ飛びに雪にダイブする。

永友のすぐ近くに着弾し、雪の粉が派手に飛び散った。

足を止めた永友が、オートマチックらしい黒い拳銃を腰の辺りから抜いた。昔の電話の受話器のようなコイル状の吊り紐で、グリップ下部が腰から繫がれている。

「銃を捨てろ！」

片手で空に向けて威嚇発砲をした。

冷え切った空気をつんざくような銃声。鼓膜が裂けそうだった。

佐竹は臆《おく》することなく二発目を撃った。

銃声とほとんど同時に、永友がクルリと躰を回すように反転して、雪の中に倒れ込んだ。

――永友さん！

残響の中、静奈の放つ声がはっきりと聞こえた。

雪に鮮血が散っている。右脇腹を撃たれたようだ。永友はそこを押さえながら突っ伏して、苦しげに歯を食いしばっていた。

夏実が硬直する。力を失ったふたつの腕から、メイが地面に落ちた。

彼女の視界の中で、〝幻色〟が世界全体を覆っていた。血のように真っ赤な〝色〟が、目に映るすべての光景を染め上げていた。

また目の前で人が撃たれた。堂島、深町、そして永友。

みんなかけがえのない仲間ばかりだ。いったい何度、自分の前で同じ悲劇がくり返されるのだろうか。

靴底が雪を踏む、ギュッというかすかな音に気づいた。

見れば、佐竹が拳銃の輪胴《シリンダー》をもどかしげに振り出したところだった。短いエジェクターを掌で叩いて、五発の空薬莢《からやっきょう》を一度に雪の上に落とした。夏実に向かって歩きながら、ジャケットのポケットから取り出した細長い弾丸を、一発ずつ輪胴に装塡している。

輪胴を拳銃に戻した佐竹が、目の前に立ち止まる。

銃口を前にして、思わず夏実は目を閉じた。

メイが吼えて飛びかかってくる。それを佐竹が無造作に蹴飛ばした。

前肢の付け根の辺りを蹴られて、メイが甲高い悲鳴を上げ、雪の中に倒れた。

とっさに夏実は抱き取ろうとしたが、佐竹はそれを許さなかった。

夏実の襟首を摑み、拳銃の銃口を首筋に当てた。発砲されたばかりのそれは熱く、喉許が焼けそうだった。

「その子から離れなさい！」

静奈の声。

彼女は雪の中から身を起こしていた。膝立ちになり、両手に拳を握っている。

「広河原から入った応援が、もうじきここに駆けつけるわ。あなたは逃げられない」

そういった静奈を見て、佐竹が口の片側を吊り上げた。

「だったら、こいつに人質になってもらう。俺と来るんだ！」

拳銃を首に突きつけられたまま、強引に立たされた。

「夏実——！」

走ってこようとする静奈を見て、佐竹が怒鳴る。

「そこで動くな！　この娘を撃つぞ」

静奈がピタリと足を止めた。

夏実は強引に歩かされた。佐竹に襟首を摑まれ、拳銃を向けられながら、引きずられるように歩を運ぶ。雪崩のデブリの山を越えて、雪に覆われたダケカンバの林へ分け入った。

二俣分岐点に向かうルートを戻る方角に歩き出す。

逃げようにも無理な情況だった。

小さな足音に振り向くと、メイの小さな姿が雪の中をつけてくる。

「近づかないで、メイ。危険だから」

夏実がいうと、悲しげな声が小さく聞こえた。

33

耳鳴りがしつこく残っていた。さっきの銃声のせいだ。

バロンが駆けてきた。膝立ちの姿勢のまま、静奈はそれを受け止めた。

森に消えた夏実たち。すぐに追いかけねばと思ったとき、うめき声を聞いた。

すぐ傍に永友が倒れている。

撃たれた脇腹を左手で押さえながら、青ざめた表情で口を半開きにしていた。

呼気が唇から白く洩れている。

「永友さん」

声をかけた。

うつろな表情だったが、ふいに目に光が戻った。

「神崎巡査。すみません、星野さんをまた人質にとられてしまいました」

苦しげにかすれた声を洩らした。

「傷を見せて下さい」

永友の左手をそっとどけた。

ゴアテックスのジャケットが裂けている。それを少し破った。

ジャケットの下、登山シャツの脇腹付近が、出血でぐっしょりと濡れている。さらにシャツのボタンを外して下着をまくり上げ、たんねんに調べた。

弾丸が内部にとどまる盲管銃創のようで、傷口は一カ所だった。

静奈は救助隊の制服であるジャケットのファスナーを開き、清潔な白いハンカチを取り出した。雪の上に膝を突き、それを四つ折りのまま、永友の傷の上からあてがった。

「ここ、すみませんが、ご自分で押さえていて下さい」

永友がそれに従う。痛みが激しいのか、小刻みな呼吸が荒かった。

「出血が止まっても、そのままでいて下さいね。すぐに救助が来ますから」

永友はうなずいた。

「神崎さん。あなたは？」

訊かれて、ふたたび夏実たちが消えた森を見た。

「これから、ふたりを追います」

すぐ傍で寝袋にくるまれている新田の様子を見てから、立ち上がろうとしたとき、ふいにジャケットの肘を摑まれた。

振り返った静奈は驚いた。

いつの間にか、永友は拳銃を握っていた。樹脂製のグリップ下にあるランヤードリングから、黒いコイル式の吊り紐をはずし、銃の本体を静奈に差し出した。

「使って下さい」

「でも――」

「奴は銃を持っている。あなたの同僚を助けるためには、これが必要です」

じっと彼の目を見つめてから、静奈は黙ってうなずいた。

グローブをはめた右手で拳銃を受け取る。ずっしりとした重みが掌に伝わる。

グリップが血に濡れていた。

小さなセフティレバーがオンの位置になっているのを確認した静奈は、ジャケットのフロントファスナーを開き、アウターパンツの後側に差し込んだ。

「神崎巡査。奴に追いついたら、さっきの自分みたいに躊躇しちゃダメだ」

「え？」

永友は静奈を見つめたまま、こういった。

「あなたの腕に期待しています。一発で決めて下さい」

「わかったわ」

静奈は雪の中に立った。

白い森を見て、大股《おおまた》で走り出す。

併走したバロンが、ふいに声を放った。

静奈が見ると、行く手である大樺沢方面の雪の樹林から、小さな影が走ってくる。

ボーダー・コリー――メイだった。夏実たちを追いかけていたのだ。

ダケカンバの林の手前で、躰を揺すって吼え始めた。甲高く、何度も。

ついて来いといっている。

静奈はうなずいた。

踵を返したメイに続いて、雪の森に分け入っていく。

34

遠く、ヘリの音が聞こえてきた。

仰向けに横たわる諸岡の遺体の傍で、深町がハッと顔を上げた。

雲が切れて青空がずいぶんと広がっていた。

東に連なる雪山の白い稜線を越えてきたヘリの機体が、小さく、針でつついた点のように見えていた。

「やった！　これでようやく助かるぞ」

近くに座っていた安西が叫んだ。

苦労して立ち上がり、無事なほうの手を、空に向かって大きく振り始めた。

深町はふと思い出して、振り返った。

左手にそびえる巨大なバットレスの岩壁。雪と岩が斑模様になり、複雑に折れ込んだ岩《いわ》屏風《びょうぶ》。その頂稜手前には、巨大な雪庇がある。バットレスを覆っていたガスが今は完全に消えて、まさに白い庇《ひさし》のように大きくせり出している姿がはっきりと見えた。

元来、こういった急斜面にたまった雪は、ほんのわずかずつだが動いているものだ。そして摩擦によるバランスが崩れた瞬間、一気に滑り出して表層雪崩や全層雪崩となる。

ここから見上げると、巨大な雪庇の前面には、無数の亀裂が走り、雪襞があちこちに生じていた。まさに崩壊寸前だということだ。

またヘリの機影に目を戻した。

青い機体のベル412EP。県警ヘリ〈はやて〉だった。

そのとき、手にしていた携帯電話が呼び出し音を鳴らした。

液晶を見る。相手は090で始まる携帯電話だ。

グローブを脱いだ指先で通話ボタンを押し、耳に当てた。

――深町さん。こちら、〈はやて〉の納富です。署から、その携帯の番号を聞きました。まもなくそちらの現場上空に到着します。

県警航空隊の納富慎介《しんすけ》の声だった。

「深町です。ここからはっきり見えてます」

――ところで、空から見たところ、バットレス上部に雪庇が突き出してます。亀裂もずいぶんとあるようですし、この状況でヘリをホイスト可能な高度まで降下させると、ローターや排気音が谷間に反射して増幅され、雪崩を誘発するかもしれません。

「どうしますか？」

――いずれにせよ、あれが崩落するのは時間の問題と思われます。深町さんたちが自力で動けない以上、何とか救助するしかありません。だから奥の手を使います。

奥の手といわれて深町にいやな予感が走った。

県警航空隊の中でも命知らずといわれ、とりわけアクロバット飛行を得意とする納富のことだ。こちらの度肝を抜くような何かをしでかすのではなかろうか。

「あの、納富さん?」

——特殊救助スリングを使ってみます。

いわれて思い出した。

「あれって、まだ試作段階で、実地配備されてないと聞きましたが」

——無理を承知で機体に積んで来ました。遭難現場で試してみないと、実用に耐えうるかどうかわかりませんからね。

あっけにとられて見上げる深町の目に、だんだんと大きくなってくるヘリの姿が映っている。

——いったん地表から三百メートルまで降下し、その高度からスリングを落とします。すみませんが、それを回収し、全員で装着してから待機して下さい。

深町はじっと機体を見上げていたが、意を決していった。

「わかりました。お願いします」

——そちらの携帯は通話状態のままでいて下さい。適宜《てきぎ》、指示を出します。

「深町、諒解しました」

通話を終えると、〈はやて〉がさらに接近してきた。

距離は二百メートルぐらい。見ているうちに、スローモーションのように空中を滑りながら、やがて深町たちのほぼ真上に到達した。

それから左に旋回し、横っ腹を向けた。ボディ側面にあるスライドドアが大きく開かれ、白いヘルメットをかぶったふたりの姿が確認できた。こちらに向かって手を振っている。的場功《まとばいさお》副操縦士と飯室滋《いいむろしげる》整備士だ。

エンジンが排気する爆音に混じって、ブレードスラップ音がパタパタと耳朶を打つ。が、高度を保っているため、メインローターによる吹き下ろし、いわゆるダウンウォッシュの風はさほど感じない。

——深町さん。聞こえますか？

納富の声に深町が携帯電話を耳に当てる。

「聞こえてます」

——安全のために、みなさんの上流側、約二十メートル付近に投下します。お怪我でたいへんでしょうが、回収をよろしくお願いします。

「諒解です」

ヘリの機影がゆっくりと大樺沢上流方面に流れた。

ふいに機体のキャビンからそれが投じられた。

円盤状の大きな物体だった。クルクルと回転しながら落ちてきた。

一瞬後、大地が揺れるほどに派手な音がして、パッと雪煙が舞い上がった。

県警ヘリ〈はやて〉の機体が、高空に離脱してゆく。

小さくなる機影を見上げてから、深町はまたそこに目をやった。

彼らの上流側、まさに二十メートル付近に、それは半ば雪に埋もれていた。銀色の円盤状のカバーに入った物体である。中に太いロープ状のスリングが巻かれて収納されているはずだ。

深町があれを取りにゆくのは不可能だ。だから、仕方なく要救助者のふたりの若者に目をやる。

「安西さん。悪いけど、あれをここまで引きずってきてくれないか」

茶髪の若者があっけにとられたような顔で深町を見て、やおら自分を指差した。

「俺っすか」

「自分の足で歩けるのは君だけだ」

右腕の脱臼と肋骨の骨折、さらに全身打撲。夏実のサポートで自力歩行していたとはいえ、もちろん健常者のようにはいかない。荷物を引きずっての歩きは壮絶な苦難が伴うはずだ。

「でも、あれってどれぐらいの重さなんですか」

「四十キロぐらいだ」

「え――」

啞然《あぜん》として、安西が深町の顔を見つめた。

「ヘリのホイストで、いっぺんに複数の要救助者を吊り上げるためのツールなんだ。耐荷重量がおよそ五トンある。それだけ頑丈にできてるってことだよ」

安西は惚けたような顔で、またそれを見た。

「わかりました。行きます」

そういって、右手をかばいながら立ち上がり、雪の上をよろよろと歩き始めた。

35

ついさっきまで、雪の木立の合間に、小さな姿が見え隠れしていた。

ずっと後ろをついてきていたメイがいつしか消えていた。

そのことに気づいた夏実は思った。

きっとメイは静奈のところに戻ったのだ。彼女を連れてくるために。

犬の中でも知能が高いといわれるボーダー・コリー。とりわけ賢明で、自己の決断力や判断力に秀でた救助犬であるメイのことだ。おそらく自力で夏実を救助するよりは、静奈にまかせたほうがいいと思ったのだろう。

佐竹は夏実に前を歩かせ、背後から油断なく拳銃をかまえている。ときおり後ろを振り返っているのは、追手を確認しているのだろう。

雪で足を滑らせたり、浮き石でバランスを崩すたびに、はずみで暴発させたりしないかとヒヤヒヤするが、今のところ何とか無事に歩けている。

森の雪は深く、純白のモノトーンで遠近感が不明瞭だが、踏み跡があるためトレイルを外れることはない。

風が吹くたび、枝々の雪が紗幕となって樹間を流れ、顔に降りかかることもある。しかし天気は順調に回復していて、頭上を見ると交差する枝越しに青空が覗いていた。

もうすぐ二俣分岐点だ。

佐竹はそこから広河原をめざして下りる道を辿るはずだ。

途中で逃げ出すチャンスはあるかもしれない。しかし相手を見くびってはならない。狡《こう》猾《かつ》な男だとよくわかったし、何よりも拳銃を手にしていて、それを迷いもなく発砲できる人間だ。相手が警察官であれ、女であれ、きっと容赦はしないだろう。

夏実は黙って彼の前を歩き続けた。

ふいに木立が切れて、忽然《こつぜん》と視界が開けた。

白銀一色のだだっ広い雪原に西日が当たって眩しかった。

谷間の空間に無数の小さな光輝がキラキラと光りながら舞っていた。ダイヤモンドダストだと気づいた。気温がマイナス十度を切っている証拠だった。これから夜に向けて、さらに大気が冷えてゆくだろう。

「ここでひと休みだ」

ふいに背後から声をかけられ、夏実は振り向いた。

佐竹は拳銃を握ったまま、ショルダーベルトから腕を抜いていた。足許に下ろしたザックから水筒を取り出し、喉を鳴らして水を飲んだ。

やがてそれを飲み干したらしく、林床に無造作に放り投げた。雪の粉を散らして、ナルゲンのボトルが斜面を転がって沢に落ちていった。

その隙に、夏実は自分の周囲を見た。逃げる場所を捜し、あるいは佐竹に逆襲できるチャンスがないかとうかがった。

右の足許に平べったい岩が落ちている。

半ば雪に埋もれたそれはレンガ色をしていた。北岳を始め、南アルプス一帯によく見られる赤色チャートと呼ばれる岩石だ。ちょうど手に握れそうなサイズだった。

そっと身をかがめて拾おうとしたとき、佐竹が向き直った。

濡れた口許を袖で拭いながらいった。

「どうやら追手は来ないようだし、あんたもそろそろお役御免だ」

「え……」

「よけいな荷物は持たない。それが登山の鉄則だよな。俺の荷物はこいつだけで充分だ」

彼は宝石を入れた対のスタッフサックをあらためて肩にかけ直すと、拳銃の撃鉄を起こした。黒い輪胴が五分の一回転するのが見えた。小さな銃口が、まともに視界に飛び込んでくる。

夏実は硬直した。

「私を、撃つんですか」

「もともとそのつもりだった」

「仲間のところに帰すって約束だったじゃないですか」

「約束ってのは破るためにあるんだよ」

佐竹は拳銃をかまえながら、口角を歪めて笑った。「あんたを、あのオマワリのいるところに送ってやる。また、あの世でペアを組むんだな」

新田のピッケルの一撃を受けた傷からの出血は止まっていたが、佐竹の顔の半分が褐色混じりの斑模様になって凄絶《せいぜつ》な面相を見せていた。

そんな彼を凝視していた夏実が、ふっと眉根を寄せた。

目を細めて、相手をにらみつける。

「堂島さんは死んでいません。きっと怪我を克服して帰ってきます」

佐竹の片頬がピクリと動いた。

「ならば、あんたが先に行って待ってろ」

夏実はゆっくりとかぶりを振った。

「私は死なない」

そういった夏実に向かって、佐竹が一歩、近づいてきた。

「お嬢さんも強気だな。だったら――」

額にグイッと銃口をあてがわれた。「あんたの山の神様とやらが本当に守ってくれるか、試してみようじゃねえか」

引鉄に当てた人差し指の関節が白くなった。

夏実は目を見開いたまま、相手をにらみつけていた。


空に音がした。

ヘリの爆音。

驚いた佐竹が見上げた。遠くから飛来する青い機体。県警ヘリ〈はやて〉だった。

高空を飛ぶ機影はまだ小さく、池山吊尾根の上空をかすめるように、ゆっくりと通過してゆく。

いつしか佐竹の銃口が逸れていた。

その隙を逃さず、素早く足許から拾い上げたレンガ色の岩の角を、思い切って相手の横顔に叩きつけた。ピッケルの傷がある場所にまともに命中した。

くぐもった声を放って、佐竹が横倒しになった。

鮮血が雪に飛び散った。

同情も、後悔もしなかった。

倒れた佐竹の姿を視界の隅に見ながら、夏実は走った。

雪を蹴散らし、右側からの細い支流を飛び越える。大樺沢の上流へと向かった。

しかし絶望的な疾走だった。雪を掻き分けながらの走りは遅く、銃の射程距離外まで逃れることは無理だ。どこかに遮蔽物《しゃへいぶつ》を見つけ、銃弾をかわすしかない。

そう思いながら振り返ると、佐竹が立ち上がったところだった。

ハンカチで顔を押さえながら、もう一方の手で拳銃をかまえている。

無意識に足が止まっていた。

撃たれる――と、身がまえた瞬間、背後に犬の声がした。

とっさに目をやる。

森の中から二頭が雪を散らし、飛び出してきた。

ジャーマン・シェパードのバロン。ボーダー・コリーのメイ。

つかの間、佐竹の注意が犬たちに向いた。その隙を逃さず、夏実は手近な岩の陰に飛び込んだ。直後に銃声がして、銃弾が空気を切り裂く擦過音が頭の上をかすめた。

心臓が止まるかと思った。それほど恐怖にすくんでいた。

犬たちの咆吼《ほうこう》。

「メイ、バロン。逃げて！」

夏実が岩陰から叫んだ。

――そこにいるのはわかってる。とっとと出てきやがれ！

佐竹の声。直後にまた銃声がした。

目の前の雪を派手に爆発させて、夏実が隠れている岩に跳弾した。耳鳴りがし、岩がはぜるきな臭さが鼻腔を突く。思わず岩に背中を押しつけて、両手で耳を覆い、強く目を閉じる。

恐怖に躰が震える。涙があふれた。

しかし夏実は信じた。

大丈夫。私は絶対に死なない。生きてみんなのところに戻る！

ゆっくりと目を開く。

すぐそこにそびえた北岳の岩稜。

西日がその肩に当たって、稜線が黄金色に輝いている。

36

静奈は雪の森を走った。
登山道に沿ってつけられた多くの足跡が、深いトレースとなって林床に刻まれている。
それを辿りながら無我夢中で走った。
犬たちの足跡も雪面に明確に穿《うが》たれていた。
バロンとメイ。二頭の救助犬たちは、すでに二俣に到達している頃だ。
シラビソの枝が揺れ、ざっと音を立てて雪が落ちる。
粉雪が白いカーテンとなって目の前を横切る。
それを突っ切って、静奈はなおも走った。
銃声。
思わず、静奈は足を止めた。
ゴウゴウと、それは谺しながら樹間を抜けて聞こえてきた。
二発目の銃声が轟いた。
谺が何度も重なる。まるで山そのものが揺らいでいるようだ。
「夏実――！」
雪を散らしてまた走った。
白い森を抜ける狭い登山道を疾走する。

だしぬけに木立が左右に広がって、視界が開ける。

二俣分岐点に到達した。

犬たちの吼える声。

銀色のバイオトイレの向こうに二頭が見えた。雪の中を右に左に走り回っている。

その手前に男が立っていた。

ザックを雪の上に転がしていて、空身だった。紫色の対のスタッフサックを肩掛けし、片手で拳銃をかまえている。大樺沢の上流に銃口を向けているのが見えた。

夏実がその方角のどこかに隠れているのだろう。メイとバロンはそれを攪乱《かくらん》するかのように、あちこちに走り回っている。

風に流れて火薬の燃焼臭がかすかに漂ってきた。

――早く出てこい。さもないと、クソ犬どもをブチ殺すぞ！

佐竹の濁声が響いた。

静奈はその後ろ姿をにらみつけるようにして防寒グローブを脱ぎ捨てた。

素手で腰の後ろに挟んでいた拳銃を抜く。

地域課の警察官として扱っていた回転式ではない、県警の刑事たちが使っているシグ・ザウエルＰ２３０ＪＰと呼ばれる半自動式拳銃だ。しかし静奈は海外で幾度か射撃体験があって、扱いは熟知していた。

スライドの排莢口《はいきょうこう》に食い込むエキストラクターの赤い印を見て、薬室への装塡を確認する。

この拳銃はダブルアクションだから、引鉄を引くだけで、自動的に撃鉄が起きて撃てる。だが狙いを正確にするためにはシングルアクションによる射撃のほうがいい。セフティを解除すると、トリガーガードに人差し指を当てたまま銃口を下に向け、スライド後部の小さな撃鉄を左手の拇指《おやゆび》で起こした。かすかな金属音に緊張する。

躊躇なく撃てといった永友の言葉を思い出した。

警告も威嚇射撃もしない。

凶悪犯に銃を向けられた同僚の警察官を救うための緊急措置だ。

右手で拳銃を握り、左手を添える。日本の警察では両手把持《はじ》と呼ばれる射撃スタイルだが、正面立ちではなく、右足を少し引いた半身となった。海外の射撃場で習ったスタンスだ。

拳銃のサイトの延長線上に、佐竹の後ろ姿が小さく見えている。

距離はおよそ三十メートル。

まだ静奈の存在に気づいていない。目の前に隠れている夏実しか眼中にないらしい。

銃が上下左右に揺れ、照準がぶれる。走ってきたための荒い呼吸のせいだ。

一度、ゆっくりと深呼吸をしてから、静かに息を止めた。

拳銃の狙点《そてん》が標的にピッタリと合った。

静奈は決意した。

名を叫んだとたん、相手が気づいた。

振り向きながら、同時に黒い拳銃を向けてきた。

一瞬、早く、静奈は引鉄を絞り込んだ。

耳をつんざく銃声とともに反動で拳銃が跳ね上がった。青白い硝煙の中、右の視界の片隅を金色の空薬莢が斜めに飛んだ。

狙いどおり、佐竹の右肩付近。パッと血潮が飛んだ。

声もなく、佐竹が雪の中に転がり落ちた。

わだかまる硝煙の中、静奈は両手で拳銃をかまえたまま、油断なく接近した。銃口はずっと倒れた佐竹に向けられたままだ。じりじりと近づいていく。

イアーマフなしの射撃のため、銃声で鼓膜が圧迫されていた。耳鳴りがひどい。

細い支流を渡り、上流側に立った。

佐竹はうつぶせになっていた。銃弾を受けた右肩を左手で掴んで背を丸くしている。

彼の拳銃は、右手の少し先に落ちていた。

静奈はさらに近づき、ゆっくりと半歩横移動して、半ば雪に埋もれた回転式拳銃を遠くへ蹴飛ばした。

苦しげに佐竹がうめいた。

流れた鮮血が雪に染みている。口惜しげな表情で、横目でにらみつけてくる。

この傷なら立ち上がることも無理だろう。

そう判断した静奈は、銃のデコッキングレバーを使って撃鉄を戻し、さらにセフティをかけた。腰の後ろに拳銃を差し込み、雪の上に落ちていた佐竹の拳銃に目をやる。そこに行き、ジャケットのポケットから取り出したバンダナでつまむように拾い上げた。

Smith & Wessonと、短い銃身に彫られている。東南アジア製などのチャチな安物（サタデイナイト・スペシャル）ではなく、ちゃんとしたアメリカ製の銃だった。輪胴を開くと、五発の薬莢のうち、撃針の打痕があるものがふたつ。あと三発ほど未発砲の弾丸が残っていた。

「いったい誰だ、あんたは！」

老人のようにしゃがれた声。

突っ伏した佐竹が必死に起き上がろうとしていた。

少し離れた雪の上に落ちた対のスタッフサックに向かって、片手を伸ばそうとしている。が、肩の傷と痛みがそれをさせなかった。

振り仰ぐ容貌が凄絶だった。顔半分に乾いた血がこびりつき、大きく裂けた傷口から鮮血がダラダラと流れている。

さらに静奈に撃たれた肩の銃創。これが登山者なら、ヘリを使っての緊急搬送になるところだ。

「佐竹秀夫。強盗殺人および銃刀法違反の容疑であなたを現行犯逮捕します」

静奈がそういった。

血走った目でにらんできた佐竹が、いきなり歯を剝き出した。

「いきなり撃ちやがって。それでも警察官か！」

「ええ。そのつもり」

静奈は微笑んだ。

「くそったれ。女なんぞに捕まってたまるか！」

怒鳴りながら懐に手を入れ、何かを取り出した。

独特の形状をしたスパイダルコのフォールディング・ナイフだ。

拇指で刃を開きながら起き上がろうとしたが、果たせなかった。いくらも上体を起こせないうちに、無念そうにまた雪の中に倒れ込む。

静奈は彼の手首に素早く蹴りを放った。握っていたナイフが、クルクルと回転しながら飛んでいった。

佐竹が目を見開いて絶叫した。

鉤爪《かぎづめ》のように指を曲げた片手を伸ばし、必死に静奈に摑みかかろうとする。

彼女は無造作にその手をふりほどくと、佐竹の襟許を摑んだ。拳ダコが隆起した右手を素早くくり出し、容赦のない裏拳《うらけん》を左のこめかみに一発、見舞った。

鈍い打撃音。

佐竹の頭がガクッとのけぞる。

一撃で気絶し、そのまま雪の上に突っ伏す。ピクリとも動かなくなった。

静奈はしばし拳を固めていたが、それを解き、フウッと息を洩らして立ち上がった。

ジャケットの内ポケットから手錠を出し、佐竹の両手首にそれをはめた。

腕時計を見る。

「現行犯逮捕。午後四時五十分」と、つぶやく。

肩越しに振り向く。

「夏実！」

声をかけた。

犬たちの歓喜の咆吼が返ってきた。

大樺沢の上流側を見た。

救助隊のジャケット姿の夏実が、メイやバロンとともに走ってくる。

まるで小さな礫《つぶて》みたいに、雪の斜面を一気に駆け下ってきた夏実は、雪を蹴るように飛びついてきた。受け止めた静奈だったが、弾みでいっしょに転びそうになる。

「静奈さんッ！」

夏実が彼女の胴体に力いっぱいしがみつき、胸に顔を埋《うず》めてきた。そのまま激しく泣きじゃくる。

静奈は姉のように優しく見下ろす。頭と肩を何度も優しく叩いてやる。

メイとバロンが興奮に吼え立てながら、ふたりの周囲を走り回っている。

ようやく夏実が顔を上げた。大きな目が涙でいっぱいだ。

「ちょっと、あなた。ひどい顔じゃない」

右頬に大きな痣《あざ》をこしらえた夏実を見て静奈がいった。乾いた鼻血が口の周りにもこびりついている。

「怪我は大丈夫？　どこも撃たれてないの？」

「大丈夫です。静奈さんが来てくれたおかげで、こうしてピンピンしてます」

無理に笑ってみせる夏実の口許に、いつもの小さな笑窪。

安堵《あんど》した静奈は微笑んだ。

「ね。夏実」

彼女は、涙でくしゃくしゃになった顔で見つめてきた。

二度、三度としばたたいて見上げてくる。そのきれいな眸を見返しながら、静奈はいった。

「生きていてくれて、ありがとう」

ふたたび激しく顔を歪め、夏実が胸に頬を押しつけて泣き始めた。

そっと抱きしめたまま、静奈は空を見上げた。

かすかにヘリの音が聞こえた。

大樺沢上流、バットレスの真上に県警ヘリ〈はやて〉の青い機体が小さく見えている。

37

安西が苦労して特殊救助スリングを引きずってきた。

雪の上を滑らせたとはいえ、片手だけで四十キロの荷物はつらかっただろう。それに折れた肋骨の痛みもある。拷問にかけられたような顔をして、彼は深町の前で膝を突き、そのまま突っ伏した。

ヘルメットの顎紐《あごひも》を外して脱ぎ去り、ゼイゼイと背中を上下させている。

「悪いが、休んでいる余裕はない。すぐにカバーを外して、スリングを出すんだ」

深町に叱咤《しつた》され、安西がのろりと起き上がる。

顔じゅうが雪まみれである。しかし歯を食いしばって膝を突き、立ち上がる。口の周りに涎《よだれ》がこびりついていたのを片手で拭った。汗に濡れた茶髪が額や頬に張り付いている。

深町はその顔を見て、思った。

バットレスで救助されたときとは、まるで別人のようだ。

——深町さん。バットレス上部の雪庇に変化あり。

通話状態を保ったままの携帯電話から、機上の納富の声がする。

「どんな状態ですか？」と、深町。

——大樺沢方面に向け、どんどん斜角が広がっています。それも全体的に。おそらく、あと数分で自重で崩落です。

「急いでスリングを全員に装着するんだ」

深町にいわれ、安西はカバーから取り出した特殊救助スリングを解き始めた。

重傷の大葉も、深町自身も起き上がれぬままだが作業を手伝った。

太い本体をそれぞれの胴体に巻き付け、各ストラップを締めて躰に固定する。形はヘリからのホイスト救助に使うサバイバルスリングによく似ているが、それが全部で五人分ある。一度にそれだけの人数を救出するために作られたものだが、今回の吊り上げは三名だ。

雪の上に横たわったままの深町、隣に座り込んでいた大葉の胴体に装着した安西は、それぞれがしっかりフィットしていることを確認する。最後に自分の胴体にも装着した。すべてを片手と歯で成し遂げたのだから、たいへんな作業だ。

三人分のスリングの中央には、ヘリから降ろされるホイスト先端のフックをかけるために、ステンレス製の大きなリングがある。それだけでも三キロぐらいの重量がありそうだ。

それを安西が手にした。

「ヘリはギリギリまで高度を低くとってから、ホイストケーブルを下ろしてくるはずだ。フックをかけたら、上空にOKの合図を送る」

深町が手順をふたりに伝えた。

おそらく低空に降下したヘリの爆音で、バットレス上部の雪庇は崩落する。それは雪崩となって、一気にこの大樺沢へ落ちてくるはずだ。

深町は北岳の東の壁面を見上げた。

ガスはすっかり消え去って、複雑に折り込まれた岩襞と、そこに斑模様に張り付いた雪がはっきりと見えている。もちろん城塞ハングの付近にせり出した巨大な雪庇も。

「チャンスは一度きりだ。二度目はない」

深町の声に安西と大葉がうなずく。

それから全員で上空を見上げた。

県警ヘリ〈はやて〉が、次第に降下してきた。

排気音とブレードスラップ音がだんだんと大きくなる。

深町はときおり視線を変えて、バットレス上の巨大な雪庇を見上げる。

ヘリがさらに高度を下げた。

地表からおよそ百五十メートル。すでにダウンウォッシュの強烈な風が感じられる。

機影が大きくなってくるにつれ、それがさらに強くなってゆく。

百二十メートル。

全員の服がはためき始めた。

クライミング用ヘルメットを脱いでいた安西の髪がザンバラに躍った。しかし、片手に特殊救助スリングの大きなリングを持っているので、雪の上からヘルメットを拾う余裕はない。

百メートル。

すさまじい風圧を感じる。周囲の雪が巻き上げられ、視界を奪おうとする。

機体側面のスライドドアがめいっぱいに開かれ、白いヘルメットをかぶった飯室整備士が機外に身を乗り出し、ホイストケーブルをウインチで伸ばし始めている。先端のフックが振り子のように回転しながら下りてくる。

九十メートルで空中停止。

大きなフックがついたケーブルの先端が、揺れながら降下してくる。

ふいにヘリとは別の音がした。

ミシミシ、メキメキと何かが軋むような異音だ。

深町が振り返ると、バットレス上部に突然、雪煙が立ち上がった。

火山の噴煙のように見る見るわき上がってゆく。

「雪崩が来る。でかいぞ！」

リングを持った安西が、悲鳴に似た声を放って中腰になっている。大葉も真っ青な顔だ。

「落ち着け！　パニックになったら終わりだ。あと少しでケーブルが届く！」

深町がふたりを制するように低い声でいった。

しかし、やはり気になって北岳を見上げる。

雪煙が左右に大きく広がると同時に、雪庇の崩落が始まった。

大地が激しく鳴動する。地鳴りが高まってゆく。雪煙を巻き上げ、広範囲に広がって、すさまじい速度で落ちてくる。

ヘリが空中停止した。ホバリングを保ちつつ、ホイストケーブルをスルスルと下ろしてくる。

先端のフックが回転しながら、三人に向かって近づいてくる。

「いいか。確実にあのフックを摑んでくれ。逃せば一巻の終わりだ」

深町の言葉に安西がうなずく。傍らで大葉が固唾《かたず》を吞んでいる。

フックまであと数メートル。

雪崩が迫ってきた。雪煙を巻き上げ、大きく広がりながら、白い津波が押し寄せてくる。

その恐るべき轟音。

白い壁が目の前に接近した。視界全体に立ち上がって、彼らを一気に吞み込もうとしている。三人の衣服がさらに激しくはためき、雪の上に散乱していた須藤の山道具や諸岡のザックがいっせいに飛ばされた。ヘリのダウンウォッシュではない。雪の奔流に空気が圧縮されながら、押されているのだ。

フックがすぐ頭上まで下りてきた。

焦るあまり、安西が摑み損ねた。

深町が目を見開く。

次の瞬間、幸運にもグルッと空中で回転して手許に戻ってきたフックを、今度こそ摑んだ。

それを特殊救助スリングのステンレス製リングに装着。カチッと音を立てて、確実にロックがかかった。

「装着、完了！」

安西が上空に向かって手を挙げた。

ホバリングしていた機体から乗り出していた飯室整備士が手を振り、機内に向けて合図した。

エンジンの爆音がにわかに変化した。県警ヘリ〈はやて〉が急上昇を開始する。

三人がいっせいに上空に引っ張られた。

冷たい雪原の上から、一気に空にさらわれた。

雪の中に残した諸岡と須藤の遺体が、どんどん真下に小さくなってゆく。

安西が大声で悲鳴を洩らした。大葉が何か叫んだ。

強烈なGがかかっているせいだ。

深町もうめき声を洩らし、歯を食いしばった。太腿を縛っていた止血帯がどこかへ飛んでいった。

アミューズメントパークのアトラクションのように、三人は空中でクルクルと水平に回転しながら、ヘリに向かって引き上げられてゆく。

そこに白い嵐が襲来した。

強烈な風圧と、散弾のように躰に叩きつけられる無数の雪礫。視界がたちまちホワイトアウトする。すべてが白一色。そんな中で上下感覚すら失う空間識失調におちいっていた。

すさまじい風と雪礫の奔流にきりもみ状態になって、三人は絶叫した。

遅かった。

ヘリコプターごと、雪崩に巻き込まれてしまった。

深町はそう思った。


唐突に真っ白な世界が払拭された。

代わりに彼らの周囲に広がったのは、だだっ広い空。

目映《まばゆ》いほどに美しい山々が夕陽《ゆうひ》に照り映えている。

眼前に威容を誇る北岳バットレスの巨大な大岩壁。雪と岩が入り交じった斑模様の岩屏風が、無言の威圧を放つように眼前に迫っている。

助かった。

まさに僅差《きんさ》で雪崩から逃れることができたのだ。

ヘリの爆音の下、三人は空中で揺れながら、ホイストケーブルでどんどん上昇していた。真下を見ると、バットレスから流れ落ちた大規模な雪崩が、大樺沢の上流部をすっかり埋め尽くしていた。

そこから立ち上がるすさまじい雪煙が、渓谷を伝う風に流されている。

ウインチが巻きぎられ、彼らはキャビンドアのすぐ横まで上昇していた。メインローターから吹き下ろす強烈なダウンウォッシュの中、身を乗り出してきた飯室整備士が、副操縦士の的場とともに、全員を機内に引っ張り込んだ。

「ご無事で何より」

飯室が笑顔でいいながら、それぞれの躰を固定したストラップを外していく。

的場がキャビンドアを閉めようとした。

「ちょっと待って下さい」

深町がいい、機外に見える北岳をもう一度、凝視した。

西の稜線に没しようとしている夕陽が、北岳頂稜の南西側の稜線を、見事なまでに美しい黄金色に輝かせていた。

深町は思わずそれに見とれた。それまで何度となく見てきたバットレス。それが今、異様な現実感をもって迫ってくる。圧倒的なその迫力に、深町は魂を抜かれたようにそれを見る。

深町だけではなかった。

隣にへたり込んでいた安西が、そして大葉が、何かに憑かれたような目で、あのバットレスの大岩壁を見つめている。

ふいに短い口笛が聞こえた。

大葉だった。若い横顔が夕陽に映えて真っ赤に染まっている。

「北岳、最高！」

隣にいる安西が素っ頓狂な声で、そう叫んだ。

38

大樺沢に落ちた雪崩は、二俣からもよく見えた。

すさまじいまでの雪煙が立ち上がり、それがたちまち風に流されてゆく。

「深町さん……」

夏実がその名をつぶやいたときだった。

ヘリのメインローターが空気を裂くスラップ音が近づいてきた。

ハッと頭上を振り仰ぐと、県警ヘリ〈はやて〉がバットレス方面から東に向かって飛行してくるところだった。ちょうど彼らの真上に到達し、そこでホバリング状態となった。

高度は五十メートルぐらいだ。ダウンウォッシュの風が強烈に吹き下ろしてくる。

その風の中で、メイが吼えた。

呼応するように、バロンが野太い声を放った。

無線のコールトーンが聞こえた。

静奈は胸ポケットからモトローラ社の小型トランシーバーを取り出した。

——県警航空隊、納富です。二俣分岐のおふたり、取れますか？

ヘリのパイロットの声がした。至近距離なので感度良好だ。

「山岳救助隊、神崎です」と、静奈が応える。

——深町さんと要救助者二名は収容しました。そちらの情況はいかがですか。

それを聞いて、夏実が心底、ホッとする。

静奈が彼女に向かって笑い、またトランシーバーを口許に持っていく。

「宝石店強盗殺人事件の被疑者一名を確保しました。星野隊員と犬たちも無事です」

——よかった。これからみなさんをホイスト収容します。

「あ。ちょっと待って下さい。白根御池小屋周辺にも負傷者二名、それと高山病患者が一名」

——御池でもピックアップしますか。

「あいにくと本件の担当捜査員と重要参考人なので、現場で情況説明を受けることになると思われます。間もなく、広河原から登ってくる江草さんたちが到着するので、収容はそのあとでお願いできますか」

——でしたら、いったん深町さんたちを甲府の病院まで搬送して、折り返してきます。

「日没が近いので、くれぐれも気をつけて」

——諒解。交信終わり。

上空でホバリングしていたヘリが滑るように前進した。

低空で大きくカーブして、夏実たちの真上をターンする。

横向きになった機体のキャビン。その窓越しに深町の姿を見つけて、夏実が大きく手を振った。向こうも振り返してくる。隣に要救助者の若者たちの姿もあった。全員が思ったよりも元気そうな様子だ。

操縦席に納富の姿が小さく見えた。

いつもの紺色の飛行帽にサングラス。サムアップする手が見えた。

静奈が拇指を立てて返し、夏実が頭を下げる。

ヘリが急上昇しながら、東に機首を転じた。

爆音が小さく、遠のいていく。

「いつまでお辞儀してんのよ」

苦笑する静奈にいわれ、起こした顔の眦に小さく涙が光っている。

39

少しの間、眠っていたようだ。

夢の中で遠く、銃声のようなものを何度か聞いた気がした。

永友はふと目を覚ました。すぐに起き上がろうとして果たせず、冷たい雪に顔を突っ伏した。

銃弾を食らった右の脇腹が、燃えるように熱かった。

炎症という言葉があるが、それどころではないほどに灼熱《しゃくねつ》の痛みと疼《うず》きを伴っている。

傷口に押し当てた布は、すでに血を吸ってベタベタに滲《し》みている。それでも離さず、ずっとそこにあてがっていた。

空を見ると夕陽の残照が消えかかっていたが、周囲の景色はまだ明るく見える。

新田はすぐ近くに寝袋にくるまったままで横たわっている。ふたたび意識を失ったらしく、目を閉じたままだ。気の毒だが、この男をふつうの登山者としてここから下山させるわけにはいかない。もっとも事件が解決すればの話だが。

永友は向こうに広がるダケカンバの白い森を見た。

逃げた佐竹と、人質になった星野隊員。そしてそれを追いかけていった神崎静奈。そして犬たち。

あれからどうなったのだろうかと思いがめぐる。

広河原から登っているという捜査員たちは、まだ姿を現さなかった。最前、岸本管理官からかかってきた電話だと、あと十五分ぐらいだということだった。

腕時計を見る。そろそろ到着してもいい頃だ。

二十年の警察人生において、今回の事案ほど深く関わったものはない。

甲府で起こった強盗殺人が甲斐市での発砲事件となり、やがて南アルプス市へと移った。

永友は被疑者たちの動向を察知し、他の捜査員よりも遥かに早く、彼らの足取りを辿ることができた。そして、ここ北岳までやってきはしたが、被疑者たちの先回りをするまでには至らなかった。けっきょくのところ、後手に回るばかりだったのだ。

しかも被疑者に接触したものの、まんまと返り討ちに遭ってしまった。あげく、案内のために同行した山岳救助隊員、それも若い女性にすべてをまかせるしかなかった。凶悪犯を相手にして、果たしてひとりの女性警察官が太刀打ちできるだろうか。

そのことを思い、無意識に歯軋りをしてしまう。

人質になったあの女性警察官ともども殺されでもしたら、それこそ最悪の事態となる。捜査員として取り返しのつかない失態である。

脇腹の傷口をにらむように見据えた。

自分が立ち上がれさえすれば――。

突如、犬の声が聞こえた。

顔を上げ、目をやった。雪に埋もれた森のほうからだった。

見ているうちに、ダケカンバの枝を揺らし、粉雪を散らして、小さな犬が飛び出してきた。

あのボーダー・コリーの救助犬だった。続いて大きなジャーマン・シェパードも。

永友はまた身を起こそうとして果たせず、雪の中に躰を横たえた。

その場に突っ伏しながらも見た。

赤とオレンジのジャケット。ふたりの人物が薄暗くなってきた森の中から姿を現した。

草すべりから落ちた雪崩のデブリを越えてやってきたふたりは、まぎれもない山岳救助隊の神崎静奈と星野夏実。その元気な歩きぶりを見て、永友は心の底から安堵した。

次の瞬間、驚愕《きょうがく》に目を見開くことになった。

女性のひとりが誰かを背負っていた。

近づいてくるにつれ、その正体が判明した。

あの星野夏実——小柄な女性が背負っているのは、ここから銃を持って逃走した事件の被疑者のひとり、佐竹秀夫だったのである。自分を人質にして現場から逃走しようとした男を、驚いたことに彼女自身が背負っていた。

しかも彼女の前に回された佐竹の両手首には、手錠が光っていた。

「まさか、逮捕……したのか」

そう、独りごちた。

女性たちが永友のところまで歩いてきた。

星野隊員が背負っていた佐竹を雪の上に下ろし、そっと横たえた。

気絶しているらしく、目を閉じて、口を半開きにしている。その口の端から血の混じった涎がしたたり、顎下で小さな氷柱《つらら》となっていた。

登山服の右肩が真っ赤に染まっていた。

銃創だと気づいた。

夢の中で聞いたあの銃声はリアルな音だったのだ。

「午後四時五十分、甲府宝石店強盗殺人事件の被疑者のひとり、佐竹秀夫を銃刀法違反その他で〝現逮〟しました。共犯の須藤と諸岡は、ともに大樺沢にて死亡。バットレスから落ちた雪崩の下です」

報告した神崎隊員がしゃがみ込み、拳銃を差し出してきた。

片手で受け取った永友は、彼女の顔を見上げた。

「発砲は一発です」

神崎隊員はそういってから、肩掛けしていた対のスタッフサック――強奪された宝石類が入った袋を彼の前に置いた。

「君は、凄いな」

思わず感嘆の言葉を口にした。

すると神崎隊員は目を伏せ、かすかに眉根を寄せてからいった。

「お願いがあるんです。この場所であなたが〝マル被〟を撃ったことにしていただけませんか?」

そういいながら、手袋をはめた手でポケットから取り出したものを、永友に差し出した。官給の拳銃に使用する、・三二ＡＣＰの小さな空薬莢だった。彼女が発砲した際に薬室から排出されたものだろう。永友は銃を握ったまま、もう一方の手でそれを受け取る。

また、目が合った。

「この手柄はあなたのものだ」

神崎静奈が首を振った。

「被疑者が拳銃を持ち、同僚の警察官を人質に取っていたため、発砲の正当性は警察庁によって認められるでしょう。しかし女性警察官による拳銃使用は初めてのケースです。このことは世間を騒がせ、警察上層部は人事という手段によって鎮静化を図ろうとするでしょう。その結果、おそらく――」

ふと視線を逸らし、こういった。「私、救助隊にはいられなくなると思います」

「神崎さん……」

静奈は立ち上がって振り返る。

永友も見た。

すっかり日が陰った空を背景に、北岳が蒼《あお》いシルエットとなってそびえていた。

「ずっとこの山にいたいんです。大切な仲間とともに」

冷たい風に後れ毛をなぶらせながら、神崎静奈隊員は立っていた。

その横顔を見つめ、永友は黙ってうなずいた。

取調中に佐竹が証言するかもしれないが、おそらく黙殺されるだろう。

人質を取って逃走中の凶悪犯を、女性警察官が単独で追跡し、たった一発の銃弾で仕留め、逮捕したなどという話を上層部が信じるはずもない。

警察はまだまだ男中心の社会なのである。

40

突然、白根御池小屋の方面が騒がしくなった。複数の足音や声。

夏実が振り返ると、広河原から上がってきた一行だった。

全員が登山服姿でザックを背負っている。頭も衣服もザックも、すべて雪まみれだ。

県警本部や南アルプス署の捜査員たち。山岳救助隊長の江草と関隊員の姿もある。

その中に谷口警部の姿があった。

白根御池小屋のところで発見されたのだろう。男たちに両側から抱えられつつ、自力で立って歩いていた。重篤な高山病にかかっていたと静奈から聞かされていたが、それを見て、夏実は心の底から安堵した。

午後五時十八分。まさに日没直後の時間だった。

二頭の救助犬が嬉しそうに吼え始めた。

その声を聞いた彼らは、雪崩の作ったデブリの近くにいる夏実らを見つけ、大急ぎで走ってきた。

複数の顔から白い息が流れている。

先陣を切ってやってきたのは岸本管理官だ。

雪の中に転がっている佐竹を見て、驚いた顔でいった。

「被疑者、確保か？」

脇腹の痛みを堪えつつ、永友が何とか上体を起こした。

「十六時五十分。佐竹秀夫を現行犯逮捕しました。やむを得ず拳銃を使用。発砲は……」

彼は近くに立つ静奈を少し見てから視線を戻し、こう報告した。「二発です」

「君は大丈夫なのか」

「腹部に受傷しましたが、命に別状ありません。奪われた宝石類も、すべて取り戻しました」

そういって岸本に紫色のスタッフサックをふたつ、差し出した。

「残りの被疑者は？」

「主犯格の須藤敏人と、もうひとりの諸岡康司は死亡しました。どちらも大樺沢の雪崩に埋もれているようです」

彼は後ろを向き、寝袋にくるまれている登山者を指差していった。「それから、彼は新田篤志。本件とは無関係の一般の登山者でしたが、被疑者たちと接触したあと、宝石を盗んで持ち去ろうとしました。いちおう重要参考人として身柄を拘束し、供述によっては窃《せっ》盗《とう》容疑で逮捕することになります」

「そうか。よくやった」

興奮をあらわにして、岸本が振り返る。

捜査員たちに抱えられるように、谷口がやってきた。やつれ果てて疲れ切った表情だが、はっきりとした笑みを浮かべて永友にいった。

「トモさん。お疲れ様でした。それに救助隊のみなさんも。本当にご迷惑をおかけしました」

夏実と静奈が頭を下げた。

ふたりの前で横たわっている永友がいった。

「挨拶はいいですから、早く下山して下さい。高山病がまたぶり返しますよ」

「分かっております」と、谷口が苦笑いする。「でも、トモさん。その様子では、しばらく現場復帰は無理ですね」

永友は自分の躰を見てうなずく。

「お互いに元気になったら、久しぶりに甲府の居酒屋で呑みましょうか」

「それは願ったりです」

ふたりの会話をよそに、登山服姿の岸本管理官があちこちに向かって指示している。

――誰か、ヘリを呼んでくれ。それから大至急、池山吊尾根の班にも連絡をするんだ。甲府署の特捜本部にも一報を入れろ！

捜査員たちがそれぞれ散って走り出す。

携帯電話で話し始める者。現場検証の準備を始める者。

大勢があわただしく行き交う中、夏実と静奈は犬たちを傍らに立ち尽くしていた。今になって、疲れがドッと来て、ふたりとも言葉も出なかった。

そこに江草隊長が関隊員とともにやってきた。

夏実と静奈がともに敬礼をする。

「ご苦労様でした」と、江草も返礼をした。

その優しげな微笑みを見て、夏実はふっとまた涙を洩らしそうになる。

「おふたりとも、とりわけ星野隊員。満身創痍《そうい》を絵に描《か》いたようなお姿ですが、大丈夫ですか」

隊長にいわれて夏実が気づいた。

佐竹に殴られた顔に掌を当てると、かなり腫れ上がって熱を持っていた。鼻腔の周囲に固まった血がまだ固くこびりついている。それに——たしかに隊長にいわれたように、まさに全身がボロボロだ。実のところ、立っているだけでも精いっぱいだった。その場に膝を落として雪の中に倒れ込みたかった。

「神崎さんも、何やらいいたげですな」

ふっと静奈が笑った。

「ハコ長。積もる話はいろいろなんですが、あとでまた」

「ともあれ、みなさんがご無事で何よりでした」

そういった江草が、ふと視線を移す。「それにしても、草すべりでこれほどの大規模な雪崩も久しぶりです」

夏実たちは振り返った。

急斜面から落ちた大量の雪が御池を完全に埋め尽くしていた。

もっとも初夏になれば、それらの雪はすっかり溶け去って、白根御池と周囲のダケカンバの林が、なにひとつ変わらぬ姿で大勢の登山者たちを出迎えてくれるだろう。

ずっと彼方に目を転じると、夕闇が迫って暗くなりつつある西の空を背景に、北岳が真っ黒なシルエットとなってそびえている。

大いなる山は、またしても沈黙のうちに人間たちをじっと見下ろしていた。

見上げているうちに、胸が詰まりそうになった。

そっと目を閉じた夏実は、心の中で感謝の気持ちをとなえた。

終章

三月になってまもなくのことだった。
白根総合病院の駐車場に白とオレンジ色のスズキ・ハスラーを乗り入れると、夏実は助手席にいたメイとともに車を下りた。まだ空気は冷たかったが、どことなしに柔らかな春の匂《にお》いがした。
後部座席のドアを開けた。
後ろのシートには、黄色い花のバスケットと封筒が置いてある。
夏実はふっと笑みを洩《も》らすと、片手を伸ばし、白い封筒を取ってみる。
南アルプス警察署地域課　山岳救助隊
深町敬仁様
星野夏実様
宛名《あてな》はそう記されている。

差出人も連名で、安西廉と大葉範久——バットレスで救出したふたりの大学生だった。

ここに来る前に南アルプス署に立ち寄ったとき、地域課のフロアにいた深町敬仁隊員から声をかけられ、渡されたものだ。

足を撃たれて重傷だったというのに、深町は手術後、三週間で退院し、松葉杖を突きながらも通常勤務に戻っている。もちまえの体力やバイタリティ、何よりも山で鍛えたタフさのなせる業であろう。

さすがに完治していないため、山岳救助隊としての活動は無理だが、南アルプス署で地域課員としての事務仕事などをしていた。

寮に戻ってゆっくり読みますと深町にはいったが、やっぱり待ちきれなかった。

折りたたまれた便箋《びんせん》を封筒から出し、広げてみた。

パソコンで打たれた活字で、あのときの救助に関する謝礼が書かれていた。ふたりしてまだ都内の病院に入院療養中という報告が、少し不器用な感じでしたためられていた。

同封されていたL判のデジカメ写真には、パジャマ姿でベッドに並んで座ってVサインをしている、彼らの楽しげな笑顔が写っている。

少し肩を持ち上げて微笑《ほほえ》んだ夏実は、便箋と写真を封筒に戻してから、後部座席のシートに置いた。その隣に横たえて置いていた花を取った。

ウッドバスケットにきれいにアレンジされた黄色のフリージア。

女子寮の近くの花屋で買ってきたものだ。

そっと目を閉じ、顔を寄せて、花々の匂いを嗅《か》いだ。

ハスラーのドアを閉め、しゃんと停座していたメイに微笑みかける。

花のバスケットを持って病院に向かって歩き出そうとしたそのときだった。

「あの……星野巡査、ですよね」

ふいに背後から声をかけられた。

足を止め、振り返った夏実の目に、青いカーディガンにベージュのワンピースを着た若い女性の姿が飛び込んできた。傍らに白い大きな犬を従えていた。

「あ、須藤さん」

須藤明日香がお辞儀をしてきたので、夏実も返した。

「私服姿をお見かけするの、初めてでしたから、ちょっと迷ってしまいました」

夏実は花のバスケットを持ったまま、白のセーターとジーンズといった自分の服装を見下ろす。

「ですよねえ」

そういってまた肩を持ち上げ、笑った。

須藤敏人の娘である明日香は、甲府宝石店強盗殺人事件の参考人のひとりとして、特捜本部が置かれた甲府署に何度か呼ばれている。そのときに南アルプス署地域課の女性警察官として、彼女の送迎や身辺の世話をしたのが夏実だった。

あれから間もなく、甲府宝石店強盗殺人事件の特別捜査本部は解散となった。

犯人三名のうち、主犯格の須藤敏人と諸岡康司は被疑者死亡のまま書類送検。生き残った佐竹秀夫だけが起訴されている。途中で宝石を持ち逃げしようとした登山者の新田篤志も、当然、窃盗《せっとう》容疑で起訴対象となった。

事件の全容は須藤が残した遺書と、佐竹の供述で明らかになり、しばらくの間、世間を賑《にぎ》わせていたが、時が経《た》つにつれ、それも人々の記憶から薄らいでいった。

ふと見れば、メイがまた夏実を見上げている。

目の前にいるホワイト・スイス・シェパードのシオンを見ては、豊かな尻尾《しっぽ》を振って、彼女を見上げてくる。

《行ってもいい?》

ハンドラーに向かって許可を求めているのだ。

夏実が「よし」と合図すると、明日香の傍《そば》に停座しているシオンに向かって、メイはおそるおそる近づいていく。お互いに鼻先を近づけ合って挨拶《あいさつ》をする。

それを見て、安堵《あんど》した。相性は良さそうだ。

二頭は尻尾を振りながら、しきりとお互いを嗅ぎっこし、じゃれ合い始めた。

「昨日、父の遺骨を母の墓に入れてきました」

口を引き結んで、明日香がまた頭を下げる。「そのせつはご迷惑をおかけしました」

夏実は首を振る。

「いいんです。たしかに大きな罪を犯されたとは思いますが、あなたのお父様のお気持ちはよくわかります。お母様をとても愛されておられたのですね」

明日香がうなずき、人差し指で目尻《めじり》を拭《ぬぐ》った。

「でも、父のせいであんなに大勢の人が……」

夏実はまたかぶりを振った。

「お父様はきっと許されたのだと思いますよ、あの山に」

「え?」

明日香が目をしばたたく。

「山は人の心を浄化するんです。だから、須藤敏人さんは北岳に登られたのでしょうね。あのバットレスの懐で、お母様のことを想《おも》いながら、厳《おごそ》かに亡くなられたんだと思います」

それを聞いた彼女は、わずかに眉間《みけん》に皺《しわ》を刻み、ふっとあらぬほうを見た。

ひどく寂しげな横顔だった。

「あー、変なことをいうってよくいわれるけど、私、あの山のことなら何でもわかるんです」

明日香はまた夏実を見て、少し笑い、いった。

「ぜんぜん変じゃないです。北岳には目に見えないけど神様がいるって、父も昔からよくいってました。だったら夏実さんはきっと、あの山に仕える巫女《みこ》さんなんですね」

「え。そんなんじゃないですよ」

少し頰《ほお》を染めて夏実は、また肩を小さく持ち上げた。「でも、ありがとうございます。それって、何だか凄《すご》く嬉《うれ》しいです」

そういってから、彼女は訊《き》いた。「えっと、今日は?」

「堂島哲さんにお会いしてきました。父のことでご迷惑をおかけしたお詫《わ》びに」

堂島を撃ったのは須藤ではなく、犯行仲間の諸岡である。

しかも直接の面識がないのにわざわざ見舞いにきていたのだ。

「もしかして夏実さんも？」

「ええ。私もこれからなんです」

「お元気でしたよ、堂島さん。あなたのことばかり、お話しされてました」

「まだまだヒヨッコだっていってませんでしたか」

「いいえ。立派な警察官だっていわれてました」

そういって明日香は微笑み、頭を下げた。

病院の正面玄関脇《わき》に芝生ゾーンがあり、鎖を渡された金属製のポールがいくつか立っている。

そこにメイを繋《つな》いだ。

「悪いけど、あなたは中に入れないの。ここでちょっと待ってて」

夏実の言葉に悲しげな顔をしたメイだが、ふいに周囲の芝生の臭気を嗅ぎ始めた。さっきのシオンが、ここに繋がれていたのだろう。ふっと彼女は笑ってから、自動ドアを開き、受付カウンターと待合室のあるフロアに入った。

数日前から病室を変わったという話をあらかじめ聞いていたので、二階のナースステーションで堂島のいる場所を訊《たず》ねた。新しくできたばかりの東病棟に入ると、エレベーターを使って六階に向かい、長い通路を歩いた。

四人部屋の入口に名札を見つけた。

窓際の病床で、白の病衣姿の堂島が半身を起こしていた。入ってきた夏実を見て、大きな口を歪《ゆが》めて笑い、右手を挙げた。

「よう、元気そうじゃないか」

夏実は病床に近づき、いった。

「それってこっちの科白《せりふ》ですよ、もう」

窓際の小さな棚の上に、黄色いフリージアの花々のアレンジメントを飾った。窓越しに差し込む光の中で花々が美しく映えている。それを見て満足した彼女は、近くにあった丸椅子《いす》を持ってきて、堂島の傍に座る。

「さっき須藤さんがお見えになってたんですね」

「かれこれ三回目だ。殊勝な子だよ、まったく」

そういって顎《あご》の無精髭《ぶしょうひげ》を撫《な》でた。「父親が罪を犯したことで、ずいぶんと世間から後ろ指を差されただろうになあ。ひとりであああして、がんばって強く生き抜いてるんだ。たいしたものだよ」

夏実は同感だった。

「それはそうと、堂島さん。傷はどうなんですか」

彼はふと思い出したように、左胸にそっと大きな掌《て》をあてがった。

「ああ、元気そのものだ。病院の不味《まず》い飯に飽きたから、いいかげんに退院させてくれっていってんだが、医者も看護師も首を振りやがる」

それを聞いて、夏実は微笑んだ。

堂島の意識が回復したのは、全員が北岳から下山した翌日の朝だった。

文字通り、生死の境をさまよっていた彼も、峠を越したとたんに、それまでのことが嘘《うそ》のように快方に向かったようだ。一時はげっそりとやつれて、顔色も悪かったが、今は体重も増えて健康そのものになっているふうに見える。

「そういえば、今月中には退職されるんでしたよね」

夏実は笑窪《えくぼ》をこしらえ、笑った。「そしたら、奥様とニュージーランド！」

「やめたんだ」

ぶっきらぼうに堂島がいった。

「え？」

「おまえらのことが心配で、おちおちと引退してもいられんでな。女房にもそういったら、わかってくれたよ」

「でも、ご定年……」

「心配するな。再任用という奴だ」

腕組みをして顎を突き上げる堂島を、夏実はあっけにとられた顔で見つめた。

が、ふいに肩を揺すって夏実は笑い始めた。

「また、堂島さんと組んでパトロールできるんですね！」

思わず立ち上がって、病衣姿の彼に抱きついてしまった。

「ば、莫迦《ばか》野郎。人に見られたらどうする！」

真っ赤になっていう堂島の顔を見て、夏実はようやく手を離した。

四人部屋の他の病床は、すべて白いカーテンで囲まれていた。いずれもしんと静まりかえっている。

夏実は丸椅子に座り直すと、ちょっとだけ肩をすくめた。

何気なく窓越しに外を見た。

「あ」

小さくつぶやいた。

堂島が驚いて目を向けてくる。夏実は肩越しに窓外を見ながら、こういった。

「この病室から、北岳、見えるんですね」

「ああ、いつも見てるよ」

堂島が答えた。

お前たちを見ている——そういわれたような気がして、夏実は嬉しくなった。

アルミサッシの大きなガラス窓の向こう。そこに青空が広がり、春の芽吹きが始まろうとしている低山の稜線《りょうせん》上に、日本で二番目に高い山が、真っ白に雪化粧した三角形の頭をほんの少しばかり覗《のぞ》かせていた。

夏実は目を細めながら、神なる山を見つめた。

後記

本作品を執筆するにあたり、多くの人々のご尽力がありました。

月刊『山と溪谷』編集部の神谷浩之氏。神奈川県警において長らく捜査の指揮を執られていた細田徹氏。南アルプス市北岳白根御池小屋管理人の高妻潤一郎氏。同じく広河原山荘スタッフの五十川仁氏。みなさまにおかれましては、このたびもまた貴重なお時間を割いていただき、ご指導、ご鞭撻、ご協力いただきましたことをここに感謝いたします。

もしも作中の記述に誤り、瑕疵がありましたら、それはひとえに作者の責任に帰するものであります。


本作品は作者が創造したフィクションであり、実在する個人、団体、組織、地名等とはいっさい関係がありません。現在、我が国において山岳救助犬を正式配備している都道府県警は存在せず、一部の民間救助団体において導入されているのみです。

解説――北岳の死闘

村上貴史

■北岳は、きっとあなたを許さない

東日本大震災を背景とした第一弾『天空の犬』で二〇一二年に始まった《南アルプス山岳救助隊K－9》シリーズは、北岳を中心とする南アルプスを舞台に、山梨県警南アルプス署地域課の面々と山岳救助犬たちの活躍を活写している。

そのシリーズの中心にいるのが、巡査であり山岳救助隊員である星野夏美とボーダーコリーのメイのコンビである。『天空の犬』において夏美とメイは、東日本大震災直後の被災地に乗り込んで生存者捜しに奔走したが、その過程で夏美の心は深く傷つき、二ヶ月近くの入院や三ヶ月以上の自宅療養などを余儀なくされた。そんな状態に陥った夏美だが、彼女は山岳救助隊の一員となり、そして回復し成長していくのである。メイをかけがえのない相棒として。

夏美とメイは仲間とともにテロリストによる北岳の山小屋占拠事件に取り組んだり（二〇一六年のシリーズ第三弾『ブロッケンの悪魔』）、山の噴火と殺人者という〝敵〟と対峙《たいじ》したり（一六年の第四弾『火竜の山』、文庫化に際して『炎の岳《やま》』と改題）するなど、様々な危機を乗り越えてきた。そんな彼女とメイと仲間の活躍を描く《K－9》シリーズは、いまや、樋口明雄という、大藪春彦《おおやぶはるひこ》賞や日本冒険小説協会大賞などを受賞してきた作家を代表するシリーズとなったのである。

シリーズ第六弾となる本書『白い標的』の特長は、どっしりと腰を落ち着けて人と山を正面から描いた点にある。シンプルだが、その分、深い。それを象徴するのが、作中の一人が発する、「北岳は、きっとあなたを許さない」という言葉だ。そう、本書は、己の行為の是非が、富士山に次ぐ三一九三メートルの標高を誇る北岳に、直截《ちょくせつ》に問われる小説なのだ。

山梨県甲府市の宝石店を襲った三人組の強盗は、三億七千万円相当の宝石を奪い、警備員を射殺、もう一人の警備員に重傷を負わせて逃走した。警察も非常線を張るなどの対策を取ったが、強盗たちの行方はなかなかつかめなかった……。

この事件が、『白い標的』という物語を動かしていく。宝石強奪後、強盗三人組の人間関係に変化が生じ、そのなかの一人・須藤が北岳を目指したのだ。その結果、宝石強盗事件とK－9が結びついてしまうのである。一月の二十一日から二十三日にかけての三日間、南アルプスという舞台のそこかしこで、夏美をはじめとするK－9と宝石強盗三人、さらには一般の登山者まで巻き込んで、様々な死闘が繰り広げられることになる。

■地上と違って、ここは死に近い場所です

登場人物の一人は、「地上と違って、ここは死に近い場所です」と語る。北岳というの

は、そういうところなのだ。にもかかわらず、だ。ただでさえ死に近いそんな場所で、他者を死に追いやろうとする者がいる。銃を持ち、銃を操るスキルを持ち、銃を人に向けることを躊躇《ためら》わない心を持つ。そんな人物が、本書には登場するのだ。だが、そういう人物であっても、いつでもたやすく人を殺せるわけではない。何故《なぜ》か——ここが北岳だからだ。また、死に近い場所でありながら、それを軽視して、己の命を危険にさらす者たちもいる。油断や過信、あるいは勢いだけで行動する連中で、本書であれば、無謀なルートに挑む若者二人だ。彼等《かれら》はまったく己の責任において、北岳の厳しさを体感することになるのである。

死に近い場所で死を求める者もいる。死ぬために山に入る者、あるいは山に入ってからここで死ぬのも悪くないと考える者。北岳はそうした者たちを、あるがままに受け入れる。

そして、だ。そんな連中によって、K－9の面々は振り回されるのである。捜査という観点で振り回されることもあれば、救助という観点で振り回されることもある。しかも、北岳という限られた場所である。それぞれの活動が絡み合うのだ。それによって、思わぬ危機が新たに生じることもあれば、人の思わぬ一面が顔を出すこともある。頁《ページ》をめくる手が止まらないのだ。

しかも、個々のエピソードの関連がきちんと設計されているだけでなく、樋口明雄は、登場人物たちの心を、脇役に至るまできっちりと掘り下げているし、さらに、山の厳しさも圧倒的な筆力で語っている。それによって、山と人との関係に——それこそ人知を超越したような関係に——抜群の説得力が宿るのである。数々の山岳小説や活劇小説を書き続けてきた著者の経験が、ここに結実しているのだ。

そしてそこに犬がいる。夏美のパートナーのメイがいて、そして同じくK－9の仲間である神崎静奈とパートナーのバロンがいる。メイもバロンも、北岳での死闘のなかで自分の役割を必死で果たすのだ。彼等の存在が、よりいっそう人の人らしさ（良くも悪くも）を浮き彫りにしている。この『白い標的』においては、山岳救助犬であるメイとバロンの肉弾戦での活躍が特に顕著であり、夏美や静奈との絆《きずな》の強靭《きょうじん》さを実感させる。犬と人との間には、契約もなければ金銭の授受もない。さらに言えば言葉を交わすこともない。しかしながら、そこにはたしかに絆があり、信頼関係があることが、この小説から明確に伝わってくるのである。

一方で人間はどうだ。個々の勝手な都合で徒党を組んで宝石店を襲い、その後も個々の勝手な都合で動き出す。樋口明雄は、そんな対比を本書で示している。

同時に著者は、人と人との信頼関係も描いている。K－9がまさにそうであるが、それだけではない。前述した無謀な若者たち、この二人組にも、彼等なりの絆があるのである。愚かと切り捨てるのではなく、それぞれの心に、樋口明雄はきちんと寄り添っているのである。

対比という技法は、銃についても用いられている。人への発砲を躊躇わない人物もいれば、躊躇ったが故に撃たれてしまう警察官がいる（これは発砲への段取りが警察官を縛っている現実をも反映している）。さらに、圧倒的な銃の技量を持つ静奈がどう振る舞うべきか己と向き合う場面も出てくる。銃を手にしたそれぞれの人物の心が、しっかり浮き上がるように書かれているのである。

シンプルだが、深い。

先にそう書いたが、それが成立するのは、シンプルな素材の組合せによって、その素材を多様に輝かせる腕を樋口明雄が存分に振るっているからなのである。

『白い標的』――満足必至の山岳冒険小説である。

■お前には一度、山で助けられた

単独作品として読んでも満足必至の『白い標的』だが、前述したように、《K－9》シリーズの一作でもある。このシリーズは、複数の出版社から、長篇も短篇集もとり混ぜて刊行されてきた。そうであるからだろう、樋口明雄は、どの作品から読んでも愉《たの》しめるように仕上げている。なので、この『白い標的』で初めて《K－9》シリーズに接するという方も、どうか安心して手にとって戴《いただ》ければと思う。

付言するならば、本書読者には『ハルカの空』というシリーズ第二作の短篇集にも目を通して戴きたい。特に、「NO WAY OUT」という一篇だ。六篇収録の短篇集のなかの一篇であるにもかかわらず、全体の四分の一の頁数を占めるボリュームで、本書同様、冬山での夏美の活躍を描いている。この短篇の重要人物の一人が、本書で印象深い役割を果たす堂島警部補(「お前には一度、山で助けられた」というのは、本書での彼の言葉でて夏美の出番がやってくる。そこに描かれた二人の姿を知っておくと、本書における夏美と堂島の関係が、よりいっそう深く理解できるようになるだろう。ちなみに「ＮＯ　ＷＡＹ　ＯＵＴ」と本書にはもう一人共通する脇役がいる。その女性の環境の変化にも注目しておきたい。そうした一人一人にまで樋口明雄が目配りをしていることがよく判《わか》って嬉《うれ》しくなる。

山岳救助隊や山岳救助犬に関心を抱いた方は、やはりシリーズ第一作である『天空の犬』を読まれるのがよかろう。夏美とメイがトレーニングを重ねて成長していく様が克明に描かれているのだ。また、静奈との関係が緊張感に満ちたかたちでスタートしている点も、本書読者にとっては興味深かろう。そしてこの『天空の犬』は、夏美の特殊な能力——ある種の共感覚——について深く語った作品でもある。この『天空の犬』を読み、「ＮＯ　ＷＡＹ　ＯＵＴ」を読むと、本書で夏美が堂島に共感覚について語る場面を、さらに隅々まで味わうことができるだろう。

ちなみに《Ｋ－９》シリーズは、著者のインタビューによれば、出版社から「警察小説を書きませんか？」と打診され、それを断って、「山岳＋犬」という着眼点で『天空の犬』を書いたことでスタートしたものだという。だが、シリーズを書き続けるなかで、いつしか《Ｋ－９》は警察小説としても立派に成長していた。そこで著者があらためて警察小説を意識して書いたシリーズ作品が、この『白い標的』だったというのだ。それ故に、本書では様々な警察官の心が、元警察官という人物の心を含め、従来のシリーズ作以上にくっきりと描かれている。その点に着目してみるのもよかろう。読み手としては、各人の心の動きに、善悪はあれどどこかしら共感してしまうはずだ。

なお、《K－9》シリーズの作品ではないが、『ダークリバー』（一八年）も、本書の読者にはお勧めだ。警察官と警察組織の必ずしも幸せではない関係が、本書と共通しているのである。本書で描かれた（元）警察官たちの心を、また別のストーリーのなかで感じることができる。

山、人、犬。

《K－9》シリーズは、それらが織りなすドラマを描き続け、類例のない魅力を読者に届け続けてきた。その第六弾である『白い標的』は、特に山／人／犬が、むき出しのまま向き合う作りとなっており、シリーズの魅力を最もピュアなまま味わえる仕上がりとなっている。繰り返しになるが、順不同で読めるシリーズなので、少しでも気になった方は、とにかく本書を読んでみて戴きたい。素敵なシリーズに親しむ絶好の機会になるので。


（むらかみ・たかし／文芸評論家）

〈参考文献〉

『高みへ　大人の山岳部　登山とクライミングの知識と実践』　笹倉孝昭／著　東京新聞
『イラスト・クライミング』　阿部亮樹／著　岳人編集部／監修　東京新聞出版局
『アルパインクライミング』　保科雅則／著　山と溪谷社

＊本作品はフィクションであり、実在する個人、団体とはいっさい関係がありません。

本書は二〇一七年六月に小社より単行本として
刊行されたものに加筆・訂正いたしました。

ハルキ文庫

ひ5-9

白《しろ》い標的《ひょうてき》 南《みなみ》アルプス山岳救助隊《さんがくきゅうじょたい》K-9《ケーナイン》

著者 樋《ひ》口《ぐち》明《あき》雄《お》

2019年1月18日第一刷発行

発行者 角川春樹

発行所 株式会社角川春樹事務所
〒102-0074 東京都千代田区九段南2-1-30 イタリア文化会館

電話 03(3263)5247(編集)
03(3263)5881(営業)

印刷・製本 中央精版印刷株式会社

フォーマット・デザイン 芦澤泰偉
表紙イラストレーション 門坂 流

ISBN978-4-7584-4226-8 C0193 ©2019 Akio Higuchi Printed in Japan
http://www.kadokawaharuki.co.jp/[営業]
fanmail@kadokawaharuki.co.jp[編集] ご意見・ご感想をお寄せください。

樋口明雄の本

南アルプス山岳救助隊K−9《ケーナイン》

ブロッケンの悪魔

南アルプス北岳を武装集団が制圧。それは国家を巻き込んだ恐るべきテロ事件の幕開けだった……。超大型台風が到来、警察も自衛隊も接近できない陸の孤島と化した山。しかし、そこには“奴ら”がいた！　人質は1300万の東京都民!?　全篇、クライマックス。超弩急のノンストップ・エンターテインメント！